प्रश्नब्यूह में प्रज्ञा

प्रश्नव्यूह में प्रज्ञा

लीलाधर जगूड़ी

वाणी प्रकाशन

वाणी प्रकाशन

4695, 21-ए, दरियागंज, नयी दिल्ली 110 002

फ़ोन : +91 11 23273167 फ़ैक्स : +91 11 23275710

शाखाएँ

अशोक राजपथ, पटना 800 004, बिहार

कॉफ़ी हाउस कैम्पस, महात्मा गांधी मार्ग, इलाहाबाद 211 001, उत्तर प्रदेश

महात्मा गांधी अन्तरराष्ट्रीय हिन्दी विश्वविद्यालय, वर्धा 442 001, महाराष्ट्र

www.vaniprakashan.com
marketing@vaniprakashan.in
sales@vaniprakashan.in

Prashnabyooh Mein Pragya
by Leeladhar Jagoori

ISBN : 978-93-5518-808-3
Interview

प्रथम संस्करण 2023

मूल्य : ₹ 695

आर. टेक ऑफ़सेट प्रिंटर्स, दिल्ली-110 032 में मुद्रित

वाणी प्रकाशन का लोगो मक़बूल फ़िदा हुसेन की कूची से

समर्पण

जब मैं फ़ौज में सिपाही था तो ऐसा नहीं कि मैं नौकरी कर रहा था और मौज में था। मुझे सतत 'सावधान' रहना सिखाया जाता था। लेफ्ट-राइट, लेफ्ट-राइट के बीच में हमेशा 'थम' और सावधान। जैसे सावधान रहना ही सुरक्षा और आराम की कुंजी हो। 'ऐज इट इज़' यानी कि सावधानी के सक्रिय आराम में भी 'थम' के बावजूद कुछ करना होता है। 'ईज' जिससे कि अंग्रेज़ी में 'ईजी' शब्द भी बना है—उसे विसर्जन तक ले जाना, अपने ऐन्द्रिक उद्गम से ख़ुद को फिर से सावधान की मुद्रा में लाना होता है। सेना में आराम भी एक ड्यूटी है।

अपने कर्म को रचनात्मक ठहराते हुए उस पर बातचीत कभी भी निर्णायक नहीं हो सकती। प्रश्नोत्तर का युद्ध कभी समाप्त नहीं होता। प्रश्नब्यूह में केवल सात दरवाज़े नहीं होते बल्कि उसके सैकड़ों दरवाज़े होते हैं और हर बार लगता है कि इनसे निकल पाना तो दूर, कभी ठीक से उनमें पैठ बना पाना भी मुश्किल होता है।

मैं उन विद्वान मित्रों का आभारी हूँ जो मुझे हमेशा प्रश्नों के घेरे में लेते रहे और मुझे यह अहसास कराते रहे कि मैं मोर्चे पर हूँ। अपनी प्रज्ञा को प्रश्नब्यूह में उत्तर ढूँढ़ने का उपक्रम या पराक्रम करते हुए देखने का आनन्द उस समय और बढ़ जाता है, जब कभी अपने उत्तरों से विस्मित होने का भी मौक़ा मिलता है। जब आप आराम की स्वाभाविकता में स्वयं का विश्राम ढूँढ़ रहे होते हैं तब आप स्वयं को विसर्जन की नयी ड्यूटी पर पा रहे होते हैं।

चक्रब्यूह की तरह प्रश्नब्यूह में फँसना भी कम महाभारत नहीं है। यह महाभारत हर उस महारथी को समर्पित है जो प्रश्नों के रथ से आता है और 'उत्तरों' के समुद्र में से कुछ समाधान पाने की भरपूर चेष्टा करता है।

अनुक्रम

अनुभव के आकाश में कविता

—ओम निश्चल

भारतीय कविता की जड़ों से जगूड़ी का गहरा परिचय है। यही कारण है कि वे अतीत की अभिव्यक्ति सम्पदा और भविष्य के तकनीकी गूँगेपन को एक साथ रख पाते हैं। आधुनिक विकासवादी और परिवर्तित होते मनुष्य समाज को उनकी कविताओं में बिल्कुल अलग ढंग से देखा जा सकता है।

आज अब लगभग अधिकांश कविता शब्दों की स्फीति का कारोबार बनती जा रही है, लीलाधर जगूड़ी उन कवियों में आते हैं, जिन्होंने अनुभव और भाषा के बीच कविता को जीवित रखा है। अनुभव के आकाश में उड़ान भरने वाले वे हिन्दी के एकमात्र ऐसे कवि हैं जिनके यहाँ शब्द किसी कौतुक या क्रीड़ा का उपक्रम नहीं हैं, वे एक सार्थक सर्जनात्मकता की कोख से जन्म लेते हैं। बार-बार दुहरायी गयी, भोगी हुई जीवन पद्धति से दुहे गये अनुभव को नये-नये रूपाकारों में व्यक्त करने का काम जगूड़ी वर्षों से कर रहे हैं, कुछ इतनी तल्लीनता और तार्किक व्यग्रता के साथ कि अनुभव की वह पूँजी, संवेदना और भाषा का वह स्रोत सर्वथा अजाना, अनछुआ और अव्यक्त लगे। अनुभव को भाषा और संवेदना की नयी प्रतीतियों में बदलने में निष्णात् जगूड़ी जैसे कवि को भी अक्सर किसी नयी बात को कहने के लिए किसी गूँगे के शब्दकोश-सा अवाक् रह जाना पड़ता है। सरलता और सहजता के हामी कदाचित यह न जान पायें कि कितना कठिन है, कितने ही कठिन पर सरल-सा कुछ बोल देना। वे लिखते हैं—*"अपना मुख आईने में, आईना अपने हाथ पर/फिर भी अद्भुत वाणी-सा यह यथार्थ पकड़ में नहीं आता।"* वे भाषा को एक जैसे किटप्लाई में बदलने के ख़िलाफ़ हैं। एकरसता, एकरूपता और एकीकरण रचनात्मकता के लिए क्षरण और ऊब के कारक हैं। अनुभव, भाषा और संवेदना के वैविध्य के लिए ही उन्होंने कहा है—

"भाषाएँ भी अलग-अलग रौनकों वाले पेड़ों की तरह हैं। सबका अपना-अपना हरापन है/कुछ उन्हें काटकर उनकी छवियों का एक ही जगह बुरादा बना देते हैं।"

इस तरह एक बात तो तय है कि नवीनता जगूड़ी का पहला लक्ष्य है, अनुभव में, भाषा में, संवेदना में, कथ्य में नवता। किन्तु केवल नवीनता ही कविता बनने का अचूक उपाय नहीं है। भाषा की नवीनता मात्र कविता नहीं है, न ही संवेदना के नयेपन से कविता का कोई रूपाकार बन सकता है। वह तभी बनता है जब कुल मिलाकर यह लगे कि वाकई एक नयी कविता का जन्म भी हुआ है। हर बार कलफ़दार भाषा, वक्तृता का प्रभावी उदाहरण नहीं हो सकती यदि वह अनुभव में पगी हुई न हो। जगूड़ी ने भाषा को एक रचयिता की तरह बरता और माँजा है। उसका निर्माता बनने का दम्भ उनमें नहीं है, गो कि अपने समकालीन कवियों में भाषा के सर्वाधिक नये प्रयोग उन्होंने ही किये हैं।

ग्यारह-बारह संग्रहों के विराट काव्य-फलक पर जगूड़ी को देखें, तो वे एक महाकवि की सामर्थ्य रखने वाले कवि के रूप में दिखते हैं। जगूड़ी ऐसे कवि हैं, जो हर बार नये प्रयोग, नयी हिकमत, नयी दृष्टि के साथ कविता के मैदान में उतरते हैं। यथार्थ के बहुस्तरीय छिलके उतारते हुए वे हर बार अपने अनुभवों पर नया रन्दा लगाते हैं। उनकी भाषा की बुनावट इकहरी नहीं है, वे कहीं भावुक कवि की तरह पेश नहीं आते, बल्कि निरन्तर नये और पेचीदा अनुभवों के साथ जीते हैं। उनके लिए एक रचनात्मक झूठ भी सर्जना का एक बड़ा सत्य बनकर उभरता है। उनकी तमाम लम्बी कविताओं से हम यह समझ सकते हैं कि वे केवल लम्बी कविताओं के फ़ैशन से परिचालित नहीं हैं, बल्कि अनुभव की, समय की, तात्कालिक परिस्थितियों का एक घना प्रतिबिम्ब उनमें समाया है। ठीक से देखें, तो वे आधुनिक भारत और उसके लोकतन्त्र की एक निर्मम और निर्भय व्याख्या की तरह लगती हैं।

कवितामय जीवन के वरण के शुभारम्भ में ही उनके भीतर प्रकृति को, ऋतुओं को, देश को, पहाड़ को, सौन्दर्य को, प्रेम को समझने-बूझने की एक अद्भुत व्यग्रता दीख पड़ती है, और इस बातचीत में कहे अनुसार, अगले जन्म में भी कवि-जीवन ही उन्हें काम्य है। उनके पहले ही संग्रह 'शंखमुखी शिखरों पर' की ज़्यादातर कविताएँ मन्त्र की तरह गूँजती और सम्मोहित करती हैं, वे लिखते हैं, *'मेरी आकाशगंगा में कभी बाढ़ नहीं आयी/ मेरे पास तट ही नहीं है जिन्हें मैं भंग करने की सोचूँ/ एक साँवला प्यार है मेरे पास सेबार जैसा/ जिसे पाने के लिए बहुत बार भेजे हैं/ धरती ने बादलों के उपहार।'* यही वह रोमांचक दौर है जब प्रकृति के साथ उन्होंने मानवीय सम्बन्धों की छुवन महसूस की।

'इस यात्रा' में संकलित 'अ-मृत' में वे इस अनुभूति की बानगी देते हैं– *'हमेशा नहीं रहते पहाड़ों के छोए/पर हमेशा रहेंगे वे दिन जो तुमने और मैंने एक साथ खोए।'* (इस यात्रा में) यह स्वप्निल, रोमानी और कोमल गान्धार की सी अनुगूँजवाली पंक्तियाँ जगूड़ी के भीतर के बुनियादी स्वभाव का भी एक परिचय देती हैं। पर जगूड़ी स्निग्धता के कवि नहीं हैं, वे अनुभव के जटिल पठारों पर यात्रा करने वाले कवि हैं, जहाँ जीवन का अयस्क खनिज बिखरा है। यथार्थ की यह वह विन्ध्याटवी है, जिसमें सेंध लगाने से प्रायः कवि घबराते हैं। पर जगूड़ी अपनी कविताओं में यथार्थ की अपनी विन्ध्याटवी रचते हैं। वे स्वप्निल-सी शुरुआती दुनिया छोड़कर धूमिल के संग-साथ तुरत-फुरत आज़ाद हुए देश के लोकतन्त्र का एक नक़्शा खींचते हैं, तो तमाम विद्रूपताएँ उनका पीछा करती हैं। 'नाटक जारी है' इन्हीं दिनों और ऐसे ही खुरदुरे अनुभवों की उपज हैं।

सन् साठ आज़ादी के बाद के मोहभंग का एक ऐसा मोड़ है, जिसने केवल राजनीति की दिशा ही नहीं बदली, सारी साहित्यिक विधाओं के कथ्य और फैब्रिक को भी दूर तक प्रभावित किया। कविताओं को देखें तो साठोत्तर पद इसी मोड़ का परिचायक है। अकविता के उन्माद को चीरकर आगे बढ़ाना तब वाकई कठिन था। पर धूमिल और जगूड़ी ने एक रास्ता बनाया। विक्षोभ और मोहभंग को तार्किकता में रूपायित करने की चेष्टा की। 'संसद से सड़क तक' में यदि धूमिल अपने समय को रूपायित करते हैं तो 'नाटक जारी है' में जगूड़ी अपने समय को। बाद के दिनों में प्रकाशित 'रात अब भी मौजूद है', 'बची हुई पृथ्वी', 'घबराये हुए शब्द', 'भय भी शक्ति देता है'–उस वक़्त की राजनैतिक, आर्थिक और सामाजिक हलचलों, अन्तर्ध्वनियों का ही काव्यात्मक विस्फोट है। 'भय भी शक्ति देता है', 'अनुभव के आकाश में चाँद' और 'ईश्वर की अध्यक्षता में' जैसे बेहतरीन संग्रह जगूड़ी ने दिये। उनकी कविताओं को लेकर भरोसेमन्द टीकाओं का अभाव है। कदाचित् यह कारण हो कि वे बहुत ही पेचीदा, जटिल और बहुस्तरीय अनुभवों के कवि हैं, जिन्हें समझना कठिन है। उनकी कविताएँ एक बार में ही पूरा नहीं खुलतीं। जितना हम उन्हें समझने का दावा करते हैं, उतना ही अबोध वे हमें घोषित करती हैं। यों तो हर अच्छी कविता की विशेषता यही है कि वह बार-बार पढ़ी जाकर भी नयी की नयी बनी रहे। उसकी भाषा-संवेदना हर बार ताज़ा लगे। जगूड़ी की कविताओं में यह ख़ूबी है। वे अपने प्रतीकों, बिम्बों, उपमानों, उत्प्रेक्षाओं को मैला और बासी नहीं होने देते। यही वजह है कि पेड़ और बच्चे के प्रतीक और बिम्ब से रची उनकी अनेक कविताएँ ऊब का निर्माण नहीं करती हैं। वे रोमांचित कर देने वाली अनुभूति और प्रतीति कराती

हुई एकरसता का भंजन करती हैं। उस समय की एक कविता का एक आख़िरी हिस्सा है– *'जड़ों के सत्संग से लौटकर/मौसम के सामूहिक कीर्तन में हिल रहे थे पेड़'।* 'पेड़' कविता का यह अंश :

उसकी आँखों में अनेक इच्छाओं के कोमल सिर हैं/ जिन्हें जब वह निकालेगा तो बचपन की मस्ती में/ हवा, रोशनी और सारे आकाश को दूध की तरह पी जायेगा.../आओ और मुझे सिर ऊँचा किये हुए उससे ज़्यादा जूझता हुआ/उससे ज़्यादा आत्मनिर्भर कोई आदमी बताओ/ जो अपनी जड़ें फैलाकर मिट्टी को ख़राब होने से बचा रहा हो।

वे जीवन से ही नहीं, पौराणिक सन्दर्भों तक से आधुनिक चेतना को खँगालते हैं और राजनीति, धर्म, साहित्य, अर्थतन्त्र और बाज़ार के जीवन पर पड़ने वाले प्रभावों को एक कवि की तरह आँकते हैं। लम्बी कविताओं के तो वे जैसे बेहद लोकप्रिय कवि माने जाते हैं। 'बलदेव खटिक' के अनेक मंचन हुए–कविता के रंगमंच को विकसित करने इस या इन जैसी तमाम कविताओं की अपनी भूमिका है। 'महाकाव्य के बिना' में संकलित तमाम लम्बी कविताएँ इस बात की परिचायक हैं कि ये कविताएँ रचनात्मक आपद्धर्म का परिणाम हैं। लम्बी कविताओं की थियरी रचने के बजाय उन्होंने कविताओं में ही उसकी सैद्धान्तिकी और निर्मिति के बीज बोये हैं। यों तो लम्बी कविताओं के विस्तार में जितनी बौद्धिकता और तार्किकता के साथ वे कथ्य के विराट फलक पर खेलते हैं, उनकी छोटी कविताएँ भी उतनी ही प्राणवान और संवेदना-सिक्त लगती हैं। इसका एक उदाहरण 'तो' शीर्षक कविता है–

जब उसने कहा कि अब सोना नहीं मिलेगा/ तो मुझे कोई फ़र्क़ नहीं पड़ा पर अगर वह यह कहता कि अब नमक नहीं मिलेगा/ तो शायद मैं रो पड़ता।

यह कवि के सरोकारों को जताने वाली कविता है।

'भय भी शक्ति देता है' की दर्जनों कविताएँ आधुनिक अर्थतन्त्र, बाज़ारवाद और भूमण्डलीकरण की आगत आहट को लेकर लिखी गयी थीं, जब उदारीकरण और भूमण्डलीकरण की चर्चाएँ भी शुरू नहीं हुई थीं। और अब उनके नवीनतम संग्रह 'ख़बर का मुँह विज्ञापन से ढका है' को देखें तो यह संग्रह न तो पुराने संग्रहों की जूठन से रचा गया है, न पुराने अनुभवों का नवीन विस्तार है। यहाँ पुरानी सारी प्रविधियों को अलग रखते हुए सर्वथा नये ढंग से बात कहने की कोशिश है। 'फूलों की खेती और उदासी', 'प्राचीन भारतीय संस्कृति को अन्तिम बुके', 'सौ गालियों वाला बाज़ार', 'ख़बर का मुँह विज्ञापन से ढका है' तथा 'क़र्ज़' के बाद 'नींद' ऐसी कविताएँ हैं जो जगूड़ी जैसे कवि के भीतर बसे समाजशास्त्री, अर्थचिन्तक और मनोविश्लेषक से रूबरू कराती हैं। कवि आज केवल कल्पना

जगत् का प्राणी नहीं रहा, उसे भी जगत्-गति व्यापती है। बिना सांसारिक हुए जीवन की विविधताओं, विशिष्टताओं और व्याधियों से परिचित नहीं हुआ जा सकता। कवि यथातथ्य के गान के लिए नहीं बना है। वह तुकें और अन्त्यानुप्रास भिड़ाने वाला प्राणी नहीं है। सूखे समाज में लहरें पैदा करने वाली विज्ञापन टीम पर उसकी पैनी नज़र है। विज्ञापन जैसा समाज बना रहे हैं, जैसी आक्रामकता और मोहक शब्दजाल से वे हमारी जीवन-शैली में घुसपैठ कर रहे हैं, जगूड़ी की उस पर पैनी नज़र है। शुद्ध कविता की खोज का यह समय नहीं रहा। कविता में आज का समय बोलना चाहिए। आज का वैश्विक परिदृश्य बोलना चाहिए। कविता में आज के बदलाव को लक्षित किया जाना चाहिए। कविता से ज़िन्दगी का खमीर ग़ायब हो रहा है, जगूड़ी को चिन्ता इसी बात की है। वे बदलाव, विकास, आधुनिकता, तकनीक, आविष्कार और किसी भी वैचारिक नवाचार का विरोध नहीं करते, उसकी पूरी नोटिस लेते हैं। चार्वाक ने भले ही इसकी संस्तुति की हो, पहले क़र्ज़ लेना बुरा माना जाता था। अभावग्रस्तता चल सकती थी, ऋणग्रस्तता नहीं। आज क़र्ज़ तरक़्क़ी का, आर्थिक विकास का परिचायक है। इसलिए हर जगह क़र्ज़ और कमाई ढूँढ़ते अत्याधुनिक मनुष्य तक के मिज़ाज की पड़ताल जगूड़ी करते हैं। क़र्ज़ के बाद 'नींद' कविता में आधुनिक अर्थतन्त्र की आवाज़ सुन पड़ती है। सरस्वती पर उनकी कुछ बेहतरीन कविताएँ 'ईश्वर की अध्यक्षता में' और 'ख़बर का मुँह विज्ञापन से ढका है' संग्रह में हैं। आज जिस तरह लोगों ने अपने हितों के लिए सरस्वती का दुरुपयोग किया है, जगूड़ी उसे एक सुव्यवस्थित रूपक में बदलते हुए इस प्रवृत्ति की पड़ताल करते हैं।

जगूड़ी की कविता न तो पारम्परिक कविता की लीक और लय पर चलती है न आजमाये हुए बिम्ब-प्रतीकों का अवलम्बन ग्रहण करती है। यह कवित-विवेक के अपने खोजे-रचे प्रतिमानों और सौन्दर्यमूलक मानदण्डों पर टिकी है। रीति, रस, छन्द और अलंकरण के दिखावटी सौष्ठव से परे यह आधुनिक जन-जीवन में खिलती प्रवृत्तियों, उदारताओं, मिथ्या मान्यताओं, व्याधियों, किंवदन्तियों, क्रूरताओं का खाका खींचती है। इसमें बरते गये शब्द आधुनिकता के स्वप्न और संघर्ष की पारस्परिक रगड़ से उपजे हैं। पर्यावरण को ये कविताएँ चिन्ताओं और सरोकारों के नये धरातल से देखती हैं। इनमें सब कुछ के लुट जाने का और लुटते हुए को बचा लेने का हाहाकारी शोर और रोर नहीं है। क्रूरताओं और हिंसा के चितेरों को ये कविताएँ चेतावनियाँ नहीं देतीं, क्योंकि ये जानती हैं—यह काम कवि का नहीं, व्यवस्था और प्रशासन का है। जिस तरह प्रशासन और क़ानून के ज़िम्मे एक स्वच्छ नागरिक पर्यावरण का निर्माण है, इन कविताओं का काम नागरिकता के

विरुद्ध होते पर्यावरण की शिनाख़्त है और जगूड़ी यह काम संजीदगी से अंजाम देते हैं। मानवीय क्रूरताओं का रंगमंच बनती हुई दुनिया की शिनाख़्त केवल कवि ही कर सकता है। यदि पूछा जाये कि जगूड़ी ने हिन्दी कविता को क्या दिया है तो यह सहज ही कहा जा सकता है कि उन्होंने कविता को भाषा और अनुभव के जितने झटके दिये हैं (ऐसा वे ख़ुद भी कहते हैं), उतने ही अर्थपूर्ण मुहावरे और सुभाषित भी। बात-बात पर ऐसी उद्धरणीयता जो मायकोव्स्की जैसे क्रान्तिकारी कवियों की कविताओं में देखने को मिलती है। समकालीनता का शोर इन दिनों हिन्दी कविता में सबसे ज़्यादा है पर सच्ची समकालीनता जगूड़ी जैसे कवियों के यहाँ ही पायी जाती है। वे समकालीन कवि ही नहीं, समकालीनता के कवि हैं। जगूड़ी ने लिखा है, एक अच्छी कविता कर्म, विचार, शैली और सौन्दर्य का सम्पूर्ण विलयन अपने में लिए होती है। कविता का लक्ष्य किसी अनुभव की तत्काल अदायगी नहीं है। वह जीवनानुभवों का उपार्जन है।

उन्नीस सौ चालीस में जन्मे जगूड़ी ने अब तक की सुदीर्घ काव्य-यात्रा में समय के बदलते हुए चेहरे को नज़दीक से देखा है। आज़ादी उनके पैदा होने के सात साल बाद मिली, पर वयस्क होते-होते उन्हें आज़ादी की निरर्थकता समझ में आने लगी। विकास का नेहरूवियन मॉडल लोकतन्त्र के निस्तेज चेहरों की परवाह नहीं करता था। लिहाजा पंचसाला योजनाएँ बेशक चलायी गयीं, उनके उपर्युक्त परिणाम नहीं मिले। समय-समय पर चलाये गये आर्थिक कार्यक्रमों का भी कोई बड़ा प्रभाव देश के स्वास्थ्य पर नहीं पड़ा। पचहत्तर की इमरजेंसी ने बताया कि सत्ता की निरंकुशता कि हद तक जा सकती है। नक्सलवाद का कोई हल आज तक नहीं निकला है। गये वर्षों में 'ग़रीबी हटाओ' के मुग्धकारी नारे के बावजूद, ग़रीबी रेखा भले ही थोड़ी ऊपर उठी हो, ग़रीब हमेशा उस रेखा के नीचे ही रहता आया है। धीरे-धीरे ग़रीबी ही बीमारी का रूप लेती गयी और ग़रीब को यह लगने लगा कि जिस बीमारी से वह ग्रस्त है, उसका नाम ग़रीबी है और उसे डॉक्टर नहीं मिटा सकते। देश पर लदे क़र्ज़ का हिसाब यह है कि तमाम सामाजिक, आर्थिक और शैक्षिक परियोजनाएँ विश्व बैंक के अनुदान से चलायी जा रही हैं। विज्ञापनों ने न केवल सतही लोकरुचि के निर्माण में दिलचस्पी ली, बल्कि एक रणनीति के तहत, कवि के शब्दों में– *'वे चुपचाप हर चीज़ में घुस गये/पहाड़ में, रेत में खेत में और अभिप्रेत में/वे घास और काई की तरह स्वाभाविक लगने के बजाय जंग की तरह स्वाभाविक लग रहे थे।'* समाज का हाल यह कि एक अप्रत्याशित सीधा-सादा मगर कारगर गुण्डा सामाजिक न्याय बाँटने वाले के रूप में दिख सकता है। हम अक्सर 'सभ्यता-समीक्षा' की बात दुहराते हैं।

'ख़बर का मुँह विज्ञापन से ढका है'—के ज़रिये लीलाधर जगूड़ी एक बड़े सामाजिक सत्य से परदा उठाते हैं। वे जताते हैं कि जैसे स्वर्ण पात्र से सत्य का मुँह बन्द हो जाता है, उसी तरह ख़बर का मुँह विज्ञापन से ढँक लिया है। यानी जो ख़बर है, वह ख़बर नहीं, विज्ञापन है। अर्धसत्य है। जगूड़ी की कविता तमाम अर्धसत्यों का उद्‌घाटन है। वह मानव-सभ्यता का वाच टावर है, जहाँ से वे समाज की व्याधियों, विडम्बनाओं, क्रूरताओं का सटीक जायज़ा लेते हैं।

भले ही लीलाधर जगूड़ी का जन्म 1 जुलाई, 1940 को हुआ हो, लेकिन उनके कवि का जन्म 1960 के आसपास हुआ। पचास वर्ष की निरन्तर काव्य-यात्रा में उन्होंने हमें 12 कविता-संग्रह और एक साक्षात्कारों का संकलन दिया। उन्होंने समय-समय पर कविता, समाज, समय, व्यवस्था, धर्म, राजनीति और पर्यावरण पर जो लेख लिखे हैं, उनके संकलन आने बाक़ी हैं। उनकी डायरियों में उनका पचास वर्ष का जो सोच-विचार अंकित है, वही संग्रहों में हाहाकार प्रतीक्षित है। लीलाधर जगूड़ी के बारह कविता-संग्रह हिन्दी कविता के बारह पड़ावों की तरह हैं। हर संग्रह में एक नयी शुरुआत दिखाई देती है। उन्होंने अपनी तरह की कविताएँ लिखी हैं। बहुत-सी तो ऐसी हैं, जो अलग तरह की आलोचना दृष्टि पैदा करने की क्षमता रखती हैं और वे भविष्य की कविताएँ लगती हैं। समकालीनता से दीर्घकालीनता में जाने का अद्‌भुत गुण उनकी कविताओं में मौजूद है।

1960 से हर दशक में उनकी कविता ने हिन्दी में एक काव्यान्तर पैदा किया है। जगूड़ी एक ट्रेंड सेटर कवि के रूप में अग्रगामी रहे हैं। चाहे आज़ादी के बाद का अकाल, भुखमरी, अव्यवस्था और बेरोज़गारी हो, चाहे आपात्‌काल का समय हो, उन्होंने हर बार एक नयी काव्य-भाषा अर्जित करके हिन्दी कविता के अभिव्यक्ति कौशल को अत्यधिक सामयिक रखते हुए भी अपने समय को लाँघने की मार्मिकता के साथ रचा है। उनकी कविताओं से नये शब्दों, मुहावरों का चयन किया जाये, तो एक अलग कोश बनाने लायक सम्पदा वहाँ है। उनकी कविताओं में सूक्तिपरकता और उद्धरणीयता इतनी अधिक है कि सूक्तियों का भी एक अलग कोश तैयार किया जा सकता है। आपात्‌काल में 'रात अब भी मौजूद है', 'बची हुई पृथ्वी' और 'घबराये हुए शब्द' के माध्यम से उन्होंने 'चिड़िया', 'माँ', 'फूल', 'चाँद', 'बच्चे' और 'बलदेव खटिक' जैसी रचनाएँ देकर एक बार हिन्दी में इन शब्दों को ही मुहावरे में बदल दिया था। प्रकृति के बिम्ब उन दिनों कविता से विदा हो चुके थे, लेकिन उनको, अपनी कविता की भट्ठी में डालकर उन्होंने नया धात्विक रूप प्रस्तुत किया। याद आती है इमरजेंसी के दिनों में 'भेद' कविता में उस पुलिस वाले की, जिसे खेल ही खेल में कुछ बच्चे रस्सी बाँध देते

हैं और पुलिस लाइन में पुलिस पर पुलिस हँसती है। ऐसी ही एक अविस्मरणीय कविता 'अन्तर्देशीय' है, जो इमरजेंसी के आतंक को एकदम अलग ढंग से व्यक्त करती है। 'इस पत्र के भीतर कुछ न रखिए'—इस सरकारी छपित वाक्य से कविता शुरू होती है और पूरी तत्कालीन भारत सरकार, बिना नाम लिए उस कविता के घेरे में आ जाती है। लीलाधर जगूड़ी की कविता में बच्चे और पुलिस बिल्कुल अलग ढंग से आते हैं। इमरजेंसी में चिड़िया उनकी कविता और आज़ादी दोनों का प्रतीक बन गयी थी। बाद में सारी हिन्दी कविता माँ, बच्चे और चिड़ियों से भर गयी। जगूड़ी की इस देन को अलग से रेखांकित किया जाना चाहिए कि हर दशक में उन्होंने कविता को नयी भाषा और नये सन्दर्भों की कमी से उबारा है। उनके कविता-संग्रहों के नाम ही एक कथा का आख्यान करने लगते हैं। उनकी कविता में कथा उस तरह चलती है, जैसी वह किसी नाटक में घटित हो रही है।

अगर किसी आलोचक ने अपने समय में उनकी कविताओं को अपनी पत्रिका में सबसे ज़्यादा जगह दी तो वे हैं—डॉ. नामवर सिंह। लेकिन यह भी आश्चर्यजनक तथ्य है कि वे ही जगूड़ी की कविता के बारे में सर्वाधिक मौन दिखाई देते हैं। हमें यह भी नहीं भूलना चाहिए कि अपने समय के किसी महत्त्वपूर्ण कवि और उसके अवदान के प्रति आलोचक का मौन रहना भी आगे चलकर उसकी संवेदना और गुट-निरपेक्ष दृष्टि को कटघरे में खड़ा कर देता है। वैसे भी हिन्दी के बड़े आलोचकों ने जगूड़ी के ज़माने से प्रारम्भ करने वाले किसी भी कवि पर अलग से कोई काम किया ही नहीं है। अब समय आ गया है कि कवियों और आलोचकों के पिछले पचास वर्षों के अवदान पर खुलकर बात की जाये।

लीलाधर जगूड़ी जैसे कुछ और कवियों को भी अलग तरह का होने का दण्ड उनकी उपेक्षा करके देने का प्रयास इन कवियों की प्रचण्ड प्रतिभा से ध्वस्त हो गया है और होकर रहेगा। आख़िर रचना ही है, जो हर काल में कवि को पुनर्जन्म देगी। जगूड़ी का वृहद् रचना संसार आज विशद विवेचन की माँग करता है और उसी में से कविता के अगले सूत्र भी निकलेंगे। 'ख़बर का मुँह विज्ञापन से ढका है'—यह संग्रह इक्कीसवीं सदी की काव्यप्रवृत्तियों की सीधी और कहीं-कहीं सांकेतिक आवाजाही, सब कवियों से भिन्न तरह की है। प्रेम में प्रवेश को वे 'प्रेम में निवेश' मानते हैं। जगूड़ी की आज की कविताओं को मुक्तिबोध, धूमिल अथवा अज्ञेय और रघुवीर सहाय की कविताओं जैसा नहीं समझा और व्याख्यायित किया जा सकता है। उनकी कविताओं का संसार और उस संसार की चिन्ताएँ बिल्कुल अलग तरह की हैं। उनकी कविताओं से ही उनके अन्तर्राष्ट्रीय बाज़ार की व्याख्या के सूत्र निकाले जा सकते हैं। आज उन्हीं के यहाँ अपनी सरस्वती

की अन्दरूनी ख़बर ली जा रही है। लीलाधर जगूड़ी इक्कीसवीं सदी की हिन्दी कविता का एक आधुनिक मोड़ हैं। उनमें हर बार एक नयी छलाँग, एक नया आत्मोल्लंघन दिखाई देता है।

भारतीय कविता की जड़ों से जगूड़ी का गहरा परिचय है। यही कारण है कि वे अतीत की अभिव्यक्ति सम्पदा और भविष्य के तकनीकी गूँगेपन को एक साथ रख पाते हैं। आधुनिक विकासवादी और परिवर्तित होते मनुष्य समाज को उनकी कविताओं में बिल्कुल अलग ढंग से देखा जा सकता है। एक समय था, जब क़र्ज़ के बाद मनुष्य का सारा चैन नष्ट हो जाता था, लेकिन उनकी कविता के चित्रित पात्र को क़र्ज़ के बाद नींद आती है। सामाजिक अनुभूतियाँ किस तरह बदल रही हैं। बैंकों द्वारा दिये जाने वाले ऋण से जो आत्मनिर्भर ख़ुशहाली लोगों के जीवन में आ रही है—इस तरह के विषयों को हिन्दी कविता प्रतिरोध या प्रसन्नता के लिए कहीं भी छूती हुई नहीं दिखाई देती है। टेक्नोलॉजी वाले समाज के जो सुख-दुःख हैं, उनकी आहट सबसे पहले और सबसे ज़्यादा जगूड़ी की कविताओं में सुनाई देती है। उनकी कविताओं की स्त्री का अलग ही रंग-ढंग है। पूरी हिन्दी कविता में वैसी स्त्री या स्त्रियाँ नहीं मिलेंगी। जगूड़ी सत्तर वर्ष के होने जा रहे हैं। वे अब ऊर्ध्वरेता हो गये हैं। उनकी कविता 'साठ पार करते हुए' एक विचित्र इतिहास से गुज़रने का मौक़ा देती है, जिसे लगता है कि समय ने बनाया है, लेकिन जब हम उनकी काव्य भाषा से गुज़रते हैं, तो लीलाधर जगूड़ी के अनुभव के कायान्तरण को देख और समझ पाते हैं। तब उनके सृजन का नवोन्मेष और कलावन्त रूप सामने आता है।

जगूड़ी को पढ़ने-समझने के लिए चिर सजगता चाहिए। इसके लिए कान खुले रखने पड़ते हैं। इन्द्रियों की लगाम थामे रहनी होती है। एक भी पंक्ति की चूक आस्वाद भंग कर सकती है। वे कविता में जो कहते हैं उसका समसामयिकता से ज़्यादा लेना-देना नहीं होता। वे इतने पते की बात कहते हैं कि हमारी अक्ल के बन्द दरवाज़े भी खुल उठते हैं। 'रोजसुनायी एक कम' कविता में रोजसुनायी एक न एक के चले जाने की बात करते हुए वे जब कहते हैं— *'ताज्जुब है कभी भी उस एक का खाना नहीं बचता/कभी भी उस एक के सोने की जगह सूनी नहीं रहती'*—तो पूरी कविता हमें विचलित कर देती है और बताती है कि इस दुनिया में कोई भी अपरिहार्य नहीं है। हत्यारा और तानाशाह को लेकर हिन्दी में तमाम कविताएँ होंगी। पर जगूड़ी की कविता 'हत्यारा' बिल्कुल अलग हैं। हमारे समय में ऐसे तत्त्वों को जो नायकत्व हासिल हुआ है, उसे पूरी सांकेतिकता से जगूड़ी हमारे सामने रखते हैं। इस तरह की हम उन हत्यारों को लोकेट कर सकते है।

उनकी 'लड़ाई' कविता अपने दौर की चर्चित कविताओं में से है, जिसमें उन्होंने लिखा है– *'दुनिया की सबसे बड़ी लड़ाई आज भी एक बच्चा लड़ता है/ पेट के बल, कोहनियों के बल और घुटनों के बल।'* और इस कविता की इन पंक्तियों के लिए आज भी उन्हें याद किया जाता है–

मेरी कविता हर उस इन्सान का बयान है
जो बन्दूकों के गोदाम से अनाज की ख़्वाहिश रखता है
मेरी कविता हर उस आँसू की दरख़्वास्त है/ जिसमें आँसू हैं

इसी कविता में उनका यह भी कहना है कि दुनिया का मैदान लड़ाई का मंच न बने, क्योंकि यह बच्चे के खेल का मैदान है। कवि की यह शुभाषा उसके स्वच्छ, निर्मल मन की गवाही देती है। 'पेड़ की आज़ादी' के माध्यम से उन्होंने एक नागरिक की स्वतन्त्रता की अभिलाषा से जुड़े कुछ सवाल उठाये हैं, जिससे यह पता चलता है कि आज़ादी सिर्फ़ उत्सवता की एक संज्ञा भर है, सचमुच की आज़ादी से उसका लेना-देना नहीं। मुझे अफ्रीकी कवि डान मातेश की एक कविता याद आती है, जिसमें शासक गुलाम व्यक्ति को यह अहसास दिलाते हुए कि वे कुछ माँगे, यह खेत माँगता है, रोटी और कपड़े माँगता है और यह सब उसे मिलता भी है। फिर धीरे-धीरे शासक की उदारता पर भरोसा करते हुए एक दिन आज़ादी की ख़्वाहिश कर बैठता है। यही बात शासक को स्वीकार्य नहीं है। वह खेत वापस ले लेता है और उसे ज़ंजीरों से जकड़ देता है। आज़ादी इतनी आसान होती तो अफ्रीका में अफ्रीकी नेशनल कांग्रेस को एक लम्बा संघर्ष न छेड़ना पड़ता। अंग्रेज़ों से ही आज़ादी पाने में हमें कितने बरस लगे। इसलिए 'पेड़ की आज़ादी' कविता पढ़ते हुए स्वतन्त्रता और शोषण के व्यापक भावबोध से गुज़रना पड़ता है। 'गुमशुदा की तलाश' भी एक ऐसी कविता है। शहरों में रोज़-ब-रोज़ दाख़िल होते ऐसे बेशुमार चेहरों की भीड़ देख सकते हैं जिनके पास खोने को कुछ नहीं है और पा सकना भी एक दुस्वप्न है। कवि को यह घबराये हुए शब्द की तरह लगता है। क्या हमें ऐसे चेहरे अक्सर नहीं दिखाई देते, जो होते हुए भी गुमशुदा जैसे हैं। आज आज़ादी के इतने सालों बाद भी हम उन्हें वह सम्मानजनक पहचान और रिहाइश नहीं दे पाये हैं जिनके ये हक़दार हैं। रवीन्द्रनाथ ठाकुर ने लिखा था, भगवान अब भी बच्चों को धरती पर भेज रहा है। इसका अर्थ यह है कि वह मानव जाति से अभी निराश नहीं हुआ। जगूड़ी लिखते हैं– *'बच्चा पैदा होने का मतलब है फिर एक आदमी ख़तरे में पड़ा।'* वे भविष्य के कवि हैं। उन्हें भविष्य में रोटी, कपड़े, मकान, पानी, अन्याय और विषमता के तमाम संकट अभी से दीख रहे हैं। जीवन की आगामी मुश्किलों का उन्हें अन्दाज़ा है।

जगूड़ी की कविता में भाषा अलग से चमकती है। पर वह भाषा का उत्सव नहीं है। वह दुर्निवार अभिव्यक्ति के लिए भाषा का कारगर इस्तेमाल है। 'आत्मविलाप' कविता में जैसा जगूड़ी लिखते हैं, यह उस कौल करार का एक निर्वचन भी है जिसके ज़रिये वे शब्दों को पुनरुज्जीवित करना चाहते हैं। यह एक जीवन्त कवि का कर्तव्य भी है कि वह शब्दों का परिष्कार करे और देखे कि भाषा में फूटते नये कल्ले शब्द की कोशिकाओं को पूरी ऑक्सीजन दे रहे हैं—

अपनी छोटी और अन्तिम कविता के लिए/मुझमें जो थोड़ा-सा रक्त शेष है
मैं कोशिश करूँगा वह दौड़ कर/शब्द के उस अंग को जीवित कर दे
जो भाषा की हवा से मर गया है

ऐसा नहीं कि जगूड़ी की कविता किसी तार्किक निष्कर्ष तक पहुँचाने वाली कविता है, किन्तु वह दूध का दूध और पानी का पानी करने की क्षमता से अवश्य लैस है जहाँ रूढ़िबद्ध, पवित्र, और नैतिकता के ताप से समुज्ज्वल परम्परागत आशय भरभरा कर गिर पड़ते हैं और साफ़ दिखाई देता है कि गिरावट, अवसरवादिता, मूल्यहीनता और क्रूरता किस हद तक हमारी जीवन शैली में घुस गयी है।

यह बातचीत

जगूड़ी से बरसों का संग-साथ रहा है। लखनऊ के सूचना विभाग से सम्बद्ध करते हुए अक्सर हम रूबरू होते, गोष्ठियाँ जमतीं और उनकी कई कविताओं का स्वाद भी चखते। उनकी कविताएं तब भी अपने समय की निर्ममता से व्याख्या करती थीं और आज भी वे सबसे पहले एक क्रिटिकल की भूमिका में ही दिखती हैं। कविता को वे आत्मा की इंजीनियरिंग मानते हैं। उनकी कविता कितनी भी गद्यात्मक और नैरेटिव क्यों न हो, उसमें कविता की आत्मा बोलती है। वे कहते भी तो हैं कि कविता भी आत्मा का कार्बन है। हिन्दी आलोचना भले ही उन्हें नेपथ्य में रखती आयी है, फिर भी वे आज की आलोचना को चुनौती और सीख देने वाले कवियों में हैं। वे अपनी कविता से पाठकों को कविता-विरक्त नहीं करना चाहते, जैसा आज के कुछ कवि कर रहे हैं। बल्कि वे हर पाठक को नया कुछ देना चाहते हैं। उनकी कविता में समाजशास्त्रीय बहसें हैं, उसके राजनीतिक निहितार्थ हैं। जगूड़ी ने अपने संग्रह का नाम रखा था, 'अनुभव के आकाश में चाँद'—अनुभव के निरभ्र आकाश में केवल चाँद ही नहीं, उनकी कविता भी उड़ान भरती है—उन्मुक्त और निर्भार। यह बातचीत भी उनके साथ निरन्तर संसर्ग के सत्साहस से सम्भव हुई है।

(1996)

कविता : पानी जैसी सरल और पार करने के अर्थ में नदी जैसी कठिन

–चैतन्य

प्रश्न : आप समकालीन हिन्दी के चर्चित कवियों में से एक हैं। हम यहाँ जानना चाहते हैं कि एक लेखक के रूप में आपका जीवन कविता से ही आरम्भ हुआ या साहित्य की किसी अन्य विधा से?

उत्तर : मैंने गढ़वाली और हिन्दी में एक साथ कविता लिखनी शुरू की। ऐसा शायद इसलिए भी हुआ कि अपने बचपन को और अपने इलाक़े की प्रकृति को मैं गढ़वाली भाषा में ही ज़्यादा जानता था, विषय अपनी भाषा चुन लेता है। कविता के अलावा अन्य विधाएँ मुझे आकर्षित तो करती रहीं लेकिन वे मुझ पर कविता की तरह हावी नहीं हो पायीं। कुछ मेरा दोष, कुछ विधाओं की कमी। इन्हीं कमियों और दोषों की क्षतिपूर्ति से बनी हैं मेरी कविताएँ।

प्रश्न : आपकी पहली रचना क्या थी : कविता, कहानी या आलोचना? वह कब लिखी गयी और उसे किसने किस पत्र-पत्रिका में प्रकाशित किया? उसके छपने पर सुधी पाठकों और परिचित-अपरिचित लेखकों से कैसी प्रतिक्रियाएँ मिलीं और प्रतिक्रियाएँ पाकर आपको कैसा लगा?

उत्तर : मेरी पहली कविता सेम-मुखेम के डाण्डे पर बने कृष्ण मन्दिर और कृष्ण के बारे में कल्पित थी। मन्दिर के तीन रावलों ने मुझ छठी पास को उस गढ़वाली गीत के लिए सात-सात रुपये की प्रथम पिंठाईं (तिलक) लगायी थी। आज वह गीत एक लोकगीत के रूप में गाया जाता है। बहुत कम लोग जानते हैं कि उसे मैंने लिखा है क्योंकि इस बीच बहुत से लोककवियों ने उसे अपने संग्रहों में भी छपा दिया। उस गीत की यही मैं बहुत बड़ी सफलता मानता हूँ कि अनायास ही वह मेरा न रहकर सबका हो गया। ऐ भगवान कृष्ण! तुम ऐसी जगह अवतार लेकर बसे हो, जहाँ बाघ पहरा देता है और भालू थानेदारी करता है।

जहाँ राधा और रुक्मणी एक साथ नैर-थुनैर के फूलों के साथ खिली-मिली रहती हैं। कृष्ण के बारे में ऐसी कुछ पंक्तियाँ उस गीत में हैं।

प्रश्न : आपकी पहली प्रकाशित पुस्तक कौन-सी है, वह कब और किस प्रकाशन से प्रकाशित हुई! उसे हिन्दी के पाठक-लेखक संसार ने किस रूप में लिया?

उत्तर : तब मैं हाईस्कूल के बराबर की मान्यता वाली पूर्वमध्यमा परीक्षा उत्तीर्ण कर चुका था। जब मेरा पहला कविता-संग्रह 'शंखमुखी शिखरों पर' (1964) प्रकाशित हुआ। डॉ. शम्भुनाथ सिंह ने इस संग्रह की भूमिका लिखी। उन्होंने मुझे कालिदास कौरह से भिड़ा दिया। मैं उनका हृदय से आभारी हूँ और उनकी सदाशयता के प्रति कृतज्ञता का अनुभव करता हूँ। उसके बाद मैं नयी कविता, प्रयोगवादी कविता और प्रगतिशील कविता के सम्पर्क में आया। मुझे अपना भाषिक संसार और सोचने का तौर-तरीक़ा काफ़ी रूढ़िबद्ध लगने लगा, इसलिए मैंने लीलाधर शर्मा की जगह लीलाधर जगूड़ी के नाम से कविताएँ छपवानी शुरू कर दीं। निस्सन्देह उन कविताओं से मेरा पुरानापन ग़ायब था और मैं हमेशा ही कोई-न-कोई दूर की कौड़ी ढूँढ़ने में लगा रहता था। बदली हुई कविताओं का पहला कविता-संग्रह लीलाधर जगूड़ी के नाम से प्रकाशित हुआ। किताब का नाम था 'नाटक जारी है'। यह 1972 में 'अक्षर प्रकाशन' से प्रसिद्ध कहानीकार और उपन्यासकार राजेन्द्र यादव ने प्रकाशित किया। फिर तो मैं दिन-ब-दिन कवि हो पाया या नहीं, लेकिन कविताएँ लिखता चला गया और अब मेरा ग्यारहवाँ कविता-संग्रह 'ख़बर का मुँह विज्ञापन से ढका है' (2008) प्रकाशित हुआ है।

प्रश्न : राजकमल प्रकशन समूह यानी राधाकृष्ण, राजकमल और लोकभारती से आपका पहला जुड़ाव कब हुआ! बहैसियत लेखक इनके साथ आपके अनुभव किस तरह के रहे?

उत्तर : राजकमल प्रकाशन से पहला जुड़ाव तो पाठक के रूप में हुआ। जब अच्छी किताबें मिलना (मूल अथवा अनूदित) कठिन लगता था जब राजकमल ने यह कमी पिछले समय में दूर की। कवि के रूप में मेरा जुड़ाव श्रीमती शीला सन्धू के कारण हुआ। उन्होंने मेरी कविताएँ पढ़ने के बाद मुझसे कहा कि मैं अपना एक संग्रह राजकमल प्रकाशन को दूँ। 'बची हुई पृथ्वी' पहला संग्रह था।

प्रश्न : हिन्दी समाज में लेखक और प्रकाशक सम्बन्ध अक्सर तनावपूर्ण रहते हैं। माना जाता है कि यह एक अनिवार्य स्थिति है। इस सम्बन्ध में आपके अनुभव कैसे रहे और इस स्थिति के बारे में क्या सोचते हैं?

उत्तर : हिन्दी प्रकाशकों ने अपने तन्त्र में किसी पुस्तक की प्रकाशन पूर्व स्तरीयता की जाँच के लिए कोई विद्वत् मण्डल गठित नहीं किया है।

कम-से-कम मुझे इसकी जानकारी नहीं है। इसलिए उन्होंने बिकने को ही एक स्तरीयता का अन्तिम और एकमात्र प्रतिमान मान लिया है। लेखक प्रकाशक के आपसी सम्बन्ध अत्यन्त सन्दिग्ध हैं। अच्छी और उत्कृष्ट पुस्तकों के लेखकों को भी अपनी पुस्तक के नये संस्करण निकलवाने के लिए इन्तज़ार करना पड़ता है। अनुबन्ध पत्र पर यह नहीं लिखा जाता कि एडिशन कितनी प्रतियों का होगा। रॉयल्टी भी समय से प्राप्त नहीं होती।

प्रश्न : एक लेखक के रूप में सबसे ज़्यादा सन्तोष आपको किस पुस्तक ने दिया और सबसे ज़्यादा पाठक किस किताब को मिले? उसे प्रकाशित किसने किया?

उत्तर : मैं नयी कविता लिखता हूँ जिसे आधुनिक कविता भी कहते हैं, जिसके कवि, कवि होने के लिए मंचों पर नहीं जाते, फिर भी मेरे कविता-संग्रहों के तीन से लेकर पाँच-पाँच संस्करण प्रकाशित हो चुके हैं। श्री अशोक माहेश्वरी बता रहे थे कि आप काउंटर पर से बिकने वाले कवि हैं। फिर भी किसी अच्छे आलोचक ने मेरी कविताओं के साथ 'एनकाउंटर' नहीं किया है। इसकी मुझे चिन्ता है। देखिए, समानधर्मा के लिए भवभूति के शब्दों में कितना इन्तज़ार करना पड़ता है?

प्रश्न : आमतौर पर आप किस विधा की पुस्तकें पढ़ना पसन्द करते हैं, इधर आपने क्या उल्लेखनीय पढ़ा?

उत्तर : इतिहास, विज्ञान और दर्शन। इधर मैं ऋग्वेद पर सायण, यास्क और मैक्समूलर के भाष्य पढ़ रहा हूँ।

प्रश्न : इन दिनों आप क्या कर रहे हैं?

उत्तर : इन दिनों मैं अपनी कुछ कविताओं और कुछ गद्यात्मक टिप्पणियों पर काम कर रहा हूँ।

प्रश्न : वर्तमान कविता परिदृश्य को आप किस रूप में लेते हैं?

उत्तर : हिन्दी का वर्तमान कविता परिदृश्य कवियों की गणना करें तो बहुसंख्यक और अच्छी कविताओं का चयन करें तो अल्पसंख्यक दिखता है। पर जो भी अच्छी कविताएँ हैं वे महान कविताएँ भी हैं। शायद वर्तमान परिदृश्य एक कवि से नहीं कई कवियों की कई बड़ी कविताओं से बनेगा।

प्रश्न : नयी पीढ़ी में दिखाई देनेवाले ऐसे कौन नाम आपकी निगाह में हैं, जिन पर हिन्दी कविता भरोसा कर सके?

उत्तर : अभी तो मौजूदा कवियों के ही मूल्यांकन के लाले पड़े हैं। नये कवियों को परीक्षित करने का समय आने वाला है। हर नये कवि पर मेरा भरोसा है कि वह लीक से हटकर कुछ-न-कुछ करेगा क्योंकि लीकवादी नये कवियों ने कविता को काफ़ी एकरस बना दिया है।

प्रश्न : इधर प्रकाशित कविता की दस ऐसी पुस्तकें कौन-सी हैं, जो आपकी नज़र में अच्छी हैं?

उत्तर : इस सवाल का उत्तर मैं एक प्रतिप्रश्न के द्वारा देना चाहता हूँ। जिस भाषा में अज्ञेय, मुक्तिबोध, नरेश मेहता, नागार्जुन, त्रिलोचन, केदारनाथ अग्रवाल, भवानी प्रसाद मिश्र, बच्चन, रघुवीर सहाय, सर्वेश्वर, श्रीकान्त वर्मा, राजकमल, धूमिल, साही और सौमित्र मोहन के महान कृतित्व का विराट प्रभाव क्षेत्र मौजूद हो और जिसमें एक साथ कुँवर नारायण, केदारनाथ सिंह, कैलाश वाजपेयी, अशोक वाजपेयी, विनोद कुमार शुक्ल, चन्द्रकान्त देवताले, ऋतुराज, विश्वनाथ प्रसाद तिवारी, गिरधर राठी, विष्णु खरे, मंगलेश डबराल, राजेश जोशी, अरुण कमल, विष्णु नागर, उदय प्रकाश, असद जैदी, कात्यायनी, देवी प्रसाद मिश्र, वीरेन डंगवाल, एकान्त श्रीवास्तव, अष्टभुजा शुक्ल, अनामिका, विमल कुमार और नरेश सक्सेना जैसे विविधवर्णी बीस से भी अधिक सक्रिय वरिष्ठ कवि मौजूद हों, वहाँ केवल दस किताबें गिनाकर हिन्दी कविता के परिदृश्य को छोटा क्यों किया जाये। यह परिदृश्य वस्तुतः और भी बड़ा है क्योंकि इसमें भारत के अनेक हिन्दीतर भाषी प्रदेशों के सशक्त हिन्दी कवियों के नाम नहीं आये हैं। असली ताक़त तो हिन्दी को उन्हीं से मिलती है। हिन्दी क्षेत्रों के हिन्दी कवि और लेखकों तक हिन्दी साहित्य को सीमित करके हिन्दी के आलोचकों ने अपनी सुविधानुसार सारा गुड़-गोबर किया है।

प्रश्न : हिन्दी का ज़्यादातर लेखन-प्रकाशन साहित्य केन्द्रित होता है। कुछ लोग यह भी कहते हैं कि इसी वजह से आज के हिन्दी पाठक की सारी पाठकीय ज़रूरतें पूरी नहीं हो पातीं। क्या अब हमें साहित्य के अलावा स्वास्थ्य, क़ानून और प्रबन्धन आदि विषयों पर भी ध्यान नहीं देना चाहिए?

उत्तर : यह बड़ी दुर्भाग्यपूर्ण स्थिति है कि हिन्दी के सारे साहित्यकार कविता और कहानी के पीछे डण्डा लेकर पड़े हैं। ज्ञान की दूसरी महत्त्वपूर्ण विधाओं से उनका सरोकार नगण्य है। कविता और कथा-साहित्य में धीरे-धीरे हमारे जीवन में महत्त्वपूर्ण स्थान प्राप्त करती नयी टेक्नोलॉजी के साथ संघर्ष या राग-विराग पूर्ण सम्बन्धों वाली स्थितियाँ या पात्र कहीं दिखाई नहीं देते। आधुनिक हिन्दी कविता और कथाओं में माइथालॉजी के साथ भी संवाद बहुत कम दिखाई देता है। नयों में तो कतई नहीं। ज्ञान और विज्ञान की कोई टक्कर किसी कृति में आप मुझे दिखा दीजिए। बाज़ारीकरण और वैश्वीकरण का इतना हौवा है कि साम्यवाद और समाजवाद भी उसके सामने फीके पड़ गये। लेकिन क्या कोई अच्छी कविता और क़हानी इस सन्दर्भ में छाँटकर व्याख्यायित की गयी है?

प्रश्न : राजकमल प्रकाशन समूह ने आम पाठकों को ध्यान में रखकर बहुत कम मूल्य पर समझदार और सदाबहार पुस्तकों की नयी शृंखला शुरू की है, जिनमें कुछ पुस्तकों के संस्करण फटाफट बिक गये। मसलन राग दरबारी, मैला आँचल और निराला की बिल्लेसुर बकरिहा। आपको ऐसी योजना कैसी लगी?

उत्तर : इसमें यह भी प्रयोग किया जाना चाहिए कि किसी भी अच्छी पुस्तक का 10 हज़ार अथवा कम-से-कम 5 हज़ार प्रतियों से कम का संस्करण नहीं छपना चाहिए। इससे योजना को ख़ास प्रचार भी मिलेगा। समीक्षार्थ, कम-से-कम दो सौ प्रतियाँ अलग से छापी जानी चाहिए।

प्रश्न : पाठकों की कमी की शिकायत आज सभी प्रकाशक करते हैं। आप इस समस्या को कैसे देखते हैं और इसका क्या समाधान हो सकता है? आज के बाज़ारवादी दौर में हिन्दी प्रकाशन के सामने क्या चुनौतियाँ देख रहे हैं और इससे निपटने के लिए क्या करना चाहिए?

उत्तर : पाठकों की संख्या स्तरीय पुस्तकों के प्रकाशन से और मूल्य कुछ कम रखने से बढ़ेगी। मूल्य कम करने का एक ही तरीक़ा है कि संस्करण कम-से-कम पाँच हज़ार प्रतियों का हो। शासन स्तर पर गाँव-गाँव में पुस्तकालयों की स्थापना से भी पाठकों की कमी दूर होगी।

प्रश्न : राजकमल अब एक समूह के रूप में सक्रिय हुआ है, भारतीय प्रकाशन के इतिहास में यह पहली ऐसी घटना है जब तीन बड़े प्रकाशन संस्थान–राजकमल, राधाकृष्ण और लोकभारती एक छतरी के नीचे काम कर रहे हैं। आप इसे किस रूप में देखते हैं?

उत्तर : मैं तो सोचता हूँ कि एक ही समूह तीन समूहों के बराबर काम करे। कहीं ऐसा न हो कि तीन समूह मिलकर एक ही समूह के बराबर काम करें। ऐसे संस्थान को एक तो त्रिआयामी दिखना चाहिए और उसकी गुणवत्ता तिगुनी तो बढ़नी ही चाहिए।

प्रश्न : आज के भूमण्डलीकृत बाज़ारीकरण के दौर में नयी पीढ़ी के रचनाकर्मियों को कोई सन्देश देना चाहेंगे?

उत्तर : दुनिया छोटी हो या बड़ी, महत्त्वपूर्ण यह है कि दुनिया अपनी हो। पूरी दुनिया से अपनत्व तभी पैदा होगा जब स्थानीयता की ढाल को हटाकर लोग निष्कवच होकर दुनियावी प्रेम में आलिंगित हों।

प्रश्न : बिक्री के लिहाज से देखें तो नये लेखकों की तुलना में अभी भी भगवतीचरण वर्मा, यशपाल, रेणु, श्रीलाल शुक्ल, हजारीप्रसाद द्विवेदी तथा नामवर सिंह ही ज़्यादा बिकते हैं। नये लोग अपनी कोई ख़ास पहचान नहीं बना पा रहे हैं? इसकी क्या वजह नज़र आती है आपको?

उत्तर : अभी आपका गणित मुनाफ़े के तर्क पर आधारित लगता है। जिन लेखकों के आपने नाम लिए वे बिकाऊ तो हैं ही लेकिन इनकी भी कौन-सी किताब ज़्यादा बिकी है या बिक रही है—यह आपने नहीं बताया। क्या इनकी हर पुस्तक ज़्यादा बिकती है? कविता पुस्तकों की तुलना उपन्यास के साथ नहीं की जा सकती। कविता पुस्तकों के नये संस्करण आना अपने आप में एक महत्त्वपूर्ण ख़बर है। उस ख़बर को अलग से प्रसारित और प्रचारित किया जाना चाहिए। उपन्यास की एक हज़ार प्रतियाँ और किसी कविता-संग्रह की एक सौ प्रतियों की बिक्री को मैं बराबर समझता हूँ। सरलता की ओर सभी जाते हैं कठिनाई का रास्ता बहुत कम लोग चुनते हैं। उन्हीं कम लोगों की वजह से समझदारी बची हुई है। कविता पुस्तकों की बिक्री का आँकड़ा अलग से बताइये।

प्रश्न : अपनी कविता की रचना-प्रक्रिया पर संक्षेप में प्रकाश डाल सकेंगे तो हम आपके आभारी होंगे।

उत्तर : रचना-प्रक्रिया, ख़ासकर कविता की, अत्यन्त अनिश्चित है। कभी वह एक विचार के रूप में हो सकती है कभी एक दृश्य के रूप में। कभी वह एक संवाद के रूप में हो सकती है कभी एक प्रतिवाद के रूप में। लगता है कि कविता, भाषा का एक अनिश्चित ज्वार है जो विषय के अनुरूप शिल्प को अपने साथ पैदा करने की कोशिश में किसी बात को एकदम नये तरीक़े से कहने के लिए रचनाकार में अलग-अलग तरीक़े से पैदा हो जाता है। कविता कभी एक भावावेग पर आधारित लगती है कभी किसी गहरे दुख से बनी हुई। कविता एक उच्छल ख़ुशी भी दे सकती है और एक गहरा पछतावा भी। कविता तमाम असभ्यताओं के बीच और बावजूद एक जीवनानुभव को सभ्यता में शामिल करने की कोशिश है। कविता, एकान्त में रची गयी सार्वजनिक अनुभूति है तो सार्वजनिक अनुभूति का रचनात्मक एकान्त भी कविता में ही दिखाई देता है। कविता केवल शब्दों से ही नहीं बनती बल्कि कर्म के हर क्षेत्र में मानवीय संलग्नता से भी बनती है। कविता की रचना-प्रक्रिया निस्सरण के अर्थ में पानी जैसी सरल और पार करने के अर्थ में नदी जैसी जटिल है।

(2009)

कसौटियाँ हों, और कविता न हो...?

—अरविन्द अवस्थी

प्रश्न : 'साहित्य पर आवश्यकता से अधिक भरोसा करना मूर्खता है'—मुक्तिबोध के इस कथन से क्या अर्थ निकलना चाहिए?

उत्तर : 'क्या' की जगह मैं कहूँगा—'क्या-क्या अर्थ निकल सकते हैं।' दरअसल, मूर्खता बुद्धि की बुनियादी सम अवस्था है या कि मूर्खता ही बुद्धिमानी की शुरुआत है। बुद्धि एक स्थिर चेतना नहीं, बल्कि वह विकसित होती अथवा कमज़ोर होती या तिरोहित होती चेतना है। बुद्धि का आधार दिमाग़ से ज़्यादा मन है। ब्रेन नहीं, माइंड। ब्रेन को फ्राई किया जा सकता है, माइंड को नहीं। माइंड, ब्रेन को भी फ्राई या ड्राई कुछ भी कर सकता है। इसलिए भारतीय दर्शन में मन को बुद्धि भरमाने वाला अथवा बुद्धि को केन्द्रित करने वाला कहा गया है। मूर्खता एक तरह का गोबर है, जो बुद्धि को खाद देकर उर्वर बनाती है। साहित्य की नींव में आप कालिदास की मूर्खता वाली मगर बुद्धिमत्तापूर्ण किंवदन्ती को रख सकते हैं। घटनाएँ वैसी होती नहीं हैं, जैसी वे साहित्य में दिखती हैं। वे झूठ से सच की ओर जाने की यात्रा करती हैं। कुछ लोग एक रचे-रचाये स्थापित सत्य की रोशनी में झूठ को देखना-परखना चाहते हैं। साहित्य, पहले ख़ुद के लिए अथवा अपने अनुभव की अभिव्यक्ति के लिए, जीवन में फैले झूठ को पकड़ने की कोशिश से युगीन सत्य के क़रीब पहुँचना चाहता है। युग की मिथ्या अवधारणाओं से पता लगता है कि युग सत्य कितना बदल गया है। इस तरह सत्य भी नये-नये रूप धारण करता रहता है। साहित्य भी जीवन की मूर्खताओं और जीवन के कर्मठ झूठों से टकराते हुए अपनी नींव डालता है। अनेक व्यंग्योक्तियों में कहा गया है कि साहित्य झूठ का सबसे बड़ा पुलिन्दा है। झूठ की पड़ताल से ही उसके सच को जाँचा जा सकता है। भारतीय दर्शन में 'क्रान्ति द्रष्टा' उसे कहा गया है जो भूत, भविष्य और वर्तमान में एक साथ अतीत को देख सके। भविष्य और वर्तमान को अतीत होते हुए देखना ही 'क्रान्ति द्रष्टा' होना है।

काल और जीवन की संगति-असंगति और दुर्गति को निष्पत्तियों में बदलते हुए देखना क्रान्ति द्रष्टा होना है। 'निष्पत्तियाँ' असल में घटनाओं के द्वन्द्व और परिवर्तन का लुब्बेलुबाब यानी कि हर-बार के अलग निष्कर्षात्मक परिणाम की रचनात्मक झलक, जिन्हें परिणति भी कहा जाता है। निर्माण में ही नहीं, ध्वंस में भी रचनात्मकता। घटना का अनुभवात्मक इतिवृत्त कुछ भी हो सकता है। निश्चित और निर्दिष्ट के एकदम विपरीत, स्वीकार्य और अस्वीकार्य के एकदम विरुद्ध। सम्भवतः इसीलिए दुर्गा सप्तशती में बौद्धिक चेतना को यह कहा गया कि या देवी सर्व भूतेषु क्रान्ति रूपेण, भ्रान्ति रूपेण, निद्रा रूपेण और बुद्धि रूपेण–संस्थिता। हर रूप श्लाघनीय और नमनीय है।

जितने भ्रमण हैं, उतनी भ्रान्तियाँ हैं। चरखी पर बैठने से हर घूमना, हर चक्कर ख़ुद ही उत्थान-पतन बनकर चकरा देता है। हर चक्कर हृदयगति बढ़ा देता है। वह अनुभव स्वाभाविक स्थायित्व वाली साँसों का बोध पैदा करता है। यह न बौद्धिक है, न मूर्खता भरा। लेकिन एक कर्म और एक प्रयोग के साथ एक संकट भी महसूस होता है।

इसी तरह साहित्य को (और साहित्यकार को भी) सारे सामाजिक पचड़ों में सुधार के लिए ज़िम्मेदार मान लेना भी नासमझी है, जिसे मुक्तिबोध ने 'मूर्खता' कहा है। साहित्य की भी अपनी सीमाएँ हैं। कभी वह समाज के साथ चलता है, कभी आगे। साहित्य भी एक आत्मिक सुधार अथवा साक्षात्कार की विधा है। लेकिन अक्सर साहित्य यथास्थिति दिखाकर चेतना में विचलन पैदा करना चाहता है। साहित्य हर बार, हर समस्या में कोई निदानात्मक क्रान्ति करेगा, यह समझना भी एक मूर्खता है। आईना किसी को सुन्दर नहीं बना सकता। वह जैसे को तैसा दिखा सकता है। जब दृश्य सुन्दर होगा, तब प्रतिबिम्ब भी सुन्दर हो, यह ज़रूरी नहीं है। छायाएँ केवल ग्रीष्मकाल में ही अच्छी लगती हैं। जाड़ों में वे ठिठुरन को बढ़ा देती हैं। एक सुन्दर और सक्रिय मनुष्य का छाया चित्र कभी स्पष्ट और हू-ब-हू चित्र की अपेक्षा अधिक कलात्मक हो सकता है। सारी अनैतिकताओं को सुधार न पाने के लिए केवल विज्ञान को ही गालियाँ नहीं दी जा सकती हैं। सामाजिक परिवर्तन में भी साहित्य अन्य समाज विज्ञानों का कभी-कभी नेतृत्वकारी सहयात्री ज़रूर रहा है। समाज को सुधारने का या बिगाड़ने का काम बुनियादी रूपों में आज राजनीति कर रही है, और सुधार का ठेका साहित्य को दिया जा रहा है, यह मूर्खतापूर्ण टेंडर है। जिन्होंने बिगाड़ा है, उन्हें ही अधिकांश सुधार के लिए ज़िम्मेदार ठहराते हुए विवश करने का काम साहित्य कर सकता है। निर्णय की सारी ज़िम्मेदारी सन्देश वाहकों पर नहीं छोड़ी जा सकती।

प्रश्न : बातचीत के दौरान आपने कहा था कि आज सबसे अधिक ध्यान देने की बात यह है कि अच्छी कविताएँ लिखी जायें। अच्छी कविताओं के निकष पर कुछ चर्चा करें तो अच्छा होगा?

उत्तर : निकष तब काम आता है, जब अपने पास धातु हो, धातुओं में भी अपने पास स्वर्ण हो। ढाई अक्षर के तीन शब्द बहुत भ्रामक हैं—स्वर्ण, स्वर्ग और प्रेम। ये जीवन की जड़ता, उत्सर्ग और व्याप्ति के प्रतीक भी हैं। साहित्य ने अभाव और अन्धकार को भी एक पदार्थ माना है। शब्द भी यहाँ धातु है। हर कर्म एक वृक्ष है, जिसमें फल की आकांक्षा नहीं करते हुए किसी 'निष्फल' की भी फल जैसा ही आकांक्षा करनी है। निषेध में स्वीकृति और स्वीकृति में निषेध। दोनों हाथ ख़ालीपन के लड्डुओं से भरे हुए। कसौटियाँ, ख़ासकर कविता के लिए और वे भी जो हमेशा चल सकें, नहीं बनायी जा सकतीं क्योंकि कविता का जन्म ही अपने समय में परिवर्तन लेने के लिए या परिवर्तन का साथ निभाने के लिए हुआ है। वह स्वरूप से लेकर प्रतिपाद्यता और निष्पत्ति तक भीतरी-बाहरी द्वन्द्व और कल्लोल के साथ अन्त में केवल एक शब्द और उसकी ध्वनि है। शब्द और उसकी ध्वनि की कसौटी केवल श्रोता, पाठक और भावक अथवा ऐन्द्रिक मनुष्य की समस्त ज्ञान, अज्ञान और विज्ञानयुक्त चेतना है। ध्वन्यार्थ ही कविता की शक्ति है।

भामह और अन्य चिन्तकों ने कविता के जो दोष बताये हैं, वे सबसे ज़्यादा आज की कविता में मौजूद हैं। ख़ासकर 'वार्ता' और 'वर्णन' मात्र जैसे दोषों की याद दिलाना चाहूँगा। जब भामह कहते हैं कि यह वर्णन है या कविता, यह वार्ता है या कविता, इन प्रश्नों की उत्सुकता से पता पड़ता है कि वर्णन और वार्ता काव्य के दोष हैं। लेकिन सचाई यह है कि प्राचीन कविता हो, चाहे आधुनिक, दोनों में वार्ता और वर्णन न केवल मौजूद हैं बल्कि भरे पड़े हैं। भामह शायद यह कहना चाहते हैं कि वर्णन और वार्ता दोनों में कविता होना ज़रूरी है। मतलब कि कविता इनसे इतर कोई और तत्त्व है। भाषा और विभाषा होते हुए भी कविता अपनी कोई और अव्यवहृत, अपारम्परिक भाषा से पैदा होने वाले इन्द्रजाल (जादू) के अज्ञात-अपरिचित अनुभाव का संस्पर्श है। मैंने कुछ ज़्यादा ही संस्कृत के शब्द उड़ेल दिये हैं। अनुभवातीत अनुभव कराने वाली नहीं भाषिक उपस्थिति हमेशा कविता के समकक्ष मानी गयी है। कविता का सन्दर्भ और भाषा, उसका कथन और ध्वन्यार्थ, उसका रूप (शिल्प) और कलेवर सन्तुलन यानी कि सब कुछ स्थापत्य की तरह पुख़्ता और फूल की तरह आकर्षक होना चाहिए। उसे आकाश की तरह भारहीन और बिना किसी नींव की रंगीनियत से रंजित भी होना चाहिए।

ऐसे शब्द और ऐसी ध्वनि विरल हैं। इसीलिए तो कविता भी विरल है। कसौटी नहीं, कविता की कामना महत्त्वपूर्ण है। कसौटियाँ हों, और कविता न हो तब क्या होगा?

निकष (कसौटी) बनाने वाले प्राचीन चिन्तकों ने कविता के जितने दुर्गुण बताये हैं, वे आज कविता के मुख्य गुण बने हुए हैं। इसलिए कविता की कसौटी बनाकर खूँटा न गाड़ा जाये, तो अच्छा है। फिर भी कविता अपने कथन में कहानी की कथा से, नाटक की कथा से और निबन्ध की कथा से अलग तरह का स्वाद देती है। उसे देना चाहिए, अन्यथा वह सब विधाओं का हलवा बनकर रह जायेगी। कविता को हमेशा अपने को अलग बनाये रखने के लिए, अपनी प्राचीनता और समकालीनता, दोनों से संघर्ष करना है। इसीलिए अच्छी कविता अर्धनिर्मित भी पूरी दिखती है और पूरी भी अर्धनिर्मित। कविता को पूर्णता और अधूरापन दोनों पसन्द हैं। हर पूर्णता में एक अधूरापन तलाशने वाली कविता के ख़तरे कम नहीं हैं। हर संकल्प में विकल्प पैदा करने वाली कविता निर्विकल्प कैसे हो सकती है? वह हर बार ख़ुद ही अपना एक विकल्प गढ़ती और तोड़ देती है। गढ़ना ही उसका 'तोड़ना' है। कितने कवि हैं, जो अपने समय, जीवन और भाषिक संसार के टूटने को गढ़-गढ़कर तोड़ते हैं?

अपने शिल्प और तौर-तरीक़ों का गुलाम हो जाना भी बहुत बड़ी रूढ़ि है। रूढ़ि भंजक कवियों की अच्छी कविताओं को एक जगह प्रस्तुत कर एक परिदृश्य रचा जा सकता है। जो कसौटी से भी बड़ा काम करेगा। वह बड़ा काम होगा कविता की मूल धातु बचाने का। अच्छा हो कि अच्छी कविता की हमेशा के लिए एक परिभाषा (कसौटी) न बनायी जाय। कविता को एक प्रवहमान नदी रहने दिया जाय, वह अपना तल काटे, चाहे तट, उसे बहने दिया जाय। कविता का पानी ख़ुद अपने किनारे और अपनी मझधारें बना लेगा। कोई कवि अगर अपनी कविता का एक बाँध बनाना चाहता हो तो यह उसकी अनुभव सिंचन और वैचारिक विद्युत उत्पादन की तकनीकी क्षमता और दक्षता पर निर्भर रहता है। जो कवि लकीर का फ़क़ीर नहीं होगा, उसके संघर्ष, तपस्या और प्रयोग का आकलन अलग से करना होगा। उसकी अपनी कसौटी शायद उसके अपने काव्य में होगी। लेकिन यह ज़रूर देखा जाना चाहिए कि कितना वह कविता जैसी कविता लिखते रहने की रूढ़ हो चुकी परम्परा से पृथकता स्थापित करने के लिए अपने ज्ञान-विज्ञान से नया काम कर पाया। अपने में अपने से अलग होने की भी एक परम्परा प्रतिष्ठित होनी चाहिए। कविता को बड़े कवि भाषा की एक आदत न बनाकर उसे किसी नयी उपलब्धि में बदलने की निजी चेतना

विकसित करते हैं। इससे कोई फ़र्क़ नहीं पड़ता कि कविता आकार में बड़ी है या छोटी। मन्तव्य बड़ा होता है। सरलता में जो गहनता होती है, वह रहस्यमय होते हुए भी टिकाऊ होती है। शब्दों के अम्बार और टेढ़ी-मेढ़ी पंक्तियों के बावजूद देखना चाहिए कि कविता वहाँ है भी या नहीं? प्रयोग की कोई सीमा नहीं, पर वह सार्थक होना ज़रूरी है। लेकिन निरर्थक दिखने वाला साहस भी सार्थक चीज़ें पैदा कर सकता है।

प्रश्न : कविता को 'मनुष्यता की मातृभाषा' कहना कहाँ तक उचित होगा?

उत्तर : दरअसल, मनुष्यता एक अच्छी सोच और अच्छे व्यवहार का नाम है। दुनिया के सभी धर्मों, व्यवस्थाओं और सभ्यताओं में प्रारम्भिक मनुष्य की अच्छी, बुरी जैसी भी सोच थी, व्यवहार था, उन्हीं जीवन पद्धतियों में से भाषा और अभिव्यक्ति के सर्वथा अकल्पित संसार का जन्म हुआ। प्राकृतिक दुनिया में सोच की एक अलग दुनिया पैदा हुई। बात कहने और बात समझने, और बात को मानने और न मानने के स्वभाव की पहचान से कुछ कायदों और विश्वासों का जन्म हुआ। इन्हीं परखे हुए परिणामों से मानवीय संस्कारों और मूल्यों का जन्म हुआ। यह क्रमशः विकसित होता असाधारण वैचारिक संसार था। कर्म, अनुभव और क्रियाओं की अनुभूति ने मनुष्यों की संवेदनाओं को निरन्तर परिष्कृत किया और तब पैदा हुआ मनुष्य के अन्दर एक और मनुष्यता वाला मनुष्य। यह सुसंस्कृत और सभ्य होता मनुष्य अपने में ही दो-दो, तीन-तीन प्रकार के द्वन्द्वात्मक, विडम्बना और छलनाओं से दंशित जीवन जीते हुए, मृत्यु से पहले अपने प्रियों के जीवन में, अपनी बातों से बने रहने की इच्छा से, अनुभव आधारित कुछ कहने की उत्कृष्ट कोशिशें करने लगा। उसकी वाणी मे कर्मों और अनुभूतियों के शिला लेख की तरह कुछ भाषिक तत्त्व आने लगे। परिणाम यह हुआ कि अभिव्यक्ति, विरल अभिव्यक्ति, सँजो लेने वाली अभिव्यक्ति, परस्पर विचार-विनिमय की शैली बनने लगी। इसी अभिव्यक्ति में कर्म के गम्भीर अनुभव से पैदा हुई भाषा ही मनुष्य की मातृभाषा बनी। सभी धर्मों, व्यवस्थाओं और सभ्यताओं में इसी प्रारम्भिक मातृभाषा का नाम कविता पड़ा। कहने वाले के तात्पर्य की अर्थात कवि के तात्पर्य से भी कविता पैदा हुई है। बिना कवि के कविता नहीं हो सकती। कविता में मूल में वह मनुष्य है, जो कवि भी है। जो सारी अनुभूतियों को भाषा में रचने के लिए अपनी स्मृति और मानसिक उद्यम के साथ निरन्तर अपनी संलग्नता, तत्परता और नया कुछ कहने की सार्थकता को उकसाता हुआ उससे जूझता रहता है। इसी तात्पर्य प्रधान चिन्ता से हमेशा, हर युग में कवियों ने एक-न-एक नयी काव्यभाषा को जन्म देने के सार्थक प्रयास किये हैं।

इसी प्रकार कविता सिर्फ़ कवियों की ही नहीं बल्कि सारी चिन्तनशील मानवता की मातृभाषा बन गयी।

कविता दरअसल अपने होने की प्रारम्भिक से लेकर आधुनिक तक होती हुई सबसे पुरानी कार्यवाही है। कविता ने भाषा के छन्द, लय और व्यंग्य के सारे पैटर्न अपने शुरुआती समयों में ही खोज लिए थे। परिस्थिति, घटनाएँ और विचार उन्हें नया रूप देने में लगे रहते हैं। मनुष्यता में तो यथास्थिति चल सकती है लेकिन कविता में लकीर के फ़क़ीरों की जगह नहीं होती। आत्मा की चेतना ने भी इतिहास, भूगोल और सभ्यताओं की लम्बी उठा-पटक और यात्राएँ झेली और देखी हैं। इसलिए उसकी आधुनिक बने रहने की ललक और शक्ति को आज 'मनुष्यता की मातृभाषा' कहने में मुझे कोई संकोच नहीं है। पर सुधीजनों ने कविता को आत्मा की मातृभाषा भी कहा है।

प्रश्न : धर्म शास्त्र और राजनीति के साथ कविता का क्या सम्बन्ध होना चाहिए?

उत्तर : यह तो आप कुछ इस तरह पूछ रहे हैं, जैसे अत्याचारी और पापी के साथ कविता के क्या सम्बन्ध होने चाहिए। धर्म, मनुष्य समाज के जीवन में पहले विज्ञान और पहली राजनीति के रूप में आया। सारी दुनिया दरअसल 'अ-धर्म' से शुरू हुई। इसलिए, प्रारम्भिक व्यवस्था के रूप में धर्म का महत्त्वपूर्ण स्थान है। धर्म, प्रारम्भिक अवस्था में अधिकार और कर्तव्यों की पहचान कराने वाला सामाजिक विज्ञान रहा है। धर्म ने प्रारम्भिक मनुष्य के अन्तर्द्वन्द्वों को शामिल किया है। धर्म ने एक भूभाग के मनुष्यों के बीच ऐक्य की स्थापना की। कालान्तर में धर्म ही राजनीतिक व्यवस्था का मुख्य प्रेरक बन गया। उत्पादन के, और यातायात के साधनों में क्रान्ति आ जाने के कारण धर्म, बाह्य आचरण की जगह आन्तरिक विश्वासों का हिस्सा अधिक बनता चला गया। धर्म से हटकर शासन-प्रशासन अलग इकाई के रूप में अपना स्थान बनाने लगे। धार्मिक मूल्य और सामाजिक मूल्य, दो अलग विचारधाराएँ बन गयीं।

कविता, अभिव्यक्ति की स्मृतिवान शैली के रूप में धर्म और समाज विज्ञान दोनों को अभिव्यक्त कर दर्ज करने के काम आने लगी। गणित और चिकित्सा के विचार भी कविता की शैली में अभिव्यक्त होने लगे। कविता एक तरह से संचार माध्यमों की भाषा बन गयी। कविता अपने में बोलने और लिखने का माध्यम बनकर हर युग में अभिव्यक्ति का बीजात्मक परिष्कार करने में जुटी हुई दिखती है।

शुरुआत में देखें तो कविता धर्म की भाषा लगती है। लेकिन आगे चलकर कविता जीवनानुभव की भाषा बनती चली गयी। कविता का धर्म, राजनीति,

रूढ़ियाँ, रीति-रिवाज़, परम्पराओं से भी सरोकार रहा है। कविता का सम्बन्ध प्राथमिकताओं, अनुरोधों और विरोधों से भी एक साथ, एक ही समय में अक्सर देखा गया है। जीवन का कोई भी सन्दर्भ कविता का विषय हो सकता है। धर्म अलग है और धर्मशास्त्र एकदम अलग चीज़ है। राज और राजनीति दोनों अलग-अलग आयाम हैं। राजनीति, कभी-कभी सम्पूर्ण जीवन कर्म के लिए भी इस्तेमाल की जाती है। परिवार, सम्पत्ति, उपार्जन, अधिकार, सुरक्षा, समानता, न्याय, कर्तव्य, बेहतर जीवन और जीने की सार्थकता, सब राजनीति से जुड़े हैं। जीवन और समाज की राजनीति से कविता या कि साहित्य मात्र अलग होकर नहीं रह सकते, न जी सकते हैं। कविता का सम्बन्ध सारे सम्बन्धों से है। मैं पहले ही कह चुका हूँ कि कविता या कि साहित्य के लिए कुछ भी वर्जित नहीं है। कविता अगर 'दृष्टि' है तो वह सब पर पड़े बिना नहीं रह सकती।

प्रश्न : कविता को मानवीय संस्कृति के साथ जोड़कर कैसे देखा जा सकता है?

उत्तर : कविता केवल मनुष्य संस्कृति (जीवन पद्धति) का ही हिस्सा नहीं रही बल्कि जहाँ मानव नहीं है, उसे भी कविता ने मानव की तरह जीवित पदार्थ के रूप में देखा है। कविता परकाया प्रवेश की भाषा है। वह सबकुछ में ज़िन्दापन और बातचीत का माहौल देखती है। कविता जड़ वस्तुओं से भी संवाद कराती रही है। हर चीज़ को जीवित मानकर कविता के दुःख और उसकी करुणा हमेशा ही कठोर से कठोर मनुष्य को भी कोमल और अधिक मानवीय बनाती रही है। 'वज्रादपि कठोराणि, मृदूनि कुसुमादपि' यह स्वभाव भी कविता का रहा है। मनुष्य और अन्य पदार्थों के अन्तर्द्वन्द्व को कविता एक व्यक्ति की समग्र चिन्ता में बदल देती रही है।

कविता ने संस्कार और संस्कृति के अवरोधों को बदलने में वही भूमिका निभायी है। आगे भी भू-विज्ञान और टेक्नोलॉजी के क्षेत्र में मनुष्य चेतना के अद्वितीय प्रसंगों को पैदा करती रहेगी। जंगल में वनस्पतियों के बावजूद कविता घास की तरह मनुष्य के हमेशा आस-पास उगती रहेगी। कविता वह आदर्श घास है, जो आधुनिकतम समय और संग्राम में मनुष्य का साथ नहीं छोड़ेगी। मनुष्य हर काल में कविता को लगभग अपना निजी संवाददाता बनाये रहेगा। कविता का रूप बदल सकता है, मन्तव्य और गन्तव्य नहीं। कविता बनाने में ही मानवीय संस्कृति का हाथ नहीं है बल्कि मानव संस्कृति को बेहतर करके आगे बढ़ाने में भी कविता का हाथ है।

प्रश्न : ज़िन्दगी की कठिनाइयों, मुसीबतों, जटिलताओं और अन्तर्विरोधों के बीच ही श्रेष्ठ कविता का सृजन होता है, इस सम्बन्ध में आपके क्या विचार हैं?

उत्तर : सारे जीवन, सारे कर्म, सारे अस्तित्व सापेक्ष हैं। आनन्द भी निरापद नहीं है। सुरक्षा भी कम बड़ा ख़तरा नहीं है। न्याय भी बहुत बड़े अन्याय का कारण कई बार दिखाई दिया है। वृक्ष अगर जटिल न रहों तो इतनी सरलता से जीवित नहीं रह सकते। विरोधों की परम्परा अन्तर्विरोधों से ही शुरू हुई है। राजा भी कवि हैं लेकिन बहुत कुछ खोने की कमाई के बाद। कठिन परिश्रम के बाद आराम की क़ीमत महसूस होती है लेकिन लगातार आराम भी मनुष्य को बीमार बना दे सकता है। श्रेष्ठ कविता के सृजन का कोई एक पैमाना नहीं बनाया जा सकता। अभाव भी एक भाव और पदार्थ है। कमी भी कमी के रूप में एक विशेषता बन सकती है।

प्रश्न : नियम की दीवारों को फाँदकर कविता नयी कल्पना में बसती है, क्या इसे सच माना जा सकता है?

उत्तर : फाँदकर नहीं बल्कि तोड़कर कविता अपने को हमेशा नया बनाती रही है। कल्पना भी ऐसी कि जो यथार्थ का ही स्थानापन्न लगे। नियम में जो 'यम' की ध्वनि है, वह मृत्यु की भी सूचना देता प्रतीत होता है। कविता में क़ानून नहीं चलते, भावनाएँ और संवेदनाएँ चलती हैं। कल्पना भी ऐसी कि जो आज तक की कल्पना जैसी न हो। कल्पना भाषा को भी नया जन्म देती है। यही वजह है कि वह यथार्थ को नये रूप में प्रस्तुत कर पाती है। सन्दर्भ, कथ्य और अन्दाज़ेबयाँ सबकुछ बदलकर लाना पड़ता है कविता में। कविता जैसी कविता से कविता में काम नहीं चलता। स्थगित तौर-तरीक़ों से बाहर कुछ बनाना पड़ता है, जो अलग तरह की कविता जैसी बन जाये। तभी तो वह मुहावरा कहा जाता है कि भाषा है, शब्द है, एक कथ्य भी है लेकिन कविता नहीं है। कविता इन सबके बावजूद इन सबसे अलग भी वहाँ होनी चाहिए। तभी कविता अपना कोई नया स्वाद, नया अर्थ और नया रूप भी दिखा पायेगी। तभी कविता, नाटक, कहानी और निबन्ध से (गद्य के बावजूद) अलग हो पायेगी। कविता अपना गद्य अलग तरह से रचती है। कविता को अपने गद्य का चेहरा-मोहरा ही नहीं, उसकी आत्मा को भी बार-बार अलग से बनाना पड़ता है।

प्रश्न : कहीं ज़िक्र आया है कि समकालीन कविता को युवा कविता से अलग करके देखा जाये। क्या यह समीचीन और सम्भव है?

उत्तर : हर कवि की अपनी समकालीनता होती है, ज़रूरी नहीं कि वह समकालीनों का ही समकालीन हो। हो सकता है, वह समकालीनों से भी अधिक समसामयिक हो। हो सकता है, वह समकालीनों से भी अधिक दीर्घकालीन या कि बहिरकालीन हो। समकालीन होते हुए भी जो काल को लाँघने की क्षमता

रखता हो, वही काल से होड़ ले सकता है। वरना मात्र समकालीनता ही उसे काल-कवलित कर सकती है। रचना में काल को कालान्तरित करने की विशेषता दुर्लभ है। क्योंकि अपने समय से बाहर जाने के लिए पहले अपने समय का होना ज़रूरी होता है। अपने समय को काल और महाकाल का हिस्सा बनाना, रचनाकार के आन्तरिक संघर्ष और वैश्विक चेतना और ज्ञान के साथ विज्ञान की दृष्टि का अनुमेलन इत्यादि पर निर्भर करता है। सुपठित होते हुए भी कितना वह उस पठन-पाठन से अपनी मौलिकता की मुक्ति को रच पाया है। इसीलिए समालोचना और भाष्य को भी नयी दृष्टि की ज़रूरत पड़ती है। समकालीनता से कोई अच्छा रचनाकार बच नहीं सकता और उसी में वह हमेशा सीमित भी नहीं रह सकता। क्या समीचीन है। और क्या सम्भव है, समकालीन का यह भी एक द्वन्द्व है।

प्रश्न : कुछ लोगों का कहना है कि बहुत से कवि कविता लिखते समय तो संवेदनशील होते हैं किन्तु, तुरन्त बाद संवेदनहीन हो जाते हैं। क्या यह विश्वसनीय हो सकता है? यदि हाँ, तो इसके दुष्परिणाम क्या होंगे?

उत्तर : असल में यह ज़रूरी नहीं है कि कवि कविता को लिखते समय में ही पकड़ रहा हो। वह विचार के रूप में अपनी शब्द-संगति के साथ कभी भी आ सकती है। क्रूर, अधम और पापी व्यक्ति भी किसी बिन्दु पर कवि हो सकता है। कहीं से भी वह मानवीयता और नैतिकता की ओर आ सकता है। इसलिए साहित्य में कविता का क्षेत्र आदिम लोकतन्त्र या कि आदिम स्वातन्त्र्य का क्षेत्र रहा है।

न तो संवेदित रहना एक स्थायी गुण है, न संवेदना बिना कारण के छलकती या छलकती रहती है। संवेदना कभी-कभी गाय-भैंस के प्रयत्नपूर्वक पगुराने जैसी होती है और कभी-कभी बच्चे की याद आते ही माँ को छाती भर जाने जैसी संवेदना भड़काने के भी उपादान घटित होते हैं। आत्मा की कोठरी में संवेदना खूँटी पर हर वक़्त कोट की तरह नहीं टँगी हुई रहती। संवेदना एक प्रेरक भाव है, जो कभी जल्दी, कभी देरी से भी किसी में पैदा हो सकती है। अपनी ही क्रूरता भी अपने में संवेदना पैदा कर सकती है और कभी दूसरे की सदाशयता भी किसी को क्रूर बना सकती है। मनोवेग और मनोभाव तरह-तरह से प्रेरक हो सकते हैं पर कविता करते समय प्रसंग, घटना और पात्र के अनुसार संवेदना भी अपने को अदलती-बदलती रहती है। अगर प्रसंग में क्रूरता है तो वह भी अद्वितीय होनी चाहिए। अगर आश्चर्य और भाषाहीन या कि उपमाविहीन स्थिति है तो कवि के लिए ज़्यादा चुनौतीपूर्ण क्षण उपस्थित हो जाता है। जैसे कि वाल्मीकि के सामने तब हुआ होगा, जब वे यह कह रहे थे कि—आकाश की उपमा सिर्फ़ आकाश

से दी जा सकती है, कि आकाश, आकाश के समान है। सागर से सिर्फ़ सागर की ही उपमा दी जा सकती है क्योंकि सागर ही सागर के समान है। ठीक इसी तरह राम और रावण के युद्ध की किसी से अगर उपमा दी जा सकती है तो वह केवल राम और रावण के ही युद्ध से दी जा सकती है। क्योंकि राम और रावण का युद्ध किसी दूसरे के समान था ही नहीं।

गगनः गंगन संदृशं, सागरः सागरोपम्
राम-रावण योर्युद्धं, राम रावण योरिव।

कवि भी एक मनुष्य है, जो मनुष्य होते हुए एक कवि है। वह अपनी संवेदना से अपने ढंग से काम लेने के लिए स्वतन्त्र होते हुए भी तर्क और न्याय की दृष्टि उसकी ओझल नहीं होनी चाहिए। संवेदना के पंख कभी पानी के हो सकते हैं, कभी पत्थर के, कभी हवा, ख़ुशबू और संगीत के भी हो सकते हैं। संवेदना के आकाश में भारी पहाड़ भी खड़े हो सकते हैं और महज़ एक फूल भी खिल सकता है।

प्रश्न : इक्कीसवीं सदी के दूसरे दशक में कविता की स्थिति और उपस्थिति आप किस प्रकार देख रहे हैं?

उत्तर : हर युग की कविता अपने से पूर्ववर्ती कवियों के प्रभाव से जन्म लेकर अपने-आप अपने पुनर्जन्म की तैयारी करती है। स्वयं कवि की चेतना और समझ ही इसमें साधक और बाधक दोनों होती है। हर बीस या पचीस साल में हर युग में पीढ़ी का सम्पूर्ण टकराव, विभाजन अथवा परिवर्तन दिखाई देता है। सौ साल में तीन या चार बार पीढ़ी परिवर्तन की स्थितियों में टकराहट गहरातर होती है। लेकिन बीसवीं सदी में पिछलों से अलग होने की घोषणाएँ प्रत्येक दस-दस वर्ष पर होने लगीं। कुछ लोग यह भी मानने लगे कि पंचवर्षीय योजनाओं की तर्ज पर परिवर्तन लक्षित करने की कोशिश होनी चाहिए। पर मनुष्य अपने इतिहास (अतीत) से जुड़ा भी रहना चाहता है और आधुनिकतम भी होना चाहता है। कभी वह अपने बचपन से दुनिया की शुरुआत मानने लगता है, कभी मानवता के बचपन से। मनुष्य भी नदी की तरह अपनी परम्परा के दो किनारे ख़ुद ही बना लेता है। बीसवीं सदी में एक हिस्सा आज़ादी से पहले का है। और दूसरा हिस्सा आज़ादी के बाद का लेकिन उत्तरार्द्ध, में दशक प्रणाली में जिन तत्त्वों को लक्षित किये जाने की कोशिश की गयी, वे आज़ादी के बाद के जन-जीवन संघर्ष के सार्थक और निरर्थक पक्षों को प्रस्तुत करने के अलावा इन सबसे हटकर भी बहुत कुछ करते दिखते हैं। धर्म और विज्ञान की टकराहट जिस तरह साहित्य में आनी चाहिए थी, उस तरह आयी नहीं। बस, यथार्थ के विरुद्ध स्वप्न देखने की

प्रवृत्ति को बहुत बढ़ावा देने से साहित्य में एकरसता की अपार प्रगति हुई है। अब अपने से, अपने समय से बाहर आने की वैचारिक स्थितियाँ दूसरों को भी अपने साथ रखकर सोचने के लिए विवश करने लगी हैं। दुनिया का आर्थिक सहकारिता का ताना-बाना बदलने लगा है। न सबकुछ बदला है, न सबकुछ पहले जैसा रह गया है। परिवर्तनों में जो दोस्ती हो रही है, उसको पहचानने का समय आ गया है। अब एक नया सामूहिक चिन्तन पैदा हो रहा है, जिसमें सारे वैयक्तिक स्वर किसी अप्रत्याशित समूहगान का हिस्सा होने जा रहे हैं। इक्कीसवीं सदी में वह दिन अब दूर नहीं है, जब वह वैश्विक समूहगान हमारे बीच गूँज उठेगा। वैश्विक हुए बग़ैर अब कोई राष्ट्र जीवित नहीं रह सकेगा। वैश्विक चेतना का मानवीय दरवाज़ा इक्कीसवीं सदी खोलेगी और कविता का पुराना सपना साकार होता दिखेगा—वसुधैव कुटुम्बकम्।

प्रश्न : साहित्य सृजन को सामाजिक ज़िम्मेदारियों, उत्तरदायित्वों से भरा रचनाकर्म कहना कहाँ तक उचित होगा?

उत्तर : साहित्य सृजन किसी क़ानून सम्मत तरीक़े से सम्पन्न नहीं किया जा सकता। लेकिन मनुष्य-समाज और प्राकृतिक समाज को इसमें भुलाया भी नहीं जा सकता। कभी-कभी ग़ैर-ज़िम्मेदारियों से और अनुत्तरदायी ढंग से कोई साहित्य अपने को अस्तित्व में ला सकता है। ग़लतियों और झूठ के बिना हम सुधार और सत्य तक नहीं पहुँच सकते। साहित्य हमारे बदले की सारी ये ग़लतियाँ जो हम करते हैं, और फिर कर सकते हैं, उनको एक साथ घटित होते हुए दिखाकर हमें फिर से उसमें पड़ने से विरत कर सकता है या बचा सकता है। लेकिन यह सब करने के लिए साहित्य को बहुत आपत्तिजनक स्थितियों से गुज़रना पड़ सकता है। यह साहित्यकार की अपनी कल्पना शक्ति, सूझ-बूझ पर निर्भर करता है कि वह अपने रचना संसार को कैसे खड़ा करना चाहता है। हो सकता है, वह परम्परा विरुद्ध कोई रास्ता अपने लिए ख़ुद रचे। यह जोखिम लेने की उसकी ज्ञानात्मक संवेदना पर निर्भर करता है। हो सकता है, कोई साहित्यकार उस क़ैदी की तरह अपने लेखन का रास्ता ढूँढ़ रहा हो, जो जेल से हथकड़ी पहने हुए भागा हो। हाथ मुक्त नहीं हैं। भय पीछा कर रहा है। किसी एक व्यक्ति, किसी एक घर की वजह से उसे दुनिया से बहुत ज़्यादा प्यार हो। वह प्यार और हथकड़ी दोनों बन्धनों में बँधा हो। तब वह अपनी दुनिया की स्वतन्त्रता और सम्बन्धों की मानवीय स्थितियों का निर्वाह कैसे कर पाता है? अनेक तरह की चुनौतियाँ और कई उत्तरदायित्व हो सकते हैं। उनकी आचार संहिता नहीं बनायी जा सकती। अराजक साहित्य भी जीवन को व्यवस्थित होने की प्रेरणा दे सकता है।

साहित्य में कुछ भी आदर्श और अनादर्श तय करना ख़तरनाक हो सकता है। साहित्य यथार्थ का, उसके अयथार्थ रूप तक पीछा करता है। कभी फैंटेसी द्वारा कभी अतियथार्थ जैसे अविश्वसनीय तरीक़े द्वारा। साहित्य को अपनी रचना से बाहर आते ही देखा जा सकता है, उसको पढ़ने के तो उपाय सुझाये जा सकते हैं, गढ़ने के नहीं। गढ़ना एक वैयक्तिक दुर्घटना की तरह नितान्त आकस्मिक है।

प्रश्न : क्या सामान्य रचनाधर्मिता के समानान्तर एकेडमिक सृजनशीलता भी चल रही है? इसमें साहित्य का नुक़सान तो नहीं?

उत्तर : श्रेष्ठ रचनाधर्मिता सामान्य होती ही नहीं है। वह हमेशा असामान्य होती है। साधारण भी वह असाधारण होती है। सरल भी वह जटिल होती है। यों सी दिखने वाली वह एक कठिन दूरंदेशी से भरी होती है। किसमें कितना आकाश और अवकाश होता है, यही उस क्षमता को प्रकट करते हैं, जिसमें स्पेस (विस्तार) हो। जानकार पाठक और ग़ैर-जानकार पाठक को नया स्पेस देने की शक्ति जहाँ हो। इसीलिए सामान्य शून्य भी संख्या को अगणित करता दिखता है।

अकादमिक सृजनशीलता भी कोई निकृष्ट और त्याज्य चीज़ नहीं है। उसके लिए भी स्वाध्याय भरपूर होना चाहिए। सुपठित लोग ही अच्छा अकादमिक लेखन कर सकते हैं। सरल और नुक़सानदेह कुछ भी नहीं है। अगर मैं कविता नहीं लिख रहा या नहीं सुना रहा और इंटरव्यू का सामना कर रहा हूँ तो कुछ लोगों के लिए यह रचनाधर्मिता के समानान्तर अकादमिक सृजनशीलता हो जायेगा, या शायद वह भी नहीं। रचनाधर्मिता को किसी ख़ास खूँटे से बाँधना मेरी दृष्टि में उचित नहीं है। हर सृजनशीलता स्वयं में रचनाधर्मिता है।

साहित्य की प्राचीनतम भारतीय परिभाषा के अनुसार जिसमें भी मनुष्य के हित सहित चलने की शक्ति हो, वह साहित्य है। अब तो किसी भी तरह के विवरण, निरूपण वैचारिक संकलन, वस्तु, सूची इत्यादि की जानकारी और सूचनाएँ देने वाले दस्तावेज़ों को भी साहित्य कहा जाने लगा है। होटलों के मीनू भी कुछ समय बाद साहित्य में शामिल किये जा सकते हैं। प्रकाशक तो अपने प्रकाशन सूचीपत्र को भी साहित्य की ही शक्ल में निकालते हैं। नुक़सानदेह या फ़ायदेमन्द वे उस स्तर पर हो सकते हैं कि हम उन्हें किस रूप में ले रहे हैं। रचनाधर्मिता और सृजनशीलता में कोई ख़ास बुनियादी अन्तर नहीं है। सबमें सृजनशीलता की ज़रूरत होती है। एक बटी हुई रस्सी की तरह रचना भी बनानी पड़ती है। अगर बनाने वाले न हों तो कुछ बन ही नहीं सकता। बनाने की इच्छा ही सृजन तत्त्व है। कोई रॉ मटीरियल बनाता है। कोई उससे फिनिश गुड। रचना और सृजनशीलता को साहित्य अकादेमी तक ही सीमित नहीं किया जा सकता।

अकादमिक सृजनशीलता साहित्य के अर्थविस्तार, व्याख्या और जिसकी परम्परा ख़त्म हो गयी है, साहित्य के भाष्य में सहायक सिद्ध हो सकती है।

प्रश्न : कविता को 'लोक का विश्व' कहना कहाँ तक उचित होगा?

उत्तर : कविता का सम्बन्ध समाज विज्ञान के साथ—मनोविज्ञान से भी है। जीवन को होते हुए देखना पड़ता है, केवल परिभाषित होते हुए नहीं। लोक से ही सब कुछ पैदा होता है। जो लोक में है, समझो कि वही आलोक में है। लोक का अपना आलोक है। दिखाई देना बड़ी भारी ऐन्द्रिक घटना है। इसीलिए आलोचन और अवलोकन महत्त्वपूर्ण हो जाते हैं। आँख की अपनी सीमा है पर देखने के और भी कई ढंग हैं। अनुभूति और स्पर्श उनमें प्रमुख हैं। त्वगेन्द्रिय भी छूने को अनुभव में बदल देती है। दृश्य का भी स्वाद होता है। इसलिए देखना कई प्रकार का माना गया है। ये सारी देखने की प्रक्रियाएँ जहाँ तक जाती हों, उन्हीं को आलोचना कहा गया है। केवल निन्दा-प्रशंसा ही अवलोकन नहीं है। शीशे में देखना और पानी में देखना, दो तरह का देखना है। ध्यान में देखना और अँधेरे में देखना भी अलग-अलग है। स्पर्श में देखना और स्वाद में देखना, कतई भिन्न है। देखने का अनुभव भौतिकता का चरम अनुभव है। देखने से ही दर्शन बना है और दर्शन आज भी विज्ञान का प्रारम्भिक रूप है।

लोक की धुरी पृथ्वी और मनुष्य है। बाक़ी सब उपादान प्रतीत होते हैं। पर इतना समझना ही पर्याप्त नहीं है। शास्त्र भी लोक से ही बने हैं। वेद भी लोक की रचनाएँ हैं। वेद को सबसे पहली रचना इसलिए माना गया है कि उससे पहले कोई भाषा आधारित रचना अपनी समकालीन और दीर्घकालीन समस्याओं अथवा परिस्थितियों का वैसा वर्णन नहीं करती है। संवेदना के दो तट हैं। एक—लौकिक, दूसरा—अलौकिक। अलौकिक भी इसी लोक में महसूसना पड़ता है। कभी एक किनारा गहरा होता है, कभी दूसरा। लौकिक का सर्वाधिक आनन्द देने वाला नयापन अलौकिक है। कविता का विषय अगर जीवन जगत से जुड़ा हुआ है तो उसे व्यक्ति के अनुभवों का विश्व कहने में पता नहीं क्या मुश्किल हो सकती है? कविता कभी लोकमंगल, कभी लोक दर्पण, कभी लोकरंजन, कभी लोक अंकन में किसी-न-किसी बहाने अभिव्यक्ति के उत्कृष्टतम रूपों में उपस्थित रहती है, इसलिए उसे लोक के समानान्तर विश्व कहने में मुझे कोई आपत्तिजनक बात नहीं लगती। विश्व में कविता के कई लोक संस्करण दिखाई देते हैं, जो कविता की भी एक नयी दुनिया बनाये रखने में अपना योगदान देने से नहीं चूकते। आत्मा की और मानवता की मातृभाषा के रूप में कविता को लोक का विश्व कहा जाना मुझे सर्वथा उचित लगता है।

प्रश्न : कविता में अनुभव की प्रधानता को किस सीमा तक स्वीकार करना चाहेंगे?

उत्तर : अनुभव और अनुभूति ही संवेदना के तन्त्र को सक्रिय करते हैं। कर्म और घटना का अनुभव ही भाषा की अनुभूति को तदाकार करने की कोशिश करते हैं। इसी से कविता के अन्दाज़े बयाँ में फ़र्क़ पड़ता है। कविता में अनुभव और अनुभूति यदि अपने लायक नयी भाषा का निर्माण नहीं करती तो वह एक साधारण अभिव्यक्ति बनकर रह जायेगी। हर अनुभव को काव्यानुभव में ढालने के लिए कवि को यह भी बताना होता है कि शब्दावली ही अभिव्यक्ति को एक नये कर्म में बदल रही है। रचनात्मक कर्म में भाषा गढ़ने की और अनुभव को पढ़ने की कला हर कवि में अलग-अलग तरह से काम करती है। महसूसना जब एक संवादात्मक क्रिया बना जाये, तब समझो कि अब बात बोलेगी ज़रूर। ऐसा करने के लिए कवियों को स्थापित सत्य के विरुद्ध भी अक्सर जाना पड़ता है। अभिव्यक्ति की जान है अनुभव और अनुभूति। इन्हीं से नयी भाषा की तलब शुरू होती है।

प्रश्न : क्या इसे सच माना जा सकता है कि आजकल कविता लिखना आसान हो गया है?

उत्तर : हाँ, किसी हद तक फ्रीवर्स्र के नाम पर टेढ़ी-मेढ़ी पंक्तियों में लिखना कविता की पहचान बना दिया गया है। सीधा-साधा लिखा है तो गद्य, और टेढ़ा-मेढ़ा लिखा है तो कविता। इससे कोई कवि हो जाये, सहज सम्भाव्य है। शब्द है वहाँ, वाक्य है लेकिन तब भी देखना यह है कि वे कविता की असाधारण अभिव्यक्ति बना पा रहे हैं या नहीं? जब तुकबन्दी को ही छन्द माना जाता था, तब भी यही संकट था कि तुक ही सारे सन्दर्भ या कि कथ्य को हाँकने लगते थे। लय नहीं, तुक महत्त्वपूर्ण हो जाते थे और कविता निस्सारता के बावजूद टेक्नीक के सहारे बढ़ जाती थी। कविता के गद्य की अब अलग से पहचान चिन्हित की जानी चाहिए। कविता का गद्य अपनी कथन भंगिमा में साधारण गद्य से अलग होना ही चाहिए—वरना कविता किस चिड़िया का नाम है। कवियों को चाहिए कि कविता का रूप, लावण्य और अनुभव सम्प्रेषण क्षमता को सामान्य गद्य से अलग तरह का व्यंजनापूर्ण और भंगिमापूर्ण गद्य बनाये रखें। जब बात की अद्वितीयता को महत्त्व दिया जायेगा, तब कविता की अपनी वाक्शक्ति की अलग पहचान बन पायेगी। विशिष्ट उक्तियों से रहित भाषा को कविता नहीं कहा जा सकता। काव्य-तत्त्वविहीन सिर्फ़ टेढ़ी-मेढ़ी पंक्तियाँ लिख देने से कविता का बहुत नुक़सान हो रहा है।

इसी से कविता लिखना आजकल आसान दिखने लगा है। कविता के टेढ़े-मेढ़े लिखे जाने ने कविता के क्राफ़्ट का रूप ले लिया है। जैसे पहले तुकबन्दी ने छन्द का स्थान ले लिया था। कोई कथ्य जिस तरह की लय चाहता है, वही उसका छन्द है। मात्राओं से ज़्यादा छन्द साँस पर निर्भर करता है। कौन कवि साँस का कैसे इस्तेमाल करता है, यह उसके वाक्य-विन्यास के शब्दों की रवानी में करता है। यह उसके वाक्य-विन्यास के शब्दों की रवानी में देखा जाना चाहिए। साँस से ही 'बहर' तय होती है। जब अभिनेता संवाद बोलते हैं तो वाक्याकार के अनुरूप साँस लेते हैं। बोलते समय उसी के अनुरूप साँस छोड़ते हैं। श्वांस अन्दर लेने से फेफड़े परिचालित होते हैं और श्वांस बाहर छोड़ने से शब्द परिचालित होते हैं। साँस की समयावधि घटाने-बढ़ाने की प्रक्रिया से जो लयात्मकता भाषा में पैदा होती है, उसी से छन्द का मिज़ाज बनता है। श्वांस आधारित प्राण और श्वांस आधारित भाषा प्राणों को भीतर जाती वायु शक्ति देती है। और वायु बाहर निकलते समय स्वर तन्त्रों को सक्रिय कर देती है। साँस से ही लय और छन्द का जन्म होता है। भाषा चाहे जो हो, साँस ही स्वर का सन्दर्भ है। वायु का गुण भी ध्वनि है। प्राणवायु ही भाषा में विसर्जित होती है। फ़र्क़ इतना है कि यह विसर्जन भी एक सृजन है। कविता को शिल्प और सन्दर्भ दोनों में देखा जाना चाहिए। सिर्फ़ गद्य ही कविता नहीं है पर बिना गद्य कोई कविता बन भी नहीं पाती। कविता को अपने लिए कविता वाला गद्य रचना पड़ता है। उस गद्य के बिना कविता अपने व्यक्तित्व को बाक़ी गद्य से अलग नहीं कर सकती। कविता के गद्य को श्रेष्ठतर गद्य होना पड़ेगा। 'गद्' धातु से गद्य शब्द बना है, जिसका अर्थ होता है 'निगदति' अर्थात सोच-समझकर बोलना। गदति सिर्फ़ बोलना है, निगदति सुविचारित बोलने को कहा गया है। गद् धातु पाणिनि के व्याकरण में गदति के लिए उतनी नहीं, जितनी 'निगदति' के लिए निष्पादित की गयी है। किसम-किसम के गद्य में कविता जैसी गहरी व्यंजना वाला नाटकीय गद्य कविता में कम आ रहा है। कविता को हर युग में अपने गद्य की खोज और निर्मिति से गुज़रना होता है। गद्य की एक और निर्मिति कविता को सँवारेगी। कविता को या तो निरी कहानी या तो निरा निबन्ध बनाने वाले कवियों ने अनुकर्ताओं की एक फ़ौज तैयार कर ली है और उसे वे अपनी कविता की लोकप्रियता से जोड़ते हैं। इससे भी कविता का नुक़सान हो रहा है।

प्रश्न : नयी पीढ़ी के बच्चे भारत में अंग्रेज़ी माध्यम से शिक्षा लेकर अंग्रेज़ी ही बोल-लिख रहे हैं। ऐसे में बाईसवीं सदी की भाषा क्या हिन्दी रह पायेगी?

उत्तर : भाषा दो प्रकार की होती है—(एक) ज़ुबानी, (दूसरी) लिखित।

अब्दुल रहीम ख़ानख़ाना और रसखान की लिखित भाषा उर्दू-फारसी थी, लेकिन ज़ुबानी भाषा उनकी ब्रज थी, जो कि हिन्दी के पूर्व रूपों में एक है। फ़ारसी आज भारतीय समाज में राजभाषा न रहने के कारण उतनी सर्वव्यापी, लोकप्रिय नहीं रह गयी है। उक्त के अलावा अमीर खुसरो और मलिक मोहम्मद जायसी भी लिखते फ़ारसी लिपि में थे लेकिन ज़ुबान उनकी तत्कालीन भारतीय हिन्दी से लबरेज़ थी। मीर और ग़ालिब के साथ भी यही बात थी। भारतीय रेख्ता, भारतीय हिन्दी बनकर छा गया। ज़ुबान से मीर और ग़ालिब हिन्दी के ही पूर्व रूप के कवि हैं।

15 अगस्त, 1947 को गाँधी जी ने बीबीसी संवाददाता को एक वाक्य का इंटरव्यू दिया था—'पूरी दुनिया को बता दो गाँधी अंग्रेज़ी बोलना भूल गया है।' अंग्रेज़ी भाषा तब दासता का प्रतीक थी, आज बाज़ारी रोज़गार का प्रतीक है। हिन्दी लगभग 11वीं सदी से 17वीं सदी तक फ़ारसी को दासता का प्रतीक मानती रही, अब अंग्रेज़ी को मानती है।

भारतीय दिलो-दिमाग़ दिन-ब-दिन वैज्ञानिक दृष्टिकोण को अपना रहे हैं। एक दिन वे भाषाओं को जीवित रखने वाली लिपियों का भी विश्लेषण करेंगे। तब वे पायेंगे कि दुनिया में नागरी लिपि से अधिक वैज्ञानिक लिपि कोई दूसरी नहीं है। लगभग सभी भाषा वैज्ञानिक यह मानते हैं कि लिपि वही श्रेष्ठ है, जो ध्वनियों का कम-से-कम स्थान पर कम-से-कम अक्षरों में अविकल लेखन कर सके। प्रत्येक अक्षर के बोलने को, लिखने में हू-ब-हू उतारा जाये। जैसा बोला जाये, वही लिखा-पढ़ा जाये। कोई भी भाषा ख़राब नहीं होती, उसके लिखने-बोलने में अवैज्ञानिक भ्रष्टता हो सकती है। मेरी समझ में यह आता है कि पूरी दुनिया में जिस दिन एक वैज्ञानिक लिपि अपनाने की बहस चलेगी, भाषा चाहे जो हो, उस दिन देवनागरी लिपि को सबसे ज़्यादा पसन्द किया जायेगा। देवनागरी लिपि अगर अधिकतम वैज्ञानिक तरीक़ों में अपने को ढालती रही तो भाषा चाहे जो हो, पूरी दुनिया की लिपि, समझदारी के समय में देवनागरी होगी। रोमन लिपि, शब्द ध्वनियों को हू-ब-हू लिखने में कतई असमर्थ है। पूरी दुनिया की लिपि अगर एक हो जाये और भाषाएँ अलग-अलग बनी रहें तो क्या हर्ज़ है? बाईसवीं सदी की भाषा में हो सकता है चीनी, अंग्रेज़ी और अफ्रीकी शब्दों की तादाद के साथ-साथ एशियाई देशों की शब्दावली कुछ ज़्यादा बढ़ जाये, लेकिन लिपि अगर देवनागरी रहे तो भाषाएँ ही नहीं, उनका उच्चारण भी सुरक्षित रहेगा। यह काम पहले भारतीय भाषाओं के भीतर भी होना चाहिए। अगर ऐसा होता है तो भारतीय भाषाएँ अक्षुण्ण बनी रहेंगी।

(2004)

भारत एक मूल पाठ अनुवाद नहीं

—योगेन्द्र द्विवेदी

हिन्दी ही नहीं, आधुनिक भारतीय कविता जिन गिने-चुने नामों से पहचानी जाती है, लीलाधर जगूड़ी उनमें एक प्रमुख हस्ताक्षर हैं। उन्होंने समय और उसके सवालों को इतनी विविधता से देखा और कविता में सँजोया है कि वह अभिव्यक्ति की अधिकतम ऊँचाइयों को छूती लगती है। कथ्य और शिल्प की यह विलक्षण जुगलबन्दी उनकी कविता को एक अलग पहचान देती है। कुछ समय पूर्व, उनसे की गयी यह बातचीत इस सन्दर्भ में अनौपचारिक अधिक रही क्योंकि एक बार सिलसिला शुरू होते ही औपचारिक साक्षात्कार की हदें टूट गयीं और उन्होंने कविता, आलोचना और कुल मिलाकर समकालीन साहित्य ही नहीं, निश्छल अभिव्यक्ति के इन पलों में महाकवि वाल्मीकि के बहाने परम्परा से लेकर ग्लोबलाइजेशन में डूबे वर्तमान तक को खँगाला। विस्तृत साक्षात्कार के इन क्षणों में उनका श्रेष्ठ विचारक भी सामने आता गया, जो यह दर्शाने के लिए काफ़ी है कि उनके निकट कविता एक स्वाभाविक उपस्थिति की तरह है—बनावटीपन और बोझिलता से परे। स्वयं उन्हीं के शब्दों में कविता ऐसी होनी चाहिए—'सोते की तरह, जो नदी बनने की सम्भावनाएँ समेटे शोषण व अन्याय के ख़िलाफ़ सीधी खड़ी और व्यंग्य से मुस्कराती, गहरे चोट करती हुई।' प्रस्तुत हैं वरिष्ठ पत्रकार व लेखक योगेन्द्र द्विवेदी के साथ हुई इस बातचीत के कुछ विहंगम अंश—

प्रश्न : समकालीन हिन्दी कविता पर कुछ?

उत्तर : समकालीन हिन्दी कविता मूलतः पिछली शताब्दी के मध्य व उत्तरार्ध में परवान चढ़ी और छह-सात दशकों का यह सिलसिला आज तक निरन्तर चला आ रहा है। मोटे तौर पर इसके दो स्तर हैं। एक वह, जिसके साथ मैंने भी

समकालीन कविता में जगह बनायी और जिसके दौरान अनेक प्रतिष्ठित नाम सामने आये। दूसरा स्तर नवोदित कविता का है।

इस समूचे दौर की कविता अपने समय के संकटों, परिवर्तनों और अत्याचारों की गवाह है। समकालीन हिन्दी कविता में ऐसा हर सन्दर्भ कहानी से पहले आया। शायद ऐसा शिल्प व कथ्य की विशिष्टता के कारण हुआ हो। इस दौर के किसी भी प्रमुख कवि को देखिये, उसकी दो-चार कविताएँ ऐसी ज़रूर मिलेंगी जो शिल्प व कथ्य के सन्दर्भ में अपनी मिसाल आप हैं और जिसे कहानी में शब्द दे पाना शायद ही सम्भव हो।

कविता में वैज्ञानिक दृष्टि, प्रयोगात्मक जोख़िम और अभिव्यक्ति के ख़तरे निरन्तर उठाते रहने की ज़रूरत मुझे आज भी ज़रूरी लगती है। समय-समय पर भाषा-मुहावरों के बचे रूप नये सरोकारों से जोड़ते हैं। कहा जाता है कि कवि एक ही कविता जीवन भर लिखता है, पर मुझे ऐसा नहीं लगता। आधुनिक कविता का फलक इतना व्यापक है कि उस पर यह बात लागू नहीं होती। किसी एक विषय को निरन्तरता में जाँचने-परखने की दृष्टि है कविता।

इस समूचे दौर में समकालीन कविता मूलतः तीन विषयों पर केन्द्रित रही—राजनीति, प्रेम व प्रकृति। उसकी अभिव्यक्तियाँ असाधारण हैं और कई बार तो आक्रोश इतना तीखा होता है मानो कवि होने से इनकार कर रही हो क़लम। कवि द्वारा स्वयं का यह निषेध यह दर्शाता है कि आज व्यक्ति और उसका रचनाकार कितना निरर्थक हो चला है। यह स्थिति समाज में रचनात्मकता के बढ़ते खोखलेपन को सामने रखती है।

प्रश्न : साहित्य की वर्तमान स्थिति पर!

उत्तर : यह साहित्यभोगी समाज नहीं है। बाज़ार व तकनीक के आधार पर अपने पुनर्निर्माण की चेष्टा कर रहे हैं समाज के विभिन्न हिस्से, जीवन के विविध उपकरणों से जब तक कोई रचना नहीं समेटती, तब तक वह पाठक को ग्राह्य नहीं है। पाठक का विकास जितना साहित्य ने किया, उससे अधिक उसका विकास अस्तित्ववादी ज़रूरतों ने किया। इस अस्तित्ववादी संघर्ष के बीच साहित्य व कला उसे सुकून देती है, तो भी, उसकी चिन्ता यह है कि साहित्य व कला उसकी बेचैनी व उग्रता को बढ़ा क्यों नहीं रहे? याद रखें कि शान्त मनुष्य अशान्त मनुष्य से ज़्यादा ख़तरनाक है।

आज़ादी के 60 सालों में राजनीतिक/सामाजिक परिवर्तनों की जो दिशा है, वह लोकतान्त्रिक विभ्रम के अतिरिक्त किसी ज़िम्मेदार विश्वसनीय विकल्प को आगे नहीं बढ़ा पाती। जो विकल्प थे, उन्हें हमने निश्चेतन होते देखा है।

इन सब विभ्रमों के बीच भी सातवें दशक की कविता अपने विकास को आगे बढ़ा रही है। ठीक वैसे ही जैसे देश की आज़ादी के संघर्ष के बाद राजनीति अपना विस्तार कर रही है। दोनों में फ़र्क़ यह है कि राजनीति में अब कोई विकल्प नहीं बना है।

प्रश्न : अपनी कविता के बारे में!

उत्तर : मैंने लिखना इसलिए शुरू किया था कि कोई बड़ा काम करना है। लिखना मेरी मजबूरी है। जहाँ तक हो सका निभाया भी। मैं नहीं मानता कि अच्छी कविता लिखने के लिए कोई ख़ास समय आयेगा। किसी अच्छी कविता के लिए समय का इन्तज़ार नहीं किया जा सकता। सारी ज़िम्मेदारियों से निवृत्त होकर अध्यात्म की तरह कविता को देखना अच्छा नहीं है। कविता दरअसल आनन्द को भी बेचैन करने वाली विधा है। मेरी कविता पर एक टिप्पणी की जाती है कि वह बुरे वक़्त की अच्छी कविता है। मैं नहीं मानता कि समय बुरा है, इसलिए अच्छी कविता नहीं आ रही।

प्रश्न : आज लिखी जा रही कविताओं और सम्बन्धित कवियों पर।

उत्तर : समकालीन कविता में जो उत्तरार्ध की पीढ़ी है, उसमें कुमार अम्बुज, हरिश्चन्द्र पाण्डे और असद ज़ैदी को पढ़ना आह्लादित करता है। कई बार ये लोग ऐसी विषय वस्तु के साथ सामने आते हैं जो ट्रेंड से बाहर निकलने की छटपटाहट मुखर करती है। पुराने व स्थापित कवियों में विशेष रूप से विनोद कुमार शुक्ल और नरेश सक्सेना अभी भी स्वयं को बदलने की चेष्टा से जूझते दिखते हैं। यों समकालीन कविता को नागार्जुन, त्रिलोचन, कुँवर नारायण, केदारनाथ सिंह, अशोक वाजपेयी और विष्णु खरे आदि ने भी अपने प्रयोगों से समृद्ध किया है। इनमें ऐसे जितने लोग भी रचनारत हैं, उनमें अपनी कविता में पारंगत होने के अभ्यास की आहट सुनाई देती है, जबकि शुरुआत में उन्होंने अपने अन्दाज़ से अधिक चौंकाया था।

प्रश्न : कविता और अन्य विधाओं ख़ासकर कहानी में मूलभूत फ़र्क़ क्या हैं?

उत्तर : सबसे पहले मैं यह स्पष्ट कर दूँ कि कविता का जन्म हुआ ही है कहानी कहने के लिए। कविता स्वयं में साधन और साध्य दोनों है। बावजूद इसके हमेशा उसके उद्देश्य कोई कहानी सुनाना रहा है। आदि कवि की कविता की भारतीय सन्दर्भ में पड़ताल करें तो पायेंगे कि उन्होंने राम के घर की थीम को (राम अयम (घर)) कविता का विषय बनाया। कविता में जीवन के किसी भी पक्ष का निषेध नहीं है। न सेक्स, न व्यभिचार, न हत्या और न अमानवीय आचरण आदि। कविता में ऐसी हर अभिव्यक्तियाँ जो जीवन को सतर्क और सम्पन्न बनाती हैं,

मुखर करने की लोकतान्त्रिकता हमेशा मौजूद रही है। इसका ही परिणाम है कि उससे जिन दूसरी विधाओं नाटक, निबन्ध, कथा-उपन्यास आदि रूपों ने जन्म लिया, उनमें भी सब चीज़ों को आत्मसात करने की लोकतान्त्रिकता मौजूद है।

साहित्य में कतिपय ऐसी विधाएँ हैं जो समकालीन सवालों व यथार्थ/यथास्थिति तक अधिक सीमित हैं। वह उम्मीद करती है कि व्यक्ति इससे परिवर्तन के लिए छटपटा उठेगा, लेकिन इनके बरअक्स कविता व्यक्ति के चित्त परिवर्तन पर केन्द्रित है। उसकी यह कोशिश भले ही तालाब में कंकड़ फेंकने जैसी लगे, पर वह चाहता है कि लहरों का उद्वेलन इतना व्यापक हो कि आकाश गंगा भेद सके।

प्रश्न : अभी बीच में आपने आदि काल की चर्चा की। उसकी व्यापकता को आप किस तरह देखते हैं?

उत्तर : आप ठीक कह रहे हैं। बात आदि कवि वाल्मीकि से शुरू करें, उन्हें अधिक व्यापक परिप्रेक्ष्य में देखने की ज़रूरत आज भी कम नहीं हुई है। दरअसल, वाल्मीकि मनुष्यों में ही करुणा के दर्शन करने वाले व्यक्ति नहीं थे। वे सृष्टि के विराट रूप में जाते हैं। जहाँ क्रौंच मिथुन हिलमिल कर रहने वाले किन्हीं दो प्राणियों का प्रतिनिधित्व करते हैं। उनमें से एक के मारे जाने पर वाल्मीकि जिस तरह व्याध को 'हत्यारा' कहते हैं, श्राप देते हैं, वह उनके आक्रोश की ऊँचाइयाँ ही हैं। सामान्य स्थिति में कोई कवि किसी को शाप नहीं देता। पर वाल्मीकि खुलकर कहते हैं कि प्रेम और समन्वय के हत्यारे को जीवन में कभी प्रतिष्ठा प्राप्त न हो। आधुनिक अर्थों में आये दिन लोकसभा/विधानसभा का सदस्य बन कर माफिया महिमामण्डित न हो। वह पुलिस/आबकारी जैसे विभागों का दुर्दान्त अधिकारी बनकर महाकवि वाल्मीकि न बने। गाँधी की तरह हत्यारों को वाल्मीकि हृदय परिवर्तन का अवसर नहीं देते, हमेशा के लिए प्रतिष्ठा से वंचित करते हैं।

लोग कहते हैं कि वाल्मीकि ने शोक से श्लोक प्राप्त किया, पर मैं कहता हूँ कि वाल्मीकि इसलिए बड़े हैं क्योंकि उन्होंने समूची अनैतिकता को श्राप दिया है। उन्होंने रामकथा भी कही है। राम की सेवा में समर्पित पात्र अपनी जगह, दुख व कष्ट का ताप अपनी जगह, उससे बिल्कुल अलग खड़ा कविता का श्राप अपनी जगह। क्या आज कोई कवि कविता करने के अलावा श्राप देने की स्थिति में है? यह संसार पाप व श्राप के द्वन्द्व से निर्मित है। आज की कविता समग्रता में अपने समय के अभिशापों को चिन्हित करती है, उन्हें श्राप देती दिखती है।

वाल्मीकि के काव्य पर सच पूछो तो सही ढंग से विमर्श ही अब तक नहीं हुआ है। गैब्रियल व मार्क्स के मुक़ाबले चवन्नी भर भी ये काम नहीं हुआ। वाल्मीकि, आज की भाषा में कहूँ तो अपने महाकाव्य में कल्पना और यथार्थ

के द्वन्द्वों को ठीक फ़िल्म की तरह दर्शाते हैं। फ़्लैश बैक का बहुत नायाब रूप सामने रखते हैं, ख़ासकर महिला व दलित सन्दर्भों में तो यह देखते ही बनता है। उनकी कराह को वाल्मीकि अद्भुत ढंग से शब्द देते हैं। न्याय व अन्याय के ऐसे अनेक रूप उनकी कविता में दिखते हैं, जो अन्यत्र नहीं हैं। इसका महत्त्व इस रूप में देखें कि उस समय उनके सामने कोई मैथालॉजी नहीं थी, फिर भी, वह समूचे कैनवास को व्यापक मैथालॉजिकल तरीक़े से रखने में सफल होते हैं। इस सन्दर्भों में वाल्मीकि रामायण का एक अविकल अनुवाद किया जाना बहुत ज़रूरी है। गीता प्रेस, गोरखपुर वालों ने जिस तरह उसके अनेक अंश 'सम्पादित' कर दिये हैं, वह इस ज़रूरत को और अधिक बढ़ाता है।

प्रश्न : समकालीन हिन्दी आलोचना पर?

उत्तर : हिन्दी आलोचना मुक्तिबोध के बाद से कृतिनिष्ठ नहीं रही। एक रामविलास शर्मा जी को छोड़ दें, तो समकालीन हिन्दी की सम्पूर्ण आलोचना प्रायोजित व लोकार्पण से सम्बद्ध दिखती है। आज की आलोचना सिर्फ़ गपशप तक सीमित है। रचनाकार की कमज़ोरियाँ दर्शाती, तो शायद अधिक सशक्त होती। प्रायोजित आयोजनों में रचनाकार की खूबियाँ कुछ इस तरह बखानी जाती हैं मानो वह कमज़ोरियों से परे है। इस अवमूल्यनग्रस्त आलोचना को रचनाकारों ने ही प्रोत्साहित किया। उन्होंने इस निरर्थक आलोचना के ख़िलाफ़ कभी ज़बान ही नहीं खोली। जिसकी प्रशंसा, वह गद्गद, बाक़ी मायूस। इसके चलते हिन्दी में यह स्थिति ही नहीं हुई कि किसी को 'अच्छा' कहने पर खलबली मचे। आलोचकों के बनाये रचनाकार भूसे की तरह अलग-थलग हैं। जिन्हें आलोचकों ने डसा, वे भास्करमणि की तरह चमक रहे हैं। आलोचकों के बनाये कवि/लेखक वैसे ही हैं जैसे किसी कम्पनी के कपड़े। कवि तो कपास है। वह अपनी कपास से क्या बनाता है, यह उसका निजी संघर्ष है। अब तक कोई ऐसी आलोचना नहीं दिखी जो रचनाकार के साथ रूई धुन रही हो। रचनाकार अनादृत और आलोचक समादृत हो, इससे दुर्भाग्यपूर्ण समय और क्या हो सकता है? रचनाकार को अपना माल बेचना है, लेकिन आलोचक के साथ ऐसी स्थिति नहीं है। उसका धरातल अधिक व्यापक होना चाहिए। आलोचक विवेचना, विमर्श और मूल्यवान स्मृतियों को जोड़ने वाला होता है। या तो आज की कृतियों में घोर कमियाँ हैं या वह स्वयं ही कृतघ्न है।

पाठक की प्रतिक्रिया जिस तरह पत्र-पत्रिकाओं की रचनाओं पर आती है, आलोचकों की नहीं दिखती। आलोचकों को इसके लिए तैयार करना पड़ता है जैसे भैंस को दूध देने के लिए पगुराना पड़ता है। हिन्दी आलोचना का संसार

वैचारिक असंगतियों और भ्रष्टाचार से भरा है। आलोचक में एक मूर्तिकार की तरह परिश्रम और प्रतिभा का मिलन नहीं दिखता। समकालीन आलोचना में रचना की तरह का वैचारिक विस्फोट नहीं है। आलोचक में पुरोहित्व और उसकी आलोचना में केवल कर्मकाण्ड रह गया है। इसका एक और उदाहरण स्वर्गीय मोहन थपलियाल हैं, जिनकी कहानियों में उत्तर-आधुनिकता के तत्त्व उदय प्रकाश से काफ़ी पहले दिखते हैं, लेकिन संकीर्ण दृष्टि वाले कृपण आलोचकों का ध्यान उनकी ओर नहीं गया।

प्रश्न : आपका अरसे से कोई कविता-संग्रह नहीं आया? क्या आप संग्रहकार कवियों के विरुद्ध हैं?

उत्तर : मेरे दस संग्रह अब तक प्रकाशित हैं। मुक्तिबोध हो या अन्य, किसी के भी इतने कविता-संग्रह नहीं आये। सो बात कविता की गुणवत्ता पर होनी चाहिए। संग्रह-संख्या पर नहीं। मेरी कविता की गुणवत्ता को लें, विचार ही नहीं हुआ। किसी ने भी इस ओर ध्यान ही नहीं दिया। मैंने पहले ही कहा कि हिन्दी आलोचना प्रायः प्रायोजित अनुष्ठान है। मित्र मित्र पर लिखता है। किसी अमित्र कवि पर किसी समझदार आलोचक ने शायद ही कभी टिप्पणी की हो। उसकी साफ़ समझ है कि चूँकि वह मेरा मित्र नहीं है, इसलिए वह अच्छा कवि नहीं है।

ऐसी स्थिति में अगर मेरा अगला संग्रह आ भी जाता (जो मेरे पास तैयार पड़ा है) तो क्या फ़र्क़ पड़ता है? उल्टे यह कहा जाता कि मैं लिखता बहुत हूँ, मेरे संग्रह जल्दी आ जाते हैं। मुझमें अप्रकाशन का धैर्य नहीं है। सो पिछले सात-आठ सालों से मैं अपनी कविताओं के साथ रह रहा हूँ, उनसे अलग नहीं होना चाहता। संग्रह निकालने का मतलब अपनी कविताओं से अलग होना भी होता है। संग्रह का अर्थ अपनी (रचयिता) की ज़िम्मेदारी घटाना और पाठक की ज़िम्मेदारी बढ़ाना है।

इस बीच अपना संग्रह न निकाल कर मैंने अपने लिए एक खामख़याली पैदा की है। मैं चाहता हूँ कि मेरी कविताओं के लिए प्रतीक्षा अंकुरित हो। अपनी उपस्थिति का अभाव भी देखूँ और देखूँ कि कहाँ उपस्थित हूँ और क्या कर पा रहा हूँ। मैंने इधर जो कविताएँ लिखी हैं, वह काफ़ी मात्रा में हैं। सब छपाना नहीं चाहता, उनमें से कुछ चुनी हैं। मैं अपनी कविताओं को पानी के सोते के रूप में देखना चाहता हूँ जो स्वयं अपने जीवन की नदी को जन्म दे सकें।

प्रश्न : आप कविता को किस तरह देखते हैं?

उत्तर : मेरे लिए कविता एक ऐसी अभिव्यंजना है जो सिर्फ़ भाषा तक सीमित नहीं है। वह हमारे कर्म और सोच का हिस्सा है। कविता को केवल

शब्दों में देखना उसके सत्व को खो देना है। कविता एक अभिव्यंजित निर्मित है। अर्थात चीज़ें एक सीमा तक ही शब्दों में बाँधी जा सकती हैं और कविता उसकी अधिकतम ऊँचाई है। कविता एक इमारत है। उसके सौन्दर्य बोध में जो कविता है, उसके शब्द वहाँ अंकित हैं। उन शब्दों को पढ़ने वाली कवि दृष्टि होनी चाहिए। यह दृष्टि कविता से पाठक तक विस्तारित हो। यही दृष्टि किसी भी देखने वाले को द्रष्टा बना देतीहै।

चेतना का परिष्कार कला का पहला धर्म है। कविता की कला के लिए तो कहा ही जाता है कि उसमें सारी कलाएँ सन्नहित होनी चाहिए। यह हमें देखना है कि कौन-सी कविता उन कौशलों को लेकर हमारे बीच उपस्थित है।

प्रश्न : वैश्वीकरण के बीच साहित्य की स्थिति पर क्या सोचते हैं?

उत्तर : ग्लोबल शब्द साहित्य के संकट और सरोकारों से नहीं आया। यह उत्पादन/खपत के माध्यम—बाज़ार—की भाषा से आया है। यों मूलतः यह शब्द भूगोल का है। इस शब्द की भौगोलिकता को काट कर इसे उत्पादन/खपत वाले बाज़ार में सीमित कर देना इसे ब्रह्माण्ड जैसा ग्लोबल नहीं बनाता बल्कि स्थानीय या संकीर्ण बनाता है।

असल में इस सम्बन्ध में शब्द पृथ्वी से जुड़ा होना चाहिए था। पृथ्वी का अस्तित्व आकाश के बिना नहीं है, उसी तरह ग्लोबल का अस्तित्व सामुद्रिक व आकाशीय व्यापार के बिना नहीं है। पूरी ब्रह्माण्डीय चेतना के लिए 'ग्लोबलाइजेशन' शब्द का इस्तेमाल हो रहा है, जबकि वास्तविक अर्थों में वह व्यापारिक गतिविधियों तक सीमित है। यह अर्थ-संकुचन है। काश, यह वसुधैव कुटुम्बकम के अर्थों में इस्तेमाल हो रहा होता। ग्लोबलाइजेशन अब न ब्रह्माण्डीय शब्द है, न भौगोलिक और न और कुछ। शुद्ध व्यावसायिक है। न्यायसंगत तरीक़े से अतिरिक्त उत्पादन को ठिकाने लगाने की जो बात की जाती है, उसका विकास है। अतिरिक्त उत्पादन को पिछड़ी या दूसरी जगहों पर मनमाने दामों में खपाने का नाम है।

अगर बाज़ार किसी देश के अतिरिक्त या फ़ालतू उत्पाद को किसी ज़रूरतमन्द या ग़ैर-ज़रूरतमन्द देश तक ले जाता है, तो उसे कण्डम कहने की जगह 'ग्लोबलाइजेशन' कह कर मण्डित किया जा रहा है। काश हम पहले ग्लोबलाइज होते, फिर व्यावसायिक सम्बन्धों का निर्धारण करते क्योंकि इसकी भूख स्थानीय उत्पादों में भी है। इस समय हो यह रहा है कि बहुराष्ट्रीय उत्पादक एजेंसियाँ स्थानीय ग्राहकों की अपेक्षा ग्लोबलाइज्ड ग्राहकी की चिन्ता कर रही हैं। ग्लोबलाइजेशन अगर अतिरिक्त माल दूसरे देशों में उपलब्ध करा रहा है, तो इसका अर्थ यह है कि हम वहाँ अभाव दूर कर रहे हैं।

अन्तरराष्ट्रीय सम्बन्धों पर आधारित वाणिज्य-सम्बन्ध है यह। यों मोटे तौर पर इन (वाणिज्यिक) अर्थों में यदि दो मित्र या शत्रु देश अपने अतिरिक्त उत्पाद को आपस में ख़रीदते-बेचते हैं, तो यह ठीक है। वाणिज्यिक अर्थों यानी एक सीमित क्षेत्र में ग्लोबलाइजेशन ने विकल्पों को अधिक मात्रा में खोला है। यों संयुक्त राष्ट्र संघ स्वयं में एक राजनीतिक ग्लोबलाइजेशन का ही परिणाम है। यदि वह स्वीकार्य है, तो इसे अस्वीकार करना कठिन होगा। मैं साहित्यिक सन्दर्भों में ग्लोबलाइजेशन के बारे में आपसे सुनना चाहता हूँ।

साहित्य तो जन्मजात ग्लोबलाइज्ड है। साहित्यकार का भले ही कोई देश हो, साहित्य हरेक देश और भाषा की सम्पत्ति है। अंग्रेज़ी आज उपनिवेशवादी ब्रिटेन की ही भाषा नहीं रह गयी है, वह पूरी दुनिया की अनुवाद की भाषा है और इसके चलते भारतीय सलमान रश्दी, अरुन्धती राय, अनिता देसाई, झम्पी लाहिड़ी व विक्रम सेठ आदि साहित्यिक ग्लोबलाइजेशन के प्रतीक बने हुए हैं। फिर भी, इसे भारतीय लेखकों का ग्लोबलाइजेशन नहीं कहा जा सकता है क्योंकि यह लेखक भारतीयों के वास्तविक राजनीतिक/सांस्कृतिक विकास को पूरी तरह समझते हैं, ऐसा दावा वे नहीं कर सकते। मेरी दृष्टि में इसकी सबसे बड़ी वजह यह है कि वह भारत को एक अभारतीय भाषा के माध्यम से देख रहे हैं, जबकि भारत एक मूलपाठ है, अनुवाद नहीं।

भारतीय संस्कृति हमेशा से जगत-व्यापार से बाबस्ता रही है। कभी वह बाज़ार विरोधी नहीं रही। छोटे-बड़े मेलों/तीज-त्योहारों पर यह रंगीन छटा देखते ही बनती है। हथेली पर रखे आँवले की तरह अलग-अलग, साथ-साथ। विविधता में एकता समेटे।

(2006)

विधा नहीं एक तत्त्व है कविता

–संजय कुन्दन

प्रश्न : आपने 'युवा कविता' के दौर में लिखना शुरू किया था। आपकी शुरुआती कविताओं में भावुकता ज़्यादा थी पर इधर की कविताओं में बौद्धिकता बढ़ती गयी है?

उत्तर : मैं ऐसा नहीं मानता। बौद्धिकता पहले भी थी, आज भी है। भावुक कविताओं में भी बौद्धिक निष्पत्ति होती है, बुद्धि का इस्तेमाल होता है, इसलिए मैं उससे सहमत नहीं हूँ कि पहले भावुकता थी और अब बौद्धिकता है। आप जिसे बौद्धिकता कह रहे हैं वह शुरू से मेरी कविताओं में है।

प्रश्न : पहले और आज के परिदृश्य में क्या फ़र्क़ महसूस करते हैं आप?

उत्तर : वर्तमान में कोई बहुत बड़ा रचनात्मक प्रयत्न नहीं दिख रहा है। 60 के दशक के बाद रचनात्मकता का जो विस्तार हुआ आज भी उसी का एक्सटेंशन दिखाई दे रहा है। जब हमने लिखना शुरू किया तब एक नये तरह का सामाजिक आन्दोलन था। हम सबके भीतर परिवर्तन की एक चाह थी। हम यह मानते थे कि हमें जो आज़ादी मिली है, वह अधूरी है। हम बदलाव के पक्षधर थे और अपनी पक्षधरता कविताओं में व्यक्त करते थे, लेकिन आज स्थिति एकदम बदल गयी है। 1980 के बाद से कोई बड़ा सामाजिक-राजनीतिक आन्दोलन नहीं दिखाई देता। आज सिद्धान्त शून्यता का दौर है। मिली-जुली सरकार क्या बन गयी सारे क्रान्तिकारी वामपन्थी पार्टियों की धार कुन्द हो गयी। वे पार्टियाँ आज एक छद्म की शिकार हैं। सच पूछा जाये तो आज की जो साहित्यिक गिरावट है वह राजनीतिक गिरावट की ही प्रतिध्वनि है, पर कुछ लोगों का यह कहना बेकार है कि साहित्य राजनीतिक परिदृश्य को बदल सकता है।

प्रश्न : एक विचार यह है कि एक ख़ास रणनीति के तहत आज अराजनीतिक कविता के पक्ष में माहौल तैयार किया गया है, इसलिए ज़्यादातर कवि (आप भी उसमें शामिल हैं) अराजनीतिक कविताएँ लिख रहे हैं?

उत्तर : राजनीतिक कविताओं को लेकर लोगों के मन में तरह-तरह की भ्रान्तियाँ हैं। कुछ लोग यह मानते हैं कि जब तक कविता में राजनीतिक सिद्धान्तों की अनुगूँज नहीं होगी तब तक वह राजनीतिक नहीं हो सकती। मेरा मानना है कि जिन कविताओं में राजनीतिक शब्दावली नहीं है उसका सन्दर्भ कहीं ज़्यादा राजनीतिक हो सकता है। आपातकाल के दौरान राजनीतिक शब्दावली और चालू मुहावरे को लेकर ख़ूब कविताएँ लिखी गयीं, लेकिन उन कविताओं का आज भी गहरा असर है, जो उस शब्दावली और मुहावरों का परित्याग करके लिखी गयीं। उनमें मेरी कविता 'अन्तर्देशीय' भी शामिल है। आज ऐसी कविताएँ ज़्यादा लिखी जा रही हैं, इसीलिए ऐसा प्रतीत हो रहा है कि कवि राजनीति से बचने का प्रयत्न कर रहे हैं, पर ऐसा नहीं है। मूल समस्या यह है कि जब हम किसी ख़ास मुहावरे के आदी हो जाते हैं तो वह मुहावरा हमारी संवेदना को भोथरा बना देता है। कवि का यह भी दायित्व है कि वह मनुष्य की संवेदना को ख़राब कविताओं से जो चोट पहुँची है, उससे उबारे। कविता को ठीक से न समझ पाने के लिए काव्य-संस्कार दोषी है। हर बार कविता का नुक़सान काव्य-संस्कार के कारण हुआ है। कवि के साथ-साथ अगर पाठक भी काव्य संस्कार नहीं तोड़ेगा तो बात बनेगी नहीं। कवि अगर अपना काव्य-संस्कार तोड़ता है तो उसका उद्‌देश्य अपने पाठकों को भी बदलना होता है।

प्रश्न : मतलब यह कि वर्तमान कविता का सही मूल्यांकन नहीं हो पा रहा है। इस सन्दर्भ में आलोचकों की भूमिका को आप किस रूप में देखते हैं?

उत्तर : आलोचक आज की अच्छी कविताओं तक नहीं पहुँच पा रहे हैं। वे भी आलोचकीय संस्कार से बाधित हैं। पिछले कुछेक दशकों में कवियों ने जो नये काव्य संस्कार पैदा किये हैं उसको पहचानने की आलोचकीय दृष्टि नहीं पैदा हुई है। स्थापित आलोचक जिन वजहों से स्थापित हुए हैं वे आज भी उन्हीं वजहों और प्रतिमानों की रक्षा में जुटे हैं। मुझे याद नहीं पड़ता कि पिछले 15-20 वर्षों में किसी भी आलोचक के द्वारा इधर की किसी रचना का स्मरणीय भाष्य प्रस्तुत किया गया हो। अब जैसे रघुवीर सहाय की कविता 'रामदास' की ही कौन-सी नयी व्याख्या हुई है? युवा व युवतर कवियों का नामोल्लेख तो हो रहा है, लेकिन क्यों, यह कोई नहीं बताता। आज विष्णु खरे, मंगलेश डबराल, विष्णु नागर, राजेश जोशी, उदय प्रकाश, देवी प्रसाद मिश्र, संजय चतुर्वेदी जैसे कवि सक्रिय हैं, उनकी चर्चा आलोचक करते हैं, पर अपनी किन विशिष्टताओं के कारण वे उल्लेखनीय हैं, यह कोई नहीं बताता। सम्भवतः अब कवियों को ही कविता की व्याख्या करनी होगी। उन्हें परस्पर एक-दूसरे की आलोचना करनी होगी।

प्रश्न : आज की कविता के बारे में यह भी कहा जा रहा है कि वह मध्यवर्गीय चेतना तक ही सीमित है।

उत्तर : कविता कब मध्यवर्ग तक सीमित नहीं थी? क्या छायावाद मध्यवर्ग से विरत था? फिर दूसरी बात यह है कि मध्यवर्ग अपने आप में सीमित नहीं है। वह असीमित है। मध्यवर्ग के भीतर भी उच्च मध्यवर्ग और निम्न मध्यवर्ग है। उच्चवर्ग के भीतर कई स्तर हैं। उनमें भी एक सर्वोच्च वर्ग है जो विश्व स्तर पर कारोबार करता है। वह अपने चिन्तन में सिर्फ़ अपने देश की बात नहीं करता, कई देशों की बात करता है। आज निम्न वर्ग में भी एक उच्चवर्ग है अर्थात दलितों में भी एक ब्राह्मण वर्ग है। यह वह वर्ग है जो आरक्षण के माध्यम से प्रशासनिक सेवाओं में पहुँच गया है। कहने का मतलब यह है कि पारम्परिक समाजशास्त्रीय दृष्टिकोण से देखने से ही हमें सही वर्गगत स्थिति का पता नहीं चल पा रहा है। मार्क्सवाद से वर्ग की जो दृष्टि मिली है, वह भी आज काम नहीं आ सकती। मार्क्स ने जाति की चर्चा नहीं की है, जबकि हमारे समाज को जाति व्यवस्था भी गहरे अर्थों में प्रभावित करती है। आज अनेक वर्ग टूटकर एक-दूसरे में विलीन हो रहे हैं। मेरी कविता इसी सामाजिक संक्रमण की कविता है। सम्भव है यथास्थितिवाद का पोषण करने वाली कविताओं को मध्यवर्गीय चेतना की कविताएँ कहा जा रहा हो, लेकिन इस तरह का स्वर हिन्दी की कुछ ख़राब कविताओं में ही मिलता है। इस तरह की कविताओं में जैसा देखा वैसा वर्णन कर दिया गया है। उनमें एक दृष्टि का अभाव है। उनमें एक प्रतिसंसार बनाने की इच्छा नहीं झलकती।

प्रश्न : समकालीन काव्य भाषा को लेकर भी इन दिनों एक बहस चल रही है। कविता और गद्य के ख़त्म होते फ़र्क़ को एक तबका काव्य भाषा का स्वाभाविक विकास मानता है तो दूसरी ओर कुछ लोग अभी भी छन्द की वापसी की आस लगाये बैठे हैं।

उत्तर : असल में कविता, एक विधा नहीं एक तत्त्व है। जो लोग छन्द वग़ैरह की बात करते हैं, उनका आशय पद्य से होता है। पद्य एक विधा थी लेकिन कविता तो पद्य से बाहर निकल चुकी है। एक अच्छे गद्य का पैराग्राफ भी काव्यात्मक हो सकता है। हाँ, गद्य में कविता के तत्त्व को पहचानना, उसे प्रस्तुत करना एक चुनौती है। कुछ कवि यह पहचान न कर पाने के कारण निरा गद्य लिखते हैं। आज के कवियों के लिए यह ज़रूरी है कि वे गद्य को समझें। मैं बिल्कुल सीधे-सीधे लिखता हूँ जहाँ आवश्यकता न हो वहाँ टेढ़ी-मेढ़ी नहीं लिखता। कविता बोलचाल की भाषा के क़रीब हो। उसकी शक्ति है—संवादों की नाटकीयता।

प्रश्न : क्या आप भी मानते हैं कि कविता के पाठक कम हुए हैं?

उत्तर : कविता के पाठक कम हुए हैं, मैं इससे सहमत नहीं हूँ। हाँ, कविता के श्रोता ज़रूर कम हुए हैं। कविता का जो मुद्रित स्वरूप है, उसके अपने पाठक हैं। उसने अपने पाठक के जीवन में, उसके एकान्त में अपनी जगह बना रखी है, लेकिन आधुनिक कविता ने अपने श्रोता नहीं बनाये क्योंकि कवियों को फुर्सत नहीं है न ही उनकी इच्छा है कि वे लोगों के बीच जायें, पर मेरा मानना है कि कवियों को इस चुनौती का सामना करना चाहिए। उन्हें श्रोता बनाने चाहिए, भले ही वे इसके लिए दूसरी तरह की कविताएँ सुनायें। अगर कविता के पाठक कम होते तो स्थापित कवियों के संग्रह के दो-दो संस्करण नहीं आते। मेरे नये संग्रह को छोड़कर सभी संग्रहों के पाँच-पाँच संस्करण छपे। कविताओं पर दूरदराज के गाँवों-क़स्बों से चिट्ठियाँ आती हैं। इससे बड़ी शक्ति मिलती है। इससे स्पष्ट है कि कविता के पाठक कम नहीं हैं।

(2005)

कविता का अवतरित होना ज़रूरी है

—गणेश पाण्डे

लीलाधर जगूड़ी हमारे समय के अत्यन्त महत्त्वपूर्ण कवि हैं। 'शंखमुखी शिखरों पर' से लेकर 'ख़बर का मुँह विज्ञापन से ढका है' तक इनके कोई दस कविता-संग्रह प्रकाशित हैं और कई संग्रहों के तो तीसरा, चौथा, पाँचवाँ संस्करण प्रकाशित हुए हैं। निश्चित रूप से एक अर्थ में यह असाधारण पठनीयता हिन्दी समाज की साहित्य विमुखता के बरअक्स एक सुखद अनुभव है। समकालीन कविता की दुनिया में एक ट्रेंड सेंटर कवि के रूप में जगूड़ी जी की प्रतिष्ठा का आधार उनकी कविताएँ तो हैं ही, उनका काव्य-विवेक, काव्य-दृष्टि, काव्य-भाषा और काव्य-विचार भी है। ज़ाहिर है कि जगूड़ी जी ने ये सब अपने आत्मसंघर्ष से अर्जित किया है और यह आत्मसंघर्ष बड़े कवियों की तरह जीवन और कविता, दोनों मोर्चे पर मौजूद है। उत्तराखण्ड के टिहरी के धंगण गाँव में 1 जुलाई, 1940 को जन्मे जगूड़ी ने ग्यारह वर्ष की उम्र में घर से भागकर कई शहरों और प्रान्तों में कई प्रकार की जीविका करते हुए शिक्षा के अनियमित क्रम के बाद हिन्दी साहित्य में एम.ए. किया। फ़ौज (गढ़वाल राइफल्स) में सिपाही रहे जगूड़ी को तो समकालीन कविता का सेनापति होना था सो फ़ौज के बाद शासकीय विद्यालयों में शिक्षण कार्य किया। इसी बीच 1970 में भयंकर प्राकृतिक त्रासदी में एक साथ परिवार के सात लोगों की मृत्यु का महाशोक। सूचना एवं जनसम्पर्क विभाग, उ.प्र. की मासिक पत्रिका 'उत्तर प्रदेश' और नये राज्य उत्तरांचल की प्रथम पत्रिका 'उत्तरांचल दर्शन' के सम्पादक, सेवानिवृत्ति के बाद उत्तरांचल के प्रथम सूचना सलाहकार और उत्तराखण्ड संस्कृति साहित्य एवं कला परिषद के उपाध्यक्ष रहे लीलाधर जगूड़ी को 2004 में पद्मश्री और 1997 में साहित्य अकादेमी समेत अनेक पुरस्कारों से सम्मानित किया गया है। रूसी, अंग्रेज़ी, जर्मन, जापानी, मराठी, पंजाबी, मलयालम, बांग्ला,

उड़िया, उर्दू आदि—देश और विदेश की अनेक भाषाओं में जगूड़ी जी की कविताओं का अनुवाद किया गया है।

प्रश्न : इस समय की हिन्दी कविता का जो परिदृश्य हमारे सामने है, निश्चित रूप से आप हमारे समय के अत्यन्त महत्त्वपूर्ण कवि हैं। सबसे पहले यह बतायें कि आपको कविता और कविता की आलोचना से प्रेम कैसे और कब हुआ? आप अब तक की अपनी साहित्यिक यात्रा से सन्तुष्ट हैं? कहीं कोई चूक? इन दिनों क्या ख़ास लिख रहे हैं? क्या ख़ास लिखना बाक़ी है?

उत्तर : कविता जिस अच्छे-बुरे, सुख-दुख को जिस सादगी भरी बे-बनावट टीस के साथ प्रकट करती रही है उसमें आलोचना उसके हर हिस्से में गुँथी हुई दिखती है, अलग से कविता और अलग से आलोचना का आभास मुझे कभी हुआ नहीं। कविता जीवन की आलोचना से पैदा होती है, इसीलिए किसी दूसरे में भी मैं अपने को ही शामिल देखता हूँ—भले-बुरे दोनों अर्थों में। ग़लतियाँ भी जीवन में बहुत प्रेम से की हैं। की हुई ग़लतियों के सुधार में ही सारे जीवन का रचनात्मक कर्म अपनी निरर्थकताओं में ही कोई-न-कोई सार्थकता ढूँढ़ता रहा है। इन अन्तर्विरोधों का महाकाल जैसा महाजाल फैला हुआ है, उसके एक तन्तु को अलग से कैसे गिनाऊँ? बस मेरी कविताओं में उसके रेशे मैंने कैसे पकड़े और उलझाये-सुलझाये हैं—अगर यह कोई देख सके तो पता लग जायेगा कि कैसे और कब? अब तक की अपनी साहित्यिक यात्रा से सन्तुष्ट इसलिए नहीं हूँ कि बहुत कुछ लिखना टलता रहा है। कुछ तो इसलिए टला कि यह तो बढ़िया थीग है और इस पर जल्दबाज़ी में नहीं, इत्मीनान से किसी बढ़िया मूड में लिखेंगे। यह कभी सम्भव नहीं हुआ। नाटक, कुछ कहानियाँ, एक-दो उपन्यास सब अधूरे रखे हैं। मेरी प्रिय विधा है निबन्ध और वह भी बाँध नहीं पाया। ले-देकर छह-सात सौ कविताएँ लिखी हैं और उनमें नाटक, कथा, औपन्यासिकता और निबन्धप्रियता—सबकुछ का समावेश कर डाला है। पता नहीं यह कविता के साथ न्याय है या अन्याय? कहाँ कितनी कविता बनी या नहीं बनी कभी किसी ने बताया नहीं। ऐसे में सन्तोष करने लायक फिर रह क्या जाता है? मैंने 1960 के आसपास से जब लिखना शुरू किया था तो हिन्दी साहित्याकाश में प्रसाद, पन्त, निराला, मैथिलीशरण गुप्त, दिनकर, अज्ञेय, मुक्तिबोध, महादेवी वर्मा, बच्चन, शमशेर बहादुर सिंह, नागार्जुन, त्रिलोचन, राजकमल चौधरी, रघुवीर सहाय, सर्वेश्वर, श्रीकान्त वर्मा, साही और धूमिल तक एक साथ मौजूद थे। इतने बड़े नक्षत्र मण्डल में खद्योत की तरह मैं भी फड़फड़ाने लगा। सभी कवियों के परस्पर अलग होने

के जो कारण उन दिनों मेरी समझ में आये उनमें मुख्य थे—काव्यभाषा में फ़र्क़, कथ्य चुनने की चेतना और अपने समय के मुहावरे को गढ़ने और उनके प्रयोग की अनोखी शक्ति। सरलता और तरलता में सलवटों के बावजूद गहराई। अज्ञात, अनजाने और अप्रयुक्त की प्रयोगात्मक सूचना। इस दृष्टि से किसी भी लेखक या कवि का, ढंग का कोई अध्ययन हुआ ही नहीं है। चूक तो तब होती है जब कोई काम करे। इन दिनों लिखकर रखी हुई कविताओं को सुधार-बिगाड़ रहा हूँ। देखिए उनका आख़िर क्या बनता है। कुछ वैचारिक टिप्पणियाँ लिखी हैं। एक उपन्यास पर भी टप्पामार शैली में काम चल रहा है। एक नाटक भी प्रकाशन के लिए तैयार करना है। लेकिन कविताएँ ज़्यादा वक़्त खा जाती हैं। मन मेरा एक अच्छे, अप्रयुक्त और अनोखी शब्द-संगति वाले वाक्य में ही रमता है। कविता के इन्हीं वाक्यों ने मेरा जीवन ले लिया है। बस एक अच्छी और अनोखी कविता लिखना अभी बाक़ी है। अगर मेरे पास मेरी सौ श्रेष्ठ कविताएँ हो जायें तो फिर मुझे चाहिए क्या? पर उन श्रेष्ठ सौ कविताओं को छाँटेगा कौन?

प्रश्न : समकालीन कविता के परिदृश्य पर इधर काफ़ी कुछ ऐसा है जो ख़राब है, औसत है। इस दौर की कविता की ख़राब प्रवृत्तियों की पहचान आप किस रूप में करते हैं?

उत्तर : समकालीन कविता की एक शिल्पगत प्रवृत्ति है कि वह टेढ़ी-मेढ़ी पंक्तियों में लिखी जाती है। कुछ लोगों ने बल्कि अधिकांश लोगों ने यह मान लिया है कि टेढ़ी-मेढ़ी है तो कविता है और सीधी पंक्तियों में लिखा है तो गद्य। यह कोई नहीं देखता कि कविता बनी या नहीं। ज़रूरी नहीं कि हर बार कविता में टप्प से रख देने वाली उद्धरणीयता हो। कविता को समग्रता में भी बनना चाहिए और वाक्य-दर-वाक्य भी। कुछ कविताएँ इसलिए लिखी जाती प्रतीत होती हैं कि अन्त में निष्कर्ष क्या निकला। वे अपना सार अन्तिम पंक्तियों में बताती हैं। कुछ ही कविताएँ हैं जो पंक्ति-दर-पंक्ति, स्टैंजा-दर-स्टैंजा अपने अवयवों को रचती हैं और अपने अनुभव का सम्पूर्ण व्यक्तित्व—जैसा भी वह हो—खड़ा कर देती हैं। ख़राब प्रवृत्ति के रूप में मुझे बिना कविता के कविता का वह टेढ़ा-मेढ़ा लिखित स्वरूप लगता है जो निरा गद्य है और कविता उसमें कहीं बनी ही नहीं। शब्दों में और प्रकट अनुभव में कविता का अवतरित होना ज़रूरी है। यह अवतरण कराना ही कवि का काम है। शब्दों का जमघट या गद्य का अम्बार लगा देने से और टेढ़ा-मेढ़ा लिख देने से ही कविता नहीं बनती। हर कविता में वह कुछ होना चाहिए जो अब तक नहीं कहा गया और नहीं देखा गया हो। ख़राब प्रवृत्तियों में एक यह भी है कि कविता भी उतना ही कहती है जितना प्रिंट मीडिया और इलेक्ट्रॉनिक मीडिया कहता है।

कविता को वह कहना चाहिए जो अन्य माध्यम न कह सकता हो। क्योंकि कविता खुद आत्माभिव्यक्ति का एक ऐसा माध्यम है जो खुद ही साधन भी है और खुद ही साध्य भी। बाक़ी माध्यम केवल साधन हैं, साध्य नहीं। कविता माध्यम अथवा साधन होते हुए भी कवियों का परम साध्य भी है। इसीलिए भाषा में होते हुए भी कविता अपने अर्थ मन्तव्य और सत्व में भाषा से बाहर चली जाती है। भाषा केंचुल की तरह पीछे छूट जाती है। कविता को एक ही छन्द की लयात्मकता से भी मुक्ति देने का काम कवियों को ही करना है। इसलिए छन्द के भी नये-नये रूपों को अपनी साँसों के संचालन से उत्पन्न करना ज़रूरी है। आधुनिक कविता में बातचीत से भरा हुआ अनुष्टुप छन्द बहुत इस्तेमाल हो चुका है। चूँकि अनुष्टुप छन्द गद्य के अर्थात बोल-चाल के छोटे-छोटे वाक्यों के बहुत नज़दीक है—इसलिए उसका आज की अत्याधुनिक कविता में भी सहज इस्तेमाल हो पाया है। अब कुछ और भी होना चाहिए जो कहने की भंगिमा को बदलता हो। भाषा की भंगिमा कथन और अनुभव के अर्थ को सौन्दर्यानन्द तक पहुँचाती हो। सौष्ठव के पीछे का परिश्रम भी शब्दों की पारस्परिक नयी संगति से उजागर होता है। जिन शब्दों के साथ जो शब्द कभी उठे-बैठे नहीं उनकी वैसी उपस्थिति केवल चौंकाती ही नहीं, बल्कि वह नये समाज और समय के तेवर भी दिखाती है।

परम्परा की भी कई परम्पराएँ हैं। परम्पराओं का प्रारम्भिक रूप रूढ़ि है। वे रूढ़ियाँ ही परम्पराएँ बन पायी हैं जिनमें सर्वग्राह्यता और उदात्तताएँ हैं। परम्परा में आवृत्ति और परिवर्तन दोनों अन्तर्निहित हैं। बार-बार दोहराकर भी जो नवीन संकल्प को जाग्रत करे, जो आवृत्ति के बाद भी उस इलाक़े में अपने ही नये पदक्षेप की ध्वनि से किसी नयी यात्रा को जन्म दे। परम्परा में अपनी रूढ़ि को बदलने की क्षमता होती है। कविता की परम्परा भी इसी बदलाव से जुड़ी है। निष्कर्ष यह कि ख़राब कविता केवल शब्दाधारित होती है और अच्छी कविता ध्वन्याधारित होकर अपने शरीर से बाहर अपने अर्थ में प्रतिफलित होती है।

प्रश्न : आपने लम्बी कविताएँ ख़ूब लिखी हैं। आज आप हमारे समय और जीवन के महादुख को व्यक्त करने के लिए लम्बी कविता की ज़रूरत किस तरह महसूस करते हैं? लम्बी कविता के आज के परिदृश्य पर क्या सोचते हैं?

उत्तर : मेरी दृष्टि में वे लम्बी कविताएँ अच्छी होती हैं या वे मुझे अच्छी लगती हैं जो अनाख्यान में से भी कोई आख्यान बना ले जाती हैं। जो आख्यानपरक होती हैं वे कहानी जैसी हो जाती हैं। अच्छे कवि कविता के आख्यान तत्त्व को काव्यतत्त्व में बदलकर उसको कहानी और निबन्ध बनने नहीं देते। कविता में नाट्य, कविता में कथा, कविता में निबन्ध, कविता में यात्रा विवरण और कविता में समाचार

या डायरी, सबकुछ का कायान्तरण होना चाहिए। लम्बी कविता में इसकी भरपूर गुंजाइश है। यह कवि पर निर्भर करता है कि वह अपनी लम्बी कविता को कैसे गढ़ता है। कविता को कहानी का इस्तेमाल अपने ढंग से करना चाहिए, उसे कहानी जैसा नहीं होना चाहिए। कहानी को वहाँ कुछ-कुछ वैसे होना चाहिए जैसे नाटक में उसका अलग रूप होता है। निबन्ध की भंगिमाएँ भी कविता में वैसी होनी चाहिए जैसी भाषा में नृत्य मुद्राएँ हों। लम्बी कविता किसी भी फार्म में हो सकती है लेकिन उसे केवल कहानी और निबन्ध होने या एक अख़बारी रपट होने से बचना चाहिए। छोटी कविताओं जैसी सघनता से बुनी हुई लम्बी कविताएँ मुझे ज़्यादा आकर्षक, महत्त्वपूर्ण और प्रभावी लगती हैं। इधर की लम्बी कविताओं को आलोचनात्मक धरातल पर व्याख्यायित किया गया हो, मुझे कहीं देखने को नहीं मिला। आलोचकों का अनुभव उनका अध्ययन है, जीवन नहीं। जबकि कवियों का अनुभव उनका और बहुतों का जीवन है। इसलिए फाँक तो बनी रहेगी।

महादुख केवल महाकाव्य में ही प्रकट हो पाता हो मुझे ऐसा नहीं लगता, वह एक पंक्ति में भी प्रकट हो सकता है। महाकाव्यों के जिन दुखों को हम जानते हैं, वे वहाँ जगह-जगह कुछ पंक्तियों में ही प्रकट हुए हैं। मुझे लगता है अब लम्बी कविताओं का नहीं, 'बुलेट' कविताओं का समय शुरू होगा। एक धाँय और बस।

प्रश्न : आज हिन्दी कविता की दुनिया में पुरस्कारों के लिए विकल—क्या बड़े और क्या छोटे और क्या नवजात-कवियों को जगह-जगह देखा जा सकता है। पुरस्कारों में राजनीति और विचलन ने साहित्य और ख़ासतौर से कविता का नुक़सान ज़्यादा किया है। अच्छी कविता की जगह पुरस्कार प्रेम को किस रूप में देखते हैं?

उत्तर : पुरस्कार किसी को अमर नहीं बना सकते। कितने मंगला प्रसाद पारितोषिक प्राप्त कवि थे और कितने अग्रवाल पुरस्कार प्राप्त कवि हैं, पर कविता तो विपन्न ही है। अच्छी कविता किसी कवि से बन जाये तो उससे बड़ा कोई दूसरा पुरस्कार नहीं। पर कितने कवि हैं जो अपने को यह पुरस्कार दे पाये हों, कितने कवि हैं जो अपने लिए अपनी प्रतिभा से यह पुरस्कार ले पाये हों। कविता से इतिहास बनता है, पुरस्कारों से नहीं। फिर भी पुरस्कारों का अपना महत्त्व है। कवियों को क्या मिलता है? कविताओं पर पारिश्रमिक भी नहीं मिलता और कोई भी पुरस्कार ज़िन्दगी भर स्याही और डाकव्यय की क्षतिपूर्ति नहीं करता। हमारा चिन्तन, हमारा सृजन रचनाकेन्द्रित होना चाहिए न कि पुरस्कारोन्मुख। किसी पुरस्कार के अवसर पर किसी कवि के कृतित्व की कोई सार्थक और सुन्दर व्याख्या हुई हो, मुझे याद नहीं पड़ता।

प्रश्न : आपकी दृष्टि में अच्छी कविता का गुण क्या है? सूचना का विस्फोट अच्छी कविता का शत्रु है या मित्र?

उत्तर : यह सवाल सबसे कठिन है। एक अच्छी कविता का सबसे अच्छा गुण तो मैं यही मानता हूँ कि उससे मिलना पहली बार की मुलाक़ात जैसा हो। न सही शब्दशः उसे भावार्थ में भी याद रखने का मन होता हो। वह मेरी स्मृति को व्यवहार कुशल और समृद्ध करती हो। जो वक़्त ज़रूरत मेरी अभिव्यक्ति को समर्थ और सम्पूर्ण बनाती हो। जिसका उल्लेख या उत्कथन मेरी बात में चार चाँद लगा देता हो। जो मेरी बात में प्रामाणिकता का दम पैदा करे। इससे फ़र्क़ नहीं पड़ता कि वह गद्य में है या तुक में या प्रगीत में है। बस कविता को चाहिए कि वह मेरी अधूरी अभिव्यक्ति को पूरा और असरदार बना दे। वह किसी अव्यक्त अनुभव को अभिव्यक्ति की दुनिया में अविस्मरणीय बना दे।

सम्भवतः सूचना के विस्फोट के कारण अब कोई कविता घिसी-पिटी जानकारी देने से घबरायेगी। जानकारियों और ज्ञान के विस्फोट के कारण कविता करना कवियों के लिए अधिक चुनौतीपूर्ण हो जायेगा। तब यह तय है कि एक समय में दो-चार कवि हो जायें तो हो जायें लेकिन एक समय में सौ कवियों की बाढ़ नहीं आयेगी। अविचारित कवियों की बहुलता के कारण सुविचारित कविता कहीं देखने को नहीं मिल रही है। भविष्य में कम कवि होंगे लेकिन बेहतर कविता लिखी जायेगी।

कविता को नयी विषयवस्तु अधिक आकर्षक बनाती है। जो नहीं दिखाई दे रहा जब कोई कविता उसे दिखाती है तो सार्थकता महसूस होती है। केवल वर्णन ही कविता के लिए काफ़ी नहीं बल्कि कुछ चीज़ों को सांकेतिक रूप से मुहावरे गढ़ कर प्रस्तुत करना अनुभव के अवर्णित आनन्द को प्रकट करता है। कविता की उत्कृष्टता और अविस्मरणीयता इस बात पर निर्भर करती है कि कवि ने कितना अदृश्य और अज्ञात कहा है। वरना क्या चीज़ है जो आज कोई जानता नहीं है। वही कविता याद रहती है जो अपने समय में होते हुए भी दूसरे समय के पाले को भी उसी तरह छू ले जिस तरह कबड्डी का खिलाड़ी टूटती साँस को और लम्बा करके कुछ जीवितों को छूकर अपनी जीत के आसार बढ़ा दे। कविता अकथित कहती है, अकथनीय नहीं। कविता में नये शब्दों की भी उत्पत्ति और आमद होती है। कविता के लिए कुछ भी त्याज्य नहीं, यदि वह जीवन के श्रम का सौन्दर्य है।

प्रश्न : कविता और आलोचना के वर्तमान परिदृश्य के लिए कवियों और आलोचकों की भूमिका को किस रूप में देखते हैं? इस सन्दर्भ में कहीं कोई असहमति हो तो बताएँ।

उत्तर : उन आलोचकों की भूमिका महत्त्वपूर्ण है, जिन्होंने किसी रचनात्मक विधा को अन्य रचनात्मक विधाओं से जोड़कर देखा हो और अभिव्यक्ति के संसार में किसी को भी अकेले नहीं रहने दिया हो। दरअसल यहाँ जो भी जैसा भी जो कुछ भी है वह एक-दूसरे के पक्ष से या विरोध से पैदा हुआ है और इसीलिए लगता है कि कोई-न-कोई किसी-न-किसी का पूरक है। जो नहीं है असल में वह भी यहाँ है बस हम उसकी संगति और रूप को तब पहचानते हैं जब कभी वह कहीं अपनी अच्छी-बुरी भूमिका अदा कर रहा होता है। यहाँ जितना जानबूझ कर होता है उससे कम अनजाने में नहीं होता। आलोचना के नये-पुराने चिन्तकों का कहीं-न-कहीं हमारे विचारों को विन्यस्त करने में बहुत बड़ा हाथ है। मेरे तथाकथित रचनात्मक संसार को कोई डूबकर नापने वाला, अवगाहन करने वाला आलोचक नहीं मिला—इस दुर्भाग्य के बावजूद जिनके कृतित्व को आलोचक मिले हैं वे निश्चय ही सौभाग्यशाली हैं। जो आलोचक व्यक्तिपरक न होकर सर्वांश में अपनी बात कहते हैं, किसी एक रचना को व्यापक धरातल पर उधेड़ते और अपने लिए फिर बुनते हैं वे निश्चय ही धन्यवाद के पात्र हैं। मैं तो गालीखोर आलोचकों को भी धिक्कारता नहीं। क्योंकि आख़िर वे भी एक मिशन लेकर चल रहे होते हैं। उन कवियों से ज़रूर असहमति होती है जो रचना में आलोचना को उपदेश और डाँट-फटकार की तरह इस्तेमाल करते हैं। जो कवि परिस्थिति का निर्माण करना नहीं जानते, वे परिस्थिति का वर्णन क्या करेंगे। स्थितियों और परिस्थितियों की समझ कुछ कवियों को उनके बरअक्स एक नयी दुनियावी परिस्थिति रचने की शक्ति देती है और वे अपने भय को भी दुहने की सफल या विफल कोशिश करते दिखते हैं। उनकी प्रशंसा न करना संवेदना के स्तर पर दिवालिया हो जाने के बराबर है। कविता में कुछ तो ऐसा होना चाहिए जो यथार्थ को भी उस तरह प्रस्तुत करे जिस तरह हम उसे देखते नहीं हैं। यथार्थ के साथ कवि की कल्पना उसे कितना असरदार बना सकती है यह आलोचना में आँका जाना, भाँपा जाना बन्द हो गया है। कविताओं को तुरन्त छपाने की हड़बड़ी से बचना चाहिए। कविता को जितने दिन कवि अपने साथ गोपनीय तरीक़े से रख सकेगा उतना ही उसमें सुधार और संशोधन हो पायेंगे।

प्रश्न : आज की आलोचना के पास समकालीन कविता को देखने की कसौटी क्या है?

उत्तर : आज कोई भी कवि इसलिए कविता नहीं लिखता कि यह कविता पढ़ायी जायेगी बल्कि इसलिए लिखता है कि यह पढ़ी जायेगी। कविता का अच्छा पाठक होने के लिए स्वयं दीक्षित होते रहना आवश्यक है। आजकल सब कुछ सरल

मार्ग (शॉर्टकट) और कैप्सूल फार्म में किसी भी चीज़ को अंगीकृत या ग्रहण करने की आदत ज़ोर पकड़ती जा रही है। सबकुछ इतना सरल कर दो कि टेक्नोलॉजी को न समझना पड़े बस काम फटाफट होता चले। साहित्य में इतनी सरल और कैप्सूल पद्धतियों से काम नहीं चलाया जा सकता। साहित्य में जीवन की तरह एक अनिश्चय और अनजानेपन की टेक्नोलाजी बहुत जटिल प्रक्रिया के साथ काम करती है। जीवन में आने वाले संकटों की तरह, घटित होने वाले परिवर्तनों की तरह साहित्य की भी सारी तकनीकें बहुत अनिश्चित और आकस्मिक हैं। अब तो साहित्य का एक ही स्वीकृत मानदण्ड या एक ही बहुप्रचारित कसौटी दिखती है कि एक बेहतर मनुष्य और बेहतर समाज का निर्माण। जबकि साहित्य की निर्मात्री और प्रभावकारी शक्तियाँ बहुत देर से एक समाज को प्रेरित कर पाती हैं। साहित्य की जो भी प्रभावी शक्तियाँ हैं वे सबसे पहले एक व्यक्ति को प्रभावित करती हैं। ऐसे प्रभावित और प्रभावोत्पादक जब कुछ व्यक्ति मिलते हैं तब एक बहस जन्म लेती है। साहित्य शासनादेश की तरह काम नहीं करता। कविता की तकनीक तो और भी आत्मिक है। साहित्य के तैयार किये लोग ज़्यादा मज़बूत होते हैं, भले ही वे कम संख्या में होते हों। साहित्य की कसौटी साहित्य और जीवन के परस्पर सम्बन्धों से विकसित की जा सकती है। तभी एक ज़माने में भारतीय साहित्य में रस और आनन्द की सार्वजनिक मनोकामना के रूप में प्रतिष्ठा की गयी थी। अब मानवीय मूल्यों की गुण-गाथा के साथ एक व्यक्ति के लिए वैचारिक अथवा किसी प्रसंग में अभिव्यक्ति की चरम तृप्ति की कोटि को कैसे तय किया जाये, इसके कोई उपाय आलोचना में दिखते नहीं है। समाज में फैले हुए साहित्य पात्रों की अच्छाई और बुराई दिखाना साहित्य ने अभी भी छोड़ा नहीं है। साहित्य ने अब क़लम को कैमरा बना लिया है। दृश्यांकन अच्छा हो रहा है। पर क्या रचनात्मक साहित्य को दृश्यांकन तक ही ठहर जाना चाहिए। अपने समय के व्यक्तियों के वस्तुनिष्ठ चरित्र और सामाजिक स्वभाव के द्वन्द्व को भी आलोचना ने कसौटी योग्य विमर्श नहीं बनाया है।

प्रश्न : प्राध्यापकीय आलोचना एक दृष्टि है। आज आलोचना के परिदृश्य पर आलोचनात्मक विवेक की दृष्टि से दुर्बल अनेक प्राध्यापकों के अलावा बहुत से ग़ैर-प्राध्यापक आलोचक भी इसी दृष्टि से कृतियों का दिल दुखाने के काम में लगे हुए हैं। वह ऐसा करने की कोशिश में अपनी आलोचना को छोटा बनाते हैं। ज़ाहिर है कि प्राध्यापकीय आलोचना में कुछ भी नया और ख़ास नहीं होता है। होने के नाम पर उसके भीतर बस ठस गद्य में वृत्तान्त का अनन्त दुहराव, इतिवृत्तात्मक और औसत व्याख्या और बेमेल तुलनीयता का एक ऐसा संसार

होता है जिसके केन्द्र में रचना के मर्म से जन्मजात बैर है। आचार्य शुक्ल हों या हजारीप्रसाद द्विवेदी या रामविलास शर्मा जैसे महान आलोचकों के आलोचनात्मक अवदान से पता चलता है कि अच्छा आलोचक होना अच्छा कवि होने से कम कठिन नहीं है। लेकिन आज की तारीख़ में आप जैसे बड़े कवि से सिर्फ़ यह जानना है कि क्या आज प्राध्यापकीय आलोचना दृष्टि किसी लेखक की आलोचना के लिए पर्याप्त है?

उत्तर : प्राध्यापकीय आलोचना पर्यायवाची व्याख्या से शुरू होती है। उसके बाद वे साहित्य के इतिहास में से कुछ समानार्थी उक्तियों का उल्लेख करते हुए तुलनाएँ शुरू कर देते हैं। प्राध्यापकीय आलोचना में अतुलनीय कुछ भी नहीं। वे कभी-कभी शीर्षकों पर ही सारा निष्कर्ष डाल देते हैं। जैसे क़दम-दर-क़दम एक रास्ता चला जाता है, जैसे सीढ़ी-दर-सीढ़ी एक भवन में दाख़िल हुआ जाता है वैसे शब्द-दर-शब्द, पंक्ति-दर-पंक्ति वे किसी रचना में दाख़िल नहीं होते। कभी तो वे आतंकवादियों से निपटने की मुद्रा में छत से उतर आते हैं। न वे रचनाकार का ज़मीनी काम देखते हैं न भाषिक उपार्जन। वे कवि की अपनी कमाई हुई भाषा को ठीक से पकड़ ही नहीं पाते। वे किसी भी रचना पर अपने आलोचनात्मक इतिहास के जाने-माने निष्कर्षों को लादकर लोकमंगल करने लगते हैं। ऐसा क्यों है कि मुक्तिबोध को समझने के लिए जो दृष्टि कवि नेमिचन्द्र जैन दे पाते हैं, शमशेर दे पाते हैं, उनसे बड़ी दृष्टि डॉ. नामवर सिंह नहीं दे पाते। बल्कि नेमिचन्द्र जैन की वजह से ही रघुवीर सहाय की कविता 'शराब के बाद का सवेरा' समझ में आती है। 'रामदास' कविता को सराहते सब हैं पर उस कविता की कठोर निस्संगता पर कोई अच्छी टिप्पणी आज तक मैंने किसी आलोचक द्वारा लिखी हुई नहीं देखी। आलोचना में एक लम्बे समय से अकाल पड़ा हुआ है। कुछ प्रमुख आलोचकों ने केवल अपने विचारों की पुष्टि में रचनाओं के कुछ उद्धरणों का इस्तेमाल किया है। इससे कविता की नहीं वक्ता की विश्वसनीयता बढ़ती है। कविता ने अपनी साख कवियों के भरोसे स्वयं दाँव पर लगा रखी है। एक अच्छी कविता ख़ुद अपनी विश्वसनीयता स्थापित करने के संघर्ष से गुज़र कर ही कोई रूपाकार ले पाती है। आलोचक उसका फ़ायदा उठा लें तो उनका बहुत फ़ायदा हो सकता है। कवियों को चाहिए कि वे अपने और अपने समय के निर्मम आलोचक भी हों। हिन्दी में कुछ समीक्षकों से उम्मीद जगी थी कि उनका विकास महत्त्वपूर्ण आलोचकों के रूप में होगा। लेकिन उन्होंने अभी निराशा दूर नहीं की है। मुझे लगता है कि कवि ही अपनी कविताओं का औचित्य प्रतिपादित करने के लिए अभिशप्त होंगे। अच्छा अध्येता आलोचक होना भी

अच्छे कवि होने जितना ही कठिन है। कवि की तरह आलोचक को भी तमाम स्मृतियों को नये रूप में समेट कर प्रस्तुत करना होता है। वे आलोचक बड़े हैं जो रचनाकारों की रचनात्मकता को प्रभावित करते हैं। अपने समय में ही किसी को अच्छा आलोचक मिल जाय तो यह रचनाकार को सौभाग्य का बोनस है। वरना सभी जानते हैं कि तुलसीदास ने रामचरितमानस आचार्य रामचन्द्र शुक्ल से विचार-विमर्श के बाद नहीं लिखा था। आलोचकों का काम है वातावरण की मूर्च्छा तोड़ने के लिए अच्छी रचनाओं की वहाँ तक जाकर नयी व्याख्या करना जहाँ तक उनकी अन्तर्दृष्टि के लोचन जाते हों।

प्रश्न : कुछ महत्त्वपूर्ण कविताओं के लिए कुछ साहित्यिक पत्रिकाओं को याद करना चाहेंगे? इधर की लघुपत्रिकाओं को किस रूप में देखते हैं?

उत्तर : बहुत-सी ऐसी कविताएँ और कहानियाँ हैं जिनके लिए कई पत्रिकाओं को याद रखा जायेगा। जैसे मोचीराम के लिए 'आरम्भ' को तो बलदेव खटिक के लिए 'आलोचना' को। ऐसे बहुत से अन्य उदाहरण भी दिये जा सकते हैं। जब कविता में लघुमानव और आमआदमी की खोज शुरू हुई थी तब लघुपत्रिकाओं की भूमिका भी महत्त्वपूर्ण थी। बाद में हर लघुपत्रिका सेठानियों से भी ज़्यादा मोटी और सन्तुष्ट हो गयी। अब 'स्लिम' पत्रिकाओं का ज़माना गया। मुद्रण की बहुलता और सहज उपलब्धता के कारण किसी वाक्य को छपा हुआ देखने का जो रोमांच होता है वह अपना स्फुरण खो चुका है। कविता को पत्रिकाओं के अलावा अपनी मौखिक परम्परा बनाये रखनी चाहिए। लिखित में भी उसे मौखिक वाचन का गुण अपने में सँजोये रखना है, क्योंकि उसी से लय और छन्द का निर्धारण होता है। कविता में अब भी विशिष्ट उक्तियों की तरह सुने जाने का गुण मौजूद रहना ज़रूरी है।

प्रश्न : साहित्यिक पत्रिकाओं के सम्पादकों की भूमिका से सन्तुष्ट हैं? आज की हाथी छाप साहित्यिक पत्रिकाएँ कितनी पठनीय सामग्री दे पाती हैं?

उत्तर : सम्पादकों की विशिष्ट परम्परा रही है और उन्होंने बड़े लेखकों की रचनाओं में भी चार चाँद लगाये हैं। कुछ ने तो औसत लेखकों से भी विशिष्ट रचनाएँ लिखवा कर बैल से भी दूध दुहने की मिसाल कायम की है। हिन्दी में अभी तक के क्रम में मैं धर्मवीर भारती को अन्तिम सम्पादक मानता हूँ। बाक़ी को तो सम्पादक न कह कर सिर्फ़ कलक्टर कहना चाहिए। सामग्री कलक्ट की और प्रिंट करवाने के बाद बँटवा दी। बहुत-सी पृथुल पत्रिकाओं ने केवल मांसल साहित्य ज़्यादा परोसा है। कभी स्त्री विमर्श के नाम पर, कभी दलित विमर्श के नाम पर। व्यवस्था और धर्म के संस्थानिक रूप का जो विरोध सातवें दशक की

लघुपत्रिकाओं की चारित्रिक विशेषता थी, वह आज की मोटी-ताज़ी पत्रिकाओं से लगभग ग़ायब है। राजनीतिक दलों में जिस तरह अब कोई भी दल विपक्ष नहीं रह गया है बल्कि सब संयुक्त सत्तापक्ष हो गया है। उसी तरह किसी ज़माने के लघुमानव और आमआदमी भी अब इतना बदल गये हैं कि इक्कीसवीं सदी के आमआदमी से उसकी शक्ल नहीं मिलती।

विचारधारा की तरह
कहीं-कहीं बची है चोटियों पर बर्फ़
विचारधारा के बिना भी
ठण्ड की तानाशाही क़ायम है।

प्रश्न : ऐसे समय में जब हमारे जीवन और साहित्य में बाज़ार और उसका कदाचार कुछ ज़्यादा ही घुस आया है, नये लेखकों और आलोचकों से क्या कहना चाहेंगे?

उत्तर : बाज़ार तो भारतीय जीवन में हमेशा से मौजूद रहा है। भवसागर में जगत व्यापार कोई नया मुहावरा नहीं है। बाज़ार ने चीज़ों को और उनके उत्पादन को केवल स्थान विशेष का नहीं रहने दिया है। बाज़ार ने स्थानीयता के गुणों को आगे बेचा और क्षेत्रीयता जैसे दुर्गुणों को पीछे ढकेल दिया है। कुछ लोग बाज़ार के वैश्विक चरित्र के विरुद्ध स्थानीयता और क्षेत्रीयता पर फिर कुण्डली मार कर फुफकारना चाहते हैं। साहित्य बाज़ार को नैतिक देखना चाहता है। अनैतिक बाज़ार का विरोधी रहा है। वैश्विकता में भी अनैतिकता के आग्रह हो सकते हैं। हमारे मेले भी बाज़ार का ही एक बृहत उत्सवधर्मी रूप थे। धीरे-धीरे छोटे और स्थानीय मेलों को माल सँभालते जा रहे हैं। बाज़ार को सहसा आर्थिक आधार या आर्थिक विनिमय से काट कर उसे कदाचारी कहना कोई बहुत सदाचारी बात नहीं है। कबीर भी सूत कातते थे, बुनकर थे तो केवल अपने ही घर के कपड़े नहीं कातते और बुनते होंगे। बल्कि वे सूत और कपड़ा बेचते भी रहे होंगे। भाव-ताव भी करते होंगे। या हो सकता है कि कबीर की दुकान का दाम एकदम फिक्स रहा हो। कबीर वाला बाज़ार अनैतिक नहीं था। बाज़ार की भी एक नैतिकता थी। बाज़ार ने हमेशा ही मनुष्य को घर फूँक जुआरी बनाये रखा है। आजकल लोग घर बनाने की नीयत से बाज़ार में कूदते हैं। लेकिन कबीर कहते हैं 'जो घर फूँके आपना, चले हमारे साथ'। घर फूँक तमाशा देखने जैसा था बाज़ार। बाज़ार एक पूरा सामाजिक शब्द है। तभी तो कबिरा बाज़ार में खड़ा है। हाथ में न चाकू है न कोई अन्य हथियार। सिर्फ़ लुकाठी है। बाज़ार को नैतिक बनाने के लिए हमें अपनी ज़रूरतों को सीमित करना सीखना होगा। बाज़ार का धर्म है नक़ली ज़रूरतें पैदा करना।

लेकिन अगर हम साहित्य का सहारा लें तो बाज़ार नैतिक होने की ओर झुक सकता है। ऐसे समय में लेखकों और आलोचकों से मैं यही कहना चाहूँगा कि बाज़ार और जगत व्यापार को ठीक से समझकर ही आज की कविता को समझा जा सकता है। कविता केवल विधा नहीं है, वह एसेंस है जो कहानी, उपन्यास और सम्पूर्ण शाब्दिक अभिव्यंजना को शक्ति प्रदान करती है। कविता की शक्ति ही गद्य को आकर्षक और चिरायु बना सकती है।

(2009)

पुस्तक सृजन बच्चे के जन्म की तरह है

–कृष्ण कुमार मिश्र

'रिसना पड़ता है उड़ जाना पड़ता है। छीजना पड़ता है कई बार/ एक जीना जग ज़ाहिर/ एक जीना चुपचाप/ दो-दो प्रकार से जीना पड़ता है एक जीवन कई बार।' अभिव्यक्ति की इतनी मौलिक सरलता ही साहित्य अकादेमी से पुरस्कृत बहुचर्चित कवि लीलाधर जगूड़ी को औरों से अलग करती है। इन दिनों वे सरकारी कामकाज के सिलसिले में चण्डीगढ़ में हैं। वे बतौर उप निदेशक, सूचना विभाग उत्तर प्रदेश 'एग्रो टैक' में आये हुए हैं।

कविता में ही नहीं कहीं भी शब्दों के इस्तेमाल के प्रति वे काफ़ी सजग हैं। हिन्दी अख़बारों में शब्दों के उचित प्रयोग न होने से दुखी जगूड़ी का मानना है कि शब्दों का अनर्थकारी दुरुपयोग हो रहा है। उदाहरण के लिए लोमहर्षक शब्द को लें। कई भयानक व शर्मनाक घटनाओं के लिए इसका प्रयोग किया जाता है। मसलन लोमहर्षक हत्याकाण्ड या लोमहर्षक बलात्कार। वे कहते हैं कि इस शब्द का अर्थ होता है रोआँ-रोआँ ख़ुश कर देना। इसका अर्थ रोमांचक भी नहीं होता है। सम्भवतः लिखने वाले की मनसा रोंगटे खड़े करने वाला कोई भयानक अनुभव प्रस्तुत करना हो लेकिन लोमहर्षक शब्द में हर्ष शब्द का वर्चस्व होने के कारण वह वीभत्सता और कुत्सित भयानकता के विरुद्ध जा पड़ता है। यही वजह है कि शब्दों के प्रति समाचार माध्यमों की जो लापरवाही है उससे कई प्रकार के प्रदूषण पैदा हो रहे हैं।

वे मानते हैं कि शब्द आज सबसे ज़्यादा ख़तरे में हैं क्योंकि जितने प्रकार का वैविध्य भरा जीवन है उतने ही तादाद में इधर नये से नये अभिव्यक्ति सक्षम शब्द आ गये हैं। अब वह समय नहीं रह गया है जब कोई रचनाकार यह कहकर किनारा करने लगे कि उस ख़ास अनुभव के लिए उपयुक्त शब्द हमारे पास नहीं हैं क्योंकि शब्दों का कुछ ज़्यादा ही बाहुल्य हो गया है। ऐसे शब्दों के ढेर और

शब्दों के अम्बार से भरे हुए समय में शब्दों के सही प्रयोग का जोखिम लेखक के लिए चुनौती हो सकता है।

राजनीति में व विज्ञापन की दुनिया में भी उन्हीं शब्दों को औज़ार बनाकर सारा खेल हो रहा है और शायद अधिक सफलता से हो रहा है? इस सवाल पर श्री जगूड़ी ने कहा कि यह सच है कि इन्हीं बहुसंख्यक, बहुअर्थी और बहुमुखी शब्दों से राजनैतिक लोग भी काम चला रहे हैं और उन्हीं में से रचनाकार को भी अपने लिए शब्द चुनने हैं। वर्तमान समय में राजनैतिक परिदृश्य जितना सिद्धान्तशून्य लगता है उतना शब्द शून्य नहीं लगता। लेकिन राजनीति में शब्दों का सही प्रयोग नहीं किया जा रहा है। चूँकि शब्दों ने राजनीति में अपना अर्थ खो दिया है इसलिए बहुत सारे लोगों को लगता है कि भाषा और शब्द का न कोई नया अर्थ सम्भव है न उपयोग सम्भव है। उन्हें तो राजनैतिक सफलता और कारोबार की सफलता और आर्थिक लाभ की राजनीति ही शब्द का सही इस्तेमाल लगता है और सोच का सही प्रयोग भी।

जगूड़ी का मानना है कि आज का रचनाकार अगर अपने आज के पाठक का मिज़ाज समझना चाहता हो, उसे अपनी तरह से रचना चाहता हो तो उसे इन बातों पर विचार करना होगा। लेखक या कवि की सामाजिक उपयोगिता जितनी नये शब्दों के उत्पादन और उनकी परिलब्धि के सन्दर्भ में महत्त्वपूर्ण है उससे कहीं ज़्यादा अनुभव के नये क्षेत्रों में प्रवेश और उसे अपनी रचना का विषय बनाना महत्त्वपूर्ण है।

वे कहते हैं कि रचनाकार अपने सामयिक राजनैतिक जीवन की विकृतियाँ, असंगतियाँ और उसकी नयी सम्भावनाओं के क्षेत्र उजागर करते हुए एक नैतिक हस्तक्षेप की स्थिति उत्पन्न कर सकता है। एक कवि या लेखक ठीक वही काम करे जो एक राजनैतिक या समाज सुधारक या सन्त को करते हुए कोई देखना चाहता हो तो किसी भी रचनाकार या लेखक के लिए अच्छा नहीं होगा। इस तरह के किसी ख़ास दायित्व के साथ सम्भवतः एक लेखक अपनी लेखकीय आज़ादी की रक्षा भी ठीक से नहीं कर सकता।

आज के माहौल में किताबों से बढ़ती पाठकों की दूरी के प्रति वे अन्य लेखकों की तरह लापरवाह नहीं हैं। लेकिन वे मानते हैं कि पहली चीज़ तो यह कि आदमी को जब यह महसूस होगा कि किताबों से असम्पृक्त रहने के कारण या अच्छी किताबें न पढ़ने के कारण उसके व्यक्तित्व में कुछ कमी आ गयी है या जीवन का रस वह ज़्यादा ले सकता है अगर एक अच्छी किताब के पास चला जाये तब तक किताबों के लिए और किताबें पढ़ने के लिए ज़िन्दगी में जगह बनाना थोड़ा कठिन है।

आदमी को जब यह महसूस होगा कि किताबों से असम्पृक्त रहने के कारण या अच्छी किताबें न पढ़ने के कारण उसके व्यक्तित्व में कुछ कमी आ गयी है या जीवन का रस वह ज़्यादा ले सकता है अगर एक अच्छी किताब के पास चला जाये तब तक किताबों के लिए और किताबें पढ़ने के लिए ज़िन्दगी में जगह बनाना थोड़ा कठिन है। लेकिन वे मानते हैं कि अगर ऐसी सामाजिक स्थितियाँ बना ली जायें कि अद्यतन पुस्तकों की ग़ैर-जानकारी व्यक्ति के लिए अपने व्यक्तित्व की कमी का अहसास कराने लगे तो वह स्वयं अच्छी पुस्तकों की ओर प्रवृत्त हो सकता है या उसे उस ओर प्रवृत्त किया जा सकता है। पुस्तकों को न जानना व्यक्तित्व की अपूर्णता बना दी जाये तो पुस्तकों के प्रति आकर्षण और उन्हें पढ़ने की अनिवार्यता पैदा की जा सकती है।

पर इस मुश्किल कार्य का हल भी वे उसी साँस में बता देते हैं। हिन्दी भारत में पुस्तकों को परस्पर भेंट करने का रिवाज़ लगभग ख़त्म होता जा रहा है। जन्मदिन या विवाह आदि अन्य मांगलिक कार्यों पर क्राकरी आदि देना महत्त्वपूर्ण समझा जाता है पर यदि अपने समय की कोई महत्त्वपूर्ण पुस्तक भेंट की जाये और इसको समाज में प्रचारित किया जाये तो वे मानते हैं कि किताबों के प्रति रुचियाँ और तेज़ी से बढ़ाई जा सकती हैं।

जगूड़ी का मानना है कि समाज की समस्याओं और सामाजिक संगठनों के साथ रचनाकारों का तालमेल किसी रचना को पढ़वाने और उसे लोकप्रिय बनवाने में सहायक हो सकता है। वे इस बात पर नाराज़ हैं कि हिन्दी का प्रकाशक किसी भी अच्छी पुस्तक के मनचाहे ऊँचे दाम रख लेता है लेकिन उस पुस्तक को पाठकों के बीच लोकप्रिय बनाने के लिए किसी तरह का आयोजन नहीं करता। वे मानते हैं कि एक पुस्तक का सृजन एक बच्चे के जन्म की तरह है जिसे सेलीब्रेट किया जाना चाहिए।

आज पाठक नहीं बचे हैं यह एक गम्भीर मसला है लेखकों के लिए। एक कविता पुस्तक की एक हज़ार प्रतियों का संस्करण बिकने में सालों लग जाते हैं? इस पर उनकी टिप्पणी थी कि जिस तरह एक लेखक और रचनाकार को अपना परिष्कार करना पड़ता है ठीक उसी तरह अपने पाठक भी तैयार करने होते हैं। वे मानते हैं कि साहित्य में अधिकतम नये-नये विषयों के प्रयोग ही साहित्य को उसके पाठक तक पहुँचा सकता है। आज का अच्छा पाठक सूचना के सारे माध्यमों से सावधानीपूर्वक जुड़ा हुआ है। उसके लिए कोई जानकारी नयी नहीं रह गयी है। इसलिए मीडिया से प्राप्त होने वाली जानकारियाँ और मिलने वाला ज्ञान जब तक गम्भीर साहित्य का कलात्मक हिस्सा नहीं बन जाते हैं तब तक पाठकों की संख्या में वृद्धि, कठिनाई से ही हो पायेगी।

संस्कारों पर जगूड़ी बड़ा ज़ोर देते हैं। उनका मानना है कि लेखक और पाठक दोनों को अपने संस्कारों की भी निरन्तर जाँच-पड़ताल करती रहनी चाहिए क्योंकि संस्कारबद्धता भी जड़ता की ओर ले जाती है। संस्कार को भी पुनःसंस्कार की आवश्यकता होती है। वे मानते हैं कि आज फिर से हमें कई नये संस्कारों और नयी संवेदनाओं की आवश्यकता है। कविता का पुराना संस्कार या पुरानी कविता का संस्कार नयी कविता और कला को समझने में आड़े आता है। इसलिए रूढ़ संस्कार से मुक्ति भी आज की रचनाओं को समझने के लिए बहुत ज़रूरी है।

आज इस्तेमाल हो रही हिन्दी के प्रति जगूड़ी आश्वस्त दिखे। उन्होंने कहा कि आज के रचनाकार जिस नयी हिन्दी का उपार्जन कर रहे हैं उसको आज के आलोचक या समीक्षक चिह्नित करने में अक्षम हैं क्योंकि हिन्दी कविता और कहानी का रूढ़ संस्कार उन्हें इस ओर प्रवृत्त होने से रोकता है। नये रचनाकारों के बारे में जगूड़ी की राय है कि उन्होंने अपनी रचनाओं में भाषा की सांस्कारिक जड़ता के विरुद्ध एक सचेतन हस्तक्षेप करना शुरू कर दिया है। नये रचनाकारों की इस नयी हिन्दी का स्वागत होना चाहिए क्योंकि इक्कीसवीं सदी की नयी हिन्दी में विज्ञापनों की भाषा लोकगीतों की तरह लोकप्रिय हो जायेगी। आज के विज्ञापन आज की कविता से बहुत सारे तत्त्व लेकर बनाये जाते हैं इसलिए यह सोचना कि कविता की भाषा और स्वयं कविता का हमारे जीवन में कहीं कोई उपयोग या हस्तक्षेप नहीं है, कुछ अटपटा-सा लगता है।

जगूड़ी कहते हैं कि कविता का भविष्य हमेशा उज्ज्वल रहेगा। वे चण्डीगढ़ पहली बार आये हैं और इसे भारतीय सन्दर्भ में एक सपनों का शहर मानते हैं। हालाँकि हँसते हुए उन्होंने यह भी कहा कि मुहल्लों की तरह यदि शहर का नाम भी चण्डीगढ़ नहीं एक नम्बर होता तो बात शायद कुछ और बनती।

इक्कीसवीं सदी में साहित्य के बारे में उनका विचार है कि उसकी जैसी समस्याएँ होंगी और जो अन्तर्विरोध होंगे उनके अनुसार उसका साहित्य होगा। वे मानते हैं कि इक्कीसवीं सदी में एक नये प्रकार की हिन्दी अपना स्थान बनायेगी जो आज की हिन्दी से अलग होगी। उसे देखने के बाद बीसवीं सदी के अन्तिम दशक की हिन्दी को पुरानी हिन्दी कहा जायेगा।

(2018)

हिन्दी कविता का वर्तमान

–राजेश सकलानी

प्रश्न : हर रचनाकार की पहली चेष्टा समकालीन होने की क्यों होती है?

उत्तर : हर रचनाकर की पहली चेष्टा समकालीन होने की और अगली कोशिश आगे निकलकर आधुनिक होने की होती है। यदि वह चिन्तनशील और समर्थ है तो उसे आधुनिकता की खोज करना आना चाहिए। आविष्कार की यह परम्परा हमारे प्राचीन संस्कृत काव्य में विद्यमान रही है। बहुत विकसित रूप में। समकालीनता के साथ कवि की एक निजकालीनता भी होती है जो उसे केवल एक तरह के समय में नहीं रहने देती। कभी वह अपने समय को गुफा कालीन और अग्निविहीन समय में ले जाता है। कभी पाषाणकालीन पशुवान समय में। तभी वह इतिहास के सभी समयों को लाँघता हुआ प्रथम विश्वयुद्ध से पहले के समय में ले जा सकता है। अपनी माइथोलॉजी के कारण तभी वह अपने को महाभारत के युद्ध में खड़ा पाता है जहाँ विचार और दृष्टिकोण का काव्यात्मक विस्तार पाता हुआ वह पछतावे के बावजूद उद्यम तत्पर अपने को देखने लगता है। गीता को वह कविता की पुस्तक कहे या कर्म और जीवन की? जो भी हो वह कविता की भाषा की अद्‌भुत तार्किक निष्पत्ति है। इन दीर्घकायताओं से निकलकर आये बिना समकालीनता बनती नहीं है। अपनी निजकालीनता में अपनी निजता को सभी जगह से बटोरना पड़ता है। तब समकालीनता की परिस्थिति बनती है अन्यथा समसामयिकता बनकर रह जाती है। सामयिक से सम-सामयिक में फैलना और अपने होने न होने को वहाँ पड़तालना समकालीन होने की पहली चेष्टा कहा जा सकता है। लेकिन काल के वृहत्तर आयामों की ओर अग्रसर होना समकालीनता से महाकालीनता में प्रवेश मिल सकता है।

सारे समयों में ज्ञानात्मक यात्रा कर चुकने के बाद, पाने-खोने की बृहतर और ख़राब उपलब्धियों के संज्ञान के बाद, यह समझ में आता है कि क्या है

जो अभी नहीं है। क्या था जो सोचा गया पर पाया नहीं जा सकता। क्या-क्या है जो निश्शेष हो चुका है। तब पता चलता है कि केवल आज का दिन था जो सृष्टि में सम्भव करने के लिए बचा हुआ था और जिसकी अपनी अलग वजहें हैं। मनुष्य से वे वजहें जुड़ी हुई होकर भी उसकी मोहताज नहीं हैं। मनुष्य अलग है और प्राकृतिक वजहें एकदम अलग-अलग भी होती हैं और होती रहती हैं। प्राकृतिक 'आज' ख़ासकर समय के केन्द्र में लाखों-करोड़ों वर्षों से मौजूद सूर्य की नियमित देनों में से एक है। पर आज के संसाधनों को जो स्वरूप उनकी प्रकृति को पहचान-पहचान कर मनुष्य ने पैदा किया है वह अकेले किसी सूर्य और चाँद के बस का नहीं था। मनुष्य का 'आज' नितान्त आधुनिक हो गया है। मनुष्य का 'आज' सूर्य और चाँद के बिना भी काम शुरू कर सकता है। मनुष्य का 'आज' उसका सत्व और परिश्रम, दोनों हैं। भाषा, टेक्नोलॉजी और रहन-सहन से लेकर अन्तर्दाही विश्वासों तक यह आधुनिकता की समझ और ज़रूरत पैदा करने वाला तत्त्व फैला हुआ है। आधुनिक होना अपने प्राचीन होने को सबसे पहले स्वीकारता है। आज भले ही आधुनिक होने के लिए उसे पाषाणकालीन मनुष्य से भी अधिक मेहनत करनी पड़ती है, क्योंकि आधुनिकता का केवल कोई एक पहलू महत्त्वपूर्ण न होकर समूची आधुनिकता ज़रूरी हो गयी है। अन्यथा फिर कवि हो या कोई साधारण मनुष्य, उसमें पुरानी परिपाटियाँ फिर से स्वतः काम करने लग जायेंगी। क्योंकि आधुनिकता की कोई एक बनी-बनायी परिपाटी नहीं है। इतना ज़रूर है कोई मनुष्य सिर्फ़ आधुनिकता में क़ैद होकर सोचना चाहे तो ज़रूरी नहीं कि परिणाम उतने स्वाभाविक होंगे। अज्ञात, अस्वाभाविक और अप्रयुक्त परिणाम आधुनिकता को प्रिय रहे हैं। अपनी रचनाओं में भी कवि का यह आविष्कार उसे कई प्रकार की परिपाटियों से विरत करता है। कभी वह रूढ़ियों से भी किसी नयी परम्परा की शुरुआत कर ले जाता है। संस्कृत काव्य ने भी अपनी रूढ़ियों को सार्थक आधुनिक रूप दिये हैं और समकालीनता के आग्रह में आज का कवि भी अपने समय के कुतुबनुमा को घुमाते हुए दिखता है। कविता के कुतुबनुमे में उत्तर दिशा या कोई भी दिशा उतनी सुनिश्चित नहीं होती। फिर भी उसके प्रश्न उत्तर की ओर बल्कि सही उत्तरों की ओर झोंक खाते प्रतीत होते हैं। संस्कृत काव्य में समय का सन्धान अपनी विषय-वस्तु के कारण आधुनिक व आकर्षक है बजाय अपने शिल्प विधान के। संस्कृत साहिय में शिल्प विधान की आधुनिकता वैचारिक आधुनिकता की अपेक्षा कम दिखाई देती है। जीवन और उसके व्यावहारिक संकटों का आधुनिक प्रकटीकरण संस्कृत वांग्मय में अधिक दिखता है। शिल्प वैविध्य नहीं। यही वजह है कि कुछ चीज़ों

की रूढ़ियाँ ज़रूर टूटीं लेकिन परम्पराएँ नहीं टूट पायीं। समसामयिकता तब समकालीनता की ओर जाती है जब इतिहास की ओर उन्मुख होकर उसका हिस्सा होना चाहती है। आधुनिकता इतिहास को आगे बढ़ाती है। आधुनिकता की खोज इतिहास के संग्रहालय में रखने के लिए नहीं की जाती बल्कि वह जीवन के दैनिक व्यापार और व्यवहार को सटीक और कारगर बनाने की सार्थक कोशिश के रूप में जाँची-परखी जाती है।

प्रश्न : इधर हिन्दी कविता का वर्तमान गहरे राजनैतिक संकट में फँसा हुआ है। कई बार रचनाकर्म में तल्लीन रहना अपराध बोध जगाता है। हमें शायद तोड़ने और बनाने के काम में कहीं ओर होना चाहिए था?

उत्तर : किस तरह के रचनाकार्य में हम तल्लीन हैं? समकालीन या आधुनिक? कविता और साहित्य की अन्य विधाओं की रचनात्मकता कतई भाषा आधारित है। भाषा पर हमारा क्या काम है? भाषा की बनती-बिगड़ती और सँवरती रंगतों को हम कितना जानते हैं? समाज द्वारा रची हुई भाषा को हमने कहाँ-कहाँ पर कितना और रचा है? ऐसे कुछ उदाहरण हैं समकालीन रचनाकारों के पास? यदि ऐसा है तो नये अनुभवों और अर्थ वाले अद्यतन रचे हुए शब्दों का एक छोटा ही सही, कोष हमारे पास होना चाहिए। भाषा के नये रसायन को हम समझ नहीं पा रहे हैं, कहीं इसी बिन्दु से अपराधबोध नहीं उपज रहा? भाषा उतनी ही पर्याप्त नहीं है जितनी वह बरती जा चुकी है। भाषा जितनी चालू है उसमें से और क्या-क्या किस तरह बनाया जा सकता है। किस तरह बनाने की बात ही शायद शिल्प का निर्धारण कर सके। तब शायद यह सही लग सकता है कि हमें तोड़ने और बनाने के काम में कहीं और होना चाहिए था। कहीं का अभिप्राय है यहीं कहीं और। हो सकता है प्रकृति के किसी संसाधन को हज़ारों लाखों वर्षों बाद हम प्रयुक्त करने लायक समझदारी प्राप्त कर सकें। इसका मतलब यह नहीं है कि प्रकृति हमसे अधिक आधुनिक है। आधुनिकता उपादानों, उपकरणों के बदलाव और श्रम में आराम से समझ में आती है। गति में इतनी तीव्रता कि समय कम लगे। धन और परिश्रम एक बार चाहे ज़्यादा लग जाये। सूर्य और वर्षा जल का विविध उपयोग, यह प्रकृति की नहीं मनुष्य की देन है। ज्ञानी नहीं विज्ञानी ही आज भविष्यवाणी कर सकता है। ज्ञानी-विज्ञानी ही चिन्तनशील और समर्थ है। वे समकालीन रचनाएँ अपने समय को लाँघकर आगे के समयों में चली जाती हैं जिनमें समाज का क्रियाशील मन किसी रचनात्मक प्रेरणा से सक्रिय दिखता है। जिस भाषा में नयी सामाजिक परिस्थितियाँ दिखती हैं उसी में अछूते शब्द अनुभवों का तत्त्व दर्शन करने चले आते हैं।

प्रश्न : चलिए सीधी बात पर आते हैं। लोकतन्त्र यदि साफ़ तरह से साधारण जन को गुमराह करने वाला शब्द बन जाये तो आधुनिकता को परिभाषित करने का काम तात्कालिकता, तत्परता और आपात्कालीनता की माँग करता है।

उत्तर : लोकतन्त्र खुद एक आधुनिक तरीक़ा है जनता की इच्छा को आदर देने का। लोकतन्त्र शब्द यदि गुमराह और धोखाधड़ी करता है तो उसका निवारण तात्कालिकता, तत्परता और आपात्कालीनता नहीं कर सकती। लोकतन्त्र को एक जन-तार्किकता ही बचा सकती है। आधुनिकता का एक अर्थ प्रयुक्त साधनों को नया और बेहतर रूप देना। आधुनिकता परिभाषित कम और परिमार्जित ज़्यादा करती है। आधुनिकता कभी विस्तार तो कभी कतर-ब्यौंत, दोनों के सहारे चलती है। आधुनिकता को हर बार ईजाद करना पड़ता है।

प्रश्न : आपकी बातों से लगता है कि लिखना सामाजिक, राजनैतिक हिस्सेदारी से बिल्कुल अलग कोई कर्म है। रचनाकारों और पाठकों की एक स्वायत्त दुनिया है। न ययो न तस्थौ पद में भी गतिमानता है। यह मुझे इसलिए याद आ रहा है क्योंकि 'इस यात्रा में' और 'घबराये हुए शब्द' तक आप में प्रश्न उठाने की विकलता है। वह बाद के संग्रहों में कम हुई है। स्वभाव में तत्त्वदर्शी होने की कोशिश बढ़ती गयी है। कुछ-कुछ शास्त्री होने जैसी भंगिमा।

उत्तर : मुझे लगता है कि तोड़ने और बनाने की बीच की स्थिति है न ययौ, न तस्थौ। हर बार कुछ करना और कुछ न कर पाना टकरा जाता है। पर इस टकराने से हर बार कोई वांछित-अवांछित विस्फोट नहीं होता। कोई अपराध-बोध भी पैदा नहीं होता। एक समकालीनता पैदा होती है, न जा सका (सकी), न रुक सका के अर्थ को संवहन करने वाली। यह समकालीनता न रुकी हुई है न अग्रसर हो पायी है। लेकिन प्रस्थान कर चुकी है। अपना प्रस्थान उसने बना लिया है। इसमें वापसी सम्भव नहीं है। कहीं-न-कहीं पहुँचना ही इस समकालीनता का भविष्य है। भविष्य ही इसमें वह सम्भावना है जो कुछ निर्धारित या प्रतिपादित कर पायेगी। आप पीछे की ओर जा रहे हैं। इस यात्रा में और घबराये हुए शब्द में प्रश्न उठाने की विकलता पा रहे हैं। क्या प्रश्न उठाना ही बड़ी बात है या कौन से प्रश्न उठाना बड़ी बात है? काश कि प्रश्नों की प्रजाति, स्वभाव इत्यादि कुछ चिन्हित हो सका होता। मैंने तो प्रश्न ही उठाया ही नहीं। अगर उठाये हैं तो उन परिस्थितियों ने उठाये हैं जिनकी वजह से वे कविताएँ बनीं। कविताओं की परिस्थिति क्या है और उन परिस्थितियों की काव्य परिणति क्या है? बाद के संग्रह यानि कि *भय भी शक्ति देता है, अनुभव के आकाश में चाँद, महाकाव्य के बिना* की एक लम्बी कविता अनुस्मृति, ईश्वर की अध्यक्षता में, ख़बर का मुँह

विज्ञापन से ढका है। अभी तक के हिसाब से यही पाँच संग्रह बनते हैं। पाँचों को प्रश्नाकुलता से रहित नहीं कहा जा सकता। हाँ, 'मैं केन्द्रित' प्रश्न कम हुए हैं। बिना प्रश्नों के कौन-सा तत्त्व दिख जायेगा?

प्रश्न : बची हुई पृथ्वी (1977) में बलदेव खटिक कविता में रंगतू, बलदेव खटिक और सत्ता का चरित्र बहुत स्पष्ट रूप से पकड़ में आता है। आज की तारीख़ में अब यह भी मुश्किल लगता है। एक शहरी जीवन बिताते हुए अधिसंख्य रचनाकार क्या साफ़ क़िस्म की पक्षधरता से क्या थोड़े कम साबित नहीं हो रहे हैं? सत्ता का एक नक़ली तरह का विरोध सामने दिखता है।

उत्तर : बलदेव खटिक कविता में मनुष्य के उस दुख को उकेरा गया है जिसे मार्क्स कहते हैं कि मनुष्य से शक्ति भर लो लेकिन ज़रूरत भर दो। लेकिन व्यवस्था ने लेना तो उसकी शक्ति से अधिक शुरू कर दिया है और देना उसकी ज़रूरत के अनुसार नहीं बल्कि अपनी सामर्थ्य के अनुसार शुरू कर दिया है। यहाँ एक ही घर में भूख और न्याय पैदा होना चाहते हैं। जिस घर में लोहार है उसी घर में धरातल पर पुलिस का सिपाही भी अन्याय से पीड़ित होकर शरण पाना चाहता है। न्याय करने वालों का पता भले ही न चले पर अन्याय की मार खाने वालों के ठिकाने हमें अक्सर मिल जाते हैं। अपराधी और पुलिस एक ही खदान से पैदा हो रहे हैं। गोलियों से रिश्ते याद आ रहे हैं। असंगति और विडम्बना ने तालमेल बिठा लिया है। एक बार दिमाग़ की स्थापित व्यवस्थाओं से लगता है बाहर आना पड़ेगा। तभी जीवन को नये सिरे से व्यवस्थित करने की शुरुआत बलदेव खटिक कर सकता है। हारे हुए व्यक्ति को लगता है कि गड़बड़ मेरी वजह से है। इस अधूरे आत्म-ज्ञान से असली, नक़ली और नक़ली, असली दिखने लगता है।

प्रश्न : 1964 में अपना पहला संग्रह प्रकाशित हुआ। शायद आप सीमान्त जनपद उत्तरकाशी में उस वक़्त थे। जवाहरलाल नेहरू की स्वप्नदर्शिता और गाँधी के आदर्श के उस ज़माने का कोई भी प्रभाव आपकी रचनाओं पर स्पष्ट रूप से नहीं दिखता। विक्षोभ के कारण उस पर्वतीय जनपद में तब से ही हैं। यह राजनीति कैसे बनती है आपके यहाँ धर्मभीरु और सत्ता पर भरोसा करने वाली जनता के बीच।

उत्तर : शंखमुखी शिखरों पर (1964) का रचना समय 1960 से शुरू हो जाता है और 1964 में ख़त्म। क्योंकि फिर मैंने अपना विषय ही नहीं अपना नाम भी बदल दिया। 'शर्मा' को 'जगूड़ी' कर दिया। मैंने सोचा था 'शर्मा' से ब्राह्मण होने का बोध बिना बताये हो जाता है जो कि एक गाँव (जोगथ) से उत्पन्न जगूड़ी

जैसे स्थानवाची शब्द से नहीं होगा। जाति वाचक नाम को त्यागने में क्या गाँधी या उस ज़माने में सक्रिय गाँधीवादी डॉ. सम्पूर्णानन्द का आग्रह कहीं आपको काम करता हुआ नहीं दिखता। मैंने अपने लिए अमल, विमल, कमल, भ्रमर, पराग, पुष्प और नवीन-प्राचीन जैसा नहीं चुना। क्या इसमें आपको महात्मा गाँधी की सादगी और जैसे हम हैं वैसे दिखने की चेष्टा नहीं दिखती। जवाहरलाल नेहरू भी कौल जाति के कश्मीरी ब्राह्मण थे लेकिन नहर के किनारे घर होने से नेहरू वाली पहचान उन्हें अच्छी लगी। क्या यह जातिहीन होने की ओर एक छोटा-सा ही, सही क़दम नहीं माना जायेगा। हम लोग कुछ ख़ास पैमानों के आदी हो गये हैं। न नया कुछ सोच पाते हैं न नया कुछ ढूँढ़ पाते हैं। विक्षोभ वहाँ भी है और *नाटक जारी* में भी है। पर्वतीय जनता को मैं धर्मभीरु और राजसत्ता पर भरोसा करने वाला कतई नहीं मानता।

प्रश्न : चीनी, आटा, चावल, दाल, सब्ज़ियाँ जैसी बुनियादी चीज़ों के दाम इतनी तेज़ी से बढ़ गये हैं। यह जनता पर दमन की नयी नीति है सत्ता की। इन बढ़ी हुई क़ीमतों का पैसा कहाँ जा रहा है यह किसी से छिपा नहीं है। रचनाकारों और कलाकारों पर अकर्मण्यता का निश्चित आरोप बनता है।

उत्तर : भारतवर्ष में उत्पादन का मतलब है गेहूँ, धान, दाल, सब्ज़ी और ज़्यादा-से-ज़्यादा दूध और बागवानी अर्थात फलों को भी आप इसमें गिन सकते हैं। ये उत्पादन भारत में अपने लिए ही पूरे नहीं पड़ते। कपास को भी यहाँ सामान्य उत्पादन नहीं माना जाता क्योंकि गेहूँ, धान और बाजरे की तरह यह हर जगह नहीं होता। दालों में उड़द हर जगह होती है। कहने का तात्पर्य यह है कि यदि कारों का उत्पादन अधिक होता है तो मैकेनिकल इंजीनियर परिवारों में ख़ुशी का चिराग तब जल सकता है जब कारों की बिक्री बढ़े। मोटर साइकिलों की बिक्री बढ़े। इससे शकरकन्द पैदा करने वालों और बेचने वालों की ख़ुशी नहीं बढ़ सकती। महँगाई बढ़ी और बहुत ज़्यादा बढ़ गयी है। सबकी माँग थी कि तनख़्वाहें बढ़ें। तनख़्वाहें पहली बार अपार सीमा तक बढ़ गयी हैं। टेक्नोलोजी की माँग थी कि उपभोक्ता की क्रय शक्ति बढ़े। वेतन बढ़ाकर क्रय शक्ति बढ़ा दी गयी। यह नहीं सोचा गया कि जीवन के लिए आवश्यक वस्तुओं के बाज़ार का क्या होगा। गेहूँ, गोभी, धान और टमाटर की टेक्नोलॉजी कृषि है जैसे ऑक्सीजन की टेक्नोलॉजी जंगल है। वेतन बढ़ाने से पहले कृषि और पशु आधारित उत्पादों को न्यायोजित बढ़ा हुआ मूल्य प्रत्येक पाँच वर्ष के लिए घोषित कर दिये जाने का कोई नियम हमारे यहाँ नहीं है। इसलिए नियन्त्रण भी नहीं है। महँगी टेक्नोलॉजी और आधुनिक महँगे रहन-सहन ने तनख्वाहें बढ़ायीं, नतीजा यह हुआ कि सारा

श्रम और सारा उत्पादन महँगा हो गया। चिन्ता यह नहीं है कि यह बढ़ा हुआ पैसा जो बे-नौकरीपेशा जनता दे रही है यह कहाँ जा रहा है?

किसानों, मज़दूरों, मेहनतकशों और उत्पीड़ितों के साथ कवि अपने को पाता है लेकिन कवि न फूड इंस्पेक्टर है न लेबर इंस्पेक्टर, न कृषि मन्त्री और न श्रम मन्त्री। कवि नियति का लेखाकार है उससे टैक्स का हिसाब माँगना ग़ैर-ज़िम्मेदारी और नासमझी दोनों है।

वेतन बढ़ाये गये हैं तकनीकी रूप से महँगे उत्पादकों को ख़रीद क्षमता के अन्तर्गत लाने के लिए न कि दाल-रोटी तक पहुँच बनाने के लिए। दाल-रोटी जो लोग पहुँच से बाहर बना रहे हैं असल में वे भी अपने लिए इसी साल एक नयी कार ख़रीदना चाहते हैं। प्रत्येक नागरिक को शिक्षित और टेक्निकल बनाना ज़रूरी है अन्यथा वह संस्कृति के अनेक अन्धविश्वासों का शिकार होता रहेगा। कविता में, भाषा में अन्तर्निहित कर्म का हमेशा पक्ष लिया है। आत्माओं की जासूसी की है, बाज़ार भाव पर नियन्त्रण उसके वश का नहीं।

प्रश्न : कविता में विमर्श का वर्तमान दौर आपकी कविताओं में पहले से विद्यमान रहा है। यद्यपि इसका हवाला कोई नहीं देता। हमारे सामाजिक, राजनैतिक व्यवहार का विखण्डन कर उसमें छुपे मन्तव्यों और रूढ़ियों की चीर-फाड़ आपके प्रायः सभी संग्रहों में है। हाँ मैं यह ज़रूर कहूँगा कि अपेक्षाकृत एक कम नज़र आने वाली शास्त्रीय परम्परा को आपने विकसित किया है। जीवन को परखने की आपकी दृष्टि और उपकरण नितान्त भारतीय है।

उत्तर : विखण्डन भी सबसे प्राचीन आधुनिकता है। भारत में विमर्श को खण्डन- मण्डन की विधा माना गया है। भारत में वृक्षों की पूजा की जाती है और वृक्षारोपण को वंश वृद्धि के परिप्रेक्ष्य में दस पुत्रों के बराबर माना गया है। लेकिन विमर्श का उद्देश्य मूल तक जाना रहा है। यहाँ जड़ उखाड़ने तक का विचार-विमर्श मान्य रहा है यही प्रवृत्तियाँ अक्सर डॉ. रामविलास शर्मा और डॉ. नामवर सिंह में लक्षित की जा सकती है। मूलगामी प्रवृत्तियों को पिछड़ेपन की पुनर्यात्रा के रूप में भी माना गया है। आधुनिक होना है तो केवल मूलगामी होने से नहीं चलेगा। जड़ अगर आप उखाड़ भी लाये तो भी समस्या निर्मूल नहीं हो जायेगी। हमें मूल के साथ मौलि (फुनगी) तक की यात्रा करनी है। यह विमर्श और विखण्डन की रचनात्मक यात्रा है। ध्वंस एक खँडहर है। विध्वंस खँडहर को भी तोड़ देता है। सबकुछ तोड़ने के बाद जो मूल फिर मौलि की ओर यात्रा करने लगे वही पुनर्नवा है। वही पुनरोदय है। वही पुनर्भव है। बिना मूल के मौलि की ओर जाना सम्भव नहीं। मेरी कविताओं के बारे में भी अगर ऐसा

हुआ तो वही मौलिक विचार-विमर्श होगा। नये विचार उगाने जैसा ही महत्त्वपूर्ण है विध्वंस में से कुछ पाकर उसका पुनरोपण करना। साहित्य और शल्य चिकित्सा में अस्थियों और ऊतकों की पुनर्प्राप्ति कम महत्त्वपूर्ण नहीं है। यह भी विखण्डन का सूचनात्मक उपयोग है।

साहित्य में देश-विदेश कुछ नहीं होता उसमें जीवन मात्र का अन्तर्राष्ट्रीय अन्तरात्मा होता है। साहित्य में भाषा का भूत झगड़ा करवाता है लेकिन मनुष्य के वैश्विक मन का लौकिक स्तर पर ऐकिक दृष्टिकोण उसको बँटने नहीं देता। इससे इनकार भी नहीं किया जा सकता है कि अन्ततोगत्वा अनुभूतियों को अपनी कमायी हुई भाषा चाहिए ज़रूर। मैंने अपनी कविताओं के लिए वही भाषा कमायी है। किसी की कमायी किसी और को सहाये या नहीं यह उसकी आन्तरिक बनावट पर निर्भर करता है। कठिन ही मेरे यहाँ आसान है और आसान ही कठिन भी।

प्रश्न : विमर्श की बात को आगे बढ़ाते हैं। ख़बर का मुँह विज्ञापन से ढँका है में अपनी सरस्वती की अन्दरूनी ख़बर में सरस्वती पूजा घर से लोगों के बीच में आती है। धार्मिक तन्त्र की रूढ़ि से मुक्ति मिलती हैं सरस्वती व लक्ष्मी सहित मनुष्य का मारा जाना तय है। यह पद आज के यथार्थ का अनुभव कराता है। और यहभी कि पूरी संरचना में आदमी अलग-थलग नहीं है। लेकिन युद्ध में उतार देने के लिए बुद्धिजीवियों की जल्दबाज़ी को कारण बताना वर्गभेद को थोड़ा क्षीण बना देता है।

उत्तर : सरस्वती की निर्गात मनुष्यों ने कुछ खेत, कारख़ानों, रोजी-रोटी के युद्ध क्षेत्रों से हटाकर उसकी जगह पूजाघरों में सुनिश्चित कर दी। जबकि मूर्ख समझे जाने वाले कम जानकारों की बुद्धि ने कई बार मानवता को आगे बढ़ाने के चमत्कार किये हैं। जब युद्ध छिड़े तो सरस्वती विहीन लोगों ने तहख़ाने बनाये। हर किसी की सूझबूझ और टेक्नोलाजी को सरस्वती का दर्जा हासिल होना अभी भारतीय समाज में बाक़ी है। यहाँ किताबी कीड़ों के परिश्रमहीन और शोधहीन जीवन को विधा का वरदान मान लिया गया है। इन सरस्वती चिह्नों से हमें बाहर आना पड़ेगा। पृथ्वी की जड़ता और मनुष्य की मूर्खताएँ ज़्यादा उर्वर होती हैं। सरस्वती का सम्बन्ध असामान्य और असाधारण रचनात्मकता रचना से है। एक स्त्री के सफ़ेद वस्त्र पहनकर कमल के फूल पर बैठ जाना उस समय सचमुच असामान्य और असाधारण घटना रही होगी जिसके दिमाग़ में भी यह बिम्ब आया हो—जादुई था। लेकिन सफ़ेदी का कारोबार करती आज की विज्ञापन सुन्दरियाँ क्या उस फूल पर बैठायी जा सकती हैं।

मैंने जान बूझकर अपने दो कविता-संग्रहों में पहली कविता सरस्वती पर दी। ये तीनों कविताएँ सरस्वती की मिटती-बनती पहचान के बीच उसकी वह पहचान करना चाहती हैं जो शायद वह थी। सरस्वती भी पिछड़ी हुई भला क्यों रहना चाहेगी। सरस्वती एक विचार, एक उद्यम, एक उत्पादन, एक उपार्जन और अपने में अपना सृजन, अपना निबन्धन भी है। एक प्रज्ञा भी हमेशा दूसरी प्रज्ञा की तरह नहीं हुइ है। मनुष्य की प्रज्ञा निरन्तरता को जानती चलती है। अगर वह रोज़मर्रा के साथ सारे ब्रह्माण्ड से रिलेशनशिप नहीं बैठा सकती तो वह अभी प्रज्ञावान नहीं हुई है।

सरस्वती का शाब्दिक अर्थ है—सरःवती। सर अर्थात तालाब और वती माने वाली। जिस तरह 'वान' माने वाला होता है। तालाब वाली यह कौन-सी बाई है? पानी वाली ताई तो हमारी समूची प्रकृति है जो अपनी फफूँद से भी कुछ-न-कुछ बना लेती है। प्रकृति का प्रतीक भी सरस्वती का अच्छा रूपक है। कठोर होने के बावजूद पानी वाली मृदुल और सरस तो होगी ही। जंगलों जैसी नमी से भरी हुई सृजनशील प्रवृत्ति का नाम सरस्वती है। सफ़ेद जलद उसकी प्रतिभा के उड़ते हुए हिस्से हैं।

बुद्धि वर्ग भेद पैदा नहीं करती बल्कि कम करने के तरीक़े ढूँढ़ती है।

(2008)

भाषा और अभिव्यक्ति का वैभव है कविता

—अच्युतानन्द मिश्र

(1) सही अर्थों में जीवनबोध की प्रतीति सबसे पहले कालबोध से होती है। कालबोध भी समस्याबोध से जनमता है। समस्या भी कर्मबोध से जुड़ी हुई है। कर्म भी आवश्यकताओं से दिशा ग्रहण करते हैं। काल को जब अकाल कहते हैं, तो उसके दो से अधिक अर्थ पैदा हो रहे होते हैं, जैसे किसी बीज में दो-तीन अंकुर एक साथ फूट जायें! जैसे एक ही गर्भ से तीन बच्चे पैदा हो जायें! अकाल का एक अर्थ असमय है। दूसरा अर्थ कि जो समय नहीं है यानी कि जो काल से बाधित नहीं है। तीसरा अर्थ कि जो कालाधीन नहीं है। चौथा अर्थ कि जो कालातीत होकर भी सब कालों में विद्यमान है, अर्थात काल जिसका कुछ नहीं बिगाड़ सकता। इसके अलावा एक अर्थ तो हम सब जानते हैं कि दुर्भिक्ष होता है। एक 'कहतुल रजाल' होता है, अर्थात इनसानों का अकाल यानी तब भी कोई मानवता, इन्सानियत, अहिंसा की बात करे तो 'सत श्री अकाल' बनता है। अहिंसा के बिना सहिष्णुता अधूरी है। सबसे बड़ा दुर्भिक्ष है इन्सानियत का अकाल।

काल से समय, समय से वक़्त, वक़्त से फुर्सत, ये सब हमें समकालीनता, समसामयिकता और दीर्घकालीनता का बोध कराते हैं, लेकिन चिन्ता और असर अल्पकालीन होते हैं। अभी-अभी की जो तात्कालिकता लेटेस्टियल का बोध देती है, वह क्षणभंगुर समकालीनता हो सकती है। एक समकालीनता अतीत से भविष्य तक फैली होती है। वस्तुतः विगत से अनागत तक की संवेदना ही हमें सृष्टि के आदि में भी ले जाती है और अन्त में भी खड़ा कर देती है। समकालीनता कभी हमें विराट ब्रह्माण्ड से जोड़ देती है, कभी 'खारी बावली' तक सीमित कर देती है। समकालीनता में अपनी उम्र में मिली हुई अन्य उम्रों की उपस्थिति और उनकी उपादेयता शामिल रहती है। मेरी समकालीनता में सुमित्रानन्दन पन्त, निराला, रामविलास शर्मा और नामवर सिंह की समकालीनता भी शामिल है।

सुभद्रा कुमारी चौहान, महादेवी वर्मा, कमलादास और अमृता प्रीतम, अमृता शेरगिल और कृष्णा सोबती की समकालीनता भी मेरी समकालीनता में शामिल है। मैं जब मध्यकाल का इतिहास पढ़ता हूँ तो सूर, कबीर, तुलसी के समय में भी मैं ख़ुद को खोजने लगता हूँ। मैं और पीछे आदिकालीन समय में वेदों, उपनिषदों और पुराणों को भी अनेकानेक समकालीन प्रसंगों में अवतरित होते हुए देखता हूँ।

समकालीनता केवल इस साल की और दस साल की नहीं होती, वह जेनेटिक भी होती है। समकालीनता केवल क्षणभंगुरता का नाम नहीं है, बल्कि वह प्राचीनता और दीर्घकालीनता से भी मुझे जुड़ी हुई लगती है। समकाल को अपने समय के अलावा सबके समय में भी होना पड़ता है। समकाल को बहुत व्यक्तिगत बना कर हम अपने को ही सीमित कर देते हैं। समकालीन का मतलब मैं समझता हूँ कि यह बीते हुए और आने वाले समय के बीच की जगह है। समसामयिकता में तात्कालिकता और समकालीनता में दीर्घकालीनता की परिवर्तनशील परम्परा जुड़ी हुई है। समकालीनता अतीत और भविष्य की ख़ुराक पर जीती है।

हर समय का मूल्यांकन मनुष्यों ने ख़ुद किया है। अपने समय में होकर सारे समयों को भी हम ही फेंटेंगे। हम वर्तमान के ही नहीं अतीत के भी शिक्षक होते हैं। समय हमारा शिकार नहीं करता, बल्कि अपनी प्रवृत्तियों से हम समय का शिकार करते हैं, पर बदनाम हम नहीं हमारा समय होता है।

(2) काल एक तो ब्रह्माण्डीय रिक्तता (स्पेस) की देन है। इसका दूसरा पक्ष अपने समय के लोग और अपने समय की घटनाएँ हैं। इसका तीसरा पहलू मूल्यों में विचलन और परिवर्तन बनता हुआ दिखता है। इमर्जेंसी से ही समकालीनता शुरू नहीं होती, बल्कि स्वतन्त्रता संग्राम से आधुनिक समय की समकालीनता शुरू होती है। एक समकाल मुग़लकालीन भी है और समकालीनता में लोकतन्त्र की भी समकालीनता बनती है? लोकतान्त्रिक चेतना क्या केवल इमर्जेंसी में ही आहत या बाधित हुई थी, पहले और बाद में कभी नहीं हुई? दरअसल इन्दिरा गाँधी की यह लड़ाई जनता से नहीं क़ानून से थी। तभी तो अगले चुनाव में जनता ने इन्दिरा का साथ दिया। समकालीनता का सम्बन्ध '62 की हार से भी है और बाँग्लोदश के निर्माण से भी है। पूरी वैश्विक प्रक्रिया में समकालीनता की परख होनी चाहिए। समकालीनता का एक हिस्सा तिब्बत जैसे देश का हड़प लिया जाना भी है। आनन्दवर्द्धन के ध्वन्यालोक में, भामह के साहित्यालंकार से, औचित्य के आचार्य की भूमि से, कश्मीरी पण्डितों का निकाला जाना भी समकालीनता का प्रश्न है। समकालीनता में भूख हड़तालें, मुक़दमेबाज़ी और हत्याएँ भी शामिल हैं। इन्हें समकालीनता पर लगे कलंकों के रूप में भी देखा जाना चाहिए।

गोरक्षा के नाम पर ईश्वर की उत्कृष्टतम रचना मनुष्य की हत्या किया जाना क्या समकालीनता से बाहर है?

इमर्जेंसी भी एक संवैधानिक संकट था। समाज में, व्यक्तियों के समूहों में जितने असंवैधानिक संकट आते हैं, अपने समय की रचना उससे भी सम्बद्ध हो जाती है। विपत्ति को गले लगाने और न लगाने के नियमों के विरुद्ध भी वह गले पड़ जाती है। विपत्ति में कई पुल बनाने पड़ते हैं। विपत्ति निवारण के लिए समाज या व्यक्ति अव्यावहारिक उपाय भी काम में अक्सर लाते देखे गये हैं। नियम हमेशा एक ही तरह से लागू नहीं होते। घटित घटनाओं को बन्द से स्वीकार्यता और तिरस्कार्यता की ओर ले जाना पड़ता है।

(3) काव्य प्रवृत्तियों में बदलाव की वजह से पीढ़ीगत बदलावों को हम पहचान पाये हैं। वरना कुछ प्रवृत्तियाँ तो नयी पीढ़ियों में भी लौट-लौट आती हैं। पिछले पचास-साठ वर्षों में पीढ़ियाँ तो सिर्फ़ दो या तीन ही बदली होंगी, लेकिन साहित्य और कलाओं में पाँच-छह प्रकार के परिवर्तन आये हैं। क्या यह राजनीतिक दलों की वजह से हुआ या यह साम्यवाद, समाजवाद और ग़रीबी उन्मूलन के झूठ नारों और संकल्पों में हुए एक ओर मोहभंग के कारण हुए? पीढ़ियों का महत्त्व है, लेकिन बुनियादी बदलाव प्रवृत्तियों में परिवर्तन से होता है। एक पीढ़ी एक जैसा न सोचती है न एक जैसा साहित्य लिखती है, लेकिन वैचारिक आग्रह उन्हें एक ही साँचे में ढालना चाहते हैं। रागकालीनता की आड़ में कालबोध से इतिहासबोध ग़ायब हो जाता है। काल को आदि से अन्त तक देखते रहना चाहिए।

(4) समकाल और समकालीनता में भी वैविध्य है। समकालीनता की पहचान में गड़बड़ हो सकती है। समकालीनता में वैचारिक आधुनिकता को भी शामिल किया जाना चाहिए। वैचारिक भिन्नता भी समकालीनता को भिन्न बना देती है। हो सकता है नयी पीढ़ी के बजाय पुरानी पीढ़ी ज़्यादा आधुनिक हो। नयी उम्र और आधुनिकता में बड़ा फ़र्क़ है, समकालीनता को निर्णायक मान लेना ठीक नहीं है। रूढ़ियों और रीति-रिवाज़ों की भी एक समकालीनता होती है लेकिन सभी परम्परा का दर्जा नहीं प्राप्त कर सकते, क्योंकि परम्परा में परिवर्तन की परम्परा भी अन्तर्निहित है। यदि ऐसा न होता, तो परम्परा और रूढ़ि में कोई अन्तर न रह जाता।

परम्परा एक बड़ा और व्यापक शब्द है। वह बहुत कुछ निकाल बाहर करती हुई, बहुत कुछ को बदलती-समेटती आगे आकर समकालीन बनी है। समकालीनता की आधुनिकता भी विचारणीय विषय है। आधुनिकता के समकालीन रूपों पर विचार होना चाहिए। आधुनिकता का तत्त्व वैचारिकता और वैज्ञानिकता के सहारे

से आगे बढ़ कर हमेशा पीढ़ियों के सोच को अधिक समकालीन बनाता रहा है। यानी कभी हमें ज्ञान ने (जानकारियों ने) बचाया, कभी विज्ञान (रचनात्मकता) ने रास्ता दिखाया।

(5) कविता की सामाजिक भूमिका कई स्तरों पर एक साथ काम करती है। कविता भाषिक परिष्कार और परिमार्जन के पक्ष में रही है, लेकिन कविता ने 'लोक' का दामन कभी नहीं छोड़ा। कविता लोक से शब्दों और प्रसंगों को हमेशा चुनती रही है। लोक शब्दों से अर्थ के जो बिम्ब बनते हैं, उन्हें कविता ने हमेशा अपनी असली ताक़त सिद्ध किया है। गहराई से देखें तो पहले की अपेक्षा हमारा 'लोक' भी परिष्कृत हुआ है। ऐसे में उस परिष्कार को त्यागा नहीं जा सकता। कविता ने भाषा के स्तर पर हमेशा भदेस होकर भी अपनी अभिव्यक्ति के मामूलीपन को ताक़तवर बनाये रखा है। हाँ, यह ज़रूर हुआ है कि प्रसंग या विषयवस्तु से तादात्म्य के कारण कुछ जगहों पर भाषा में अचानक परिवर्तन आया हो। ऐसा उसकी शिल्पगत अपरिहार्यता की वजह से कभी कहीं हुआ हो और नज़ीर समझ लिया गया हो, लेकिन अधिकांश में अर्थवान फटीचर भाषा का इस्तेमाल अच्छे कवियों द्वारा हुआ है। नगण्यता में अर्थगाम्भीर्य पैदा करने वाले कवि बहुत हुए हैं, लेकिन हुए हैं। लोकगीतों जैसी मार्मिक सरलता कविता में आनी चाहिए। कविता को एक बिना जाना हुआ विचार और बिना गाया हुआ गाना लगना चाहिए।

(6) आजकल प्रकाशकों से प्रायः यह उत्तर मिलता है कि कविता-संग्रह हम नहीं छापते हैं। कविता को अल्पसंख्यक विधा बना कर चुक जाना चाहिए था, लेकिन आजकल के कवियों की जब फेशमफेश देखता हूँ तो सम्पादक और प्रूफ़ रीडर का अभाव बहुत खलता है। सम्पादक की ठगी इसलिए भी अखरती है कि लेखक को कुछ समझाये तो कौन? ना समझ को सराहिवो समझवार को मौन!

कवि बहुत हो रहे हैं। कुछ अपने पैसे से ही कविता-संग्रह छपवा लेते हैं। आमदनी अच्छी हो रही है, कविता अच्छी नहीं हो रही। बस किसी भी पंक्ति को टेढ़ा-मेढ़ा लिख दो, कविता हो जाती है। टेढ़े-मेढ़े शिल्प को कविता की पहचान बना दिया गया है। कविता बनी कि नहीं बनी इस पर ध्यान नहीं जाता। भाषा और अभिव्यक्ति का अन्तिम वैभव है कविता।

मुक्तिबोध का पहला संग्रह ही लगता था कि चुनी हुई कविताओं का संग्रह है। मेरी अपनी जो प्रकाशन योग्य कविताएँ हैं, छोटी-बड़ी मिला कर वे लगभग एक हज़ार हो गयी हैं। मैं सोचता हूँ कि इनमें से चुनूँ तो तीन शतक तो बन ही जायेंगी। मैं अपने पाठकों और रचनाकार मित्रों पर छोड़ता हूँ कि वे अपनी

पसन्द के प्रसंगों की कविताओं को चुन लेते तो मुझे उनकी पसन्दांजलि प्राप्त हो जाती। यह परम्परा चलाना भी बुरा नहीं होगा। कविताएँ वे ही अच्छी जो किसी स्मृति का संग्रह बन जायें। अच्छी पंक्तियाँ लोगों की ज़बान पर होनी चाहिए।

(7) पत्रिकाएँ कविताओं का पारिश्रमिक प्रायः नहीं देती हैं। देती हैं तो नगण्य-सा। अच्छा कवि मंच पर जाता नहीं, न उसे बुलाया जाता है। सवाल है, गम्भीर कविता को कहीं से आर्थिक पोषण मिलेगा या नहीं? पुरस्कारों का बड़ा हल्ला है। यों देखें तो कविता के लिस्ट में कुल जमा एक भी पुरस्कार नहीं है। साहित्य के लिए है। कभी किसी कवि का भी नम्बर आ सकता है। पुरस्कारों की अगर गणना की जाये, तो मुश्किल से पाँच-छह बड़े पुरस्कार हैं। लिखने वालों की संख्या प्रत्येक प्रदेश में पचास से सौ के बीच तो है ही। हिन्दी में साहित्य अकादेमी पुरस्कार पचास और साठ की उम्र पर पहुँच कर मिलता है। हिन्दी में व्यास सम्मान, सरस्वती सम्मान और ज्ञानपीठ पुरस्कार आख़िरी और सर्वोच्च बन कर रह गये हैं। मुझे तो ये पुरस्कार कम और नगण्य लगते हैं। पुरस्कार और होने चाहिए और कई प्रकार के होने चाहिए।

हिन्दी के कवि और लेखक का तो डाक व्यय और रचना को कम्प्यूटर से टाइप करने का व्यय ही नहीं निकल पाता। प्रकाशक ईमानदारी से रायल्टी नहीं देता। क्या लेखक केवल सभी मोर्चों पर संघर्ष करने के लिए ही बना है? हिन्दी समाज बहुत कम पुस्तकें ख़रीद कर पढ़ता है। हिन्दी समाज पुस्तक द्रोही अगर नहीं है तो मुफ़्तखोर ज़रूर है। लेखन के बल पर हिन्दी में किसी लेखक ने अच्छा जीवन नहीं जिया है। उसकी लायक, नालायक सन्तानों ने भले ही मौज मारी हो। पुरस्कारों का अगर कोई झगड़ा है तो वह बदनाम करने की नीयत से उठाया गया नक़ली झगड़ा लगता है। पुरस्कार अगर हो सके तो इतने होने चाहिए कि अच्छे कवि और लेखक सामान्यतः एक सुखी और सुरक्षित जीवन जी सकें।

(8) भारतीय जीवन पद्धति में बाज़ार हमेशा से मौजूद रहा है। भारतीय संस्कृति में जगत-व्यापार और भव सागर जैसे शब्द आदि काल से उपस्थित हैं। नैतिक बाज़ार का कभी विरोध नहीं रहा। अब कुछ लोग मानने लगे हैं कि बाज़ार पूरा-का-पूरा अनैतिक और मानव सभ्यता के विरोध में है। मेरे लिए यह मान लेना कठिन है। बाज़ार मनुष्य जीवन की दैनन्दिनी का एक हिस्सा है। सूर, कबीर, तुलसी और मीरा ने जीवन के व्यापार को बाज़ार में घटित होते देखा। बाज़ार आज पूरी दुनिया को नज़दीक ला रहा है। मनुष्य की हर मुक्ति बाज़ार में होती है।

(9) अनुभव अगर अनुभूति और संवेदना को धार नहीं देते तो वे केवल अपने भरोसे मानसिक व्याप्ति तक नहीं पहुँच सकते। पहले किसी घटना में होना होता है। घटना में कायान्तरण के बाद जो होता है उसे अनुभव कहते हैं। वह आध्यात्मिक अनुभूति, संवेदना के तर्कों का हिस्सा बन जाये, तब समझ आता है कि अपने भीतर एक प्रतिकार करता हुआ प्रतिपक्ष खड़ा हो गया है। मामला व्यक्ति और समुदाय से होता हुआ समूह का भी हो सकता है, किसी वर्ग विशेष का भी। इसलिए मैं अनुभव की तीव्रता का निषेध नहीं करना चाहूँगा। अनुभूत यथार्थ का भी कविताओं में कायान्तरण करना पड़ता है। अनुभव को ज्यों-का-त्यों लिख देना साहित्य नहीं होता। कवि को शब्दों और भाषा की नयी उपज भी देनी होती है।

(10) कविता की मुख्य भूमिका है किसी घटना, किसी अनुभूति से उमगती संवेदना का वर्णन करना। ज़रूरी नहीं कि वह यथार्थवादी अथवा आदर्शवादी हो। वह काल्पनिक विवाद (फैंटेसी) भी हो सकती है। कविता का काम है कि ख़राब स्थितियों का भी मार्मिक वर्णन हो। कविता का काम अच्छाइयों के अलावा बुराइयों का भी पीछा करना है। कविता का काम है भाषा के अज्ञात, अप्रयुक्त और अकथित की संरचना करके किसी बात को पहली बार कहना। इसीलिए कवि-कर्म बहुत कठिन हो जाता है। कुछ कवि उसे अपनी रचनात्मक शक्ति के द्वारा अपने लिए ज़रूरी बनाते हुए अमर हो जाते हैं। आश्चर्य इसी बात का है कि मानवीयता और अमानवीयता की घटनाएँ सृष्टि के पहले दिन से लगभग एक जैसी होती आ रही हैं। कभी पात्र बदलते हैं कभी औज़ार, कभी जगहें बदल जाती हैं, लेकिन मानवीय पीड़ाओं की कविता हमेशा अलग-अलग तरह से हमारे सामने आयी हैं। कवियों का जन्म भी कविता का पुनर्जन्म है। कभी पुराने कवि भी इतने नये लगने लगते हैं कि नये कवियों को अपनी सार्थकता के नये क्षेत्र ढूँढ़ने के लिए विवश होना पड़ता है। अनुभव और संवेदना की नयी अभिव्यक्ति कवियों के लिए हमेशा मुख्य चुनौती रही है। इसलिए पुराने और अपने समय के कवियों के प्रभाव से बच कर कुछ लिख पाना भी उपलब्धि जैसा लगने लगता है।

आज कविता जैसी कविता बहुत लिखी जा रही है, पर अलग तरह की कविता नहीं के बराबर है। गद्य बहुत लिखा जा रहा है, पर उसमें कविता की शक्ति का अभाव है। कविता का पहला जन्म कथा कहने के लिए हुआ था। कथा से भिन्न होती है काव्य-कथा। नाटक में भी कथा होती है और कविता नाटक की अभिव्यक्ति में भी चार चाँद लगा देती है। निबन्ध में काव्य तत्त्व अक्तूबर की

नदी जैसा पारदर्शी और सही गहराई बताने वाला होता है। आज की कविता में व्यथा की और प्रसन्नता की जो कथाएँ कही गयी हैं उन पर थोड़ा भी काम नहीं हुआ है। अध्यापकीय वैचारिकता पर्याप्त नहीं है। अध्यापकीय परिपाटी से अलग होकर नयी आलोचकीयता की ज़रूरत है। थोड़ी प्रशंसा और थोड़ी निन्दा वाली आलोचना से नया रास्ता नहीं निकलने वाला। कभी कोई ऐसा तपा आलोचक आयेगा, जो स्वाध्याय निरत होकर वाणी और शब्द की मर्मज्ञता प्रकट करेगा।

(2017)

कविता में जीने की कोशिश

—ब्रह्मानन्द देवरानी

प्रश्न : साहित्य आजकल कम पढ़ा जा रहा है, ख़ासकर सिनेमा ने साहित्य की जगह ले ली है? आप क्या मानते हैं?

उत्तर : साहित्य ज़्यादा कभी नहीं पढ़ा गया। साहित्य धीरे-धीरे पढ़ा जाता है। बहुत सारी रचनाओं का सैकड़ों साल बाद नोटिस लिया जाता है। कबीर को 13वीं सदी में किसी ने नोटिस नहीं किया। अचानक 19वीं सदी में सब कबीर-कबीर करने लगे। कहने का अभिप्राय यह है कि अच्छा लेखक यानी जिस लेखन में दम हो, भले ही उसका समय बीत जाये, वह बेदम नहीं होता। वह फिर से जीवित हो जाता है। ये कहना ग़लत है कि किसी का साहित्य अपने समय में चर्चित नहीं हुआ, वह पढ़ा नहीं गया। साहित्यकार समय के बाहर जाकर अपना नाम पा सकते हैं। बशर्ते उनमें ऐसी बात हो जो सरवाइव कर सके।

प्रश्न : आपने आज तक जितना लिखा, आप उससे सन्तुष्ट हैं?

उत्तर : कतई सन्तुष्ट नहीं हूँ, होना भी नहीं चाहिए। जो लिखा वह अच्छा है या नहीं, ये तो दूसरा व्यक्ति निर्णय कर सकता है। कुछ बेहतर हुआ कि नहीं यह निर्णय स्वयं रचनाकार को करना चाहिए, या उन रचनाओं के लिए अच्छे आलोचकों की ज़रूरत है। मेरी रचनाओं को अच्छा आलोचक नहीं मिला। मैं स्वयं, अपना आलोचक हूँ। आज आलोचकों के कुछ पसन्दीदा खाने बने हुए हैं। जब उनकी रूढ़ियों में उनकी रचना फिट न बैठे, तो वे नोटिस नहीं लेते। वे रूढ़ियों से बाहर नयी परम्परा शुरू कर रहे हैं। पेशेवर आलोचक के लिए यह मुश्किल है।

प्रश्न : आप पुरानी और आज की कविताओं में कितना बदलाव देखते हैं?

उत्तर : बहुत बदलाव आया है। मैं 1960 से कविताएँ लिख रहा हूँ। आज कविता ही नहीं साहित्य की अलग विधाओं में बदलाव आया है। चाहे उपन्यास, कहानी, कविता, नाटक हो अथवा रिपोर्ताज हो, फीचर राइटिंग में बदलाव आया है।

यहाँ तक कि कविता ने नारेबाज़ी का बाज़ार भी बदल दिया है। विज्ञापनों की भाषा बदल गयी है। इसका श्रेय कविता को जाता है। विज्ञापनों की भाषा कविता ने ले ली यानी साहित्यिक हो गयी है। आज विज्ञापनों में कविता के मुहावरे ज़्यादा आते हैं, तो यह कविता की सफलता है।

प्रश्न : नवोदित रचनाकारों से क्या उम्मीद रखते हैं?

उत्तर : असल में नवोदित साहित्यकारों में थोड़ी-सी कमी लगती है। जब हम थे पुराने कवियों को पढ़ते थे। आजकल के नवोदितों ने पुराने कवि पढ़े नहीं, इसलिए भी वे नवोदित हैं। हम पुराने को जानते थे, इसलिए हमें नवोदित कहा गया। हर लेखक का जन्म पुरानी कला से होता है। पुरानी परम्परा से जन्म लेने के बाद कोई भी लेखक, कलाकार उस कला को बदल देते हैं। मसलन, जैसे बच्चा पैदा होता है उसका नाभि नाल काट दिया जाता है और माँ से उसका सम्बन्ध ख़त्म हो जाता है। फिर भी उसका माँ से सम्बन्ध बना रहता है। भाषा कहाँ से चली, उसने कितने पड़ाव पार किये। क्या-क्या रूप अख़्तियार किया। इसका ज्ञान होना ज़रूरी है। वे कैसे नये मुहावरा गढ़ेंगे। हर कवि ने पुराने से जन्म लिया है। फिर नया कवि बना है, दुनिया से समझने के बाद वे कविता के माध्यम से नयी एक नयी छवि बनाते हैं। नये लोगों में इस बात का अभाव है। बहुत से लोगों में जिज्ञासा, व्याकुलता है। कुछ नया कहने की कोशिश करते हैं, परन्तु उसमें अनजाने में पुरानापन भी आ रहा है। अगर उन्होंने पुराने को पढ़ा होता, तो इस बात से बचते। जो नवोदित पुराने को नहीं पढ़ेगा, वो, अनजाने में ही पुरानेपन का शिकार हो जायेगा।

प्रश्न : क्या साहित्य देश की राजनीति को प्रभावित करता है, ऐसा आप मानते हैं?

उत्तर : ये कहा जाता है रहा है साहित्य एक मशाल है। जनान्दोलन, जनचेतना के आगे चलने वाली मशाल है। कुछ ने साहित्य को समाज का दर्पण कहा है। दर्पण शक्ल दिखाता है। ये भी कहा गया है साहित्य आत्मा, अनुभूति, संवेदना का नवीनीकरण करता है। संवेदना को बाज़ार से तो नहीं खरीद सकते। हमारी संवेदना ब्लोटिंग पेपर तभी सोख सकता है, जब तक उसमें नयापन होता है। जब वह पुराना होता है, तो सोखना बन्द कर देता है। राजनीति मनुष्य करता है, तो निस्सन्देह साहित्य राजनीति को प्रभावित करता है। राजनीतिज्ञों को नये एंगल से सोचने पर मजबूर करता है। मनुष्य साहित्य के माध्यम से जीवन की अभिव्यक्ति की ताक़त लायेगा। नयी पीढ़ी ने कला और राजनीति को कितना खँगाला है। रचनात्मकता से उनके सम्पर्क कैसे रहे। स्थापत्य विज्ञापन, अन्तरिक्ष,

भूगोल और इतिहास की गणित को कितना जानते हैं। प्रयोगात्मक वैज्ञानिक का बोलबाला हो गया है, उनकी प्रगति और दुर्गति के बारे में कितना जानते हैं।

प्रश्न : आप कविता को कितना जीते हैं या कविता आप में कितनी जीती है?

उत्तर : असल में मैं पुरानी कविताओं का मुरीद हूँ। मैं उन्हें इसलिए पढ़ता हूँ कि उनसे मुक्ति पाना चाहता हूँ, ताकि उनका नया विकल्प बन जाये। मैं अपने समय की कविताओं में नहीं जी रहा हूँ, फिर पुराने समय में जी रहा हूँ। अपने समय में जीने के लिए समस्याओं के साथ आना पड़ेगा। मुझे खुशी होती है कविता की एक पंक्ति मिल जाती है। यह पंक्ति पुरस्कार से बड़ी होती है। मैं कविता में जीने की कोशिश करता हूँ। कविता मुझमें जी पाती है या नहीं मैं नहीं कह सकता।

प्रश्न : साहित्य में आलोचना का कितना महत्त्व समझते हैं?

उत्तर : साहित्य और जीवन में आलोचना का बड़ा महत्त्व है। हरेक क्षेत्र में आलोचना होनी चाहिए। प्राचीन समय में आलोचना नहीं होती थी, रचना का भाष्य होता था, समीक्षा होती थी। उसी भाष्य पर टीका-टिप्पणी होती थी। आज आलोचना निन्दा के अर्थ में विख्यात हो गयी। आलोचना का अर्थ है देखना। आलोचना में 'आ' का मतलब तक और 'लोचन' का मतलब आँख। आँख जहाँ तक जाये वहाँ तक देखना। यानी दृष्टि, नेत्रहीनों में भी दृष्टि होती है, वे देखते हैं सोचते हैं। विचार करना ही दृष्टि है। आलोचना संस्कृत में नहीं आया। ग्रन्थों में एक जगह लिखा है अभूतपूर्व आलोचना का विषय है। आलोचना का मतलब यहाँ पर विचार से है। आलोचना में समीक्षा भी होती है। ईक्ष का मतलब आँख, यानी बराबर देखना। अनुभव की आँख से उसका मूल्यांकन करना ही शायद आलोचना होती है। आज आलोचना का अर्थ निन्दा ने ली है। कृति में डूबकर कृतिनिष्ठ समीक्षा आज नहीं हो रही है। कृति पर आधारित विचार आने चाहिए। कबीर ने भी यह नहीं कहा आलोचक को निकट न रखें। उन्होंने कहा, 'निन्दक नियरे राखिए'...। अर्थ विस्तार करने की क्षमता होनी चाहिए। अर्थ विस्तार भी करना चाहिए, पता तो चले कि लेखक या कवि ने क्या कमाल किया है। आलोचक को मार्गदर्शक की कोटि में होना चाहिए था उसे निन्दक बना दिया गया। दूसरे शब्दों में अच्छा आलोचक अच्छा पाठक होता है।

प्रश्न : सोशल मीडिया पर आपकी राय?

उत्तर : सोशल मीडिया से मैं दूर ही रहता हूँ। इस पर साहित्य के प्रचार-प्रसार में बुराई तो कुछ नहीं है। लेकिन कहीं जगह रचनाओं में अभाव लगता है। कुछ अच्छी रचनाएँ भी आ रही होंगी, लेकिन जो लोगों से सुनता हूँ कि इसमें ख़राब

चीज़ें ज़्यादा आ रही हैं। अच्छी रचनाएँ दबकर रह जा रही हैं। सम्पादक का अभाव है। सम्पादन का अर्थ छापना नहीं होता है। सम्पादन का भी रचनात्मक रोल है। प्रूफ़ रीडिंग के बिना कई बार शब्द अर्थहीन बन जाता है। अभी मैं सुन रहा था पुष्पेन्द्र शब्द पर कुछ लोग अपनी राय रख रहे थे। किसी ने कहा तुम पुश करते ही रह जाओगे। यह भाषा की क्षति ही है। इसमें पुष्पेन्द्र का अर्थ फूलों का राजा है, लेकिन व्यंग्य ने उससे हिन्दी के शब्द को हटाकर अंग्रेज़ी में पुश बना दिया।

प्रश्न : हिमाचल के साहित्य पर आपकी नज़र?

उत्तर : हिमाचल में साहित्य ख़ूब फलफूल रहा है। साहित्य में यहाँ अच्छे लोग आये हैं। अच्छे लेखक हैं, विद्वानों से भरा पड़ा है हिमाचल। कुछ पुराने साहित्यकारों ने भी अच्छी रचनाएँ दी हैं। नये लोग भी अच्छा लिख रहे हैं। हिमाचल साहित्य में पिछड़ा हुआ नहीं है। यहाँ के लेखकों की रचनाएँ देश-विदेश में पढ़ी जा रही हैं।

(2006)

नये होने की होड़ में : नये-पुराने

—प्रेम साहिल

प्रश्न : आपकी पहली किताब 1964 में प्रकाशित हुई थी, वाराणसी से। ऐसा लगता है कि आप 1960 से तो लिख ही रहे होंगे, यानी कि बीस वर्ष की उम्र के आस-पास से आप रचनारत हैं। इस समय आप 66वें वर्ष की दौड़ में हैं। अनुभूति कैसे प्राप्त की। उसकी कोई स्मृति है या वह अब अतीत की चीज़ हो गयी है?

उत्तर : यह प्रश्न मुझसे अक्सर पूछा जाता रहा है लेकिन इस रूप में नहीं। तुम्हारे प्रश्न का कलेवर थोड़ा बदला हुआ है और इसलिए वह मुझे अच्छा भी लग रहा है। बात यह है कि मेरी समझ से कोई उम्र ऐसी नहीं होती जब मनोवैज्ञानिक और सामाजिक अनुभूतियों में कुछ फ़र्क़ न घटित होता हो। लेकिन अनुभूति रचना नहीं होती। अनुभूति मानसिक प्रक्रिया है और रचना उसका परिणाम है। रचना का मतलब है किसी विचार या वस्तु का बनना। यह तो 'बनना' है यह अनुभूति से एकदम अलग होता है। जैसे अनुभूति का प्रसव हो जाये। हम जानते थे कि कुछ है और कुछ होगा, पर यह, ऐसे होगा यह नहीं जानते थे। जानने की प्रक्रिया में, जनवाने की प्रक्रिया में जो होना होता है उसमें रचना कोई रूपाकार हासिल करती है। अनुभूति अन्तःस्थ और रचना बहिरस्थ होती है। अन्तर्बाह्य का साकार रूप है भाषिक या वस्तुगत रचना। मैं कहना चाहता हूँ कि अनुभूतियाँ तो कई हुईं पर रचना नहीं हुई। हो नहीं पायी या मुझे उसकी समझ नहीं थी। जब मैंने दूसरों की रचनाओं के स्वयं पर पड़ते प्रभाव को जाना तब मुझे लगा कि ऐसा प्रभाव अपने एकान्त में मैं अपने से अपने लिए रच रहा हूँ। ज़ाहिर है कि इसके लिए मेरे पास बोली-भाषा ही एक माध्यम थी। मैं रिद्मिकल (लयात्मक) बहुत ज़्यादा था। मैं बचपन में ज़मीन पर चलता और दौड़ता था। तो मुझे पता नहीं क्यों लगता था कि मैं आसमान में उड़ रहा हूँ। हर दूसरा क्षण मेरा आसमान में या हवा में और हर तीसरा क्षण मेरा ज़मीन पर होता था। इस प्रकार मैंने ज़मीन कभी नहीं छोड़ी।

पहले अनुभूति की बात कर ली जाये तब रचना की बात करेंगे। मैं अत्यन्त साधारण, ग़रीब और मेहनती परिवार में पैदा हुआ। मेरे किसान पिता में विद्वान होने की बड़ी ललक थी। वे ब्राह्मण वंश में पैदा हुए, लेकिन उन्होंने पुरोहित (कर्मकाण्डी पण्डित) बनना स्वीकार नहीं किया। ज्योतिष अच्छी जानते थे और संस्कृत भी ठीक-ठाक, लेकिन पूजा-पाठी ब्राह्मण बनकर जीना उनको मंजूर नहीं था। स्वाध्याय प्रवृत्ति उनसे मुझे विरासत में मिली। उन्होंने हम सबको खेती-बाड़ी में जोते रखा। जानते ही हैं पहाड़ की खेती कितनी कठिन होती है। पहाड़ जिस तरह की यन्त्र-विधि चाहते हैं उस तरह की यन्त्र-विधि आज इक्कीसवीं सदी में भी मौजूद नहीं है। बहरहाल...ऐसी स्थितियों में पहाड़ लाँघ कर एक ओर से दूसरी ओर जाने के अलावा न कोई मनोरंजन था न कोई गन्तव्य। जो कुछ था ऐसे में वह खुद का होना और बहुत कुछ का न होकर भी कल्पनाओं में उसका होना ऐसा डुबोए रहता था कि जैसे कहीं कुछ अधबना, कहीं कुछ पूरा बनाकर रखा हुआ है, लेकिन ख़ालीपन से भरे हुए ख़ालीपन को, फिर से खलियाने और भरने में ही अपनी ऊब को जुटाये रहता था। मैं अपने अवसाद को भी एक गुण समझकर पाले हुए था। ऐसे में कई बार ऐसा हो चुका था कि मैं अकेले में कुछ भी, किसी भी चीज़ पर एकान्त में बोलना शुरू कर देता था। रचनात्मकता संलाप की थी। कभी-कभी बोलने और गाने को एक कर देता था। कभी-कभी सिर्फ़ गाना चलता था और अपने आप कुछ अनुभव या अनुभूतियाँ उस सोचने-बोलने का हिस्सा बन जाते थे। फिर मैं उनमें से कुछ पंक्तियों को लिखने भी लगा। मुझे अपने ग्यारहवें वर्ष की एक याद है कि दो छोटी-छोटी पठालों (स्लेट के टुकड़ों) को मैंने गोल बनाया और उनके बीच में कुटले (कुदाल का छोटा संस्करण) से छेद बना दिये। ठीक बीचों-बीच बने छेद में एक लकड़ी डाली और उसे ज़मीन में गाड़ दिया। ऊपर वाली पठाल पर किनारे एक छोटा छेद और बना लिया था जिसमें उँगली के बराबर लकड़ी डालकर घुमाया तो वह चक्की के ऊपरी पाट की तरह घूमने लगा। मैं घर से धान की भूसी लाया और उस भूसी को अपनी बनाई उस, दो पठालों वाली चक्की में पीसने लगा। मुझे एक ख़ुशी तो यह मिली कि मैं खुद अपने लिए एक खिलौना बना सका और अपनी बोरियत को भूसे की तरह फिर-फिर पीसने लगा। रचनात्मक अनुभूति भी ऐसे ही भूसा पीसने जैसी प्रक्रिया है। लेकिन इसमें मज़ा तब आता है जब चक्की हर बार नये ढंग की हो। पीसनी तो उसमें ज़िन्दगी है पर अगर ज़िन्दगी पेरनी पड़ी तो फिर औज़ार और पूरा उपक्रम बदल जायेगा। शब्दावली और मुहावरे भी बदल जायेंगे। अनुभूति और रचना का हर बार, हर सम्बन्ध पहले सम्बन्ध की तरह ही घटित होता है।

आज न शब्दों की कमी है न भाषा की, अनुभूति और अनुभव भी इफरात से हैं लेकिन उनसे एक नयी रचना बना पाने की कमी या चुनौती पहले से कहीं बड़ी दिखाई देती हैं। स्मृति जब चाहे किसी भी अतीत को वर्तमान बना सकती है।

प्रश्न : पहले से अनेक पुरस्कार एवं सम्मान इत्यादि पा चुकने के बावजूद बढ़ती उम्र के स्थापित रचनाकारों में और छपने व चर्चित होने के साथ-साथ और सम्मानित व पुरस्कृत होने की हवस कम होने की अपेक्षा बढ़ क्यों रही है?

उत्तर : लिखना, छपना और चर्चित होना किसी भी उम्र में किसी के लिए भी बुरी बात नहीं है। इस प्रश्न से ऐसा लगता है कि आप किसी को भी जीते-जी निष्क्रिय कर देना चाहते हैं। आपके प्रश्न से मैं यह समझा हूँ कि एक उम्र के बाद किसी रचनाकार को सम्मानित या पुरस्कृत इत्यादि होने की चाह नहीं रखनी चाहिए। लेकिन मेरा मानना तो यह है कि कोई भी अच्छा कवि या लेखक पुरस्कार इत्यादि को ध्यान में रखकर नहीं लिखता बल्कि वह उस अनुभव के तनाव से मुक्त होना चाहता है जिसे उसके अलावा किसी ने रचा न हो। क्योंकि अगर रचनाकार अपने से पहले के लगभग समस्त रचना संसार की परम्परा से परिचित हैं और अपने समय के रचना संसार की प्रवृत्तियों पर भी उसकी नज़र है तो वह ज़रूर कोई नया काम करने की उत्कटता से ही कुछ रच रहा होगा। जो लोग पुरस्कारों की 'हवस' (यह शब्द आपका है) से लिखते रहे हैं वे चाहे तिकड़म करके पुरस्कार ले भी लें, लेकिन समय की छन्नी के पार उनका कृतित्व जा पायेगा। इसमें मुझे सन्देह है। अच्छी चीज़ों को पुरस्कार ही नहीं उपेक्षा और तिरस्कार भी स्मरणीय बना देते हैं।

बढ़ती उम्र के स्थापित रचनाकार नयी दृष्टि से कोई नया काम न कर रहे हों तो यह चिन्ताजनक हो सकता है। लेकिन इसके साथ यह भी चिन्ताजनक होना चाहिए कि ऐसे स्थापित लेखक यों ही तो स्थापित हो नहीं गये होंगे। उनका कृतित्व कितना आज हमारे बीच याद किया जाता है। कितना, कि नहीं अच्छे लेखकों और कवियों को हम अपनी दैनंदिन सोच में जोड़ते रहते हैं? कितना हम उनको अपने बीच पाने की उत्सुकता पैदा कर पाते हैं। चिन्तन को दर्शकों में सीमित करने के बावजूद समय की अखिलधारा और संसार की उससे निरन्तर टक्कर का कोई महत्त्व है या नहीं? मैं आप ही से पूछता हूँ कि बढ़ती उम्र के रचनाकारों को क्या करना चाहिए? ज़्यादा-से-ज़्यादा अगर वे ख़राब लिख रहे हैं तो उन्हें लिखना बन्द कर लेना चाहिए! लेकिन यह भी हो सकता है कि जिस तरह युवा दिनों में ख़राब लिखते-लिखते उन्होंने कुछ अच्छा भी लिखा था, उसी तरह आज भी हो सकता है वे कुछ अच्छा हमें दे जायें। यह रचनाकार पर ही

छोड़ देना चाहिए कि उसे क्या करना चाहिए। बौद्धिक मोनोपॉज का शिकार हो जाना चाहिए या वहाँ से निकाल सकते हों तो निकालने की कोशिश करनी चाहिए। हमें यह भी देखना चाहिए कि नये, सचमुच कितना नया दे पा रहे हैं और कितना परम्परा प्रसूत?

प्रश्न : वरिष्ठ और स्थापित रचनाकार नयों के विकास और उनकी स्थापना में कुछ योगदान दे रहे हैं या आड़े आ रहे हैं, आज के माहौल में आप क्या समझते हैं?

उत्तर : यह तो आपको नये रचनाकारों से पूछना चाहिए। मैं कैसे कह सकता हूँ कि किसी नये रचनाकार का विकास कर रहा हूँ। हाँ, लेकिन जब मैंने लिखना शुरू किया था सन् 1960 के आस-पास तो कुछ पूर्ववर्ती रचनाकारों ने कम, कुछ ने ज़्यादा मेरी समझ का परिष्कार करने की अदृश्य भूमिका निभायी है। पुराने न हों तो नया हो ही नहीं सकता, नयों का जन्म होता ही पुराना होने के लिए है। असल में हम नये होकर पहली बार पुरानेपन से टकराते हैं। ऐसे ही वह पुराना भी जब अपने को नया (अर्थात् मात्र कम उम्र वाला; ज़्यादा अनुभव और बुद्धिवाला नहीं बल्कि कुछ लोगों के लिए तो नया माने विलम्ब से और अभी आया हुआ होता है) कह और समझ रहा था तब अपने से पुरानों से टकरा रहा था। पुराना होना उस अर्थ में सार्थक लगता है जिस अर्थ में कि उसकी सोच और उसके कर्म का विकास रुक गया हो। या वह सिर्फ़ दूसरों से अनुगुंजित हो रहा हो। या वह सिर्फ़ दूसरों को अथवा अपने को दोहरा रहा हो। वरना सबसे पुरानी पृथ्वी पर सबसे पुराना सूर्य तो आज भी नयी-नयी उथल-पुथल मचाये हुए है। क्या हम पृथ्वी, पानी, सूर्य, सितारों और प्राचीनतम अपदार्श आकाश से अपनी नवीनता को मुक्त कर सकते हैं। फिर कहीं कोई जगह बचती है अपने को स्थापित करने की? हाँ, बचती है, और वह जगह है सोच-विचार की। सोच के स्तर पर हम कुछ अलग और नया काम कर सकते हैं अगर हम अपनी परिस्थितियों को हर तरफ से जाँच-परख चुके हों। परिस्थिति और व्यक्ति की मुठभेड़ कुछ-कुछ पुरानी और कुछ-कुछ नयी होती है। साहित्य में नवीनता, अभिव्यक्ति और सोच की सम्पूर्ण अदायगी के बाद तय होती है। साहित्य में नवीनता एक समय विशेष तक नयी बनी रहे और कालान्तर में वह अपने ही किसी नये रूप को ज़ुबानी काम करते देखने लगे। लेकिन अर्थ की, आशय की यानी कि मतलब और माने की नवीनता अक्षुण्ण रहती है। अर्थात् कहा क्या गया। भाषा ने कैसा गद्य रूप बनाया और कही गयी बात अपने अन्दाज़ के कारण हमें आज भी कितना मुग्ध कर लेती है। वैसे मुग्धावस्था कोई अच्छी और निर्णायक अवस्था नहीं मानी गयी है लेकिन वह

कोई विरल और उत्कृष्ट अभिव्यक्ति यदि हमें मोह लेती है तो उसके प्रति मोह होना दुर्गुण नहीं बल्कि उपलब्धि ही मैं मानूँगा। कला-कौशल या अनुभूति जो किसी की भी कितनी ही निजी चीज़ क्यों न हो अगर कालान्तर में वह उतनी ही औरों की भी हो जाये तो यह रचनात्मक प्रवृत्ति का विस्तार मैं समझता हूँ।

यह नयों पर निर्भर करता है कि वे पुरानों को कितना जानते-समझते हैं और कितना और जानना चाहते हैं। यह नयों पर निर्भर करता है कि जहाँ पुराने भी नितान्त नये होने की दौड़ में सक्षमता के साथ शामिल हों वहाँ वे खुद को किस तरह का नया बनकर पेश कर पाते हैं। होड़ सम्भवतः पुराने और नये में भी नहीं है बल्कि पुराने के नयेपन और नये के नयेपन में है। नयापन हर युग की दरकार रहा है। नया और काम का कुछ हो जाये तो वहाँ बात बनती दिखती है। अच्छी बात कभी भी पुरानी नहीं होती।

प्रश्न : वर्तमान समय को द्रुतगति से बदलते मूल्यों का समय कहें या कि मूल्यों के ह्रास का?

उत्तर : बहुत सारे मूल्य सांस्कृतिक परिवर्तनों से प्रभावित होकर अपना रूप बदल लेते हैं। बहुत सारे मूल्य—आर्थिक, सामाजिक और राजनीतिक कारणों से रूप बदल लेते हैं। बहुत से मूल्य संवैधानिक कारणों से अपना रूप निर्धारित कर लेते हैं। यानी कि मूल्य भी स्थिर नहीं रहते बल्कि मानवीय परिस्थितियों के अनुकूल बदलते रहते हैं। यही स्थिति सत्य की है, सत्य भी युगानुरूप बदलता है, इसी से युग सत्य की पहचान होती है। युग सत्य कोई शाश्वत चीज़ नहीं है।

सबसे पहले मानवीय मूल्यों पर बात करें तो इनकी कोई लिखित आचार संहिता नहीं है। सबसे बड़ा सोचपूर्ण मूल्य मैं उसे मानता हूँ कि जैसा अपने लिए चाहते हो, वैसे ही दूसरों के लिए भी चाहो। अपने लिए सुख और दूसरों के लिए उत्पीड़न—यह सबसे बड़ा अमानवीय सोच (मूल्य) है। मूल्य उस सोच का नाम है जो परस्पर कार्य करने वाली संवेदनाओं की टकराहट और निष्कर्ष से उपजता है। 'मूल्य' बहुवचनीयता के पाठ से पैदा होते हैं। मूल्यों में ह्रास भी होता है, परिवर्तन भी, इसलिए उनकी पुनःप्रतिष्ठा भी होती है। जीवन के परखे हुए निष्कर्षों से उत्पन्न और पुनर्विचार से स्थापित समस्त आदर्श मनुष्य के श्रेष्ठ जीवन मूल्य हैं। हर बार मूल्य फिर दाँव पर लगते हैं और कसौटी पर कसे जाते हैं। तब पता चलता है कि कुछ मूल्य खोटे पड़ गये हैं। मनुष्य कितने मूल्यों को अपने जीवन में उतार पाता है, कितनों के लिए वह अपने को न्यौछावर कर देने को अब भी तैयार है—इसी से उसकी मूल्याधारिता जीवन के प्रति पक्षधरता प्रकट होती है। ह्रास में एक परिवर्तन है और विकास में भी। सबसे बड़ा मूल्य है कि

जीवन में बेहतरी से भरा परिवर्तन कितना आया? बदतरी से भार परिवर्तन ह्रास है और उत्कर्ष से भार परिवर्तन विकास है। हर परिवर्तन विकास नहीं है। क्षरण भी परिवर्तन है। हर परिवर्तन अच्छा नहीं होता।

मानव जीवन पद्धति के पर्याप्त विवेचन, घर्षण और व्यवहारीकरण के बाद बनाये गये आदर्श किसी-न-किसी अवसर पर 'मूल्य' का दर्जा प्राप्त कर लेते हैं। सारे मूल्य, समाज में आदर्शों का दर्जा रखते हैं। सारे आदर्श मूल्य हैं और सारे मूल्य आदर्श हैं। यथार्थ के धरातल पर भी हम परखे हुए मानवीय मूल्यों को लागू होता हुआ देखना चाहते हैं। असंगति और विरोधाभासों से भरे आदर्शों के स्थान पर हम कोई व्यावहारिक मूल्य स्थापित करना चाहते हैं। ताकि आदर्शों और मूल्यों का संसार जड़ता को प्राप्त न हो। सामाजिक-आर्थिक मूल्यों का क्षण-परीक्षण होते रहना ज़रूरी है। ह्रास और विकास का मूल्यांकन हमें कार्यों के प्रति आत्मविश्वास से भर देगा। मूल्यों का भी युगानुरूप मूल्यांकन होते रहना चाहिए। सबसे बड़ा मूल्य है सुखपूर्वक जीवन व्यतीत करना लेकिन इसके लिए बड़े दुःख उठाने पड़ते हैं, तब भौतिक सुख जीवन में आ पाते हैं। हर कर्म की एक स्वैच्छिक व्याख्या है और एक नैतिक व्याख्या है। इसलिए सब कुछ स्वेच्छा पर नहीं छोड़ा जा सकता। स्वेच्छाचार भी अलोकतान्त्रिक मूल्यों की ओर ले जाता है। अपनी मर्ज़ी के मालिक ज़्यादा तानाशाह होते हैं और दूसरों की मर्ज़ी पर बोझ की तरह लदे रहते हैं।

प्रश्न : शाश्वत मूल्यों और बदलते मूल्यों पर आधारित जो कविताएँ हैं उनमें से आज कौन-सी अधिक महत्त्व की आपको लगती है?

उत्तर : मूल्यों में भी परिवर्तन की एक शाश्वत परम्परा है। वास्तविकताओं के बदलते ही मूल्य बदल जाते हैं। कविताओं ने बदलते मूल्यों और बदलती वास्तविकताओं को हमेशा, हर युग में अपना विषय बनाये रखा, इसलिए हर युग के परिप्रेक्ष्य में उनका महत्त्व भी अलग क़िस्म का उल्लेखनीय है। यथास्थिति और परिवर्तन दोनों में कविता जाकर रहती है और तब उस नागरिक व्यक्ति की अभिव्यक्ति का हिस्सा बनती है। जिसकी समस्या केवल अपना ही जीवन नहीं है बल्कि अपने परिवार और समाज से अपने सम्बन्धों का जीवन भी उतना ही महत्त्वपूर्ण है। उसके लिए दुनिया और समाज का बहुत बड़ा अर्थ है। जो लोग समाज को ठेंगे पर रखकर चलते हैं उनकी दुनिया बड़ी सीमित होती है। वे केवल अरचनात्मक अहंकार से काम ले रहे होते हैं।

शाश्वत मूल्य भी सूर्योदय और सूर्यास्त जैसे सुनिश्चित दिखते हुए भी अनिश्चित हैं। जन्म-मृत्यु, प्रेम, घृणा, युद्ध, भूख, अकाल, बीमारी-महामारी, ग़रीबी

इत्यादि को भी शाश्वत मूल्य नहीं कहा जा सकता। शाश्वत एक ही चीज़ है और वह है परिवर्तन। करुणा और नम्रता को बनाये रखने के लिए हर परिवर्तित होते युग में संघर्ष करना पड़ता है। वहाँ दुनिया को ठेंगे पर रखकर नहीं चला जा सकता। न्याय के लिए संघर्ष मनुष्य को सौन्दर्य और विनम्रता का बोध भी प्रदान करता है।

बदलते जीवन मूल्यों के संघर्ष की पहचान करने वाली कविताएँ अपने समय के द्वन्द्व से पैदा होती दिखती हैं। गिरावट के साथ गिरती हुई और उत्थान के साथ उठती हुई दिखती हैं। जहाँ तक ऐसी रचनाओं का उल्लेख करने की बात है जो शाश्वत मूल्यों और बदलते मूल्यों के बीच के स्पेस में पैदा हुई हों और आज भी अच्छी लगती हों, इस तरह का एक चयन अलग से वांछनीय है। यह अपने-अपने हिसाब से सभी रचनाकारों को करना चाहिए। तत्काल मुझे जयशंकर प्रसाद की पूरी कविता याद नहीं आ रही बल्कि पंक्तियाँ याद आ रही हैं—'हिमाद्रि तुंग शृंग से, स्वतन्त्रता पुकारती।' यह पंक्ति हिमालय को केवल बर्फ़ (एक कवि ने तो राख का ढेर कहा है) का ढेर होने से बचाती है। मैथिलीशरण गुप्त की वह कविता—'नर हो न निराश करो मन को, कुछ काम करो, कुछ काम करो।' यहाँ नर मर्द के लिए नहीं कहा गया है बल्कि मनुष्य प्रजाति के लिए कहा गया है। सुमित्रानन्दन पन्त की—'भारत माता ग्रामवासिनी' और निराला की—'तुम तुंग हिमालय शृंग और मैं चंचल गति सुर सरिता।' इसके साथ ही दिनकर की कविता—'मेरे नगपति मेरे विशाल' को कैसे भुलाया जा सकता है। बालकृष्ण शर्मा 'नवीन' की कविता—'कवि कुछ ऐसी तान सुनाओ, जिससे उथल-पुथल मच जाये।' सियारामशरण गुप्त की 'घट' भी अविस्मरणीय है। आगे बढ़ें तो मुक्तिबोध, राजकमल चौधरी, धूमिल, अज्ञेय, रघुवीर सहाय, सर्वेश्वर, श्रीकान्त वर्मा, नागार्जुन, कुँवर नारायण और केदारनाथ सिंह, विजयदेव नारायण साही और ऋतुराज आदि अनेकानेक महत्त्वपूर्ण कवियों की अनेक ऐसी कविताएँ हैं जो शाश्वत मूल्यों और बदलते मूल्यों की टकराहट को प्रकट करती हैं। नामों का क्रम कुछ गड्ड-मड्ड सा हो गया है। कुछ अत्यन्त महत्त्वपूर्ण नाम छूट गये हैं। ऐसा कतई नहीं है कि जो मुझे कवि मानें, सिर्फ़ उन्हीं का नाम लो। वैसे भी आपने कविताएँ पूछी हैं कवि नहीं। नये कवियों की सभी कविताएँ आदर्शों के खो जाने की चिन्ता से भरी हुई हैं।

प्रश्न : कविता किसी विचार की कलात्मक अभिव्यक्ति होती है लेकिन दीगर भाषा में अनुवाद करते समय मूल कविता का कलापक्ष कायम रख पाना कितना सम्भव है? कलात्मक गुण के अभाव में अनुवाद का कार्य कितना सार्थक या निरर्थक आप समझते हैं?

उत्तर : अनुवाद का सीधा-सादा अर्थ है किसी भाषा में कहे गये को किसी दूसरी भाषा में इस तरह से कहना—जैसे वह उसी भाषा में कहा गया हो। आपका प्रश्न सामान्य बोलचाल के अनुवाद के सम्बन्ध में नहीं है बल्कि कविता के अनुवाद के सम्बन्ध में है। कविता के अनुवाद में कभी-कभी मात्र शब्दों के रूपान्तरण से काम नहीं चलता, ऐसी स्थिति में भावान्तरण से काम लेना होता है। जब भावान्तरण से भी काम, अनुवाद वाली भाषा के अनुरूप न होता दिखे, तो शब्द और भाव दोनों के कायान्तरण की आवश्यकता पड़ती है। जिस भाषा में अनुवाद हो रहा हो उसके मिज़ाज पर बहुत कुछ निर्भर करता है। भारतीय भाषाओं में प्राचीन संस्कृत साहित्य की युक्तियों, उक्तियों, पैटर्नों आदि का इतना प्रभाव है कि तुलसीदास ने व्यक्ति के व्यक्तिगत नाम का भी रामचरित मानस में अनुवाद कर दिया है। वहाँ प्रताप भानु राजा की कथा है जिसे उसका पूर्व शत्रुराजा कपी मुनि बनकर ब्राह्मणों से शापित करवाता है। खैर...बात किसी के नाम के अनुवाद की है। प्रताप भानु के लिए उन्होंने एक चौपाई में 'प्रताप दिनेशा' का प्रयोग किया है जिसका अर्थ होता है प्रताप भानु। संस्कृत में ऐसा बहुत हुआ है जब नवीनता और छन्द निर्वाह दोनों के लिए पर्यायवाचियों से कवियों ने साधिकार खेल ही खेल में चमत्कार किये हैं। चमत्कार का ही स्वाभाविक परिणाम आश्चर्य है और अच्छा अनुवाद भी किसी आश्चर्य से कम नहीं। अपनी भाषा के मिज़ाज की अनुवादक को पूरी जानकारी होनी चाहिए।

अनुवाद में समकालीनता का भी ध्यान रखना पड़ता है। जिस समय की वह रचना है उस समय अनूदित करने वाली भाषा की कविता का क्या स्वभाव था और जिस समय अनुवाद किया जा रहा है उस समय अनूदित भाषा का क्या रुझान है। दोनों समयों के बीच तारतम्य ढूँढ़ना, अनुवादक का आत्मसंघर्ष है। दोनों समय की ख़ूबियाँ और ग्राह्यताओं के आधार पर अनुवाद रचे जा सकते हैं। रघुवीर सहाय ने पश्चिमी कवि, लेखकों के जो अनुवाद किये हैं और उनके पीछे उनके जो संकट निवारण दृष्टिकोण रहे हैं, उनसे बहुत कुछ सीखा जा सकता है। उन्होंने अनुवाद की भाषा के माध्यम से समय को भी पकड़ा है और समस्या का उस समय में जाकर देसीकरण किया है।

असल बात है मूल विचार की पुनर्रचित प्रस्तुति। अनुवाद में स्थानीयता का स्थानीयता से अनुवाद करना पड़ सकता है। अनुवाद कार्य को निरर्थक तो कतई नहीं कहा जा सकता, हाँ, कठिन कहा जा सकता है। कठिनाई में से रास्ता निकालने का नाम ही प्रतिभा है। कविता के क्षेत्र में अच्छे अनुवाद अपने समय में मूल कविता जैसा स्थान बना लेते हैं। तुलसीदास जितने मौलिक कवि हैं

उतने ही मौलिक अनुवादक भी हैं। अन्ततोगत्वा कोई अच्छी कविता अनुभव का आख़िरी अनुवाद है।

प्रश्न : नयी कविता के बारे में मैंने कुछ कहानी लेखकों को कहते सुना है कि ऐसी-ऐसी तो न जाने कितनी पंक्तियाँ उनकी कहानियों में मिल जायेंगी। इस पर आप क्या कहना चाहेंगे?

उत्तर : कविता केवल एक पंक्ति या एक विचार मात्र नहीं है। कविता, कहानी के संस्कार को भी संस्कारित कर उसमें स्मृति का गुण डाल देती है। तभी कहानी श्रुति से स्मृति बन जाती है। कविता को केवल कविता में ही नहीं देखना चाहिए बल्कि कविता बनावट, अभिव्यक्ति और दृष्टिकोण का ऐसा तालमेल है जो केवल भाषा का ही मोहताज नहीं है। कविता, कर्म का भी शृंगार है। कविता प्रारम्भ में भी हो सकती है और समापन में भी। कविता सम्पूर्ण सिलसिले में भी हो सकती है। कविता जब नहीं होती है तो क्या कहानी, क्या कविता वह कहीं भी नहीं होती। ऐसी स्थिति में कविता केवल देखने वाले जिज्ञासु और कल्पनाशील व्यक्ति की सोच और नज़र में होती है, केवल भाषा में ही नहीं।

कविता, संगति और असंगति, अन्तर्विरोध और विडम्बना, नकार और स्वीकार, अनुराग और व्यंग्य, हर तरह के अभिव्यक्ति सम्बन्धी संवेदन को कहानी या नाटक या निबन्ध की तरह अपना विषय बनाकर, फिर भी यह कविता ही रहे—तब वह कविता है। क्या ही अच्छी बात है अगर तब भी वह एक नयी तरह की कविता हो। कविता सारे पुराने को नया कर देने की विधा भी है। कहानियों में अगर कविता जैसी पंक्तियाँ मिल जाती हैं तो यह कहानी के लिए हर तरह से अच्छा है। कविता के तत्त्व का कोई भी कहीं भी इस्तेमाल कर सकता है। बल्कि कभी-कभी तो यह भी देखा गया है कि कविता सिर्फ़ कविताओं में नहीं मिलती। बाक़ी बहुत सारी स्थितियों और जगहों पर मिल जाती हैं। दो-दो सौ पंक्ति की लम्बी कविताओं में अगर कविता चार-छः पंक्तियों में कहीं है तो फिर शब्दों की समझ की और काग़ज़ की इतनी बरबादी क्यों? कवियों के लिए चुनौती हो सकती है लेकिन मैं चाहता हूँ कि कवि कविताओं को कुछ इस तरह तैयार करें कि कविता सारी विधागत मिश्रण के बाद भी अलग बनी रह सके।

कविता की प्रत्येक पंक्ति का महत्त्वपूर्ण होना बहुत आवश्यक है। कविता को अपने गन्तव्य और अपने मन्तव्य तक अपने अलग दृष्टिकोण के कारण पहुँचना चाहिए। उसमें यह नहीं होना चाहिए कि देखो भाषा और शब्द मुझे कितने इफरात से उपलब्ध हैं। कविता का आज जो रूप दिखाई दे रहा है उसी में से भविष्य की कविता निकलेगी। लेकिन मुझे उम्मीद है कि इस बार कविता

की वापसी नहीं होगी बल्कि वह नये जन्म में होगी और इस बार का उसका जन्म दशकों में बदलने के लिए नहीं होगा बल्कि सभी समयों के साथ निभने का होगा। कविता का जन्म प्रारम्भ में भी व्यथा की कथा कहने के लिए हुआ था। बीच में इसके शिल्प में सांकेतिकता इतनी बढ़ गयी थी कि वह प्रतीकों में आकर सिमट गयी। अब फिर से शिल्प ने अपने इस स्वभाव का स्मरण किया है तो बात कुछ और ही होती जा रही है।

(2007)

जानी हुई दुनिया में अनजानी-सी टक्कर

–मुकेश नौटियाल

प्रश्न : आप कवि ही क्यों बने...कुछ और क्यों नहीं...! अगर आप कवि न होते तो क्या हुए होते?

उत्तर : मैं पाँच वर्ष का था तो मेरी माँ का चेचक की बीमारी से निधन हो गया। अचानक उस समय मुझे ऐसा महसूस हुआ कि मैं एक ऐसा बड़ी उम्र का व्यक्ति हूँ जिसने अपना सब कुछ खो दिया हो। गाँव के लोग कहते थे कि इसकी माँ भगवान को प्यारी हो गयी है। यह रहस्य मेरी समझ में नहीं आता था कि क्यों ईश्वर मुर्दों से प्रेम करता है! क्या भगवान जीवित रहने के विरुद्ध है। इस तरह के तमाम सवाल मेरे चारों ओर रहस्य की तरह छाये हुए थे। जीवन से पहले या जीवन को समझने और जीने से पहले मेरे सामने मौत आ खड़ी हुई थी–मेरी नहीं बल्कि माँ की मौत। इस तरह मेरे जीवन की शुरुआत ही मृत्यु की छत्रछाया में हुई है और मेरा पूरा जीवन कष्टों, तकलीफ़ों, दुःखों, अनहोनियों और मौतों से भरा हुआ है।

मैं मृत्यु, जीवन, ईश्वर, दुनिया इत्यादि के फेर में बचपन से ही पड़ गया और जैसा कि होता है, जब तक अपरिपक्व मस्तिष्क इतने बड़े दार्शनिक सवालों से टकराता है तो कवि होने के अलावा उसके सामने कोई दूसरा चारा भी नहीं होता। मैं अपने और बाक़ी लोगों के जीवन को मौत से बचाकर लाया हुआ सौन्दर्य समझता हूँ। मृत्यु से मुझे घृणा नहीं है लेकिन जीवन को मैं सबसे बड़ी उपलब्धि मानता हूँ और उसे एक बेहतर मनुष्य के रूप में जिया जा सके तो इसे सभ्यता का सबसे अच्छा चेहरा कहा जा सकता है।

कुछ लोगों का आग्रह रहता है कि कवियों को जीवन भर दुःख, सन्ताप और अभाव में रहना चाहिए ताकि उनकी कविता में अधिक धार आ सके। लेकिन मैंने देखा है कि ऐसे लोग अक्सर अपने उद्गारों और अभिव्यक्ति को विलाप में बदल देते हैं। कवि का काम विलाप करना नहीं बल्कि संलाप करना है।

बातचीत कभी भी अकेले में अपने से नहीं हो सकती बल्कि उसके लिए जीवन का विराट क्षेत्र और अनेक प्रकार के अनुभवों की पूँजी चाहिए। अभाव और संघर्ष एक सीमा तक अनुभव की पूँजी से मनुष्य को समृद्ध करते हैं, तराशते हैं और एक अलग तरह का मानवीय चेहरा गढ़ते हैं—जो कभी शैली और शिल्प के अनुपात से बेडौल भी हो सकता है।

प्रश्न : मेरा प्रश्न कुछ और था....

उत्तर : उसी पर आ रहा हूँ। विपत्तियों ने मुझे जीवित रहने के लिए तत्काल एक रास्ता खोजने की इच्छा और शक्ति तो दी लेकिन मैंने उस पाये हुए रास्ते को कभी भी अपनी मंज़िल का आख़िरी रास्ता नहीं समझा।

माँ सहित मेरे गाँव की सभी स्त्रियाँ अनपढ़ थीं लेकिन जब वे जंगल में घास काटते हुए गीत गाती थीं तो उनके अन्दर का दुःख और उल्लास सुनने को मिलता था। लोकगीत गाती स्त्री, अपने जीवन के सुख-दुःख प्रकट करने के लिए जिन पंक्तियों का सहारा लेती थी, पता नहीं वे किसकी रची हुई थीं, पर मुझे ऐसा लगता था कि गाने वाली स्त्री ही स्वयं उसकी रचयिता भी है। उनके भीतर एक अदृश्य कवि था और उन गीतों में पीड़ा के अनुभव से उपजी जो बातचीत थी उन्होंने मुझे भी कुछ उसी तर्ज़ पर कुछ उसी भाषा में कहने के लिए प्रेरित किया।

मैंने पाँच-छः दर्जे से ही लोकगीतों और पाठ्यपुस्तकों में हिन्दी कविताओं की नक़ल में अपने को ढालने और प्रस्तुत करने का पहला चौर-कर्म किया। अब मैं यह कह सकता हूँ कि ज्ञान और अनुभव ही चोरी और नक़ल से भी काफ़ी कुछ सीख सकता है। उसमें से धीरे-धीरे वह काफ़ी कुछ छोड़ देता है लेकिन उसके ताक़तवर हिस्से को अपनी तरह से बदलकर अपने लिए सँजो भी लेता है।

आगे चलकर मुझ पर अपने पिता का काफ़ी प्रभाव पड़ा। वे रामचरितमानस के अगाध प्रेमी थे लेकिन गढ़वाली बोली में कुछ गीत भी लिखते थे। जब वे रामायण की कथाएँ सुनाते थे तो राम से लेकर रावण तक जितने पात्र थे, वे सब मुझे अपनी माँ से बिछुड़े हुए और विपत्तिग्रस्त लगते थे। मैंने महसूस किया कि रामचरितमानस में कोई भी प्रसन्न माँ नहीं है। आदमी चाहे राम बने या रावण—विपत्तियों और कष्टों से छुटकारा नहीं है।

विपत्तियों का चयन स्वयं नहीं करना होता है, वे परिस्थितियों के कारण पैदा होती हैं। विपत्तियाँ आपका स्वयं चयन करती हैं और कवि होने की जो विपत्ति मेरे हिस्से आयी है वह भी परिस्थितियों की ही देन है।

कभी-कभी मुझे लगता है कि अगर मैं भूतपूर्व कवियों द्वारा रचित कविता के महान संसार के सम्पर्क में न आया होता तो मैं ख़राब और अपराधी क़िस्म

का व्यक्ति होता—जो कि हो सकता है, मैं अभी भी होऊँ। लेकिन कविता और कला की शक्तियों ने मुझे कई बार आत्महत्या करने से रोका है, कई बार मुझे प्रतीक्षा करने का साहस दिया है, कई बार मुझे नया और अच्छा रास्ता खोजने की शक्ति दी है। इसलिए मैं कह सकता हूँ कि मैं कुछ भी होता...चाहे न्यायाधीश होता, प्रधानमन्त्री होता या वैज्ञानिक होता....पर अगर मैं कवि न होता तो मेरा जीवन अधूरा और काफ़ी हद तक निरर्थक होता।

कवि भी हमेशा नयी कविता के लिए एक नयी विषय-वस्तु, एक दुनिया, एक नयी भाषा, एक नयी शैली के संघर्ष में पड़ा रहता है। कोई ठिकाने की कविता बन जाने के बाद जो सुख मिलता है वह शायद किसी दूसरी उपलब्धि से प्राप्त नहीं हो पायेगा।

प्रश्न : आपने अभिव्यक्ति के लिए माध्यम कविता को ही क्यों चुना..., गद्य को क्यों नहीं! दोनों में आपको क्या अन्तर नज़र आता है?

उत्तर : गद्य और पद्य प्राचीन काल में अभिव्यक्ति की दो शैलियों के रूप में जाने जाते हैं। आगे चलकर कृतिकारों को यह अनुभव हुआ कि चाहे गद्य हो अथवा पद्य—जो बात कही जाये उसे अलंकृत करके कहा जाये। अलंकारों की अवधारणा शब्दों के अनुप्रास और अन्य ध्वन्यात्मक प्रयोगों के साथ साहित्य की दोनों विधाओं में प्रचलित हुई। शुरू से लेकर काफ़ी समय तक अभिव्यक्ति के इन कला-कौशलों ने भाषा को कई प्रकार के श्लेष-सौन्दर्य से मण्डित किया। कालान्तर में साहित्य के क्षेत्र में अभिव्यक्ति की यह अलंकरण और मण्डन की परम्परा काफ़ी उबाऊ और व्यायाम-साध्य हो गयी। साहित्यिक कृतियों में कम प्रतिभाशाली कवियों के द्वारा किये गये रचनात्मक कार्य में सारे अलंकरणों की बनावट प्रमुखता के साथ दिखने लगी। कथ्य और अनुभव की गहराई लुप्त हो गयी। जैसे देखने वाले की नज़रें खिड़की के काँच पर टकराकर रह जायें और उसके पार कुछ दिखाई न दे, इसी तरह अलंकारों की मण्डन-प्रक्रिया के कारण भाषा धीरे-धीरे अपारदर्शी होती चली गयी। लोग दुःख में भी सौन्दर्य देखने लगे। इस तरह परिवर्तन की इच्छा समाप्त होती चली गयी और कविता की भाषा अलंकारों के बोझ से दिन-ब-दिन बोझिल होती गयी और जीवन से कटती चली गयी। छन्द को लोगों ने तुकों का पर्याय मान लिया, जबकि छन्द किसी बात को कहने में साँस के इस्तेमाल का नाम है।

अगर छोटी साँस लेकर ही छोटे वाक्य में अपनी बात कहनी है तो वाक्य-विन्यास का मिज़ाज कुछ-कुछ अनुष्टुप छन्द जैसा हो जायेगा। इसी प्रकार अगर लम्बी साँस लेकर एक लम्बे वाक्य में साँस का अटूट निर्वाह करते हुए

कोई बात कहनी हो तो शिखरणी छन्द हो जायेगा। अगर खिन्न और उदास मन से साँसें तोड़-तोड़ कर कुछ कहना है तो छोटे-छोटे वाक्यों को एक लम्बे वाक्य की प्रतीति कराते हुए जो बात कही जायेगी वह मन्दाक्रान्ता छन्द हो जायेगी।

छन्द एक तरह से कविता की बहर हैं...बहर याने साँस का तरह-तरह के पैटर्न में इस्तेमाल करना। हमने साँस की वैज्ञानिक प्रक्रिया का अन्वेषण तो किया नहीं बल्कि तुकबन्दी को छन्द का पर्याय मानकर सम्पूर्ण काव्य साहित्य को छन्द के नाम पर बेतुके कार्य का शिकार बना दिया। यह अलग बांत है कि तुक में भी कुछ अच्छे कवियों ने महत्त्वपूर्ण बातें कही हैं।

मूल चीज़ पद्य नहीं है, मूल चीज़ गद्य है। गद् धातु बोलने के अर्थ में इस्तेमाल होती है। उसी से गदति, निगदति आदि शब्द बनते हैं और उसी से गद्य भी बनता है। गद्य का सरल-सा अर्थ है कोई बात कहना। अब उसे आप चाहे गाकर कहें, रोकर कहें, पद्य में कहें या प्रपद्य में कहें, जो अभिव्यक्तियाँ भाषा को अपना माध्यम बनाती हैं उन सबके लिए गद्य ही रॉ-मेटेरियल है। गद्य के बिना भाषा बन ही नहीं सकती। पद्य भी गद्य का एक प्रायोगिक रूप है। संस्कृत के पद्यों को समझने के लिए 'अन्वय पद्धति' से उन्हें गद्य बनाना पड़ता है और तब बात समझ में आती है।

पद्य का प्रचलन किसी बात को लयात्मक ढंग से याद करने के लिए किया गया था। आज भी मनुष्य के मस्तिष्क की बनावट वैसी ही है कि वह किसी सूत्रात्मक और लयात्मक ढंग से कही गयी बात को अपनी स्मृति में जल्दी दर्ज कर लेता है। कविता की सूत्रात्मकता और लयात्मकता ने कई अलग तरह के शिल्पों को जन्म दिया। वही शिल्प आज भी काव्य-शैलियों के नाम से जाने जाते हैं।

आपने पूछा कि कविता ही क्यों, गद्य क्यों नहीं...तो इसके उत्तर में मैं कह सकता हूँ कि मैंने कविता और गद्य दोनों को अपनाया है। कथा, उपन्यास और अख़बारी गद्य में जो अन्तर होता है, उन सबसे कविता के गद्य में यह अन्तर और जुड़ जाता है कि कविता का गद्य अधिक सांकेतिक, संश्लिष्ट और बहुत कुछ छिपाकर कहने के कारण बातूनी और कोई उसे अपनी स्मृति का हिस्सा बनाना चाहे तो हल्का-सा लयात्मक भी होता है।

आज की कविता को भी लोगों ने गद्य की लय कहा है। जिस प्रकार वैदिक ऋचाएँ अत्यन्त गद्यात्मक होते हुए भी गायी जा सकती हैं उसी प्रकार आज की कविता भी गायी जा सकती है। आज के गायकों के लिए कविता का गायन चुनौती है। यह उन पर निर्भर करता है कि वह इसे किस तरह स्वीकार करते हैं। आधुनिक कविता के गायन की शैली अभी निर्मित और विकसित नहीं हुई है।

श्रीमद्भागवत के कुछ स्कन्द अत्यन्त गद्यात्मक होते हुए भी काव्य हैं। बाणभट्ट की कादम्बरी गद्य में होकर भी काव्य है। तो फिर आधुनिक कविता गद्य में होकर पद्य भले ही न रह जाये, अपने समय की बात को अनोखे अन्दाज़ में कहने के लिए वह कविता तो कही ही जा सकती है। यह अलग बात है कि इस समय कविता बहुत लिखी जा रही है और ख़राब लिखी जा रही है। अच्छे कवियों की कविता के बाहर ख़राब कविता ने चीन की दीवार से भी ऊँची और लम्बी दीवार खड़ी कर दी है। यह आलोचकों का काम होना था कि वे अच्छी कविताओं को एक समझदार कबाड़ी की तरह चुन-चुनकर, बीन-बीनकर आज के युग में बचे-खुचे काव्य-तत्त्व की पहचान कराते। लेकिन आलोचक तो हिन्दी में हैं ही नहीं और जो हैं वे इतने प्रतिष्ठित हैं कि अपनी प्रतिष्ठा की ही सांकेतिक व्याख्या में व्यस्त हैं। उनका आतंक साहित्य के क्षेत्र में किसी डिक्टेटर से कम नहीं है।

आज कविता को केवल वहीं नहीं ढूँढ़ा जाना चाहिए जहाँ 'कविता' शीर्षक छपा हुआ हो, बल्कि कविता की तात्त्विक उपस्थिति को हर अभिव्यक्ति में देखा जाना चाहिए। कविता केवल गद्य या पद्य में ही नहीं होती है, वह किसी भाषा-विहीन स्थिति में भी हो सकती है। वह किसी वास्तुशिल्प में, करीने से बनाये उद्यान में, खँडहर में, बीहड़-जंगल में, सँवरने और बिखरने में भी हो सकती है।

किसी निश्चित शैली व संस्कार से ही कविता को समझने की आदत ने नयी कला-प्रवृत्तियों को समझने में काफ़ी बाधा पहुँचायी है। रचनाकारों को अपने पाठक के संस्कार बदलने का उद्यम करना है और पाठकों को भी अपने में नये संस्कार पैदा करने की जिज्ञासा को जगाये रखना है। यदि ऐसा हो जाता है तो प्रश्न ही नहीं उठता है कि गद्य ही क्यों और कविता क्यों...!

प्रश्न : इलेक्ट्रॉनिक मीडिया, मनोरंजक पुस्तकों और मंच की चुटकुलेनुमा कविताओं ने गम्भीर कविता को हाशिए पर ला खड़ा किया है। ऐसे में कविता का भविष्य आपको कैसा दिखाई देता है?

उत्तर : बाज़ार और इलेक्ट्रॉनिक मीडिया के प्रचण्ड फैलाव के कारण अक्सर लोग यह कहते पाये गये हैं कि साहित्य और ख़ासकर कविता की कोई माँग नहीं रह गयी है। चूँकि माँग नहीं रह गयी है इसलिए बाज़ार की भाषा में यह मान लिया गया है कि उसकी कोई ज़रूरत भी नहीं रह गयी है। पहले भी समाज में कविता और साहित्य की ज़रूरत अपने छोटे-मोटे बाज़ार और सीमित प्रचार-प्रसार के कारण नहीं थी, बल्कि अपने सीमित जीवन में अनजानी और असीमित मानवीय अनुभूतियों को बटोरने, सँजोने और प्रकट करने के लिए थी।

क्या इलेक्ट्रॉनिक माध्यम से सारी जानकारियाँ और सारे कला-कौशल दुनिया के प्रत्येक मनुष्य तक पहुँचा दिये हैं? क्या सारा बाज़ार मनुष्य की ग्राहकता और उसके परहेज़ों को पूरी तरह समझ गया है? मुझे लगता है कि मनुष्य का चित्त, उसका मस्तिष्क और उसका अपने लिए आनन्द और मुक्ति का अन्वेषण बाज़ार की वस्तुनिष्ठता से पूरा नहीं हो पायेगा। उत्पादन और जानकारियों के उपभोग से अघाये मनुष्य की माँग आगे क्या होगी—इसके उत्तर के लिए समाजशास्त्रियों को भी साहित्य के पास आना पड़ेगा।

साहित्य में भी लोगों को यह लगता है कि कथा और उपन्यास का भविष्य है, कविता का नहीं। अधिकांश कथाकार तो कविताएँ पढ़ते ही नहीं, और जो पढ़ते हैं वे समझने में अपनी असमर्थता जताते हैं। निरे गद्यकारों ने गद्य के सम्पूर्ण सौन्दर्य और रोमांच को नष्ट कर दिया है। वे नहीं चाहते कि गद्य को कविता की शक्ति से एक नया जन्म प्राप्त हो।

आजकल एक अवधारणा यह भी बनती जा रही है कि कविता गद्य का संकट है या गद्य का संकट कविता है। मुझे लगता है कि कविता का संकट पहले भी गद्य था और आज भी गद्य है। गद्य को अनुभव का एक नया चेहरा देने वाली कविता और आम अख़बारी गद्य में बड़ा फ़र्क़ है। अख़बार को आज अपने शीर्षकों में अद्यतन शैली की कविताओं के तौर-तरीक़े इस्तेमाल करते आप देख सकते हैं। टी.वी. चैनलों पर कई अच्छे प्रस्तुतिकर्ताओं को भी आप समाचारों की प्रस्तुति करते हुए आधुनिक काव्य-शैली की तर्ज़ पर बातचीत को पेश करते हुए देखते हैं। पिछले पचास वर्षों में आधुनिक कविता ने बातचीत के इस शिल्प का निर्माण किया है। कविता मनुष्य की आत्मा की आवाज़ के सबसे क़रीब मानी गयी है, क्योंकि वह दिल और दिमाग़ की टेक्नोलॉजी से हमें काफ़ी अलग ले जाती है और एक सम्पूर्ण मनुष्य के बयान के रूप में हम कविता में आयी हुई बातों और दृश्यों के वर्णनों को देख और सुन सकते हैं।

आने वाले समय में कविता का रूप, रंग और विन्यास वैसा होगा जैसा आने वाला समय और समाज होगा। कविता सबसे पहले अपने युग-धर्म को पहचानने वाली विधा रही है। कविता पहले अपने समय में होने की कोशिश करती है, उसके बाद वह कालान्तर में प्रवेश करने की शक्ति भी उपजाती है। अगर भविष्य का मनुष्य-समाज बहुत ज़्यादा उन्नत मशीनी युग में जी रहा होगा तो उसी अन्तर्विरोध से उस समय की कविता पैदा होगी। उस समय का कवि भी अपने को नट-बोल्ट और औज़ार से अलग करने के लिए एक मनुष्य की तरह चीत्कार करेगा। उत्पादन और उपार्जन के अलावा उसकी स्मृतियाँ और उसके सपने उसकी

कविता में अपने समय की भाषा, अपने समय के मुहावरों की जद्दोजहद और अपने समय के निर्वासन व अकेलेपन को, अपने ढंग से अपना विषय बनायेगी।

कविता हमेशा मनुष्यों का आखेट करने के विरोध में, आदिम अनुगूँजों के साथ अपनी अत्याधुनिक नियति को आज की तरह तब भी विषय-वस्तु बनायेगी और उसकी ऐतिहासिक जड़ों को जब ढूँढ़ा जायेगा तब हमारे आज के समय की कविता लोगों को पृष्ठभूमि के रूप में याद आयेगी। जैसे आज हमें कबीर, तुलसी, व्यास और वाल्मीकि की रचनाएँ याद आती हैं। हममें से बहुतों का सृजन याद आयेगा इतिहास की तरह और अगर दुनिया ने अच्छाइयों को अपने बदलाव का हिस्सा नहीं बनाया तो हममें बहुत से लोग भविष्य के वर्तमान में भी छाये रहेंगे। जैसे कबीर और तुलसी हमारे वर्तमान में छाये हुए हैं। जबकि हमें कालिदास, भवभूति और भर्तृहरि से भी सीखना चाहिए।

फिर भी मुझे यक़ीन है कि कविता का भविष्य मानव समाज के भविष्य जैसा ही होगा और मुझे उम्मीद है कि आने वाले समय में लोग आज से कहीं ज़्यादा बेहतर जीवन जियेंगे और अपने समय के लायक बेहतर कविताएँ भी लिखेंगे।

कविता या साहित्य की कोई भी विधा या कला के क्षेत्र में जो भी काम अब हुआ है और जो आगे जाकर होगा वह हमेशा सोचने की भिन्नता के कारण घटित हुआ है और होगा। पराधीनता और उपनिवेशवादी युगों में मनुष्य ने कविता को अपनी और राष्ट्र की आज़ादी के लिए आवाज़ उठाने वाली शक्ति के रूप में देखा। भविष्य में जब कभी भी पूरी दुनिया एक मनुष्य जाति के रूप में होगी और शायद कभी पूरी दुनिया की एक ही सरकार होगी, तब भी अलग-अलग तरह की कलाओं और कविताओं की ज़रूरत पड़ेगी। कविता को प्रतिरोध की और विपक्ष की भूमिका के रूप में देखा जा रहा है। वह हमेशा पीड़ितों, दुखितों और वंचितों के साथ उनकी स्थानीय वाणी बनकर रहने और जीने का सपना देखती रही है। इसलिए हो सकता है कविता कम लिखी जाये, मगर कविता लिखी जायेगी ज़रूर...।

प्रश्न : नयी पीढ़ी के कवियों के लिए क्या कहना चाहते हैं?

उत्तर : नयी पीढ़ी से मैं यही कहना चाहता हूँ कि दुनिया की सभी काव्य-यात्राओं को आत्मसात करने के बाद अपनी कविता को निरी कविता होने से बचाना है। जो भी कोई कवि कहना चाहता हो वह कुछ ऐसा कहे जो अब तक नहीं कहा गया हो। कविता के शिल्प को जितना टूटना था वह टूट चुका है। जितने मुक्त छन्द वह अपने लिए अर्जित कर सकती थी, लगभग कर चुकी है। लेकिन कविता को आज भी किसी नयी बात, नयी दृष्टि और नये अन्दाज़ की प्रतीक्षा है।

वह नया अन्दाज़, वह नयी बात, वह नया अनुभव क्षेत्र, वह नया कथ्य अपनी नयी भाषा के साथ आना चाहिए। कविता अपने कवि को भी संस्कारमुक्त करने की कोशिश करती है। कवि को ऐसे अवसरों को पहचानना चाहिए जहाँ कविता उसे कुछ नया और अलग करने को प्रेरित कर रही हो। यह पहचान कवि को खुद अपने में पैदा करनी पड़ेगी और ऐसा वह पुराने कवियों को पढ़े बिना नहीं कर पायेगा।

टेक्नोलॉजी ने आज जिस तरह की जीवन पद्धति में हमें ढालना शुरू किया है उस 'काट' की कविता अभी ज़्यादा नहीं आयी है। बाज़ार और टेक्नोलॉजी को कविता ही नैतिक बना सकती है। बाज़ार अभिशाप नहीं, प्रगति का मेला भी है। पर बाज़ार और स्त्री विमर्श को ताश के पत्तों की तरह एक साथ फेंटने की मुखालफत होनी चाहिए।

प्रश्न : बाज़ार में पसरे मीडिया को साहित्य की दरकार है लेकिन साहित्यकारों का बाज़ार विरोध एक ठोस सामंजस्य बनाने में आड़े आ रहा है। आपकी टिप्पणी...।

उत्तर : बाज़ार-विरोध भी धीरे-धीरे एक बौद्धिक पाखण्ड का रूप लेता जा रहा है। बाज़ार की इस समय दो अवधारणाएँ पूरे विश्व में काम कर रही हैं। एक घरेलू बाज़ार है, दूसरा डब्ल्यू.टी.ओ. का बाज़ार। घरेलू बाज़ार का उद्गम-स्थल स्थानीयता में होता है और विश्व बाज़ार का उद्गम-स्थल तो सभी जानते हैं कि पूँजी की अन्तर्राष्ट्रीयता में फैला हुआ है। साहित्य हमेशा अनैतिक बाज़ार के विरुद्ध रहा है, चाहे वह घरेलू हो या अन्तर्राष्ट्रीय....और नैतिक बाज़ार का प्रबल पक्षधर रहा है। दलित और स्त्री विमर्श को बाज़ारवाद के परिप्रेक्ष्य में नहीं देखा जाना चाहिए। वह अलग तरह की सांस्कृतिक दुर्घटना है। बाज़ार ने जातिवाद मिटाने का भी काम किया है।

कबीर, अगर सूत कातते थे, चादर बनाते थे और रंगरेजी का काम करते थे तो इतना सब वे अपने और अपने परिवार के लिए ही नहीं करते रहे होंगे। वे अपने काते सूत और अपने बनाये कपड़े को अपनी स्थानीयता में बेचते भी रहे होंगे। मैं सोचता हूँ कि कबीर जितने बड़े और ईमानदार कवि थे उतने ही बड़े और ईमानदार बनिये भी रहे होंगे। उन्होंने एक उत्पादन से जुड़े हुए व्यक्ति के रूप में और एक परिवर्तनकामी कवि के रूप में अपने को हमेशा बाज़ार में खड़ा देखा। कबीर बाज़ार का निषेध नहीं करते हैं।

हमारी पौराणिक गाथाओं में भी क्रय-विक्रय और बाज़ार का बोलबाला रहा है। यहाँ तो सत्य की भी बाज़ार में नीलामी होती रही है। राजा हरिश्चन्द्र की कहानी

स्थानीय बाज़ार की क्रूरता की ही कहानी है। एक व्यक्ति का अतिरिक्त उत्पादन जब दूसरे व्यक्ति के काम आने लगा होगा, उसी क्षण बाज़ार और जगत-व्यापार का जन्म हो गया था। प्रारम्भिक अवस्था में मनुष्य के शरीर, उसके श्रम और प्रकृति की दुरूहता के बीच लम्बा संघर्ष हुआ जिसे अस्तित्व की लड़ाई के नाम से जाना जाता है। मनुष्य की सीमित शक्ति और सीमित संसाधन के कारण परस्पर विनिमय की ज़रूरत ने एक व्यापारिक स्वरूप अख़्तियार कर लिया। विकास के क्रम में मनुष्य हमेशा अपने श्रम का विकल्प ढूँढ़ता रहा। श्रम का एक विकल्प तो पारिश्रमिक या मज़दूरी बना और दूसरा विकल्प बना 'विश्राम'...। श्रम को एक ओर पूँजी निर्माण का साधन माना गया, दूसरी ओर श्रमिक के पास पूँजी न होने के कारण उसका निजी श्रम ही उसे बलि के बकरे की तरह शोषक की दहलीज़ तक ले जाने लगा। श्रमिक को अपने श्रम का उचित मूल्य तो मिला नहीं लेकिन आराम (सुखी जीवन) के रूप में दूसरा विकल्प वह चाहता था वह भी उससे छिन गया।

अठारहवीं सदी में श्रम और आराम का विकल्प बनकर मनुष्य का स्थान लेने के लिए मशीनें ईजाद की जाने लगीं। आज प्रत्येक काम के लिए मशीन लगभग तैयार कर ली गयी है। मशीन परिश्रम का एक ऐसा दैत्याकार विकल्प है जो उत्पादन में साधारण मनुष्य की हिस्सेदारी को छीन लेता है। भले ही प्रत्येक मशीन को एक मनुष्य की ज़रूरत अभी दरकार है लेकिन वह निन्यानवें मनुष्यों को काम से वंचित रखने का आधुनिक साधन है। पहले मनुष्य और उद्योग का सम्बन्ध था, अब मशीन और उद्योग का गठजोड़ है। मशीनीकरण और वृहद औद्योगीकरण ने छोटे-छोटे ग्रामीण धन्धों और स्थानीय उद्योगों को लगभग चौपट होने के कगार पर पहुँचा दिया है। छोटी पूँजी को बड़ी पूँजी निगल रही है, छोटे उद्योगों को बड़े उद्योग खा रहे हैं। डब्ल्यू.टी.ओ. भारत के बीमार उद्योगों को नहीं ख़रीद रहा है बल्कि मुनाफ़ा देने वाले उद्योगों को हथियाता जा रहा है। अन्तरराष्ट्रीयता के कारण स्थानीयता लगभग समाप्त हो गयी है। फिर भी बाज़ार ही है जो फ़ैशन के नाम पर स्थानीयताओं के रंग-ढंग और स्वाद को नये सिरे से खोजता रहता है।

साहित्य विश्व बाज़ार के अमानवीय पक्ष का विरोध करता रहा है और इस बात का पक्ष लेता रहा है कि किसी भी उत्पादन का मूल्य उपभोक्ता की क्रय-शक्ति के अन्तर्गत होना चाहिए। जब तक उपभोक्ता की क्रय-शक्ति, अर्थात् धन-शक्ति नहीं बढ़ती है तब तक महँगे उत्पादनों को बाज़ार में नहीं लाया जाना चाहिए। विश्व-बाज़ार ने उत्पादन में गुणवत्ता की चेतना को लोगों के बीच फैलाया है, यह भी ज़रूर उसका एक सकारात्मक पक्ष है।

मैं ऐसे किसी समय की कल्पना नहीं कर सकता जो बाज़ार विहीन होगा। यदि ऐसा होगा तो वह कूपमण्डूकों का एक समाज भर होगा। बाज़ार को मानवीय मूल्यों के आधार पर नैतिक बनाये जाने की आवश्यकता है। सारे उत्पादन सबसे पहले स्थानीय ज़रूरतों पर केन्द्रित होने चाहिए और उसके बाद यदि अतिरिक्त उत्पादन आवश्यक हो तो उसको अन्तरराष्ट्रीय बाज़ार का हिस्सा बनाया जाना चाहिए। अन्तरराष्ट्रीय बाज़ार में भारत को अभी केवल अच्छे खपतशील राष्ट्र के रूप में देखा जाता है, उत्पादक के रूप में नहीं। भारत को अपने राष्ट्रीय बाज़ार के साथ-साथ अन्तरराष्ट्रीय बाज़ार को भी साधना है—तभी बाज़ार का चेहरा कुछ मानवीय और घरेलू बन सकेगा।

बाज़ार का नक़ली और स्थूल विरोध देश और दुनिया के अर्थशास्त्र के विमुख रहने का नतीजा है। बाज़ार का सौन्दर्य और उसकी ज़रूरत और विकास के क्रम में नये-नये रूप धारण कर रही है तो इसके अन्तर्विरोध की आहट आज के कुछ अच्छे कवियों की कविता में सुनने और पढ़ने को मिल जाती है।

स्थापित काव्य-शास्त्र के प्रतिमानों से अर्थशास्त्र से प्रभावित कविताओं की व्याख्या नहीं की जा सकती। जिस तरह सारे मनुष्य समाज और उसके जीवन को न्याय की दृष्टि से मानवीय और संवेदनशील बनाये जाने की ज़रूरत है उसी तरह निजी बाज़ार और विश्व बाज़ार के बीच के रिश्तों को भी नैतिक उदारता से विवेचित और संचालित किये जाने की आवश्यकता है।

साहित्य, ख़ासकर अच्छा साहित्य कभी भी अपने रचयिता, अर्थशास्त्र की भाषा में कहूँ तो अपने उत्पादक तक ही सीमित नहीं रहा। वह एक अच्छे और बेहतर मनुष्य के निर्माण से जुड़कर, फलतः एक बड़े समाज का संस्कार बनने की सीमा तक फैला हुआ रहा है। इसलिए साहित्य भला व्यापार और बाज़ार का विरोधी कैसे हो सकता है? हाँ, वह अनैतिकता और अन्याय के विरोध में ज़रूर रहा है—चाहे वह धर्म के नाम पर कायम किया गया हो अथवा बाज़ार के नाम पर।

प्रश्न : बाज़ार-विरोध नहीं तो टकराव क्यों है? मीडिया साहित्य को क्यों नहीं स्वीकार रहा...?

उत्तर : लोग यह भूल जाते हैं कि साहित्य भी एक माध्यम है। उसकी सभी विधाएँ भी उसके माध्यमों का विभिन्न रूप है। माध्यमों से माध्यमों की टकराहट कोई नयी बात नहीं है जब तक कि उद्देश्यों की टकराहट स्पष्ट न हो। कथा, उपन्यास और कविता इत्यादि माध्यम होते हुए भी उद्देश्य नहीं है। उद्देश्य व्यक्ति और समाज है। माध्यम अगर उद्देश्य का शिकार करना चाहते हैं तो निश्चय ही वे एक ख़तरनाक खेल खेलने जा रहे हैं। हो सकता है कि इस ख़तरनाक खेल में साहित्य उनका साथ न दे पा रहा हो तो मेरे लिए यह शुभ संकेत है।

प्रश्न : जब मीडिया मनोरंजन से लेकर जानकारी तक मुहैया करवा रहा है तब कोई भला साहित्य के पास क्यों जाये...?

उत्तर : साहित्य मनुष्य की आत्मा और उसके विचारों का, उसकी सोच का माध्यम है। वह मनुष्य को मानवीय और नैतिक बनाने का साधन है। वह हमारी स्मृति और विस्मृति, दोनों को सँभालता और सँवारता है। साहित्य हमारे सभ्यतागत सुख-दुःख, संकट, साहस, न्याय और सौन्दर्य के लिए किये गये संघर्ष का संग्रहालय है।

साहित्य के साथ सामंजस्य बिठाने के लिए सारे माध्यमों की सेवा लेने के बाद भी मनुष्य को कला-माध्यमों के पास अपनी सामर्थ्य के परिप्रेक्ष्य में अपनी नियति का साक्षात्कार करने के लिए आना ही पड़ेगा। तभी वह अपने सोच की पुनर्रचना कर सकेगा। मनुष्य एक जानी हुई दुनिया में रहते हुए भी हमेशा एक अनजानी दुनिया से टकराता रहता है। इसी टकराहट का नतीजा है साहित्य, विज्ञान और अन्य कलाएँ। हर जानकारी ज्ञान नहीं होती। कुछ जानकारियाँ अज्ञान, अधर्म और अन्याय को बढ़ावा देने वाली भी होती हैं। प्रोपेगेण्डा, तिकड़म, अतिशय लोकप्रियता के लिए बाज़ार जैसी मनःस्थिति का निर्माण, व्यक्तिगत जीवन के निजी आनन्द की नुमाइश ही अगर जानकारी और सूचना है तो इससे फरिश्ते भी तौबा करेंगे।

(2005)

मेरी कविता में एक पेचीदा दिल है जो दिमाग़ से खुलता है

—नरेश चन्द्रकर

प्रश्न : हिन्दी कविता में आपकी शानदार छवि है, अपनी उतनी बड़ी तस्वीर को आप कैसे सँभालते हैं?

उत्तर : अपनी शानदारी के कोई व्याख्यात्मक, भावात्मक नमूने मैंने देखे नहीं। आपसे सुनकर ऐसा लग रहा है जैसे मैं कोई बॉडी-बिल्डर या मॉडल हूँ। मेरा अगर कोई प्रभामण्डल हो सकता है तो वह मेरी रचनाओं के द्वारा ही सम्भवतः बनेगा। रचनाओं की शानदार छवि मैं उसी तरह महसूस करता हूँ, जिसके लिए तुलसी ने कहा है कि—*निज कवित्त केहि लाग न नीका। सरस होय अथवा अति फीका।* या अगर मेरे चौदह-पन्द्रह कविता-संग्रहों की संख्यात्मक अधिकता के कारण आप मेरी कोई बड़ी तस्वीर देख रहे हैं तो उसकी भी कोई प्रभावपूर्ण तस्वीर, साक्ष्य में, आपको उपस्थित करनी चाहिए थी। 'मुझे पूरा शक है। कोई व्यक्ति मेरी जैसी बुरी स्थिति में है। मैं उस सन्देह को जानता हूँ जो उस व्यक्ति को है। मेरे बारे में।'... कालिदास और भर्तृहरि की तरह मैं कविता को कवियों का दूसरा शरीर मानता हूँ, जिसे उन्होंने रचनात्मकता का 'यशःकाय' कहा है। कालिदास का दिलीप 'इक्ष्वाकुवंश' का यशःकाय बचाने के लिए स्वयं को भूखे सिंह के सामने आहार की तरह समर्पित करने को तैयार है। भर्तृहरि भी उन सुकृति प्रदान करने वाले रस सिद्धि कवियों की जय बोलने को आतुर दिखते हैं, जिनकी 'यशःकाया' को बुढ़ापे और मृत्यु का भय नहीं है। मेरे काव्य-यश के प्रति मैं शुरू से ही शंकालु रहा हूँ। मैंने 'आरम्भ' पत्रिका के सम्पादक कवि विनोद भारद्वाज को 1966-67 में ही यह लिखा था कि यश प्राप्त करना भी कहीं शोषण की ही एक अदृश्य प्रक्रिया न हो। शायद उन्होंने यह पंक्ति, मेरी एक कविता के शुरू में, वक्तव्य की तरह छापी भी थी। कुछ ज़्यादा यश कमाना भी

कहीं दूसरों के हिस्सों में आने वाले यशों का शोषण न हो जाये? इसीलिए कभी मुझे वह बात अच्छी लगती रही है जो वाल्मीकि के बारे में कही गयी है—तपः स्वाध्याय निरतः तपस्वी वाग्विदां वरम्—यानी कि कवि को एक स्वाध्याय तत्पर तपस्वी की तरह होना चाहिए, तभी सम्भवतः वह 'वाग्विद' (शब्दों के रहस्यों को समझने वाला) हो सकता है। अपना अध्ययन और अपने द्वारा अध्ययन, यह एक कठिन प्रक्रिया तो है ही और इसीलिए वह तप के मानिन्द माना गया है। रचनाकार को भी तपस्वी कहा गया है। अगर मेरी ऐसी कोई छवि या तस्वीर बनी है तो मैं उसके अक्स से भी अपरिचित हूँ। कम-से-कम अपने बारे में तो मैं यह बात ताल ठोंककर कह सकता हूँ।... कवि न होउँ मैं अकवि कहाऊँ...! (कुकवि भी शामिल किया जा सकता है)! अपरिचय मैंने अपने लिए चुना नहीं है बल्कि आपके प्रश्न में मेरी जो विख्यात तस्वीर उभारी गयी है, वह मुझे आपके सौजन्यवश की गयी टिप्पणी लगती है। वरना मेरी हालत उस क्रौंच जैसी है जो मारे जा चुकने के बाद अगर भुलाया नहीं जा सका तो उस कवि के कारण जो कविता को सबसे पहले श्राप देने का विषय बनाता है। जो प्रकृति के सान्निध्य में हुए प्रेम की हत्या की प्रतिक्रिया में उपजने वाले छन्द और शाप को शब्द दे सका। तब से इस दुःख के परिपार्श्व में व्याध भी हमेशा की तरह उपस्थित है। राम जब स्त्री अपहरक व्याध (रावण) का वध करके लौट रहे हैं तब वही मनोरम प्रकृति लक्ष्मण को दिखाते हुए कहते हैं कि यह वनराजि, ये पर्वत श्रेणियाँ, यह प्रकृति का काव्य देखो जो न बूढ़ा होता है न मरता है। उस कोटि की भी मुझे अपनी कविता नहीं लगती। जो बुद्ध के बाद शान्ति जैसा विश्राम दे सके। "एक काली चट्टान दिन-रात हमारा पीछा कर रही है। देख रहा है समय चट्टान के पीछे से हमें!...डरावने सपने सोने नहीं देते।...बरसों लम्बी इस चट्टान से सुनहरे काले झरने बाहर निकल रहे हैं। ताकि ज़रा भी इस बात की भनक न लगे कि व्यक्ति की प्रकृति में भी कुछ गड़बड़ है।"...

ऐसी स्थिति में 'पश्य देवस्य काव्योऽयं, न ममार न जीर्यते' का रोमांच केवल बूढ़ा होने की कला को ईजाद करने तक सीमित हो जाता है। बूढ़ा होने के बजाय मनुष्य को वृद्ध होना चाहिए। क्योंकि अनुभव वृद्धि भी समृद्धि का एक हिस्सा है।

बूढ़ा होना, रहस्यों के पीछे जाकर उस कला को जानना है
जिसे बाद में लोग जीवन की कला कहते हैं
एक अधूरापन पूर्णता का रह ही जाता है...

नयी पीढ़ी के सदस्यों को अगर सँभाल लें तो शायद हम अपनी तस्वीर को भी सँभाल ले जायेंगे। इसी का विलाप 'ओ मेरी वृद्ध प्रिये!' तक फैला हुआ है। जिसका अन्त इन पंक्तियों में होता है—

बचे हुए समय को ईमेल एड्रेस की तरह
फिकर नॉट डॉट कॉम बनाये रखना ज़रूरी है। (1995)

प्रश्न : सातवें दशक के दौर में आक्रामक मोड़ देने वाले कवियों में धूमिल, कुमार विकल, देवेन्द्र कुमार, वेणुगोपाल और पूरे दमखम के साथ आप आये थे। आपके पास नस्सली (नक्सलबाड़ी—आन्दोलन की भूमि बाँटो) ज़मीन थी पर उसके बरअक्स हाल में आपने, अपने शोला बयानी के मिज़ाज को छोड़कर प्रेम कविताओं का संग्रह भी दिया है। कविता में इतनी बड़ी शिफ़्टिंग करने वाला हिन्दी में कोई दूसरा कवि नहीं है!... नब्बे डिग्री का मोड़ आपने कैसे ले लिया?

उत्तर : सातवाँ दशक तो एक बेसिक पाठशाला थी। निस्सन्देह धूमिल का असर था। धूमिल का स्वभाव संयत और उदग्र (उद्दण्ड नहीं) था। उसमें उतावलापन था, बत्तमीजी नहीं। वह शरीर से आक्रामक लगता था लेकिन मित्रवत और स्नेहिल था। उसकी आवाज़ कुछ पतली थी इसलिए भी वह उसे कमज़ोर आवाज़ नहीं बनने देता था। उसने और मैंने भी राजकमल से बहुत कुछ सीखा लेकिन उसका अनुकरण नहीं किया। शुरू में मैं धूमिल जैसा गीत और ग़ज़ल के स्कूल से आया था। छन्द का तो मैं अभी भी कायल हूँ, लेकिन तब मैं तुक को भी धूमिल की तरह छन्द समझकर इस्तेमाल करता था। लेकिन धीरे-धीरे तुक से तो काफ़ी कुछ मुक्ति मिल गयी, पर छन्दों को लहजे का हिस्सा बनाने की हम दोनों में होड़ सी रही। इस तरह हम दोनों के लहजे, वाक्य विन्यास और व्यथा की प्रस्तुति का, अगर कहना चाहें तो, कह सकते हैं कि अन्दाज़ेबयाँ ही बदल गया। मैं इमरजेंसी के दिनों में, धूमिल की मृत्यु से दो-चार दिन पहले, अस्पताल में उसकी सुनाई हुई आख़िरी कविता पंक्तियों को छन्द और कथा का अद्भुत नमूना मानता हूँ—*लोहे का स्वाद। लोहार से मत पूछो। उस घोड़े से पूछो जिसके मुँह में लगाम है।*

ये पंक्तियाँ एक पोस्टकार्ड पर मैंने तुरन्त डॉ. नामवर सिंह को भेजीं। मेरे हवाले से 'आलोचना' में छपीं भी। उन्हीं दिनों मेरी लम्बी कविता 'बलदेव खटिक' प्रकाशित हुई थी और उसकी भाषा, उसके मुहावरे और उसके कथ्य सन्दर्भों को लेकर काफ़ी बातचीत होती थी। कविता के नाट्यमंचों की शुरुआत में 'बलदेव खटिक' का बहुत उपयोग हुआ। इस कविता के अनुसरण में कई कविताएँ आयीं। मेरे प्रत्येक संग्रह में कोई-न-कोई लम्बी कविता अवश्य रही है। अज्ञेय जी को मेरी अठारह अनुच्छेदों वाली लम्बी कविता 'अनुस्मृति' बहुत पसन्द थी। जो बाद में 24 अनुच्छेदों की होकर छपी। उसे उन्होंने बीसवीं सदी के आधुनिक मनु की गाथा कहा था। लेकिन हिन्दी आलोचना में स्वयं को बदलने का जोख़िम बहुत

कम लोगों ने उठाया है। नामवर जी के बाद विजयदेव नारायण साही अलग तरह के आलोचक लगते हैं। नामवर जी की व्याख्या से मुक्तिबोध की पहचान बनी जिस तरह कि रामविलास शर्मा जी की भाष्य दृष्टि से निराला की आधुनिकता, लोगों को समझ में आयी। आचार्य रामचन्द्र शुक्ल की इतिहास दृष्टि के कारण भक्तिकाल का पुनर्जागरण समझ में आता है। बीसवीं सदी की आधुनिक कविता के पड़ावों को समझने-समझाने में उक्त आलोचकों की काव्य विवेचना के अलावा कोई नयी समाजशास्त्रीय व्याख्या आयी नहीं है। इक्कीसवीं सदी के प्रारम्भिक दो दशक पूरे होने में केवल चार साल बचे हैं, कोई अच्छी नयी कविता का व्याख्यात्मक प्रवाह या नोटिस आपको सन्तुष्ट कर पाता है? ऐसा क्यों है कि अधिकांश जवाब 'ना' में मिलते हैं। सरसरी तौर से एक कारण तो यह लगता है, सोचने-समझने का, साहित्य और कलाओं के बारे में, सारा दायित्व साहित्य और कला अध्यापकों पर छोड़ दिया गया है। यह भरोसा करना बुरा नहीं था, लेकिन परिणाम अत्यन्त निराशाजनक हैं। कुछ कोशिशें विजय कुमार की, थोड़े में भी बहुत भरोसा बँधाती हैं लेकिन और भी नये कोण उभरने चाहिए। मुझे उम्मीद है कि इक्कीसवीं सदी के शुरुआती बीस-पच्चीस वर्षों में कुछ नया घटित होने वाला है। कविता के एक नये गद्य की मैंने पुरज़ोर अपील की है और अपने स्तर पर कुछ कोशिशें भी की हैं, लेकिन इस ओर ज़्यादा रुझान दिखाई नहीं दे रहा है। अधिकतर अभी भी धूमिल, विनोद कुमार शुक्ल, रघुवीर सहाय का ही आकर्षण लोगों को अटकाता, भटकाता दिख रहा है। नये कुछ चिह्न जो उभर रहे हैं, उनकी पहचान नहीं करायी जा रही है। नरेश चन्द्रकर! अगर आपको मेरी कविताओं में नब्बे डिग्री के मोड़ लग रहे हैं तो आपके पास उसकी कोई वजह होगी और उसके कोई उदाहरण भी होंगे। लेकिन मैं इतना ज़रूर कहना चाहूँगा...वह भी फ़ैसलाकुन नहीं बल्कि महज़ ध्यानाकर्षण के लिए—कि मैंने हिन्दी भाषा के आधुनिक रूप को और आधुनिक बनाने के लिए कुछ परिस्थितिगत मुहावरे ज़रूर बनाये। उदाहरण के लिए पहाड़ की चोटियों की उपमा समुद्र में पैदा होने वाले शंख से सम्भवतः पहले नहीं दी गयी थी। मैंने यह ज़रूर किया कि पहाड़ों को केवल उत्तर दिशा में ही नहीं देखा जो अब लगभग निरुत्तर दिशा को प्राप्त हो गयी है; बल्कि मैंने पहाड़ों को पृथ्वी के गर्भ में भी देखने के बाद उनके 'भूधर' चरित्र को समुद्र के बरअक्स रखते हुए, जैसे कि पहाड़ अपनी चोटियों की ऊँची-ऊँची लहरों के प्रवाह में उनके मुखों और गर्दनों को शंख के आकार में लाकर, अपनी एक आवाज़ पैदा करना चाहते हों। विशालकाय पहाड़ भी समुद्र जैसे लहरा रहे हैं।

प्रश्न : कविता के लिए नये गद्य से आपका आशय क्या है और क्या उसकी कोई झलक आप अपनी कविताओं से दिखा सकते हैं।

उत्तर : शुरुआती कविताओं से और आज जो लिख रहा हूँ, उनमें से कुछ पंक्तियाँ कविता के लिए खोजे गये नये गद्य का नमूना कही जा सकती हैं या नहीं यह अलग से विचार का विषय भी हो सकता है। लेकिन फ़िलहाल—

दुनिया मेज़ भर ऊँची/पेट भर गहरी हो गयी। छोटा सिर्फ़ आदमी हुआ
है—ऐसा करते हैं कि इस देश का एक नक़्शा बनाते हैं...
बिस्तरों और चूल्हों के बीच धुएँ के पुल बन गये। सारा देश ढक गया
ऐसा करते हैं कि अपने कमरे का ही एक नक़्शा बनाते हैं...

इस कमरे ने कितने नक़्शे बदले होंगे हमारे जैसे
और तुमने सारा घर धुएँ से भर दिया।—(प्रेमालाप)

यह 1966-67 के बीच लिखी कविता है और उसी समय का एक और टुकड़ा याद आ रहा है—

आकाश और धरती। एक गर्भाशय
जिसमें पैदा होने के बाद रहा जाता है
पहाड़ों के पाख कितने दोगले हैं कि पेड़ कहीं गिरता है
और गूँज कहीं उठती है
गुलाबी उछलन के साथ उछाला हुआ सूरज
जूझ रहा है दिशाओं के नीले घुटनों के बीच...

(लगभग निजी संवाददाता द्वारा)

मैं गीत-ग़ज़ल के स्कूल से होकर आया हूँ। हर तरह की कविता के कौशल को मैंने आजमाया है। अनुष्टुप छन्द, स्वयं में एक बातचीत के लहजे वाला छन्द है। भामह ने एक उदाहरण देते हुए—(नदी बह रही है। एक युवा होता हुआ बछड़ा किनारे की हरी घास पर दौड़ रहा है—यह कविता है या वार्ता?) पूछा है, और फ़ैसला दिया है कि यह वार्ता ही है कविता नहीं। उस समय का काव्य दोष आज काव्य गुण बन गया है। कविता हर युग में कभी ठहरकर कभी दौड़कर ऐसे ही बदल जायेगी। हमेशा इस काम को करने के लिए एक कवि की ज़रूरत बनी रहेगी। कविताएँ, कवि ही रचेंगे, कम्प्यूटर नहीं।

—तुम कहते हो तो हम हाँ भर लेंगे
गाँवों के लिए

पर शहर अधिक सुविधा देता है
नंगे पाँवों के लिए।

मैंने शुरू से ही अपनी अभिव्यक्ति के लिए बोलचाल का सड़कछाप गद्य ही अपना लिया था और आज भी उसी से कुछ कहना चाह रहा हूँ।

—यह सच किस-किस की जेब में रखें कि हम
अपने-अपने पेट में हर समय थूक रहे हैं
और शायद अपनी टाँगें बचाते हुए ठीक तरह
मूत रहे हैं।

मेरी कविता पंक्तियों की कभी कोई व्याख्या पढ़ी-सुनी है आपने? पिछले पचास-साठ वर्षों में हिन्दी आलोचना अकाल से गुज़र रही है। नये तेवरों की व्याख्या के क्षेत्र में पता नहीं कोई क्यों नहीं उत्तर पा रहा? शायद इसलिए तो नहीं कि आलोचना का दायित्व सिर्फ़ अध्यापकों पर छोड़ दिया गया है। अध्यापक हमेशा ही सरल और संस्कार में बैठी हुई चीज़ को ही पसन्द करते हैं। पर जिन अध्यापकों ने संस्कारों से लड़ाई की उन्हें तोड़ा, बदला, वे ही कुछ कर पाये। डॉ. रामविलास शर्मा और डॉ. नामवर सिंह की तरह या विजयदेव नारायण साही और मलयज की तरह। इनमें से मलयज अध्यापक नहीं थे, इसलिए कुछ अलग तरह का काम कर पाये हैं। आलोचना को आज बहुपठित दिशाओं की ज़रूरत है।

प्रश्न : एक सवाल कविता विधा के बारे में है। कविता में तफसील से बात नहीं की जाती है। इस वजह से कई लोग बार-बार यह ग़लत समझ लेते हैं कि कहानी की तुलना में कविता का काम, कम-से-कम मेहनत, कम-से-कम सृजन से इस विधा में काम चल जाता है, जबकि कविता में बहुत महीन हुनर की ज़रूरत होती है। यह आप भली भाँति जानते हैं।... इसलिए आपकी रायशुमारी मायने रखती है। ताकि अक्ल से ग़रीब लोग आपकी बात से कुछ सीख लेंगे...। आपके प्रत्युत्तर से दिशाओं का आकाश खुलेगा।...

उत्तर : कविता केवल एक विधा ही नहीं बल्कि वह भाषा का एसेन्स भी है। अभिव्यक्ति का अर्क और सोचने के अप्रयुक्त तर्क भी कविता की विशेषता रही है। कविता गद्य का श्रेष्ठतम रूप है। गद्यं कवीनां निकषं वदन्ति। इस निकषं (कसौटी) पर कसा क्या जाता है? इस पर कसी जाती है भाषा की तमीज़। यह भी भ्रम है कि कविता सिर्फ़ 'कविता विधा' में होती है। कविता शब्दों और भाषा की नाटकीयता में भी होती है। सम्भवतः इसीलिए कहा गया होगा कि 'काव्येषु नाटकं रम्यम्'—यानी काव्यों में नाटक की रम्यता होती है। नाटक की रम्यता क्या चीज़ है?

नाटक की रम्यता, सारी विधाओं के समन्वय में है। उसमें कथा, नृत्य, रंग वैचित्र्य, मनुष्य की सशरीर उपस्थिति और सुखद-दुखद-संकटापन्न परिस्थिति...। जीवन के श्लील-अश्लील सभी पहलुओं से सम्बन्ध रखने वाली कविता एक भाषिक तत्त्व के रूप में कथा, नाटक और निबन्ध (फीचर) आदि, अभिव्यक्ति के सभी रूपों के काम आती है। 'भाषा निबन्ध मति मंजुल मातनोति' तुलसी ने बहुत सारगर्भित प्रयोग इसका किया है। कहानी की कथा, नाटक की कथा, उपन्यास की कथा और कविता की कथा में शुरू से ही बहुत अन्तर रहा है। कविता में कथा, भाषिक सशक्तता के रूप में सर्वाधिक रोचक रही है।

हर अच्छे कवि की कविता ने अपनी गुणात्मकता (क्वालिटी) बनाये रखने का, सायास-अनायास एक निजी संघर्ष भी अपने लिए रचनात्मकता की विरल छवि के रूप में बनाये रखा है। कविता में मितकथन यानी कम शब्दों में अधिक कहने की ताक़त को अपनी परम्परा बना लेना सचमुच में असाधारण बात है। यह मेहनत से बचने की बात नहीं कम-से-कम के लिए ज़्यादा-से-ज़्यादा मेहनत में फँसने की बात मुझे अपने तई ज़्यादा लगती है। कविता को सृजनात्मकता के स्तर पर 'कम-से-कम सृजन' कहना उचित नहीं लगता बल्कि कम-से-कम में अधिक-से-अधिक कहने का भाषिक कूबत पैदा करना सम्भवतः हर लेखक के बस की बात नहीं है। कवि धूमिल की एक पंक्ति आपको याद दिलाना चाहता हूँ—लोहे का स्वाद, मोचीराम, पटकथा आदि। क्या आपको नहीं लगता है कि यह बात कहानी में या लेख में कहनी पड़ती तो कई पृष्ठ लगते। इस मितभाषित को भले ही आप कम मेहनत कह लें लेकिन इसे शब्दों में ढालने के लिए अद्वितीय प्रतिभा की ज़रूरत है। मेहनत और प्रतिभा, कविता में दोनों का मिलन होता है।

प्रश्न : कविताओं में आप भावुक बहुत कम लगते हैं और मुझे आप कथा संवेदना के कवि लगते हैं। उदाहरण के लिए कुछ कविताओं को लूँ जैसे—बीमारी, उत्तरकाशी के यादीले सन्दर्भ, हर तरह होना है, सांस्कृतिक प्रार्थना, यह मैं हूँ बन्दी, आदि-आदि अनेक कविताएँ हैं जो मेरे इस प्रश्न की पुष्टि में खड़ी हो सकती हैं। ...तो प्रश्न यह है कि आपकी कविताएँ भावुकता का निषेध क्यों करती हैं?

उत्तर : प्रश्न जितना महत्त्वपूर्ण है उतना ही भावुकतापूर्ण भटकन से भरा हुआ भी है। मैं सोच रहा था कि आप, बलदेव खटिक, मन्दिर लेन, हाथी और पहाड़ जैसी आख्यान परक कविताओं का भी उदाहरण देंगे, लेकिन सवाल उनके बिना भी 'आदि-इत्यादि' में उन्हें समेट लेता है। भावुकता कहीं-न-कहीं हमारी संवेदनाओं को भड़का कर हमें किसी वैचारिक स्थिति से सहमत करना चाहती है। संवेदना को उकसा-उकसा कर उसका शोषण करना या उसका शिकार करना क्या

साहित्यिक मूल्यवत्ता का स्थान कभी ले सकेगी? संवेदना को सान्द्र करने वाली भावुकता तो चलती है और चल सकती है लेकिन भावुकता का अश्रुप्रवाह शायद रचना के असली प्रभाव को भी धोकर बहा देगा। इसीलिए गलदश्रु भावुकता का साहित्यिक मूल्यों में निषेध भी किया गया है। साहित्य परिस्थिति को ही बिम्ब में बदलकर प्रायः अपने दिग्दर्शन का रास्ता चुनता है। लेकिन यह भी मैं किसी ज़रूरी शर्त के रूप में नहीं कह रहा हूँ। इमोशन किसी के लिए नमक है, किसी के लिए मीठा, दोनों की अति से बचकर ही सुग्राह्य और सुस्वादु-सुखाद्य रचा या निर्मित किया जा सकता है।

आपको मैं कथा संवेदना का कवि लगता हूँ जैसे कि यह बहुत बड़ी बुराई हो, मुझे ऐसा नहीं लगता। मैं यह मानता हूँ कि कविता का जन्म ही कथा कहने के लिए हुआ है। पर कविता में कहानी की तर्ज़ पर कथा नहीं कही जाती है। कविता अपने काव्य मूल्यों की भाषिक परिणति के तहत कोई अनुभव-कथा कहती है। कविता में भी व्यथा की कथा होती है। वह बिना पात्रों के भी हो सकती है, वहाँ संवाद की जगह महज एक दृश्य हो सकता है। कविता में कथा कहने के कई ढंग रहे हैं। रामायण और रामचरितमानस में ही कथा भी बदल गयी है और कथ्य भी। यह कविता के कारण हुआ है। कविता एक ढर्रे का नाम नहीं है। कविता के कथ्य में नाटक भी हो सकता है और आख्यान भी। कहानी भी एक कथा कहती है, नाटक भी एक कथा कहता है, उपन्यास भी एक कथा कहता है। कविता भी एक कथा कहती है। सबका ढंग और प्रभाव अलग-अलग है। सब के रचनात्मक शरीर की कथा अलग-अलग है। यहीं पर विधाओं की पृथकता और उनकी शक्ति का पता लगता है। वैसे मैं न भावुकता के विरुद्ध हूँ न कथात्मकता के। मैं यथातथ्य के रचनात्मक रूपान्तरण के पक्ष में हूँ। मैं यों का त्यों तो होना चाहूँगा लेकिन ज्यों का त्यों नहीं। मैं वहाँ भावुकता के पक्ष में हूँ जहाँ यथार्थ को भी अपने दुख का सौन्दर्य गढ़ने के लिए कुछ और ताक़त चाहिए। अलंकार भी भाषा के आकर्षक निर्माण का ही एक आजमाया हुआ तत्त्व है। फिर भी हर कवि ने अपनी कविता के अलंकारों को अपनी टकसाल में गढ़ा है। व्यक्तिगत प्रतिभा भी परम्परा में जाकर ही परम्परा को बदलने की शक्ति अर्जित करती है। वहाँ जाना और उसे जानना ही किसी नये रास्ते की तलाश का कारण बनते हैं। साहित्य तभी अपने समय के उच्चतम बिन्दुओं के बरअक्स किसी नयी उच्चता की स्थापना कर सकता है। क्लासिकता के तत्त्वों को हमारी ग्राह्य्यता ही नया रूप दे पाती है। ज्ञान में भी स्याही-सोख्ते की ज़रूरत बनी रहती है।

प्रश्न : कई लोग आपकी तुलना धूमिल से करते हैं, क्या आपको लगता है कि कविता में आप दूसरे धूमिल हैं?

उत्तर : दूसरा मुक्तिबोध, दूसरा राजकमल चौधरी, दूसरा धूमिल होना उसी तरह असम्भव है जिस तरह दूसरा वाल्मीकि, दूसरा कालिदास, दूसरा तुलसीदास होना। दूसरा कोई भी पहला नहीं होता। पहला कोई दूसरा नहीं होता। साहित्य में तो अच्छे कवि किसी दूसरे की तरह हो ही नहीं सकते। वाल्मीकि ने भी उसी राम की कथा कही है, जो तुलसी ने भी कही और उसी कथा को 'रघुवंश' में कालिदास ने और 'उत्तर रामचरित' में भवभूति ने दूसरे ढंग से कहा है। मगर अन्दाज़ेबयाँ अलग-अलग हैं। चरित्रों और स्थितियों के दृश्य ही नहीं निष्कर्ष भी अलग-अलग हैं। दूसरा धूमिल होना मेरी आकांक्षा कभी नहीं रही। धूमिल मुझसे आठ-दस साल बड़े थे और अगर पाँच साल बड़े भी थे तो भी वे अपनी तरह के बड़े कवि थे। वे राजकमल चौधरी से बहुत प्रभावित थे पर वे राजकमल नहीं थे। मैं भी धूमिल कैसे हो सकता हूँ। शुरू से मुझ पर धूमिल का प्रभाव रहा है, लेकिन डॉ. बच्चन सिंह कहा करते थे कि धूमिल पर जगूड़ी का भी प्रभाव आता जा रहा है। धूमिल, तुम इस प्रभाव से बचो। धूमिल अच्छी उक्तियों की बेबाक सराहना करते थे। नापसन्दगी पर उतनी ही बेबाक़ी से लताड़ते भी थे। एक कारख़ाने में काम करने वाले दो जीवन एक जैसे नहीं हो सकते। धूमिल अपने समय के ही नहीं आज के समय में भी अपनी कुछ कविताओं के लिए महान हैं। मेरे तीसरे संग्रह 'इस यात्रा में' की भूमिका में मैंने धूमिल का एक पत्र दिया है। जिसमें उन्होंने स्वयं मेरे बदलावों के बारे में अपने विचार प्रकट किये हैं। अगर आप वह पत्र और संग्रह की कविताएँ पढ़ लेंगे तो ख़ुद अपना यह सवाल बदल डालेंगे। मैंने ख़ुद अपनी कविता में ऐसे बदलाव किये हैं जो मुझे ख़ुद की पहचान के लिए औरों से छिटका देता है। काश कि मैं दूसरा धूमिल हो पाता और 'मोचीराम' से बढ़िया कोई कविता लिख पाता। धूमिल की परवर्ती कविताएँ ही धूमिल से अलग हो चुकी थीं। शायद यही परिवर्तन अच्छे कवियों में आख़िर तक होता रहता है। अच्छा कवि आगे चलकर अपनी भी नक़ल नहीं रहना चाहता। कवि ज्यों-ज्यों बूढ़ा और वृद्ध होता जाता है उसकी कविता जरा-मरण के प्रभाव से बाहर निकल कर जवान होती जाती है। कविता वृद्ध-वृक्ष का भी बसन्त है।

प्रश्न : कविता की दुनिया में आपने एक किताब घर ही रच दिया है। इतनी किताबें... पूछना प्रासंगिक होगा कि आपका लिखने का प्रतिदिन कोई शैड्यूल है क्या?

उत्तर : मेरी कविताओं में विषयों का वैविध्य देखा जाना चाहिए। मेरी कविताओं का वाक्य विन्यास और फलतः काव्यभाषा में कथ्य के अनुसार अवतरित होने वाली उक्तियों की अपनी शक्ल एक जैसी परिस्थिति के बावजूद एकदम बदली हुई क्यों होती है, इस पर कभी विचार ही नहीं किया गया। हो सकता है कि मैंने थोड़ा ज़्यादा लिखा हो लेकिन देखा यह जाना चाहिए कि क्या मैंने कहीं कभी ख़ुद को दोहराया है? जीवन में एक जैसी स्थितियाँ कई बार आती हैं, लेकिन मैं उनकी एक जैसी अभिव्यक्ति से हमेशा बचा हूँ। मैंने कोशिश की है कि मैं अनुभूति के संवाद को हर बार बदल दूँ। मैं एक-एक कविता को काफ़ी दिन रखे रहता हूँ। उसे दोहराता रहता हूँ और वह बदलती चली जाती है। प्रायः मेरी कविता के पाँच ड्राफ़्ट तो बनते ही बनते हैं। हाँ, यह मैं स्वीकार करता हूँ कि हर अनुभव को कविता बनाना कठिन काम है, इसलिए कुछ दूसरी विधाओं में भी रचनाकार को काम करते रहना चाहिए। दूसरी विधाओं में मेरा काम नगण्य-सा है। पर यह मैंने ज़रूर किया है कि भाषा को अनुभव के साथ नया होने से रोका नहीं है। मैंने रचना पर अपनी छाप नहीं लगायी इसीलिए शायद अपने को दोहराने से बचा रहा हूँ।

मैं रोज़ लिखता नहीं हूँ रोज़ पढ़ता ज़रूर हूँ। जो अच्छा पढ़ता हूँ उसकी नक़ल से बचे रहने के लिए उसे फिर से पढ़ता हूँ। अनुकरण करने से बचे रहने के लिए नित्य अच्छा-बुरा साहित्य पढ़ना ज़रूरी है। नक़ल और कमज़ोर लेखन से बचने के लिए पढ़ना ज़रूरी है। अच्छे कवि और अच्छे लेखक व्यक्ति को और-अधिक मौलिक होने की प्रेरणा ही नहीं देते बल्कि उसे तराशते भी हैं।

प्रश्न : क्या आपने कभी छन्द में रचनाएँ लिखी हैं?

उत्तर : भरत मुनि ने कहा कि शब्द ही छन्द है। हिन्दी में लोग छन्द का अर्थ तुकबन्दी समझते हैं। एक अकेला शब्द भी छन्द है। ऋग्वेद स्वयं गद्य-छन्द का प्राथमिक नमूना है। मैंने गीत भी लिखे हैं और आज की कविता में लयात्मकता का ध्यान रखा है। साँस की लय और पहुँच ही बोल-चाल के छन्द का निर्धारण करती है। छन्द से ही उच्चारण का व्यक्तित्व बनता है। उच्चारण के साथ ही छन्द का प्रबन्ध जुड़ा हुआ है। प्रत्येक वाक्य में आरोह-अवरोह में रचना करनी पड़ती है। छन्द से मुक्ति कहाँ है? छन्द की मातृभूमि साँस है। कभी तो चाल भी छन्द बन जाती है।

प्रश्न : आप कविता में पेचीदा अनुभवों को जीते हैं और आपके संग्रहों में—रात अब भी मौजूद है, बची हुई पृथ्वी, घबराये हुए शब्द, भय भी शक्ति देता है—की अनेक कविताएँ उस समय की राजनीतिक, आर्थिक और सामाजिक हलचलें, अन्तर्ध्वनियों का काव्यात्मक विस्फोट हैं...किन्तु इस प्रक्रिया में इन

रचनाओं में आपकी संवेदना निखर गयी है... शब्दों के माध्यम से ही कविता पूरी होती नज़र आती है। बल्कि इसीलिए आपकी कविताओं में सूक्तिपरकता और उद्धरणीयता की अधिकता देख कर किसी ने कहा है कि आपकी कविताओं की सूक्तियों का भी एक अलग कोश तैयार किया जा सकता है—इस अवलोकन पर कुछ कहना चाहेंगे?

उत्तर : मेरी कविताएँ समसामयिक राजनीति से कैसे बच पातीं जब मैं ख़ुद राजनीति को बिना (किसी पार्टी के भी होते हुए) परिवारों में देख रहा होता हूँ। राजनीति की जगह इसे 'आपनीति' भी कह सकते हैं। प्रकृति की, प्रकृति-नीति मौसमों में देखने को मिलती है। ऋतुराज तभी सार्थक होता है जब सब हरे-भरे और फले-फूले हों। अन्यथा बस—अन्त का क्या मतलब, नाखुशी, उदासी और असम्पृक्ति का अन्त, बसन्त में ही होता है। अन्त में जो बच जाये और बस जाये अपने जन्म के कारण—वही बसन्त है। वही बसन्त है जो ख़ुद अपने पतझर को जन्म दे सके, और जो अपने पतझर से वापस आ सके। दूसरों के नहीं अपने पत्ते झाड़ सके। अपना सृजनात्मक कायाकल्प उघाड़ सकना ही बसन्त है। मैंने अनेक तरह के राजनीतिक बसन्त देखे हैं। ऐसे भी देखे हैं जिनके पतझर केवल युद्ध थे। मैं आर्मी में गया था अपनी बल-बुद्धि का चरमोत्कर्ष वाला बसन्त पैदा करने। जिस बसन्त में लाल रंग के अलावा सारे रंग रक्त रंजित हो जाते हैं। आर्थिक, सामाजिक हलचलों को शमित करने के लिए एक-एक व्यक्ति के प्राणों की आहुति दी जाती है। मैं यहाँ से अपनी आन्तरिक आवाज़ें लाया हूँ। हो सकता है कि आप सही कह रहे हों कि मेरी आन्तरिक संवेदना इन कविताओं में बिखर गयी है। शमशेर बहादुर सिंह के शब्द लेकर कहूँ तो हर कवि एक टूटी हुई-बिखरी हुई संवेदना को लेकर ही अपने को रचते हुए थोड़ा-बहुत बटोरता है। शब्द ही कर्म और अनुभव हैं। भाषा ही एक जीवन है। इस जीवन्त संसार में अपनी टूटी-बिखरी उपस्थिति को भूमिका में बदलना, अपने सन्दर्भों के लिए ख़ुद एक पृष्ठभूमि बनाना, केवल शब्दों को ही नहीं उनकी अर्थ-ध्वनियों को अपने अनुरूप बनाना सरल काम नहीं है। रचनाकार के होते हुए भी शब्दों को ही तो अभिव्यंजना सम्बन्धी सारे काम करने हैं। लेकिन उन शब्दों को उस रास्ते पर लगाना केवल माध्यम निर्मित करना नहीं है बल्कि स्वयं माध्यम को भी लक्ष्य का दर्जा दे देना, बस यों ही नहीं घटित होता।

जहाँ तक पंक्ति-दर-पंक्ति सूक्ति परकता पैदा करने की बात है, मैं उसे कवि का प्राथमिक काम समझता हूँ। कविता की हर पंक्ति में कविता यानी कि आनन्दवर्धन के शब्दों में सरस्वती तत्त्व होना चाहिए।

आनन्दवर्धन ने सरस्वती को साड़ी पहने हुए एक स्त्री के रूप में नहीं देखा बल्कि उसे व्यक्ति की प्रतिभा के रूप में 'सरस्वती तत्त्व' कहा है। सरस्वती एक रस की बावड़ी है। रस की तलैया। रस का सार और रस का सर (ताल), यह तालाब वाली बाई करुणार्द्र भी है रस सान्द्र भी। यह वाणी, पानी का बाजा है जो रस के पत्थरों से टकरा कर ही ध्वनि पैदा करती है। मुझे अगर सूक्तियों का कवि कहकर पुकारा जाता है तो मैं कतई शर्मिन्दगी महसूस नहीं करता। शायद यही मेरी पहचान हो। मेरी सूक्तियों का भी अगर एक कोश बन जाये तो निरर्थक पंक्तियाँ अपने-आप छँट जायेंगी।

प्रश्न : जीवन हर वक़्त रचना समर्थक नहीं होता। आपने जीवन में कष्टों के तूफ़ान बहुत देखे हैं। क्या कभी लिखने से वितृष्णा भी पैदा हुई? कभी वैराग्य जागा? लिखना छोड़ देने की बात मन में आयी? कभी लेखन के अन्तरालों ने परेशान किया?

उत्तर : नरेश! आपने दुखती रग पर उँगली रख दी है। दर्द का ठिकाना ही मेरा पता रहा है। पर मैंने कभी भी अपने दुख-दर्द की नुमाइश नहीं लगायी। क्योंकि सब के दुख-दर्द वहाँ मेरे दुख-दर्दों को अकेला नहीं रहने देते थे। मुझमें एक कीड़े जैसी जिजीविषा रही है। मैं निकृष्टतम परिस्थितियों में भी कुछ-न-कुछ उत्कृष्ट की प्रतीक्षा में रहा हूँ। बस, प्रतिभा से एकमात्र सम्बल रहा है। प्रतिभाओं ने ही मुझे धीरे-धीरे बदला है। मैं बदलाव की दौड़ में भी धीमा रहा हूँ। पर मुझमें एक निरन्तरता रही है। जानने-समझने की लगातारता ने ही मुझे स्वाध्याय के तप से जोड़े रखा है। 'स्वाध्यायस्तपः' पाणिनि का यह वाक्य मेरे लिए मन्त्र रहा है। दूसरों का ज्ञान अपने ज्ञान को ख़ुराक और ऊर्जा देता है। फूलों के रंग धूप में अलग तरह की रोशनी पैदा कर देते हैं। अँधेरे में दीये और मोमबत्तियों की तरह दिखने वाले फूल दिन के उजाले में रंगों की अलग लड़ियाँ फैलाये हुए रहते हैं। सब कुछ छोड़कर लिखने के प्रति तृष्णाएँ और वासनाएँ तीव्र हुई हैं। पारिवारिक कारणों से और विपरीत परिस्थितियों के कारण आत्महत्या तक के भी विचार और मौक़े सामने आये पर मैं असफल रहा। वैराग्य मैं लाना और पाना चाहता था मगर भर्तृहरि जैसा। समृद्धि के शिखर पर पहुँच कर ही असली वैराग्य पैदा होता है। विपन्न लोगों का वैराग्य मुझे हमेशा असमर्थ लोगों की सज्जनता जैसा दिखता रहा है। भर्तृहरि लिखने के लिए वैरागी हुए। लिखने से लेखक कभी मुक्त नहीं हो सकता। सरकारी नौकरी में निजी पढ़ने-लिखने का समय कम होता गया। फिर भी मेरे लिए कहा जाता रहा कि ज़्यादा संग्रह आ गये हैं। 'घबराये हुए शब्द' के बाद अगला संग्रह 'भय की शक्ति देता है'

ठीक नौ वर्ष बाद आया। एक किताब तैयार करने में लगभग तीन से पाँच वर्ष तो लग ही जाते हैं। मैं गद्य में जब लेख लिखता हूँ तो कभी उसे दुबारा नहीं लिखता पर एक कविता को कम-से-कम पाँच-छः बार तो ठीक करना ही करना है। जब कोई रचना बिल्कुल भी छेड़खानी न माँगे तब मैं उसे छपाना चाहता हूँ। कभी-कभी तो सिर्फ़ संग्रह में ही छपवाता हूँ, ताकि पाठक को किताब में कुछ अनदेखा, अनपढ़ा भी मिल जाये।

प्रश्न : आपकी कविता 'बलदेव खटिक' के अनेक मंचन हुए हैं। बल्कि 'कविता के रंगमंच' को विकसित करने में इस कविता की या आपकी अन्य लम्बी कविताओं की अहम भूमिका रही है। आप जैसे अलग तरह से लिखने वाले कवियों का भी हम एक अकेलापन होता होगा। आपका अकेलापन किस तरह का है?

उत्तर : अकेलापन जब अनोखापन बन जाये तो उसकी महत्ता अलग क़िस्म की हो सकती है। वरना अकेलेपन की कुण्ठाओं की समरूपता के बारे में तो आप जानते ही हैं। एक अकेलापन अनुर्वरता का होता है, एक नयी ख़बर की उर्वरता का। मेरा अकेलापन हमेशा बहुत कोलाहल भरा रहा है। बहुत शोर-गुल के बीच मैंने लिखने लायक अकेलापन और शान्ति का अहसास, अभ्यासपूर्वक रचा है। मैं कभी भी निर्वैयक्तिक नहीं रह पाया। मैं अपने साथ ही दो-दो प्रकार से अपना साथ निभाता रहा हूँ। अपने अकेलेपन को मैं अपनी कुछ पंक्तियों से सहारा देना चाहूँगा :

निकलता ही चला जा रहा हूँ
एक रास्ते की तरह आगे और दूर
पर पीछे से उतना ही मौजूद हूँ,
हर क़दम, हर मोड़ के साथ...

जो मैंने कहा कि मैं अपने साथ ही दो-दो प्रकार से अपना साथ निभाता रहा हूँ, उसका एक नमूना इन पंक्तियों में भी देखा जा सकता है :

एक जीना जग जाहिर। एक जीना चुपचाप
दो-दो प्रकार से जीना पड़ता है
एक जीवन कई बार
अकस्मात एक दिन ख़त्म होने से पहले
अंजुली भर पानी में। सिकुड़ते आकाश की तरह
जीना और समाना पड़ता है कई बार
रिसना पड़ता है। उड़ जाना पड़ता है
छीजना पड़ता है कई बार

मिट्टी के गुण का शिकार। हवा के गुण का शिकार
पानी के गुण का शिकार
जीवन में जीवन का शिकार होना पड़ता है
कई बार।

कविता का अर्थ केवल शब्दों में ही नहीं होता बल्कि प्रत्येक भाषा में छिपी बोलियों के सांकेतिक गुणों तक वह जाती है। समय की कला शून्य, घास और जंग (रस्ट) है। मनुष्य, समय में अपने कर्म और परिश्रम से एक परिणति पैदा करता है जिसे उत्पादन भी कह सकते हैं और कला भी। प्रत्येक निर्माण और विनाश में कला और उपादेयता छिपकर सन्निहित रहती है। कुछ भी इस दुनिया में अकेला नहीं है। कोई भी तत्त्व और उसका सत्त्व अकेला नहीं है। अकेला गरम, ठण्डा भी है और अकेला ठण्डा, अपने अन्दर गरम होने का गुण रखे हुए है। काल्पनिक भी यथार्थ का और यथार्थ भी काल्पनिक का अनुकरण है। हर एक वस्तु में कोई-न-कोई दूसरी सम्भावना मौजूद है। भाषा में ढलते ही मूर्त भी अमूर्त और अमूर्त भी मूत रूप लेने लगता है।

तारीख़ें भी तीस और आदमी अकेला
हफ़्ते भी चार और आदमी अकेला
महीने भी बारह और आदमी अकेला
ऋतुएँ भी छह और आदमी अकेला
वर्ष भी अनेक और आदमी अकेला
काम भी बहुत से और आदमी अकेला।

अब मैं आपके सवाल के पहले हिस्से की ओर आता हूँ। कविता के रंगमंच के लिए आपने मेरी कुछ लम्बी कविताओं को उपयुक्त ठहराया है। मेरी कविताओं के प्राथमिक संग्रहों में से एक नाम ही है—'नाटक जारी है' नाटक में सारी हरकतें और हक़ीक़तें पात्र बनाकर आती हैं। नाटक सिर्फ़ लीला और माया नहीं है। लीला-माया के बिना लीलाकमल खिलता नहीं। 'बलदेव खटिक' के लखनऊ, नैनीताल और जम्मू-कश्मीर के मंचन मुझे अलग-अलग होते हुए भी, उनकी पृथकता के कारण ही अच्छे लगे हैं। देवेन्द्र राज अंकुर, राजू पन्त और सुधीर महाजन ने इन प्रस्तुतियों में निदेशक और कलाकारों की भूमिकाओं को अपनी वैयक्तिक प्रतिभा से प्रभावशाली निखार दिये हैं। कविता के मंचन को रघुवीर सहाय की दृष्टि से आगे बढ़ाया जाना चाहिए। उनके द्वारा स्थापित कविताओं की प्रस्तुति के लिए 'कौमुदी थियेटर' ऐतिहासिक घटना थी। उन्होंने गद्य के गायन की भी मिसाल पेश की थी। ऋग्वेद भी स्वयं में गद्य का गायन है।

मेरा अकेलापन स्वाध्याय और स्वनिर्मिति को समर्पित है। पैदल जाते हुए मैंने ज़्यादा सोचा है। पैदल चलते हुए का अकेलापन बहुत विचारों को गतिशील बनाता है। सड़क के शोर-गुल में अकेला हो पाना काफ़ी कठिन काम है। मेरा अकेलापन आलसी का अकेलापन नहीं है।

प्रश्न : किसी कविता को लिखने में आपको हद से ज़्यादा समय लगा हो और बेचैनी बढ़ गयी हो। उन रचनाओं को याद कीजिए जिनकी बेचैनियों ने आपको सोने न दिया हो।

उत्तर : आवेश और बेचैनी छोटी-बड़ी सभी कविताओं को रचते हुए महसूस होती है, लेकिन—जो बेचैनी अपने अलावा अन्य सबसे अलगाव पैदा कर दे, उन में 'अनुस्मृति' जो 18-20 अनुच्छेदों में व्यक्त हुई है जिसे अज्ञेय जी ने एक आधुनिक मनु की सृष्टि कहा था, उस कविता को 'महाकाव्य के बिना' में संगृहीत किया है। उस कविता पर किसी का ध्यान ही नहीं गया। मैं आज भी चाहता हूँ कि उसे पढ़ा जाना चाहिए ताकि यह समझा जा सके कि प्रेम कितना बड़ा उत्पादक तत्त्व है। इसके बाद 'बलदेव खटिक' कविता के समय यह समझ नहीं आ रहा था कि इस कविता का अन्त कैसे होगा। अचानक एक दिन जब मैं उसे, कह नहीं सकता कि कितनवीं बार दोहरा रहा था, तो अचानक अन्त की वे पंक्तियाँ कुछ इस तरह आ गयीं :

एक अच्छा-ख़ासा काम करता हुआ आदमी
पागल हो जाये
1974 की राजनीति में इसके लिए कोई शब्द नहीं
मैं आपको यक़ीन दिलाता हूँ
बलदेव खटिक के ख़ानदान में कोई पागल नहीं था

आप लोग अपनी परवाह करें। अपने बच्चों की जाँच करवाएँ
यह केवल अफ़वाह नहीं (बल्कि ज़िन्दा होने की नयी शर्त है)
कि देश में कुछ लोग पेट से ही पागल होकर आ रहे हैं
लेकिन वे जब फायर करेंगे
तो यह तय है कि इस बार कौवे नहीं मरेंगे।

अन्य बेचैन करने वाली कविताएँ इसलिए बेचैन करती रहीं कि उनमें कोई अगला मोड़ नहीं मिल रहा था जैसे कि—उच्चैश्रवा, मन्दिरलेन, हाथी और पहाड़, काखड़ तथा व्यक्तिगत उड़ान आदि कविताएँ। व्यक्तिगत उड़ान के अन्त को कई तरह से सोचा था लेकिन आख़िर में एकदम अप्रत्याशित अन्त हुआ।

जो एक समाचार-पत्र का क़त्ल था। ऐसी एक कविता और याद आ रही है—'पलटवार'। इसने भी मुझे कई नाटकीय यातनाओं से गुज़ारा। मगर वे यातनाएँ फलीभूत हो गयीं जब कुछ मोड़ों का अप्रत्याशित अन्त हाथ आ गया।

प्रश्न : कुछ कवि अपनी कविता में वैज्ञानिक या तकनीकी या इंजीनियरिंग क्षेत्र या अपने प्रोफ़ेशन की जानकारियों का इस्तेमाल ही करते हैं... आपको कभी अपनी कविता के लिए यह करना ज़रूरी लगा? क्योंकि काव्य सृजन की आपकी उम्र 56 वर्ष से अधिक की हो गयी है। इस वर्ष आप 76 वर्ष के हो जायेंगे। आपकी कविता के कई चरण और चेहरे हैं। अब क्या सोचते हैं?

उत्तर : मैंने कई तरह का जीवन जिया है। एक पहाड़ी परिवार में पैदा होकर मौसमों और मिट्टी की मुझे अलग-अलग तरह की पहचान है। मैं जानता हूँ कि बारिश ही नहीं बर्फ़ भी कई प्रकार की होती है। फ़ौज में सिपाही रहा। विद्यार्थी जीवन में बहुत भगोड़े क़िस्म का लड़का रहा हूँ। जयपुर के बापू बाज़ार के निर्माण और बसने वाले दिनों में रात की चौकीदारी भी की है एक सीनियर नेपाली चौकीदार के साथ। राजस्थान के संस्कृत विद्यालयों में और बनारस के महाविद्यालयों व विश्वविद्यालयों में पढ़ा हूँ। फेल बहुत हुआ हूँ। बीमार उससे भी ज़्यादा रहा हूँ। दो बड़े ऑप्रेशन हुए हैं। एक किडनी जाती रही। दूसरी 40 प्रतिशत काम कर रही है। मैंने कविताओं में निजी रोना बहुत कम रोया है। दो बार विस्थापित हुआ हूँ। एक 1970 में त्रासदी झेली। परिवार के लोगों को अपने पुत्र सहित मिनिटों में इस दुनिया से जाते हुए देखा है। दूसरी त्रासदी 2013 में झेली। हर बार अपने बनाये हुए घर से हाथ धोया है। हरेक व्यक्ति को अपना दुख बड़ा दिखता है, लेकिन मुझे दुखों के बावजूद जीना बड़ा लगता है। कविता की भी शायद इच्छाएँ होती हैं। कोई कवि आये और उसको नया जन्म दे दे। कवि के जीवन में कष्ट और पीड़ाएँ, भर्त्सनाएँ और तिरस्कार बहुत होते हैं। वही है जो अपने कुकृत्यों और सुकृत्यों से सीखता रहता है। वह जीने और रचने के लिए बाध्य है।

आपने विज्ञान सम्बन्धी चेतना वाली कुछ कवियों की कविताओं की ओर से सवाल किया है। वैज्ञानिक चेतना हरेक में होनी चाहिए, वह चेतना सिर्फ़ वैज्ञानिक विषयों तक ही सीमित नहीं होनी चाहिए। कविता में अगर केवल वैज्ञानिक सत्य ही आते जायेंगे तो कवियों के कमाये हुए सत्य ढूँढ़ने हम कहाँ जायेंगे? विज्ञान का सत्य समाजशास्त्रीय कसौटियों पर शायद, खरा न उतरे उसके लिए मनुष्य के मनोविज्ञान की ज़रूरत आन पड़े। राजनीति विज्ञान का हो सकता है सिर्फ़ व्यापारिक रिश्ता ही सिद्ध हो। कविता का सत्य अगर विज्ञान का सत्य है तो कविता की अपेक्षा विज्ञान ही काम आयेगा। विज्ञान, धर्म को तो बचा सकता है पर कविता को नहीं।

कविता को कवि की विज्ञान सम्बन्धी मनो-समाज दशा और दिशा शायद कुछ ख़ुराक दे सके। कविता की अपनी ज्ञान-विज्ञान प्रयोगशाला एकदम अलग क़िस्म की है। वैज्ञानिक सत्यों और तथ्यों से बनी कविताओं में कवि का सत्य अक्सर नहीं मिलता है।

अपने, आर्मी और अध्यापकीय जीवन पर मैंने अभी तक कुछ नहीं लिखा है। इसका मतलब यह नहीं कि प्रोफ़ेशन पर कविताएँ नहीं की जानी चाहिए। साहित्य में किसी भी चीज़ का निषेध नहीं है। मैंने अपने और दूसरों के दुखों को अलग-अलग नहीं देखा है। मैं परकाया प्रवेश को ज़्यादा चुनौती मानता हूँ। मैं अपनी कविताओं में एक तरह के कथ्य या कि शल्प की आवृत्ति से ऊब जाता हूँ। हर कविता में कुछ नया तो होना ही चाहिए। न हो तो भी एक प्रायोगिक प्रयास तो हो। बातचीत की लय भी तो कई प्रकार की होती है। एक ही यहाँ अनेक और अनेक भी यहाँ एक हो जाते हैं।

प्रश्न : साहित्यिक पुरस्कारों के बारे में एक राय यह है कि अवार्ड अदीबों का मुँह बन्द करने की कोशिश है। आपको तो पद्मश्री जैसा बड़ा सम्मान प्राप्त है, इस बारे में कुछ कहना चाहेंगे।

उत्तर : स्वतन्त्र भारत में पहले पुरस्कार अच्छी अभिव्यक्तियों का सम्मान बढ़ाते थे और कलाकारों तथा रचनाकारों को भरण-पोषण का संसाधन भी उपलब्ध कराते थे। प्राचीन काल गें राजाओं के यशगान का कार्य भी पुरस्कृत कलाकार किया करते थे। लेकिन आज़ादी के बाद सम्भवतः भरण-पोषण को ध्यान में रखा गया न अपने यशोगान को। आज़ादी के बाद लोकतान्त्रिक, जनतान्त्रिक मूल्यों के साथ अच्छी अभिव्यक्तियों को सम्मानित कर चिन्हित करने का संकल्प ज़्यादा दिखता है। हिन्दी में सबसे ज़्यादा पुरस्कार कवि केदारनाथ सिंह को और उर्दू में गुलज़ार को मिले हैं। सरकारों ने या पुरस्कारदायी संस्थाओं ने क्या इनका मुँह बन्द करने के लिए वे पुरस्कार दिये हैं। वे कौन से ख़तरनाक विचार हैं इन रचनाकारों के जिनसे घबराकर इन्हें पुरस्कार दिये गये। इसलिए यह कहना लोकतन्त्र में कुछ सटीक नहीं लगता कि अदीबों के मुँह बन्द करने के लिए पुरस्कार दिये जाते हैं। पद्मश्री एक नागरिक पुरस्कार है, जो किसी भी अच्छे नागरिक को दिया जा सकता है। अगर मैं कविता लिखता हूँ तो एक नागरिक कर्तव्य की भी पूर्ति करता हूँ। मैंने व्यवस्था के अन्यायों के पक्ष में कभी कोई एक भी पंक्ति नहीं लिखी।

कविता का नया कलेवर अपने नये प्राणों के साथ दिखाई दे जो लोक और वेद (जीवन और शास्त्र) से होकर भी आया हो और तब अपनी नव्यता का परिचय दे रहा हो। बरती हुई भाषा हो चाहे उपेक्षित शब्दावली, चुकी हुई-थकी

हुई भाषा में भी वह ऐसी सामर्थ्य पैदा कर रही हो कि उसे बरबस 'कविता' कहने का मन हो उठे। पारम्परिक से लेकर आधुनिक तक के सारे प्राविधानों को वह तोड़ और घोल डाले। नया रूप, नया आकार और नया विचार। कविता भी एक विचार पैदा करती है। विचार भी कविता के किसी शिल्प में आ सकते हैं लेकिन उनसे अकथित का संघर्ष होना चाहिए। वरना तो वही बात एक लेख या कहानी के द्वारा भी कही जा सकती है। सरलता में कविता की जटिलता भी सामने आनी चाहिए तभी कवि को पहचानने की ज़रूरत पड़ेगी। वरना क्या है जो महसूसा न गया हो और कहा न गया हो।

प्रश्न : हमारे देश में सत्ता का साथ अनुकूल नहीं होता। पाबलो नेरूदा ने सत्ता में रहकर कविता की। हमारे यहाँ श्रीकान्त वर्मा को सत्ता का साथ अनुकूल नहीं लगा, वे तड़पते रहे और जल्द ही लौट आये...आपको नहीं लगता कि सत्ता की नज़दीकियाँ कवि के रचना-स्पेस को ख़त्म कर देती हैं। आपके अनुभव से जानना चाहता हूँ।

उत्तर : सत्ता में रहकर या सत्ता जैसी नौकरियों में रहकर त्रास के अनुभव अलग-अलग हो सकते हैं। किसी बड़े अख़बार का सम्पादक होना भी, बड़ा सत्ताधारक होना हो सकता है। कुशल वकील होना भी कम सत्ताधारी नहीं होता। कहते हैं कि लेखक या कवि भी शब्द की सत्ता का छोटा-मोटा मालिक तो होता ही है। लेखक अगर प्रकाशक भी है तो वह भी सत्ता जैसा दिखने लगता है। अज्ञेय, उपेन्द्रनाथ अश्क, केदारनाथ अग्रवाल, प्रेमचन्द, जैनेन्द्र, श्रीकान्त वर्मा, अशोक वाजपेयी, पं. विद्यानिवास मिश्र जैसे कुछ और नाम भी जोड़े जा सकते हैं। लेकिन पूरी तरह राजनीति में हिस्सेदार लेखकों को भी इस सूची में याद किया जा सकता है। जवाहरलाल नेहरू, राधाकृष्णन, कन्हैयालाल माणिकलाल मुंसी, बाबू सम्पूर्णानन्द, आचार्य नरेन्द्र देव, कृष्णायन के प्रणेता द्वारिका प्रसाद मिश्र इत्यादि नामों को भी इसमें शामिल करके विचार किया जा सकता है। जहाँ तक श्रीकान्त वर्मा का प्रश्न है उन्हें मैं प्रथम श्रेणी की रचनात्मक प्रतिभा मानता हूँ। पार्टियों की खेमेबन्दी के नाम पर चली विचारधारा के तहत उन्हें भी काफ़ी गालियाँ सुननी पड़ीं। लेकिन आज मैं निर्भ्रान्त रूप से कह सकता हूँ कि श्रीकान्त वर्मा कविता और कथा के क्षेत्र में नितान्त अपनी तरह के एक श्रेष्ठ कवि और कथाकार थे। यह मैं नहीं जानता कि सत्ता से बाहर आने और पार्टी विहीन आम आदमी जैसा लेखक बने रहने का उन्होंने कब प्रयास किया। मेरी समझ से किसी लेखक को किसी पार्टी का न होकर पूरी मानवता का होना चाहिए। लेखक सिद्धान्तवादी हो, पार्टीवादी न हो। पार्टीवादी होते ही वह घटिया और दलबदलू भ्रष्ट राजनीति का हिस्सा हो जाता है।

कवियों के सत्ता में रहने और अच्छे कवि होने के भी उदाहरण कई मौजूद हैं। आपने नेरूदा का उदाहरण दिया। मैं भर्तृहरि का उदाहरण देना चाहूँगा। कालिदास के बारे में भी राजा होने की किंवदन्ती है। राजा भोज के तो बहुत क़िस्से भरे पड़े हैं।

टॉलस्टॉय अगर ग़रीब होते तो क्या वे टॉलस्टॉय से बड़े लेखक होते? नरोत्तमदास ने सुदामा चरित लिखकर यह बता दिया कि ग़रीबी के बारे में महान कविता कोई मध्यवर्गीय भी लिख सकता है। नरोत्तमदास का ग़रीब ब्राह्मण तो अत्यन्त निम्न वर्ण का लगता है। ब्राह्मणों ने भी धनविहीन दलितों जैसा ग़रीब जीवन जिया है।

भर्तृहरि ने सिंहासनारूढ़ रहते हुए भी जो लिखा, शृंगार शतक इत्यादि वह काव्य जगत में आज भी सीखने की दृष्टि से अत्यन्त महत्त्वपूर्ण है। नीतिशतक उन्होंने वैरागी होने के बाद न लिखा होगा। हाँ, वैराग्य शतक तो इसकी स्वयं गवाही देता है कि राज-पाट छोड़ने के बाद ही वह लिखा गया होगा। नीतिशतक का प्रारम्भ मूर्खता की भर्त्सना से होता है। मूर्ख साक्षात पशु होते हैं और उनकी पशुओं पर कृपा कि वे उनके बदले की घास नहीं खाते।

किसी ने कैसा जीवन जिया यह विचारणीय है लेकिन वैसा जीवन जीते हुए भी उसने अपने से अलग किसी तरह सोचा और रचा, यह भी विचारणीय होना महत्त्वपूर्ण है। व्यक्तित्व और कृतित्व में भी कहीं एक-न-एक सूक्ष्म फाँक होती है। सोच के रचाव से पता चलता है कि अपने से स्वयं अलग होकर दूसरों के आप कितने हैं? ख़ुद, दूसरा होकर कितना आपने सोचा है। लेखक बिना परकाया प्रवेश या बिना कायान्तरण के नहीं हो सकता। कुछ लेखक उस कायान्तरण से वापस आकर किसी ख़ास सिद्धान्त और पार्टी के होकर रह जाते हैं। बड़ा मुश्किल होता है एक अपराधी के बारे में बिना अपराधी मनःस्थिति के लिख पाना। कभी दोस्तोवस्की को पढ़ो तो जान जाओगे कि लेखक को कितनी बड़ी यातना से गुज़रना पड़ता है। हर क़दम पर अपराधों और लेखक में आपसी सम्बन्ध दिखाई देने लगता है। लेखक उपदेशक हुए बिना अपराधी का जीवन लिख रहा है।

प्रश्न : आपकी एक छोटी कविता है जो बड़ा सवाल खड़ा करती है :

विचारधारा की तरह
कहीं-कहीं बची है चोटियों पर बर्फ़
पर विचारधारा के बिना भी
ठण्ड की तानाशाही कायम है।

यह तंज़ किस पर है? विचारधारा रखने वालों पर या कविता में ख़ाली दिमाग़ रखकर रचना करने वालों पर?

उत्तर : यह सवाल तो पूछ रहा है कि अपनी कविता का अर्थ बताओ। सवाल न बुरा है न ख़राब बल्कि रचनाकार को अपने दायित्व की जवाबदेही की ओर ले जाता है। क्या विचारधारा भी सामान्य लोगों के लिए दुर्लभ चीज़ नहीं है? क्या विचारधारा की श्रेष्ठता भी एक सम्भ्रान्त होने की अतिरिक्त चेष्टा नहीं है? चोटियों की तरह विचारधाराएँ भी आपस में एक-दूसरे को ऊँचा-नीचा समझने के प्रतिमान बनाने लगती हैं। बुराई विचारधारा के रहते हुए भी पनप सकती है और विचारधारा के बिना भी।

इसमें पहला तंज़ तो खुद पर है। अपने को ही दूसरा समझकर मैंने यह सवाल उस वक़्त उठाने की सोची थी जब विचारधाराएँ भी आपको बँधुआ बना लेती हों। जब मुक्ति भी मनुष्य को एक और बन्धन में डाल देती हो। विचारधारा भी बर्फ़ की तरह दिलो-दिमाग़ में जम जाती है। ठण्ड एक जड़ता है जो बर्फ़ की उम्र को बढ़ा देती है। ऊँची चोटियाँ, उससे शुभ्र दिखने लगती हैं। मैं तुमसे ज़्यादा सफ़ेद और निर्दाग हूँ। तुमसे ज़्यादा ऊँचा। ठण्डा हूँ मगर निष्प्राण नहीं। मुझे शोषक सूर्य का ताप चाहिए। डर यह है कि अगर मैं पिघलूँगा तो मेरा श्वेताभ स्वरूप गल जायेगा। अगर पिघलूँगा नहीं तो कहीं पहुँच नहीं पाऊँगा। शोषक सूर्य मुझे मुक्ति प्रदान कर सकता है लेकिन अगर फिर से बर्फ़ न गिरी, एक नयी वैचारिक खेप की मुझ पर वर्षा न हुई, ऊपर उठा हुआ पानी नीचे न गिरा, तो फिर मेरी उच्चता और शुभ्रता दोनों ख़तरे में पड़ जायेंगे। यथास्थिति में भी परिवर्तन की एक साइकिलिंग है। अगर वैचारिक उच्चता और शुभ्रता नहीं होगी तो पिघलने के उदारीकरण से भी ठण्ड की तानाशाही को बलशाली होने का मौक़ा मिलेगा। ठण्ड की या किसी भी तरह की तानाशाही फैलाना किसी भी विचारधारा का कथित उद्देश्य नहीं है। फ़ासिस्टवाद और विचारधाराओं के भी...स्वरूप होते हैं। ठण्ड फैलाना मुख्य नहीं था। पर वह जो भी विचारधारा हो उसके विरुद्ध अपना प्रभाव तो छोड़ेगी ही। कोई भी कर्म परिणाम से कैसे बच सकता है। विचारधाराओं की जकड़बन्दी और उन्मुक्तताओं के परिणाम की जानकारी होना ज़रूरी है। विचारधारा ऊँची चोटियों से उतरकर नीची घाटियों तक भी फैलनी चाहिए वरना शिखर बने लोगों की चाँदी को हरियाली में नहीं बदला जा सकेगा। बर्फ़ पिघलेगी तो हरी घास उगेगी। हो सकता है उस हरी घास में कुछ औषधीय वनस्पतियाँ भी हों। औषधीय पादपों को पहचानने की भी योग्यता विचारधारा में शामिल होनी चाहिए। 'पादप' का मतलब ही है जो अपने होने को पैर समझे।

अंडरग्राउंड होने का पैर/जो अपनी परम्परा के पैर पहचानता हो। पैर माने जड़ें। उसकी जड़ें ही पैर बनकर उस समय एक जगह खड़ा रखती हैं और वहीं से वह दूर-दूर तक के समय और मौसम को प्रभावित करता रहता है। पादप का पैदल चलना उसकी यथास्थिति को उसी जगह पर बदल-बदल देता है। इसलिए किसी भी वस्तु अथवा रचना के अर्थ को उसकी अधोगामिता और ऊर्ध्वगामिता दोनों स्थितियों में देखा जाना चाहिए। शब्दों से अर्थ का ध्वन्यात्मक उत्खनन करने की गुंजाइश पैदा करना भी कविता का काम है।

प्रश्न : एक प्रश्न मेरी किसी बेचैनी से जुड़ा है। आपकी कविता में शब्दों की इतनी भरमार क्यों है? बावजूद इसके कविताओं में कवितापन मुकम्मल है। कविता तो जीवन का महास्वप्न है (युटोपिया) है, शब्द बोरी में आलू की तरह तो नहीं होने चाहिए? आपके शब्दों में कहूँ तो आपकी कविता का मुँह शब्दों से ढँका क्यों है? उदाहरण के लिए मैं याद करना चाहता हूँ—क़र्ज़ के बाद नींद, सौ गलियों वाला बाज़ार, जुर्माना या ख़बर का जन्म आदि...

उत्तर : कविता बिना शब्दों के हो ही नहीं सकती। जैसे सिनेमा बिना दृश्यों के नहीं हो सकता। पेंटिंग बिना रंग के नहीं हो सकती। पर शब्द, दृश्य और रंगों की बहुलता उन्हें ख़राब कर रही हो यानी कि प्रभावहीन बना रही हो तो यह वाकई चिन्ताजनक है। जिन कविताओं के आपने नाम लिए हैं उनके बारे में सिर्फ़ एक-दो वाक्यों में यह बताना चाहूँगा कि हिन्दी के किसी कवि के यहाँ आपको (एक बैंककर्मी होते हुए) आधुनिक बैंकों की अर्थव्यवस्था पर कोई कविता मिली है क्या? और अगर मेरे जैसे तथाकथित कवि के यहाँ आपको मिली तो उसको आपने किस तरह समझा। एक लड़का कुछ करना चाहता है और उसके पास पूँजी नहीं है। पर बैंक उसका क़र्ज़ देने के काम आ रहा है। पुराने ज़माने में क़र्ज़ नींद हराम कर देता था, लेकिन बेटे को बैंक से क़र्ज़ मिलने के बाद अपने बेटे की योग्यता के भरोसे चैन की नींद आ जाती है। हो सकता है इसमें कविता के संस्कार जैसी कविता न बनी हो, लेकिन एक चिन्ताजनक स्थिति का नया बिम्ब तो पैदा हुआ ही है।

आज हम बाज़ार को एकरेखीय समझने के आदी हो गये हैं, जबकि बाज़ार बहुरेखीय है। सहस्रबाहु, बाज़ार हमें अपने आलिंगन में लेना चाहता है। हम उत्पादन के इन स्वरूपों की झप्पी को नहीं समझ पा रहे हैं। हमने केवल बाज़ार विरोध की घुट्टी पी रखी है। सौ गलियों वाले बाज़ार की कविता के दस-बारह अनुच्छेदों को जब आप सकारण, उद्देश्य की दृष्टि से देखेंगे तो कई कथा, कई सत्य और रंगों के कई दृश्य नज़र आयेंगे। 'जुर्माना' भी बहुआयामी, मेरी नज़र में,

इस तरह है कि भीख माँगने और भीख देने को पुण्य की श्रेणी में रखकर मुनाफ़ा कमाने की प्रवृत्ति को आघात पहुँचाना था। 'ख़बर का जन्म'—ख़बरों को हम अक्सर शब्दों में ही देखते हैं पदार्थों में नहीं। जब कि बहुत पदार्थ इन ख़बरों से पहले के जन्मे हुए हैं। नयी से नयी ख़बर भी कितनी पुरानी चीज़ों के बारे में हमें जानकारी देती है। वेद आदि पुराने ग्रन्थ कितनी पुरानी ख़बरों से हमें प्रभावित करते रहते हैं। हो सकता है कल आदमी गर्भाशय से नहीं एक फल में से बाहर आये? हो सकता है कि वह अपनी ताक़त के रूप में खाने के लिए कोई प्रतिभा ढूँढ़ रहा हो। हो सकता है वह देश और धर्म से बाहर किसी और तरह की वैश्विक राष्ट्रीयता का अंश हो चुका हो। हो सकता है कि वह मनुष्य के रूप में नहीं, मशीन के रूप में पहचाना जा रहा हो। लेकिन हो सकता है कि अन्त में उसे हिन्दू कहकर मुसलमान की तरह उसका शिकार किया जा रहा हो।

दरअसल एक बँधुआ संस्कार से कविता को समझने के लिए बाहर आना ज़रूरी है। ऐसे सांस्कृतिक बँधुआओं की मुक्ति की भी मेरी कविता कामना करती है। संस्कार का असली अर्थ है अपने को फिर से माँजना। इस माँजने में जो धोवन निकलती है उसमें मूल धातु भी अपना कुछ अंश त्याग देती है। कुछ उसका आन्तरिक परिवर्तित धातुरूप झलक आता है। कुछ चीज़ें इतनी कम टिकाऊ धातुओं से या पदार्थों से बनी हुई होती हैं कि माँजते-माँजते ही ख़त्म हो जाती हैं। संस्कार को नये धातुपात्रों तक पहुँचाना और रचना का नये गूढ़ार्थों से संवलित करना आलोचक का पहला काम होना चाहिए। तभी काव्य की समझ एक संस्कारित (मँजे हुए) पात्र की तरह चमकेगी। मनुष्यों की खान से ही कवि भी निकलते हैं आलोचक भी। कुछ पत्थरों से सोना निकलता है और कुछ पत्थर कसौटी बन जाते हैं। कसौटी पर सोने की लकीर बन गयी तो सोना खरा है पर अगर सोने पर कसौटी का रंग चढ़ गया तो वह सोना खरा नहीं रह जाता। आलोचना काव्य के सौन्दर्य को बता सकती है, सुधार नहीं सकती। सुधार तो उसमें रचनाकार ही करेगा। कितने रचनाकार हैं, जिन्हें आलोचकों ने न रचा हो? मैं अपने लिखे को कह सकता हूँ कि मैं वह सौभाग्यशाली नहीं हूँ जिसे कोई अर्थ विस्तारी आलोचक मिला हो। आज गुरु आलोचक की ही नहीं गुर्राने वाले आलोचक की भी ज़रूरत है। आलोचक की कसौटी पर रचना को अपनी स्वर्ण रेखा खींचनी ज़रूरी है। खरे सोने जैसी रचना वही है जो अपने स्वर्ण पर आलोचक के सोने का रंग अलग से न चढ़ने दे बल्कि अपना ही रंग कसौटी पर चढ़ाती रहे।

प्रश्न : दरअसल मैं यह भी जानना चाहता हूँ कि ऐन्द्रिक परिबोध, गहरी मर्म स्पर्शिता, अपनत्व भरी अन्तरंगता, अवसाद और अप्रत्याशित व सौन्दर्य उभारने वाली कविता लिखना प्रायः सबका उद्देश्य होता है..., परन्तु समय की स्थूल परिस्थितियों और सूचनाओं में भी प्रवेश करके कविताएँ रचते हैं। कविता का यह रास्ता सीधे दिल को नहीं छूता बल्कि दिमाग़ से होते हुए दिल तक पहुँचता है।... इतना वर्तुल रास्ता आपको क्यों पसन्द है?

उत्तर : यह आप कह रहे हैं तो इसे मान लेता हूँ, लेकिन इस पर भी मुझे कुछ कहना है। दिल एक भावनात्मक शब्द है। पर दिमाग़ का भी वही एक क्रियात्मक वास्तविक दिल होता है। लेकिन दिमाग़ कई ऐसे दिल भी रच लेता है जो दिल जैसे न होकर दिमाग़ जैसे होते हैं। दिल पावर हाउस है। दिल का भी वही एक दिमाग़ होता है जो दिल की तरह एक जैसा न होकर अपनी कल्पनाशक्तियों के कारण सैकड़ों, हज़ारों दिलों और विचारों में बदल जाता है। दिमाग़ की इस कल्पनाशीलता को ही शायद दिल के बहाने दिलफ़रेब की संज्ञा दी गयी है। दिल अपनी जगह है पर दिलफ़रेब दिमाग़ कहीं-से-कहीं चला जाता है। दिमाग़ को दिल से भी काम लेना है और दिलफ़रेबी यानी कि कल्पनाशक्ति से भी। अस्तित्व का मर्म दिल में भी है, लेकिन व्यक्ति को पागल होने देने के सारे स्विच दिमाग़ में भी हैं। शायद वही अन्तर्यामी स्विच, दिमाग़ का भी रचनात्मक दिल है। दिमाग़ के बिना सारे दिल बेकार हैं। दिल सरल है, दिमाग़ पेचीदा। मेरी कविताओं में एक पेचीदापन ज़रूर है जो दिमाग़ से खुलता है। मेरी कविताएँ अपने पाठक को मूर्ख नहीं मानतीं। मैं जानता हूँ कि मेरी तरह वह भी शब्द को ही छन्द समझता है।

कितना अच्छा लगता है सुनकर
कि एक दिन अजामिल जैसे पापी का भी उद्धार हुआ था
इसलिए निराश न होओ पर निश्चिन्त भी न रहो
क्योंकि पापियों के लिए कठोर नरक की भी व्यवस्था है

इस दुनिया के मुक़ाबले
मरने के बाद की दुनिया ज़्यादा न्याय संगत लगती है
काल्पनिक जीवन हर जगह अच्छा लगता है

अच्छा लगता है मरने के बाद सही सिद्ध होना
सारी कोर-कसर ठीक करने के लिए

फिर से इस दुनिया में आना
ईश्वर सहित न मिले हुए को फिर से एक बार खोजना

बिना निष्कर्ष के मनुष्य ही विदा होते हैं
ईश्वर को कोई फ़र्क़ नहीं पड़ता
वह तो हर हाल में यहीं बना रहता है।

(2017)

राजधानी से गाँव छुड़ाकर लाना है

–नवीन जोशी

उन्नीस सौ सत्तर के दशक में लीलाधर जगूड़ी उत्तरकाशी से आकाशवाणी लखनऊ के 'उत्तरायण' (कुमाऊँनी-गढ़वाली) कार्यक्रम में कभी-कभार गढ़वाली बोली में कविता-पाठ के लिए आया करते थे। बसन्त जैसे पर्वों पर आमन्त्रित श्रोताओं के समक्ष लोकभाषा की कवि-गोष्ठी अक्सर निर्धारित 'सरकारी समय' के बाद भी देर तक चला करती थी। रिकार्डिंग मशीनों की सतर्कता और आरोपित अनुशासन के बाद कवि गोष्ठी स्वाभाविक और अन्तरंग रूप लेती थी। कविगण तब अपनी मनपसन्द और हिन्दी कविताएँ सुनाया करते थे।

ऐसी ही एक कवि गोष्ठी में, जो आकाशवाणी लखनऊ के (अब पुराने) एक स्टूडियो-कक्ष में आयोजित थी, लीलाधर जगूड़ी ने अपनी गढ़वाली कविता सुनाई थी, बसन्त पर 'डाण्ड्यों की इंगर्याली बरफ गली गे' आते बसन्त के साथ पिघलती बर्फ़ और ग्रामीण स्त्री के पैरों की बिवाई का धीरे-धीरे भरना उनकी कविता का विषय था! उस गोष्ठी में कुमाऊँ-गढ़वाल से आये कवियों ने चन्द श्रोताओं को कुछ रोमानी, कुछ भावुक, कुछ नराई-पीड़ित कर दिया था। उन गोष्ठियों में अक्सर ऐसा होता था।

लेकिन जब 'सरकारी समय' ख़त्म हो गया और कवि गोष्ठी ने अन्तरंग रूप लिया तो संचालक ने उत्तर काशी से आये 'युवा, अत्यन्त प्रभावशाली नये कवि' लीलाधर जगूड़ी को अपनी पसन्द की कविताएँ सुनाने को कहा उसके बाद वह गोष्ठी पूरी तरह जगूड़ी के नाम रही। उन्होंने जो पहली कविता उस दिन सुनाई थी वह सिर्फ़ शीर्षक छोड़कर मुझे आज भी याद है :

ड्राइवर
हम हैं तुम्हारे गाँव के लोग
जागो, देखो
चीज़ों में अब भी स्वाद है

हमारे पास रोटी और साग है
खाओगे?
कुएँ का जल है
पिओगे?

कहाँ जाना है?

ड्राइवर, हमें राजधानी से
अपना गाँव छुड़ाकर लाना है।

जैसा कि बताया, यह सत्तर के शुरुआती बरसों की बात है और जगूड़ी के एक या दो कविता-संग्रह तब तक प्रकाशित हो चुके थे लेकिन मैंने उन्हें पढ़ा नहीं था। इस कविता ने मुझ किशोर को ही नहीं, सबको स्तब्ध किया 'राजधानी में क़ैद गाँवों' के यथार्थ ने गोष्ठी पर तारी रूमानियत और भावुकता को काँच की तरह चूर-चूर कर दिया था। उस दिन और बाद के वर्षों की ऐसी काव्य गोष्ठियों में मैंने जगूड़ी से उनकी कई कविताएँ सुनीं, 'बलदेव खटिक' भी वहीं सुनी थी। *लेकिन वे जब फायर करेंगे। तो यह तय है कि इस बार कौवे नहीं मरेंगे।* लम्बी कविता की इन अन्तिम पंक्तियों ने आकाशवाणी के उस 'साउंड प्रूफ़' कमरे के सन्नाटे को और गहन कर दिया था। अब अबूझ-सी किन्तु चमत्कृत करने वाली उनकी ये काव्यपंक्तियाँ भी इस समय एकाएक स्मृति में गूँजने लगी हैं—*आकाश तुम एक खेत हो/तारो तुम उपजाऊ बीज हो/ चाँद तुम हंसिया हो/मैं तुम सबका उपयोग करना चाहता हूँ/लेकिन मेरे पास बैल नहीं हैं।*

'राजधानी में क़ैद गाँव' के निवासी जगूड़ी 1980 के आस-पास ख़ुद राजधानी में आ बसे। पहाड़ के हमारे कुछ मित्रों ने तब इस पर अफ़सोस व्यक्त किया था। उनका डर था कि एक तो राजधानी और उस पर सूचना विभाग की नौकरी एक अत्यन्त सम्भावनाशील कवि को खा जायेगी। उनका डर अकारण नहीं था। महानगर और ऐसी नौकरियाँ रचनाकारों को डकारती रही हैं। लेकिन जगूड़ी के पास अपने जीवन संघर्षों से पाया कोई कवच ज़रूर है जिसने उन्हें कुछ ख़तरनाक रोगों से ही नहीं, कविता के रोगों-दोषों से भी बचाये रखा। दोष जगूड़ी में भी ज़रूर होंगे, लेकिन उनकी कविता यात्रा निर्दोष ही नहीं क्रमशः परिपक्व होती हुई जारी है। 1997 का साहित्य अकादेमी पुरस्कार इसकी गवाही देता है।

जगूड़ी ने हाल की किसी बातचीत में कहा है कि यह पुरस्कार उन्हें पहले ही ('भय भी शक्ति देता है' संग्रह पर) मिलने वाला था लेकिन अन्तिम क्षणों में कट गया।

पुरस्कारों के साथ ऐसा होता रहता है लेकिन जगूड़ी के साथ यह सौभाग्य की बात है कि यह प्रतिष्ठापूर्ण पुरस्कार उन्हें चुक जाने के बाद बुढ़ापे में इन्तज़ार करते हुए नहीं बल्कि कवि-कर्म में लगातार सक्रिय रहते हुए मिला है। 1981 के दस वर्षों बाद 1991 में आया 'भय भी शक्ति देता है' संग्रह जगूड़ी का व्यापक अनुभवों, फलकों और घनीभूत काव्य संवेदनाओं वाला संग्रह है जिसमें गाँव के बच्चे और दादी-नानी से लेकर महानगरी सन्त्रास और अन्तर्राष्ट्रीय बाज़ार के दबावों तक की कविताएँ हैं। इस संग्रह से यह भ्रान्ति होती थी कि यह उनकी काव्य यात्रा का निचोड़ अथवा स्थायी-सा पड़ाव है मगर जगूड़ी यहाँ ठहरे नहीं। 'अनुभव के आकाश में चाँद' ने जल्दी ही बता दिया कि भाषा, विषय, शिल्प और मुहावरों के उनके काव्य प्रयोग और सन्धान पूरी ऊर्जा के साथ जारी हैं।

जगूड़ी उत्तरकाशी में बहुत कुछ छोड़ आये थे और लखनऊ में काफ़ी कुछ उन्होंने बसाया भी लेकिन यह उनकी विलक्षण रचनात्मकता है कि जिस तरह वे पहाड़ की लम्बी और लगभग निर्जन दूरियाँ पैदल तय करते हुए कविताएँ बुना करते थे, वैसा ही वे महनगरों की भागमभाग और हाय-तौबा वाली ज़िन्दगी में छोटी-बड़ी बाधाएँ पार करते हुए कर ले जाते हैं। शब्द और मुहावरे उनकी कविता में बड़ी ख़ूबी से छँटे और टँके होते हैं और अपना अर्थ वे विशिष्ट ढंग से ही बता ले जाते हैं।

जगूड़ी की एक कविता है :

जितने भी जंगल इस पृथ्वी पर हैं
उनकी छाया से गुज़रता हुआ
मैं देखना चाहता हूँ अपने को
धंगण गाँव जाता हुआ।

धंगण गाँव (टिहरी) में जगूड़ी जन्मे थे। कवि की इस इच्छा में उसकी कविता की ताक़त का बीज मौजूद है। साहित्य अकादेमी सम्मान की बधाइयों का ताँता कम हो जाने के बाद इस टिप्पणी में पहाड़ का बसन्त, राजधानी में गिरवी गाँव से अनुभव के आकाश वाले चाँद तक को याद करते हुए अनेक शुभकामनाएँ।

(2003)

कविता में कुछ तो अनकहा रहने दीजिए

—कुसुम भट्ट

प्रश्न : आप कवि कैसे बने? पहले-पहले जब आपके अन्तस् से कविता फूटी वह कोई जीवन्त स्थिति रही होगी या किसी मार्मिक घटना से प्रभावित होकर आपके संवेदनशील हृदय से कविता का जन्म हुआ। जैसे कि कविवर पन्त ने कहा—*वियोगी होगा पहला कवि आह से उपजा होगा गान।*

उत्तर : कवि मैं कुछ ऐसे बना जैसे खेल-खेल में कुछ बच्चे सन्त बन जाते हैं, कुछ अपराधी, कुछ सिपाही बन जाते हैं—कुछ चोर, फिर उन्हीं में से कोई न्यायाधीश बन जाता है और बाक़ी विलाप करके न्याय माँगने लगते हैं। कहने का मतलब यह है कि जीवन में कई प्रकार की भूमिकाएँ निभाने की अनुभूतियों ने और पुराने कवियों ने मिलकर मुझे कवि होने की ओर आकर्षित किया और फँसा दिया। जब मैं उसमें बुरी तरह या अच्छी तरह फँस गया तो मेरे सामने कविता लिखने के अलावा कोई चारा नहीं था। मेरे जीवन का यथार्थ महाकवि सुमित्रानन्दन पन्त के मुक़ाबले दूसरे ढंग का रहा है। इसलिए छात्र जीवन में मैंने उन्हीं का अनुसरण करते हुए कविता की एक यह भी परिभाषा बनायी थी—

चपरासी होगा पहला कवि, घण्टी से उपजा होगा गान
घुसड़कर कानों में साघात, पड़ी होगी कविता अनजान।

मेरे लिए कविता अनुभूति की यह मार्मिक अभिव्यक्ति रही है जो किसी अज्ञात, अदृश्य और अप्रयुक्त से परिचय कराती हो। कविता को इतनी अकथित विषयवस्तु और नये कला-कौशल के साथ आना चाहिए। किसी भी अच्छे कवि के रचना संसार को अन्त में सुसम्पादित कर प्रस्तुत किया जाना, आगे की कविता के लिए अच्छा उदाहरण हो सकता है। कवि के अन्तःकरण का निर्माण भी बाह्य परिवेश करता है। ऐन्द्रिक चेतना का जो जितना सूक्ष्म शिकार या गुलाम होता है, वही अनुभूतियों के बस्ते को ज़्यादा दिन तक ढो सकता है। व्यक्ति की चेतना में अनुभव समय की तरह समा जाये, स्मृति की तरह पनपने लगे और वह कवि

हो जाये तो सहज सम्भाव्य है। अनुभव भी एक अतीत है। लेकिन ऐसा अतीत, जो वर्तमान और भविष्य तक की यात्रा में साथ देता रहता है। अभिव्यक्ति में अनुभव को अनावृत करने से ही शायद भाषा का वह रूप आता है जो बातचीत को भी कविता बना देता है। उत्कृष्ट भाषिक अभिव्यंजना ही कविता है। इसीलिए मैं अक्सर कहता हूँ कि कविता भाषिक होने से पहले वस्तु और दृश्य में भी हो सकती है। उस वस्तु और दृश्य का भाषा में विलय कोई रचनाकार कैसे कर पाता है—इस पर भी बहुत कुछ निर्भर करता है।

प्रश्न : वर्तमान समय में जबकि दुनिया बाज़ार में सिमटती जा रही है। कविता समाज को क्या दे रही है, मेरा मतलब कविता की भूमिका सिर्फ़ चन्द बुद्धिजीवी पाठकों तक या किताबों तक ही रह जायेगी या कविता कोई व्यापक आन्दोलन छेड़ सकेगी दुनिया को बेहतर बनाने के वास्ते?

उत्तर : बाज़ार एक सामाजिक यथार्थ है। बाज़ार हमारे जीवन में कब नहीं था? लेकिन आज कुछ ज़्यादा ही है। आज बाज़ार की प्रतिस्पर्धा के बिना अच्छे उत्पादन और अच्छे जीवन की कल्पना नहीं की जा सकती। आज बाज़ार ने पूरी दुनिया के परिश्रम और उसकी प्रतिभाओं को आँवले की तरह हथेली पर रखा हुआ है। आप जो देना चाहें दे सकते हैं और जो पाना चाहें पा सकते हैं। बाज़ार भी कवि के अनुभव का विषय हो सकता है। बाज़ार के आतंक पर बहुत-सी अच्छी कविताएँ इस बीच लिखी गयी हैं। कविता की अतिरिक्त कोशिश यह रही है कि वह बाज़ार को भी नैतिक देखना चाहती है। अनैतिक बाज़ार के पक्ष में साहित्य कभी नहीं रहा।

कविता हमेशा ही सुधी पाठकों का विषय रही है वह कभी भी मूर्ख, अल्पज्ञ और विचारहीनों के भरोसे नहीं रही। कविता ने हर युग में अपने लायक प्रतिभाएँ उत्पन्न की हैं। यह भी एक भ्रम है कि कविता कोई आन्दोलन छेड़ने का ज़रिया है। कविता भी एक बेहतर दुनिया का सपना देखती है, लेकिन पहले एक बेहतर इन्सान का निर्माण करके। बेहतर इन्सान ही दुनिया को बेहतर बना सकते हैं। कविता कभी भी औसत बुद्धिवालों का व्यसन नहीं रही है। अगर भावुकता और रोमांस के नज़रिये से ही कविता को नापा-जोखा जायेगा तो अच्छी कविता अनदेखी-अनसमझी रह जायेगी। अच्छी कविता का अर्थानन्द लेने के लिए पाठक के अन्तःकरण का आयतन बड़ा होना चाहिए। कवि और पाठक अगर अच्छे अध्येता, विश्रुत और सुश्रुत दोनों हों तो फिर कवि को भी कुछ नया रचने की शक्ति और साहरा मिल जाये। अच्छे पाठक न होने के कारण बहुत बार कवियों को भी स्वीकार्य क़िस्म की कविता लिखने के लिए विवश होना पड़ता है।

कविता को जनकल्याणकारी योजना के अन्तर्गत नहीं लिखा जा सकता है, न वह समाज कल्याण विभाग की कोई चिन्तनपरक शाखा है। कविता तो अभिव्यक्ति के स्तर पर जोखिम की तरह उठानी होती है और हो सकता है कि उसके लायक ग्राह्यता वाला समाज वह अपने जन्म लेने के बाद तैयार करे। इसलिए जन्मते ही किसी कविता की जन्मपत्री नहीं बनायी जा सकती। अगर उसमें शक्ति होगी तो वह अपनी आयु स्वयं प्राप्त कर लेगी।

प्रश्न : कवि होना ही ज़रूरी क्यों लगा आपको, मेरा मतलब आप और कुछ भी हो सकते थे, कहानीकार, उपन्यासकार, नाटककार, गद्यकार, पत्रकार, फ़िल्मकार आदि?

उत्तर : कवि होना मैंने अपने लिए चुना नहीं है। जब मैं अध्यापक हुआ, जब मैं सूचना विभाग का एक अधिकारी हुआ, तब तो किसी ने नहीं पूछा कि आप सरकारी नौकरी में क्यों आये, सक्रिय राजनीति में क्यों नहीं चले गये? मैं कुछ भी होता, कुछ भी करता, लेकिन जिस तरह कविता ने मेरे जीवन को बदला है—उस तरह कोई चीज़ मुझे शायद न बदल पाती। हरेक की अपनी-अपनी रुचि होती है। अपना-अपना रुझान होता है। सब कवि या कलाकार होने के बावजूद एक जैसे नहीं होते। मैं भी अपनी तरह का एक हूँ जिसने कहानी, उपन्यास और पत्रकारिता सम्बन्धी सारे प्रयोग कविता में किये हैं। अगर आपने मेरी कविताएँ ठीक से पढ़ी होतीं तो इन प्रश्नों का मिज़ाज ही दूसरा होता। किसी विषयवस्तु को कविता में व्यंजित करने के लिए भाषा का एक अलग ही संसार रचना होता है जो कहानी और उपन्यास में सम्भव नहीं। क्योंकि कविता लम्बी होते हुए भी मितकथन के गुण से संचालित होती है। कविता और नाटक को छोड़कर, गद्य की दूसरी विधाओं का स्वभाव, सबकुछ को विस्तार से ही नहीं, बल्कि अन्तविस्तार से कहने का है। अगर कोई लेखक सभी विधाओं में काम करने की क्षमता रखता हो तो उसे अवश्य वैसा करना चाहिए। प्रसाद, निराला, महादेवी वर्मा, अज्ञेय, मुक्तिबोध, मोहन राकेश ने ऐसा किया है। विधा चाहे जो हो, लेकिन जिस किसी भी रचनाकार ने अपने अनुभव और गद्य को अभिव्यक्ति की पूर्णता के लिए कविता की तरह रचा है—उसका गद्य, थीम के कारण नहीं बल्कि वाक्य संरचना के कारण भी, बार-बार पढ़ने के लिए आमन्त्रित करता है। आख़िर लेखन में कुछ तो ऐसा होना चाहिए, जो गद्य से अलग हो। पहले गद्य को पद्य बनाकर कविता बनायी जाती थी। अब गद्य में ही एक अलग क़िस्म का गद्यान्तर पैदा करके कविता बनायी जाती है। केवल टेढ़ा-मेढ़ा लिखना उसकी पहचान नहीं रह गयी है।

प्रश्न : समय की आपाधापी में लोगों के पास जटिल कविताओं को समझने के लिए समय नहीं है। आज की कविता पहले की अपेक्षा अधिक जटिल हुई है। एक समय था, जब महादेवी, निराला, पन्त, सुभद्रा कुमारी चौहान आदि की कविताएँ, स्कूल-कालेजों में विद्यार्थियों की ज़ुबान पर रहती थीं। कविता का जटिल होना या अति बौद्धिक होना क्या उसकी ख़ूबी है?

उत्तर : कविता की जटिलता से अक्सर कुछ लोग बहुत परेशान रहते हैं। ग़ालिब की एक पंक्ति है—'हमें क्या बुरा था मरना गर एक बार होता।' एक सज्जन हैं, कहानियाँ लिखते हैं और इस बार वे उपन्यास भी लिख रहे हैं—वे कह रहे थे कि देखिए ये कवि हैं जो रोज़-रोज़ मरते हैं। हम तो एक बार मरने में विश्वास रखते हैं। मैं आपसे पूछता हूँ—क्या वे सज्जन ग़ालिब की तरह सरलतम पंक्ति को समझ पाये? मुझे तो लगता है सरल भी जटिल है। कौन-सी सरलता है जो जटिल नहीं है? हम साँस लेते हैं और छोड़ देते हैं—यह सरल लगता है। लेकिन ज़िन्दगी इतनी सरल नहीं है। ऑक्सीजन का रक्त में पहुँचना, एक जटिल संरचना का परिणाम है। कविता में कुछ तो समझने के लिए अनकहा रहने दीजिए। अगर समझने पर आ जाइये तो कुछ भी जटिल नहीं है, न समुद्रतल पर पहुँचना न एवरेस्ट विजय, न अन्तरिक्ष-गमन और न एक कविता भाषा से मुक्ति है। वह किसी भी अनुभव को बिना किसी अनुवाद के वैश्विक बना देती है।

कठिन होने की अनेक योग्यताओं के बावजूद कला श्रेष्ठ से श्रेष्ठतम होने में अपना अस्तित्व समझती है। अद्वितीयता में वह अद्वितीय बनी रहनी चाहती है। लेकिन वह सादगी और सरलता का सन्देश देना नहीं छोड़ती। इसीलिए कला सुदशा और दुर्दशा दोनों का अंकन या वर्णन एक जैसे धैर्य के साथ कर लेती है।

आज के जीवन, समाज और समय की तरह कविता भी बहुत बदल गयी है। आज की कविता पहले थी ही नहीं। जैसे कि पहले जैसी कविता आज नहीं है। पहले चाँद पर जाना कठिन था। आज चाँद पर जाना सरल है। जाने की प्रक्रिया जटिल है। वैसी नहीं है जैसे बाग़ में जाना सरल है। हम रेल यात्रा, हवाई यात्रा इत्यादि यात्राएँ करते हैं। लेकिन रेल या हवाई जहाज़ बनाना या चलाना नहीं जानते। इसका मतलब यह नहीं कि जो हम नहीं जानते वह निरर्थक है। जानना, वह कविता को हो या अन्तरिक्ष यात्रा को—एक विशेष प्रतिभाजन्य परिश्रम की माँग करता है। बुद्धि के बल पर जीवित रहने में क्या बुराई है? बहुत से लोग हैं जो कविता नहीं समझते। अगर कुछ लोग बीमार नहीं पड़ते तो उनकी वजह से अस्पताल बन्द नहीं किये जा सकते।

प्रश्न : वर्तमान समय में रचनाकार और आलोचक के बीच की दूरी निरन्तर बढ़ती जा रही है। यहाँ तक कि किन्हीं रचनाकारों के अपने आलोचक भी हैं, आपकी दृष्टि में इसका क्या कारण है? इस दूरी को पाटने का उपाय?

उत्तर : आलोचक के बिना मैं किसी रचना-समय की कल्पना नहीं कर सकता। क्योंकि रचनाकार भी तो ख़ुद जीवन का एक आलोचक ही होता है। यह आलोचक विहीनता का समय नहीं कहा जा सकता, क्योंकि आलोचक हैं। लेकिन वे सबकी रचनाओं को सुलभ नहीं हैं। आलोचक की अपनी सीमाएँ इधर ज़रूर उजागर हुई हैं। इसकी एक वजह सम्भवतः यह है कि रचनात्मक संसार में यकायक जो परिवर्तन आये हैं वैसे परिवर्तन आलोचकों के दृष्टिकोण में नहीं आये। वे अपने नज़रिये का कोण अलग से बनाये हुए हैं। इसी से ऐसा लगता है कि दूरी आ गयी है। बहरहाल किसी भी रचना के विशिष्ट पारखी रचनाकार के जीवनकाल में बहुत कम लोग हुए हैं, पुराना हो—होकर भी जो नया होता चले ऐसे रचनाकार का जब मरणोपरान्त नया जन्म होता है तब शायद उसके पारखी का भी जन्म होता है। कुछ ख़ुशियाँ मरने के बाद के लिए भी छोड़ देनी चाहिए। आलोचक कभी-कभी व्यक्ति होता है। समय अपने आलोच्य की खोज और अपने आलोचक का निर्माण करता है। कुछ रचनाओं में तो आलोचना या समालोचना-योग्य कुछ होता ही नहीं है। लेकिन रचनाकार समझता है कि उसने दो ध्रुवों को एक ही जगह इकट्ठा करके चाय पीने बिठा दिया है। दो ध्रुवों का, एक ही जगह दो विरुद्धों का सामंजस्य भले ही हो जाये, लेकिन यह एक बौद्धिक और भौतिक असन्तुलन भी है, जो मूल संरचना के विरुद्ध जा रहा होता है।...तो ऐसे अजूबे इकट्ठे करने से ही गैब्रियल गार्सिया मार्क्वेज़ नहीं बना जा सकता। आलोचकों के वैचारिक आग्रह और रचना के वैचारिक आग्रह में द्वन्द्व होगा तो आलोचना निर्द्वन्द्व हो ही नहीं सकती।

असल में हम लोग कभी-कभी समीक्षा को भी आलोचना समझने लगते हैं। आलोचना, किसी रचना की समीक्षा न होकर उसके कालबोध और इतिहास-बोध में प्रवेश और निस्सरण को नयी दृष्टि से देखती है। इसीलिए आलोचना अपने समय में भी हो सकती है और अपने समय से बाहर भी। जो आलोचक किसी रचनाकार को दिशा और शक्ति नहीं दे सकता, उस आलोचक से ज़्यादा महत्त्वपूर्ण तो वह रचनाकार ही है जो कुछ तो दे रहा है। रचनाकार ज़्यादा ताक़तवर और श्रेष्ठ है क्योंकि वह आलोचना को दिग्भ्रमित होने की वजह तो दे ही रहा है। आलोचक तो दिग्भ्रम भी पैदा नहीं कर पा रहे हैं। आलोचक, रचनाओं का अपने विचारों की स्थापना के लिए उल्लेख करते हैं या फिर

रचना में कही गयी बात को वे फिर से पीस डालते हैं। जब हम किसी चीज़ या किसी विचार को अन्तिम रूप से सुन्दर मान लेते हैं तो और सुन्दर होने की कल्पना सीमित हो जाती है या अधूरी रह जाती है। इसलिए आलोचकों के निर्णय भी सीमित और अधूरे होते हैं। कभी-कभी तो साफ़-साफ़ लगता है कि रचना के संकेतों को वे ठीक से नहीं समझ पाये। बल्कि अपने संकेतों को रचना पर लाद देते हैं। यह भी विचारक होने की एक शैली है कि माल किसी का भी हो काम अपना चल जाये।

मेरे बारे में आलोचकों की पहले तो कोई राय नहीं है। ऐसा लगता है कि ख़ामोशी ही उनकी आख़िरी राय है। मैं उन्हें और भी ख़ामोशी और आश्चर्य से गूँगा बना देना चाहता हूँ। क्योंकि उन्होंने कह-कहकर जिन-जिनको छुआ वे मुरझा गये और नष्ट होने के कगार पर चले गये। आलोचकों से प्राप्त असमय प्रशंसा किसी भी होनहार को मारने के लिए काफ़ी है। मेरी कविताओं को लेकर यह ज़रूर कहा गया कि वे मुक्तिबोध की तरह जटिल कविताएँ हैं। समझ में नहीं आता कि आलोचकों की समझ में कोई चीज़ जल्दी क्यों नहीं आती। शायद कल्पना शक्ति की कमी के कारण या वे आलोचना को रचना की तरह विकसित नहीं करना चाहते, सिर्फ़ उसको प्रभाववादी ही बनाये रखना चाहते हैं। आलोचकों को यह भी नहीं भूलना चाहिए कि जटिलता ही सरलता को बढ़ावा देती है और अतिसरलता फिर जटिलता को बढ़ावा देने लगती है। इससे तो विचित्रता ही अच्छी जो केवल विचित्रता को ही बढ़ावा देती है। जैसे कि आधुनिक पेंटिंग। आधुनिक पेंटिंग पर ज़्यादा इसलिए कि वह भाषा में नहीं बनायी जाती और क्या कविता पर कम इसलिए कि वह रंगों से नहीं लिखी जाती?

प्रश्न : जगूड़ी जी वर्तमान समय में साहित्य में ईमानदारी, नैतिकता, आदर्शवाद प्रायः लुप्त हो चले हैं। लेखकों सम्पादकों के अपने-अपने गुट (गिरोह) हैं, प्रत्येक गुट एक-दूसरे को काट रहा है। पुरस्कार भी इसी प्रक्रिया का हिस्सा बन रहे हैं।

उत्तर : आपने साहित्यकार में अगर ईमानदारी, नैतिकता और आदर्शवाद की बात पूछी होती तब बात कुछ और हो जाती। लेकिन आप साहित्य में ईमानदारी, नैतिकता और आदर्शवाद के लुप्त होने के बारे में ज़्यादा चिन्तित हैं। मैं नहीं हूँ, क्योंकि साहित्य में ये तीनों गुण प्रचुर मात्रा में आ रहे हैं और मौजूद हैं। आदर्शवाद का स्थान भले ही आज यथार्थ ने ले लिया है। लेकिन इससे साहित्य की प्रामाणिकता यानी कि ईमानदारी बढ़ी है और जहाँ-तहाँ मानवीय मूल्यों के क्षरण के बहाने साहित्य नैतिकता की ही स्थापना के लिए वकालत करता दिखता है।

जहाँ तक साहित्यकारों के गुट और गिरोह का प्रश्न है यह भी राजनीति का ही एक हिस्सा है। राजनीति से कुछ भी अछूता नहीं है। निर्गुट होना भी एक राजनीति है। चर्चा की ही नहीं, उपेक्षा की भी एक राजनीति है। लेखक को सारे साहित्य की जानकारी अवश्य होनी चाहिए और अपनी पहचान किसी पुरस्कार या पुरखे से नहीं, बल्कि अपने लेखन से बनानी चाहिए। लेखक भी एक नागरिक होता है। भले ही वह अपने को अनागरिक मानता हो। हमेशा लेखन का उद्देश्य क्रान्ति पैदा करना नहीं है। क्रान्तियाँ भी धर्मों में बदल जाती हैं और उनका दीन-ईमान जाता रहता है। धर्म, नैतिकता की सबसे ज़्यादा दुहाइयाँ देते हैं। इसलिए नैतिक होने की पहचान भी इस बात से की जानी चाहिए कि वह कितना मानवीय है। इतिहास में अनेक ऐसे उदाहरण हैं, जहाँ सच की जगह झूठ बोलकर अधिक मानवीय होने का परिचय दिया गया है। इसलिए जो ईमानदार, नैतिक और आदर्श दिख रहा है ज़रूरी नहीं है कि वह वैसा हो भी।

प्रश्न : प्रेम के विषय में कुछ बताइये, आपने ख़ूब प्रेम जिया है। कविता में प्रेम का क्या स्थान है? कविता स्फूर्त प्रेम से पल्लवित होती है। क्या सर्जक के लिए प्रेम उतना ही ज़रूरी है जितना कि विचार?

उत्तर : प्रेम हमारे यहाँ दो प्रकार का पाया जाता है—एक आध्यात्मिक (अशरीरी), जिसकी कोई सीमा नहीं और एक स्त्री-पुरुष के बीच का सम्बन्ध, जो पूरा का पूरा लैंगिक चेतना से निर्दिष्ट होता है। कविता ने दोनों तरह के प्रेम को अपना विषय बनाया है। प्रेम एक संघर्ष भी है और प्रेम जीवन जीने की कला भी है। मेरा अनुभव तो यह है कि जितने प्रकार के लोग हैं उतने प्रकार के प्रेम भी हैं। जैसे दो दुर्घटनाएँ एक जैसी नहीं होतीं, उसी तरह दो प्रेम भी एक जैसे नहीं होते। जैसे कोई मृत्यु से नहीं बच सकता, वैसे ही जीवन में प्रेम से भी नहीं बच सकता। प्रेम अनिवार्य है। प्रेम दुर्निवार है। क्योंकि प्रेम स्वार्थ और निस्वार्थ नाम की दो टाँगों पर चलता है। जैसे लेफ़्ट-राइट, राइट-लेफ़्ट हो जायेगा, कुछ पता नहीं चलता। मरा-मरा से कब राम-राम बन जायेगा और राम-राम से कम मरा-मरा, पता नहीं चलता। प्रेम विचार और व्यवहार दोनों है। इसलिए प्रेम से बच पाना मुश्किल है। ज़रूरी नहीं है कि जहाँ प्रेम नहीं है वहाँ शत्रुता हो। शत्रुता निभानी पड़ती है, प्रेम हो जाता है। किसी का प्रेम पाने के लिए शत्रु को जीतने जितनी ही तैयारी करनी पड़ती है।

आध्यात्मिक प्रेम की तो मैं नहीं कह सकता, पर शारीरिक सम्बन्धोंवाला प्रेम तो छिट-पुट अराजक कार्रवाइयों की तरह दो व्यक्तियों के बीच एक युद्ध की तरह शुरू होता है। कल्पना कीजिए, पहला स्त्री-पुरुष प्रेम, मार-पीट और बलात्कार

से कम न रहा होगा। जो प्रेम स्त्री-पुरुष के बीच एक निःशस्त्र युद्ध हुआ, वही आज हमारे परिवारों के लिए अहिंसक प्रेम का उपदेश कर रहा है। इसे कहते हैं अनुभव से कुछ सीखना। स्त्री-पुरुष ने अपने अनुभव से इस दुनिया को सीखा है। इसलिए उन्हें पूरा अधिकार है कि वे यह बतायें कि परस्पर प्रेम को कैसा होना चाहिए। मेरी प्रेम कविताओं की व्याख्या इसी रोशनी में होनी चाहिए। वैसे आपको पता होगा—युद्ध में कम्पलीट ब्लैक-आउट होता है।

प्रश्न : आप एक सफल व्यक्ति, सफल कवि, सफल प्रेमी, सफल दुनियादार, सफल पति, सफल पिता हैं और एक सफल अधिकारी भी रहे हैं। भिन्न-भिन्न मोर्चों पर किस तरह ख़ुद को आप सफल बना पाये?

उत्तर : (ख़ूब ज़ोर के ठहाके के बाद)—कुसुम जी, आप एक अच्छी कहानीकार हैं, बिल्कुल अलग तरह की, आपने पहाड़ी सामाजिक जीवन में स्त्री की दशा, दुर्दशा और हिम्मत पर बेहिचक लिखा है। मैं भूलता नहीं हूँ आपकी वह कहानी जिसमें गाँव की एक लड़की पहली बार रजस्वला होती है तो ख़ुद उसकी माँ, उसके दादा और अन्य लोगों के उसके बारे में क्या विचार और क्या व्यवहार होते हैं। वहाँ रजस्वला होना कितना नीरस, पीड़ादायक, उबाऊ और अपवित्र है। आप इसी एक कहानी की त्रासद अभिव्यक्ति के कारण हिन्दी की अतुलनीय स्त्री कहानीकार बन जाती हैं। लेकिन आपके प्रश्नों को सुनकर मुझे यह लगा कि अपने अलावा आप शायद ही किसी के लेखन के बारे में गम्भीर हों। आपके इस सवाल से कि मैं सफल-सफल-सफल...अमुक-अमुक हूँ...मैं, इस नतीजे पर पहुँचा हूँ कि सवालों में आप सिर्फ़ एक पत्रकार बनकर रह जाती हैं। कतई नहीं लग रहा है कि एक सृजनशील व्यक्ति दूसरे सृजनशील व्यक्ति से बात कर रहा है।

पहली बात तो यह कि हो सकता है मैं घरेलू स्तर पर एक सफल व्यक्ति होऊँ। लेकिन मैं अपने को एक सफल कवि नहीं मानता। सफल दुनियादार भी नहीं। बल्कि मेरी ख़ुद की यह अवधारणा है कि कवि को दुनियादार होना चाहिए। यह बात मैंने अपने एक साक्षात्कार में पहले भी कही है। दुनियादार होने से मेरा अभिप्राय यह है कि उसे दुनिया की हर तरह की समझ होनी चाहिए। उसे दुनिया के झूठों से और सच्चाइयों से भागना नहीं चाहिए। उसकी दुनिया में रुचि होनी चाहिए, वरना वह दुनिया में केवल घृणा ही फैलायेगा। 'सो सम कौन कुटिल खल कामी' कह सकनेवाली तुलसीदास जैसे दुनियादार या 'मन न रंगायो, रंगायो जोगी कपड़ा' कह सकनेवाला कबीर होना चाहिए। ऐसा दुनियादार जो परिश्रम करके रोटी खाता हो। उस अर्थ में मैं दुनियादार होना चाहता हूँ।

सफल प्रेमी और सफल पति के बारे में तो दूसरे ही लोग बता सकते हैं, मैं नहीं। मेरे सफल पिता होने के बारे में निर्धारण मेरे बच्चों से पूछकर किया जाना चाहिए। आपने मुझे जल्दबाज़ी में सारी सफलताओं का श्रेय दे डाला है। मैं तो खुद को किसी भी मोर्चे पर सफल नहीं मानता हूँ।

मेरे साहित्य के बारे में तो ये आरोप लगते रहे हैं कि मैं पतनशीलता का वर्णन बहुत करता हूँ। जो लोग आज के समय को साहित्य के पतन का समय बता रहे हैं उन्हें आपके माध्यम से मैं यह कहना चाहता हूँ कि आदमी के पतन को अभी साहित्य ठीक से नहीं छू पाया है। साहित्य का पतन मनुष्य के पतन तक होता है का आधार है मनुष्य और मनुष्य समाज। साहित्य का उत्थान भी मनुष्य के उत्थान से होता है। कवि का यह संघर्ष तो देखिए कि उसे बुरी स्थितियों पर भी एक अच्छी कविता लिखनी है। वह कविता बुरी स्थितियों की पहचान ज़्यादा करा पायेगी और शायद नतीजे में सुननेवाले के भीतर अच्छी स्थितियों की चेतना जगे। मनुष्य और उसकी मानवीय गिरावट की आहट, साहित्य की भाषा और सामाजिक मूल्यों के अवमूल्यन की ख़बर में सुनी जा सकती है। जिस हद तक इन्सान का पता होगा, उस हद तक साहित्य का भी पतन सुनिश्चित है। जिसे मैं साहित्य का 'पतन' कह रहा हूँ वह साहित्य में उन स्थितियों का साक्षी बने रहने की शक्ति का नाम है। अगर साहित्य इन्सान से ज़्यादा गिर जाये तब साहित्य को लेकर चिन्तित होना स्वाभाविक है।

आजकल का साहित्य भी पत्रकारिता के ही स्तर का होकर रह गया है। इसलिए उस पर पत्रकारों की प्रतिक्रिया को ही आलोचना मान लिया जा रहा है। यह भी समाज और समय का पतन है। इसका रूप भले ही साहित्यिक चर्चा का हो, लेकिन मंशा साहित्य से भी एक दैनिक घटना की तरह नतीजे पर पहुँचकर निपटने की है। पत्रकारिता भी, साहित्य पर कमेंट कर सकती है, पर उसे साहित्यकार के आत्मसंघर्ष और भाषा निर्माण (डिक्शन) की क्षमता तत्सम्बन्धी असफलताओं को पहचानने की तमीज़ होनी चाहिए। क्योंकि बहुत बार असफल हो जाना ही बहुत बड़ी सफलता को जन्म दे देता है। पत्रकारिता का एक दोष यह भी है कि वह केवल सफलताओं को ही पहचानती है—विफलताओं को हिकारत की दृष्टि से देखती है। आप भी बहुतों की तरह मेरी नक़ली सफलताओं के ही पीछे पड़ी हैं। मेरे सफल-असफल प्रयोगों ने कविता को कहाँ पहुँचाया, इसकी जानकारी आप क्यों नहीं लेना चाहती हैं?

(2004)

आओ पास बैठो : सोने से ढके सत्य को देखो

—अनिल यादव

लीलाधर जगूड़ी के नाम का आख़िरी हिस्सा मुझे ख़ासा विस्मित करता रहा है। उसमें कुछ पुरातन, भदेस और जस-का-तस है। बहुत पहले 93-94-95 होगा, उप्र के सूचना निदेशालय में इस नाम की तख़्ती देखकर यूँ ही मिलने चला गया। तब मैं शावक रिपोर्टर हुआ करता था। दिन भर यूँ ही टूलने में बड़ा थ्रिल हुआ करता था। फिर अक्सर जाने लगा क्योंकि यह उस तरह के आदमी थे जिनके बारे में ज़्यादा कुछ नहीं जानते फिर उनके पास बैठना सहज लगता है। अपने भीतर के नये कोनों का पता चलता है, अपने भीतर की कई गुम चुकी चीज़ों को पकड़ने के लिए चुटकी बनाने का मन करता है। उनसे दो मुलाक़ातें ख़ासतौर से याद हैं पहली लखनऊ के नीम रौशन धुएँ से भरे एक बार में और दूसरी उत्तरांचल की पहली सरकार के शपथग्रहण समारोह के मंच के पीछे। दोनों बार मैं फिर अपने पुराने नतीजे पर पहुँचा कि इस आदमी में और कुछ चाहे न हो गहराई, सहिष्णुता और प्रेम तो है ही। अफ़सरी की अकड़-फूँ तो बिल्कुल नहीं है। उनके एक कविता-संग्रह का शीर्षक भी ख़ासा यथार्थ था—'भय भी शक्ति देता है।'

इधर उनमें मेरी दिलचस्पी का नवीनीकरण इस जानकारी से हुआ कि उपनिषदों और पुराणों का ख़ासा अध्ययन उन्होंने किया है। स्वामी विवेकानन्द, रजनीश, हर्मन हेस्से, मैक्समूलर, देवरहा बाबा, स्वामी दयानन्द और लोककथाओं के ज़रिये मुझे इनकी खाँटी आदिम भारतीय कल्पनाशीलता, कहन की शैली, विराट को सदा के लिए बाँध लेने वाले विलक्षण रूपकों की उकसा कर मार डालने वाली झलक मिलती रही लेकिन संस्कृत न जानने के कारण इन पोथियों के सामने खुद को सरकारी तिपहिया का इन्तज़ार करता विकलांग पाया है। ख़ैर जगूड़ी जी से फिर एक बार दैनन्दिन खटराग और हड़बड़-तड़बड़ के बीच अचानक मुलाक़ात हुई।

प्रश्न : जगूड़ी जी से पहला सवाल काफ़ी पहले तय हो चुका था कि ये उपनिषद और पुराण क्या चीज़ हुआ करती है?

उत्तर : मिथकीय उपन्यास हैं ये हमारे। जिनमें अपने समय की गाथा और तर्क अभिव्यक्त हुए हैं। अपने समय की समस्याएँ, सत्य और असत्य। और अपने समय के अच्छे आदमी की तस्वीर। आसान ढंग से कहें तो यही विषय वस्तु है। उपनिषद शब्द का मतलब है आओ पास बैठो। पुराण का अर्थ है पहले जो कहा जा चुका है। कहा वही जाता है जो अनुभव किया गया हो इसलिए इन्हें कोरी कल्पना मानने का कोई तुक नहीं है। उसका उस काल से ठोस नाता है। हमने आधुनिक उपन्यास और कथा-साहित्य का ढाँचा पश्चिम से लिया है लेकिन उपनिषदों, पुराणों का ढाँचा बहुत आकर्षक और वैज्ञानिक है।

प्रश्न : पुरोडाश, अपूप और मृगछौने तो गये लेकिन इनका पिज्जा, पेप्सी और नरेगा वाले क्रिकेटिया भारत से क्या अन्तःसम्बन्ध बनता है?

उत्तर : उपनिषद में किराये की कोख, सरोगेट मदर की कथा कही गयी है जिसे अब बहुत नयी चीज़ बताया जा रहा है। इस कथा को आधार बनाकर भीष्म साहनी ने 'माधवी' नाम का एक नाटक लिखा था। ईशावास्योपनिषद में एक पंक्ति आती है। हिरण्मयेन पात्रेण सत्यस्यापहितम मुखम। अर्थात सत्य का मुख सोने के पात्र से ढका हुआ है। यानी सोने का पात्र ही सत्य नहीं है। सत्य कुछ और है, कटु भी हो सकता है। हे पुरुष तुम वह पात्र हटा दो तो सत्य का मुख देखोगे। यह जो अन्तर्विरोध उपनिषदकार ने उजागर किया है क्या वह आज का भी द्वन्द्व नहीं है। मेरा नया कविता-संग्रह 'ख़बर का मुँह विज्ञापन से ढका है' जो भोजपत्र पर नहीं काग़ज़ पर छपा है, के शीर्षकों में क्या इस पंक्ति की छाया नहीं है।

प्रश्न : कोई संस्कृत न जानने वाला उपनिषद और पुराण या वेद पढ़ना चाहे तो कैसे पढ़े?

उत्तर : विदेशी कैसे पढ़ लेते हैं। जो हमारे ख़ून में है उसे क्यों नहीं पढ़ सकते। वैसे भी संस्कृत की पंक्तियों के नीचे हिन्दी में भाष्य और टीका लिखे रहते हैं। गीता प्रेस गोरखपुर से जो छपे उनमें काफ़ी हिस्से को अपनी; किसकी—संस्कृति के लिए हानिकारक मानते हुए हटा दिया गया है। पुणे से जो छपा है पढ़ने लायक है।

वेदों में गाय की महिमा गायी गयी है। क्या गाय एक दिन में पालतू बनी होगी। घोड़ा क्या ऐसे ही आदमी का सहचर हो गया होगा। जंगल की गाय को कामधेनु में कैसे विकसित किया गया होगा, हमारे यहाँ इस पर काम नहीं हुआ। होता तो अच्छा होगा। हम सन्दर्भ के लिए अपने ग्रन्थ खोजते।

प्रश्न : उस पुरातन साहित्य में क्या चकित करता है आपको?

उत्तर : जैसे यही कि हमारे यहाँ अग्नि के लिए संघर्ष नहीं है। पश्चिम में अग्नि स्वर्ग से प्रमथ्यु चुरा कर लाया जिसके लिए उसे दण्डित होना पड़ा। लेकिन हमारे यहाँ वह शमी वृक्ष की सूखी टहनियों को रगड़ने से मिल जाती रही है।

प्रश्न : क्या हमारे समाज के संघर्ष में यक़ीन न करने, अलहदी होने, ईमानदार कोशिश के बजाय चमत्कार में यक़ीन रखने की मानसिकता से इसका कोई रिश्ता बनता है क्या?

उत्तर : हाँ हो भी सकता है। जो चीज़ आसानी से मिल जाये तो उसके लिए जूझेगा क्यों कोई।

प्रश्न : आपने गाय का ज़िक्र किया। अभी मैंने कहीं पढ़ा था कि चार हज़ार साल हो गये आदमी ने किसी नये जानवर को पालतू नहीं बनाया। अगर हम अपनी उस परम्परा से जुड़े रहते तो क्या प्रकृति से छीनने के बजाय उससे मैत्री का कोई रिश्ता बन सकता था क्या। क्या लगता है?

उत्तर : प्रकृति मनुष्य की पूरक है लेकिन आदमी प्रकृति के लिए अनिवार्य नहीं है। पशु-पक्षी हैं। पक्षी बीजों को एक जगह से दूसरी जगह ले जाते हैं। उसी से जंगल फैला। आँधी, तूफ़ान, भूकम्प प्रकृति के जो प्रकोप कहे जाते हैं उसके उत्पादन और नवीनीकरण के साधन हैं। आज प्रकृति के साथ पशु-पक्षी ख़त्म हो रहे हैं। भूलना नहीं चाहिए कि गमलों में लगे फूलों की ज़िन्दगी भी इन्हीं पशु-पक्षियों से चलती है। वे चुपचाप उनके मिलन और प्रजनन को सम्भव बनाने के काम में लगे रहते हैं। ऐसा प्रतीत होता है कि मनुष्य का जन्म ही प्रकृति के विरुद्ध हुआ है जबकि उसी को प्रकृति की सबसे अधिक ज़रूरत है। प्रकृति-पर्यावरण नष्ट होने के दुष्प्रभावों के कारण इधर कुछ चेतना आयी है और प्रकृति को बचाने की बात हो रही है।

प्रश्न : जैसे कि सेव टाईगर कैम्पेन?

उत्तर : हाँ, लेकिन देखिए, पहाड़ में एक आदमी बाघ को लड़कर हरा देता है, लेकिन बाज़ार के सामने पस्त हो जाता है। बाघ को उसने भगा दिया लेकिन दवाओं के बाज़ार में अपना इलाज़ नहीं करा सकता।

प्रश्न : हमारे हिन्दी साहित्य का उत्स पश्चिम में क्यों है। हमारे अपने परम्परागत साहित्य में क्यों नहीं?

उत्तर : साहित्य एक भौगोलिक या जातीय अभिव्यक्ति मात्र नहीं है। वह वैश्विक चेतना से जुड़ने का माध्यम भी है। बाज़ार के आगमन से बहुत पहले वैश्विकता से हमें साहित्य ने जोड़ा था। भारतीय संस्कृति में बाज़ार का विरोध कभी नहीं रहा।

यहाँ कबीर भी बाज़ार में लुकाठी हाथ में लिए खड़े हैं। हम अपने पुराने मेलों की बात करें तो वे क्या हैं वे हमारे परम्परागत मॉल ही तो हैं। जहाँ ज़रूरत का हर सामान मिला करता था। बाज़ार ने उसी मेले को बन्द, वातानुकूलित दीवारों में ला खड़ा किया है जहाँ जाने के लिए एकादशी या पूरनमासी का इन्तज़ार नहीं करना पड़ता। हमारा विरोध अनैतिक बाज़ार से रहा है।

प्रश्न : यह बाज़ार की नैतिकता क्या है?

उत्तर : जो चीज़ें जैसे हवा, पानी प्रकृति से सहज सबको उपलब्ध हैं, उनकी बिक्री नहीं की जानी चाहिए। उसे बीच में बोतलबन्द कर दूध के भाव बेचने वाला अनैतिक है। विदेशों में होटलों में लिखा रहता है कि बाथरूम का पानी पिया जा सकता है क्योंकि वहाँ पानी की सार्वजनिक सप्लाई की जगह पर ही फिल्टर लगा दिया गया है ताकि साफ़ पानी सबको मिले। हमारे यहाँ ऐसा क्यों नहीं हो सकता कि सबको बिसलेरी का पानी घर के नल में मिले। लेकिन तब पानी वाला व्यापारी नाराज़ हो जायेगा और उस पार्टी को चुनाव में चन्दा नहीं देगा। यह अनैतिकता है और यह कोई पश्चिम की देन नहीं है।

प्रश्न : चलिए साहित्य का उत्स कहीं भी हो सकता है लेकिन उसकी तकनीक और औज़ार हमने उपनिषदों से क्यों नहीं लिए जिनके बारे में आप कहते हैं कि उनका ढाँचा बहुत आकर्षक और वैज्ञानिक है?

उत्तर : लिया, आचार्य हजारीप्रसाद द्विवेदी ने लिया। लेकिन हिन्दी के आधुनिक लेखकों ने पश्चिम से लिया लेकिन वे आचार्य हजारीप्रसाद से पीछे ही रहे। अपने अस्तित्व की गहरी समझ से जो बात निकलती है वह कुछ और ही असर लिए होती है।

प्रश्न : हिन्दी समाज के खाते-पीते पढ़ते तबके में लेखक, कवि, विचारकादि के प्रति तिरस्कार, उपेक्षा का भाव कैसे आया। इसके ख़त्म होने के आसार हैं क्या?

उत्तर : गम्भीर कवियों को तो लोग जानते नहीं। जानते मंचीय कवियों को हैं वह भी हास्य कवियों को। हास्य कवियों की दुकान लाफ़्टर चैलेंज जैसे शोज ने बन्द कर दी है। अब वे हवाई जहाज़ से कवि सम्मेलनों में नहीं जा पा रहे हैं।

हमारे यहाँ कोई यह नहीं बताता कि अच्छी कविता, अच्छा उपन्यास या कहानी क्या है। कौन लिख रहा है। बुरा सभी बताते हैं। आलोचना स्पॉन्सर्ड हो गयी है और कूड़ा बहुत मात्रा में लिखा जा रहा है।

साहित्य का ह्रास हुआ लेकिन अच्छी बात हुई कि लोगों ने तकनीक को समझने की शुरुआत कर दी है। लोग अपने बच्चों का भविष्य तकनीक पढ़ाने वाले कालेजों में देख रहे हैं। लेकिन वैयक्तिक तकनीक चाहे वह मन्त्र हो,

यन्त्र हो, पेंटिंग हो से बच्चों को दूर कर रहे हैं। उसे हॉबी भी कह सकते हैं। हॉबी पिछड़ गयी करियर हावी हो गया है। अच्छा होता कि हॉबी ही करियर भी बन जाती। लेकिन मान लिया गया है कि हॉबी बिकेगी नहीं पैसा नहीं ला सकती है।

क्यों बच्चे 'हाऊ टू बी मिलेनियर इन अ वीक' टाइप साहित्य या चेतन भगत का साहित्य नहीं पढ़ रहे हैं क्या?

चेतन भगत....ऐसे तो गुलशन नन्दा, रानू, कुशवाहा कान्त टाइप बहुत से साहित्यकार हुए हैं। चेतन भगत भी अंग्रेज़ी में ही लिख रहे हैं। कुशवाहा कान्त जैसों में फिर भी एक विजन था चेतन भगत के पास तो वह भी नहीं है।

प्रश्न : तो अच्छे लेखक कैसे बनते हैं?

उत्तर : नया लेखक जिस गर्भाशय में बनता है उसकी एक दीवार पुराने लेखकों से बनी होती है और दूसरी दीवार पर नया समाज और समय होता है। इसके बीच की झिल्ली में नये लेखक का जन्म होता है।

प्रश्न : ख़ैर आपको कविताई करते कितने साल हो गये?

उत्तर : यही कोई पचास साल। सन साठ के आसपास लिखना शुरू किया था।

प्रश्न : इस समय को पलट कर देखते हुए...जिस काम में इतना समय, इतनी ऊर्जा और संसाधन लगाया उसे देखते हुए क्या यह नहीं लगता कि कुछ और करते तो बेहतर था?

उत्तर : मुझे तो लगता है यही काम और अधिक दक्षता से करना चाहिए था।

(2009)

कविता में शब्दों को कान और आँख एक साथ बनना पड़ता है

–शशिभूषण बडोनी

प्रश्न : आजकल जो कविता युवा लिख रहे हैं उनमें आपकी नज़र में किस तरह के अनुभव आ रहे हैं?

उत्तर : मेरी समझ में न कोई युवा कविता होती है, न कोई बूढ़ी कविता होती है...कविता हो...कहानी हो...उपन्यास हो...और चाहे कोई भी विधा हो किसी भी उम्र में वह एक लेखक या रचनाकार की अभिव्यक्ति का माध्यम हुआ करती है। उम्र का भी महत्त्व है, लेकिन उसी तक सीमित रहना ठीक नहीं है।

ख़राब लेखक बचपन में अगर ख़राब लिखता है तो यह उम्मीद की जाती है...कि वह आगे ठीक लिखेगा...यदि वृद्ध होकर भी वह ख़राब लिखता है तो वह मरने के बाद भी अच्छा नहीं लिख सकता...ख़राब लेखक मरने के बाद भी ख़राब लिखता है और ख़राब ही दिखता है। दुनिया में बहुत-से लोग हुए हैं जो अपनी जवानी के प्रथम चरण में बीस से चालीस वर्ष के भीतर मर गये और उन्होंने अपना अच्छा लिखा हुआ हमारे लिए विरासत में छोड़ा है। और बहुत-से लोग शतायु होकर मरे हैं...पर उनकी अपेक्षा तिगनी-चौगुनी अच्छी रचनाएँ देकर नहीं मरे हैं। लिखने का भी एक जुनून होता है...और वह किसी भी उम्र में जाग सकता है। किसी भी उम्र में अच्छी रचना आ सकती है।

तुलसीदास और टॉलस्टॉय बुढ़ापे में अच्छे लिखने के बेहतर उदाहरण हैं...। केशवदास जैसे बुढ़ापे में ख़राब लेखक के भी हमारे यहाँ उदाहरण मौजूद हैं। फिर भी उनकी मेहनत देखते बनती है। उन्हें समझने के लिए ज़रूरत से ज़्यादा टेक्नीकल होना ज़रूरी है। इतना बहुज्ञ कि कहीं से भी कोई आपको अल्पज्ञ न समझ सके। वैज्ञानिक दृष्टि और टेक्नीकल होने में अन्तर है। आज के युवा लेखक (यही सवाल था न?) कहानी जैसी कहानी और कविता जैसी कविता लिख

रहे हैं...वह विस्फोटक नहीं लगते...बल्कि मैं यूँ कहूँ कि न वह बहुत ज़्यादा ठण्डे लगते हैं न बहुत ज़्यादा गरम। ऐसे लगता है जैसे कोई देहरादून की घोसी गली से कोई एक और अख़बार निकल आया है...। किसी दूसरे अख़बार का आख़िरी समाचार उसमें पहला समाचार हो सकता है...और पहला समाचार उसका आख़िरी समाचार हो सकता है। समाचार सब मिलते-जुलते हैं।

युवा का मतलब है, नयी ज़मीन तोड़ने वाला...नये सन्दर्भ ढूँढ़ने...नयी भाषा रचने वाला...और जैसे कुछ नहीं कहा गया है...वैसा कुछ कहने वाला..। बल्कि युवा लोगों में तो कभी-कभी आश्चर्यजनित अनुभव से परिपूरित बुढ़ापा दिखाई देना चाहिए। लगना चाहिए कि इसके पास इतनी अनुभव सम्पदा कहाँ से आ गयी? युवा होना अनुभवहीन होना नहीं है...। युवा होने का मतलब है ज्ञानवृद्ध होना। ज्ञानवृद्ध व्यक्ति ही परम्परा कायम कर सकता है। मूर्ख युवा उसी डाल को काट सकता है जिस पर बैठा हो...। कालिदास बनने के लिए पेड़ से उतरकर ज़मीन पर आना ज़रूरी है और पापड़ बेलना भी। अनेक पराजयों से गुज़रने के बाद ही कालिदास हुआ जा सकता है। अपनी पुरानी जीभ भी काटकर चढ़ानी पड़ सकती है। मतलब कि नयी ज़बान पैदा करनी पड़ेगी। कालिदास ने अपने लेखन को ही नहीं अपनी श्रुति को भी सुधारा। अस्ति कश्चित वाग् विशेषः। कवि को शब्द की कान और आँख एक साथ बनना पड़ता है।

अनुभव के पापड़ बेलने वाले युवाओं की रचना अलग से दिखती है और दिखनी चाहिए। रचना का भाव कलेवर एक स्थापत्य की तरह भी दिखना चाहिए।

आज के युवा लोगों की रचनाओं में न तो टेक्नोलॉजी की आहट ज़्यादा दिखती है और न वे पिछड़ेपन का यशोगान करने से अपने को बचा पाते हैं...। मैं अक्सर देखता हूँ कि अभी भी लोग गाँव की बदहाली को सौन्दर्य और शान्ति के प्रतीक के रूप में देखते हैं। जबकि गाँव आज दुर्दशा का प्रतीक हैं। चारों ओर शहर बनने की होड़ लगी हुई है। इस होड़ की अन्दरूनी विडम्बना की कहानी और कविता कभी देखी है आपने?

प्रश्न : बड़े-बड़े साहित्यकार भी लेखन की शुरुआत कविता से करते हैं लेकिन बाद में वह कविता को कोई बड़ी विधा नहीं मानते। मसलन नामवर सिंह, राजेन्द्र यादव आदि ने भी शुरुआत कविता लेखन से ही की थी।

उत्तर : बड़े-बड़े साहित्यकार कविता से शुरुआत ज़रूर करते हैं, लेकिन अन्त तक वह कविता को साध नहीं पाते हैं और फिर कविता का पिण्ड छोड़ देते हैं... यह अच्छी बात नहीं। ठीक उसी तरह कुछ लोग कविता के अलावा कुछ नहीं लिखते और कविता के पीछे डण्डा चलाते रहते हैं। इससे भी कविता कमज़ोर

होती है...यह भी अच्छी बात नहीं। कवि के गद्य और उसकी कविता के गद्य में स्पष्ट फ़र्क़ होना चाहिए। विनोद कुमार शुक्ल जैसा घालमेल नहीं।

नामवर सिंह का उदाहरण कविता से शुरुआत करने के मामले में एक अच्छा उदाहरण है।...क्योंकि उन्होंने कविता के मर्म को सबसे अधिक समझा है। और समझाया है...। जितना वे लोग नहीं समझा सके जो ज़िन्दगी भर कविता लिखते रहते हैं, कविता का मर्मज्ञ होना भी कवि होने से कम नहीं।

ख़राब कविता लिखने से अच्छा है कि कविता की अच्छी आलोचना...अच्छी समीक्षा प्रस्तुत की जाये...और नामवर जी ने कविता की समझ को जिस ऊँचाई तक पहुँचाया है...वह बहुत कम लोग पहुँचा पाते हैं। जहाँ तक बात राजेन्द्र यादव की है वे कुछ अच्छी कहानी लिख सके तो सिर्फ़ इसलिए कि उन्हें अच्छी कविता की भी समझ थी...अन्यथा उनका सारा लेखन कविता की मुखालफ़त करते हुए गुज़र गया और आज भी वही अंश उनके साहित्य में पठनीय है जिनके गद्य को कविता के संस्पर्श ने समृद्ध किया है। अच्छी कविता के बिना अच्छा गद्य लिखा नहीं जा सकता। राजेन्द्र यादव इसके भी प्रमुख उदाहरण हैं।

कविता को बड़ी विधा अच्छे कवि ही बना सकते हैं...अन्यथा छोटे और ख़राब कवि तो अपनी और कविता दोनों की छीछालेदर करके रख देंगे। दो-दो सौ पृष्ठ, पाँच-पाँच सौ पृष्ठ के उपन्यास कभी-कभी बेकार लगते हैं, दस-पन्द्रह पंक्तियों की अच्छी-सी कविता के सामने। लोहे का स्वाद लोहार से मत पूछो, उस घोड़े से पूछो जिसके मुँह में लगाम है, इस एक पंक्ति पर एक कहानी या एक निबन्ध लिखा जा सकता है।

कविता से शायद हर लेखक इसलिए भी शुरू करता है, क्योंकि कविता हर संवेदनशील व्यक्ति को अभिव्यक्ति के लोकतन्त्र में शामिल करती है। कविता यह भी याद दिलाती है कि व्यक्ति अधिक पढ़ा हो चाहे कम पढ़ा-लिखा हो, और चाहे एक दिन भी स्कूल न गया हो, फिर भी उसको अपने को अभिव्यक्ति करने का अधिकार है। और इसी अभिव्यक्ति के अधिकार को कबीर ने हमारे बीच रखा है।

बड़ी चीज़ विधाएँ नहीं होतीं...बड़ी चीज़ विचार होते हैं...विधा का महत्त्व नहीं है..विचार का महत्त्व है जो उस विधा में आ रखा है, एक ही विचार अपने लिए विधाएँ चुन सकता है। इसलिए भाषा और विधा से अधिक महत्त्व विचार का है। विधा यदि विचार को बदल दे—तब विधा का भी महत्त्व बढ़ जाता है। बहुत-सी भाषाएँ ऐसी हैं—दुनिया में जिनकी लिपि नहीं है...उनकी मौखिक उक्तियाँ लिपिबद्ध की गयी हैं, और वे आज भी रोमांचित करती हैं,

लिपि का इसीलिए महत्त्व है कि उसमें विचार होते हैं। अक्षुण्णता के साथ टिके रहने के लिए विचार कोई लिपि माँगते हैं। ऐसे में ज़ाहिर है कि विचारक की लिपि ही विचार की लिपि बन जायेगी। लिपि इसलिए कि हम विचार को डिकोड करने का संकेत समझ सकें।

प्रश्न : आपकी कविता में जो चरित्र-चित्रण होता है उनमें आप पात्र कहाँ से लेते हैं?

उत्तर : मेरी कविता के पात्र प्रायः परिस्थितिवश आते हैं, और पात्र साभिप्राय जीवन की स्थितियों से, भाषा की स्थितियों से और लिखने के उद्देश्य की स्थितियों से आते हैं बाक़ी सारा जीवन तो पात्रों और अ-पात्रों से भरा हुआ है...उसमें से आने वाले सुपात्रों और कुपात्रों में भरपूर पात्रता होती है।

मेरी कविताओं में वे सम्भवतः निर्धारित विषयों के अनुसार न आयें लेकिन मानवीय परिस्थिति के रूप में वे वहाँ आ ही जाते हैं। कभी-कभी तो प्रकृति और परिस्थिति ही पात्रों की संरचना कर देती है, घटनाएँ ही बिम्ब बन जाती हैं। और बिम्ब ही घटना बन जाते हैं।

प्रश्न : कहानीकार यदि कविता लिखता है तो उसको महत्त्व नहीं मिलता... कवि के रूप में उसकी उतनी पहचान नहीं बन पाती। लेकिन यदि कवि कहानी लिखता है तो उसमें प्रभाव उत्पन्न होता है...महत्त्वपूर्ण भी मानी जाती है...अक्सर पहचान भी मिलती है। क्या कारण हो सकता है इसका आपकी दृष्टि में?

उत्तर : हिन्दी साहित्य में कथा लेखन का आकलन करते हुए अक्सर यह पाया गया है कि पेशेवर कथा लेखकों की अपेक्षा कवियों ने ज़्यादा श्रेष्ठ कहानियाँ लिखी हैं, यह ठीक है कि सिर्फ़ कहानियाँ व उपन्यास लिखने वाले प्रेमचन्द ने बहुत अच्छी कहानियाँ लिखी हैं, लेकिन भारतीय जन-जीवन के यथार्थ को, उसकी विसंगतियों को जितनी सरल और सड़क छाप भाषा में जयशंकर प्रसाद ने कहानियाँ लिखी हैं उनकी कहानियाँ और उपन्यास...प्रेमचन्द के कहानी और उपन्यासों पर भारी पड़ते हैं। यह अलग बात है कि आलोचकों ने यह तुलनात्मक अध्ययन अभी तक किया नहीं है। करेंगे तो लोकवादी आधुनिक कहानी के जनक जयशंकर प्रसाद को एक नयी पहचान मिलेगी। जयशंकर प्रसाद की कहानी 'घीसू', 'बेड़ी', 'गुण्डा', 'जयदोल', 'पुरस्कार' इत्यादि। उपन्यासों में 'कंकाल' और 'तितली', 'गोदान' के यथार्थ पर भारी पड़ते हैं, अपने युग के यथार्थ पर निराला के 'चतुरी चमार', 'कुल्ली भाट' प्रेमचन्द के युगीन यथार्थ पर भारी पड़ते हैं। प्रेमचन्द कविता लिखने में सर्वथा विफल रहे हैं लेकिन जीवनानुभव से भरी कहानियों में उनका जवाब नहीं। कविता में कथा, कहानी में कथा, नाटक में कथा,

दरअसल कथा तत्त्व के कई रूप हैं। जिन कथाकारों की कहानियों में भाषा की संरचना कविता जैसी या कविता के निकट पड़ती है...उनकी कहानियाँ निर्मल वर्मा, कृष्णा सोबती और ज्ञानरंजन की तरह आप पढ़े बिना रह नहीं सकते हैं और न उन्हें भुला सकते हैं। कविता लिखना ज़रूरी नहीं है, कविता एक सत्त्व (Essence) है। वह तत्त्व जिसमें पड़ जाता है...वह रचना रोचक और स्मरणीय हो जाती है...तब चाहे वह नाटक की भाषा हो...कहानी की भाषा हो या निबन्ध की हो या कविता की हो। काव्यात्मक सत्व के बिना वह आकर्षण पैदा हो ही नहीं सकता। जयशंकर प्रसाद आधुनिक हिन्दी कहानियों, उपन्यासों और कविता के जनक हैं। हिन्दी साहित्य का आधुनिक रूप प्रसाद जी से शुरू होता है। उनके नाटक और भी महत्त्वपूर्ण हैं। मोहन राकेश की कहानियाँ व नाटकों में कविता के कौशल का सुन्दर इस्तेमाल हुआ है। प्रेमचन्द जी ने अगर कविताएँ भी लिखी होतीं तो उनके उपन्यासों की भाषा दूसरे ही ढंग की होती। मगर जो कि नहीं है उसका ग़म क्या?

अज्ञेय, रघुवीर सहाय, राजकमल चौधरी, कुँवरनारायण, सर्वेश्वर दयाल सक्सेना, श्रीकान्त वर्मा, ज्ञानरंजन, काशीनाथ सिंह, ममता कालिया, उदय प्रकाश, एकान्त श्रीवास्तव आदि की कहानियाँ और उपन्यास कविता का भी स्वाद चखाती हैं। मनोहर श्याम जोशी और कृष्णा सोबती की कहानियाँ और उपन्यास उनकी काव्यात्मक भाषा का भी नमूना हैं।

जिन कहानीकारों ने कविताएँ लिखी हैं, अथवा जिन कवियों ने कहानियाँ भी लिखी हैं उनमें से विनोद कुमार शुक्ल एक आदर्श उदाहरण हैं कि वे दोनों विधाओं में गण्य और मान्य हैं। इसलिए यह आरोप मुझे सुचिन्तित और युक्तिसंगत नहीं लगता। झगड़ा विधाओं का नहीं होना चाहिए। झगड़ा हो तो इस बात का हो कि विधाओं में विचार क्या आ रहे हैं और क्या वे विचार पहली बार आ रहे हैं? कहानियाँ और उपन्यासों में जो जीवन स्थितियाँ आ रही हैं वे आज के जीवन के कौन से विचारों की पूरक हैं।

प्रश्न : आप कविता क्यों लिखते हैं?

उत्तर : इस प्रश्न को आप यूँ भी पूछ सकते हैं कि आप कविता ही क्यों लिखते हैं? वाकई यह चिन्ता का विषय है कि कवियों को केवल कविता लिखने तक ही सीमित क्यों रहना चाहिए? उन्हें और भी कुछ लिखना चाहिए और मैं तो कहूँगा कि निबन्ध लुप्त प्राय विधा हो चुकी है...इसलिए कवि यदि लिखेंगे तो वह महत्त्वपूर्ण और सुन्दर होंगे। 'भाषा निबन्ध मति मंजुल मातनोति।'

मैंने कई बार सोचा है कि जिन विषयों पर मैं कविता लिखता हूँ उन पर यदि मैं कहानियाँ लिखूँ। जो बात मैं दस-पन्द्रह पंक्तियों में लिखता हूँ उसे लिखने के लिए मुझे पाँच पृष्ठ तो लिखने ही होंगे। कभी-कभी मुझे हर विषय पर कहानियाँ लिखना भी भाषा का अपव्यय लगता है...। इसलिए कविता की मितव्ययता से ही काम चला लेता हूँ।

कविता का एक गणितीय गुण है कि वह भाषा और सन्दर्भों का संश्लिष्टीकरण करते हुए उन्हें संकेत सूत्र जैसा बनाने की कोशिश करती है...यानी विज्ञान में जिस तरह कोडिंग की जाती है फिर कोड से डिकोड करना पड़ता है...यदि ऐसा करेंगे तो विस्तार वहाँ मौजूद है...अन्यथा सूचनात्मक संकेत और अर्थ की व्यापकता कविता में अक्सर गहराई देने की कोशिश करता है तो अच्छा लगता है...।

प्रश्न : आप अपनी अनूठी रचना प्रक्रिया के बारे में थोड़ा बतायेंगे?

उत्तर : रचना भी एक शरीर है। शरीर की रचना प्रक्रिया हरेक शरीर में विद्यमान रहती है। लेकिन यह दिखाई नहीं देती। हमारे शरीर का रक्त प्रवाह हमें दिखाई नहीं देता। शरीर की चेतना सारे तामझाम से अलग है। शरीर की चेतना इन्द्रियों के समन्वय पर निर्भर करती है। इन्द्रियों की चेतना की और चेतना को इन्द्रियों की ज़रूरत है। इन्द्रियों से ही अतीन्द्रिय आत्मा की अनुभूति होती है। रचना एक पुंजित सक्रियता है। अपने संसार में एक दूसरा संसार बनाना ही रचनात्मक हस्तक्षेप है। रचना का शरीर भी प्रत्यक्ष (यथार्थ) और अप्रत्यक्ष (अयथार्थ) दोनों से बनता है।

हमारी हड्डियाँ भी हमें दिखाई नहीं देतीं...। हमारा पाचन तन्त्र हमारे द्वारा हमारी आँखों से दिखाई नहीं देता। इसके लिए अलग से एक्स-रे मशीन ईज़ाद की गयी है। उस एक्स-रे मशीन के द्वारा शरीर की आन्तरिक स्थिति का पता लगाने की कोशिश करते हैं...। ठीक उसी प्रकार किसी रचनाकार की रचना प्रक्रिया उसकी रचनाओं से ही समझी जा सकती है...और इस तरह मेरी रचनाओं की रचना प्रक्रिया एक जैसी नहीं परखी जा सकती...क्योंकि हर रचना का स्वभाव, अनुरोध और प्रतिरोध अलग-अलग होते हैं।

मेरी रचना प्रक्रिया को किसी एक रचना से भी नहीं पहचाना जा सकता है क्योंकि हरेक रचना के पीछे अलग सन्द भी छिपा होता है। इसलिए हर रचना की रचना प्रक्रिया ज़ाहिर है कि परिस्थितिवश भाषा के अपने उपादानों के कारण शब्दावली व मुहावरे की संगति के कारण भिन्न हो जायेगी। हर रचना की रचना प्रक्रिया एक जैसी नहीं हो सकती। रचना प्रक्रिया बता पाना बहुत कठिन है। आप किसी माँ से पूछें कि आपने यह बच्चा कैसे जना तो वह क्या बता देगी?

मेरे को तो यह दिखाई देता है कि सभी मनुष्यों की रचना प्रक्रिया एक जैसी है, लेकिन समाज में मनुष्य की स्थिति एक जैसी नहीं है। उनका जन्म, पालन और जीवन यापन और यहाँ तक कि मरना भी हरेक का अलग-अलग तरह से होता है।

इसलिए रचना प्रक्रिया को किसी एक बने बनाये फार्मूलों से बाँचना या जाँचना बहुत मुश्किल है। बहुत सारी अच्छी रचनाएँ पढ़ते हुए लगता है कि यह विचार रचनाकार के मन में तुरन्त आ टपका होगा...जबकि वह कई दिनों से राह ढूँढ़ रहा होता है।

प्रश्न : रचना के कथ्य और शिल्प में आप किसे प्रमुख मानते हैं और क्यों?

उत्तर : एक अच्छी रचना में कथ्य और शिल्प आपस में गुँथे हुए होते हैं... आज तक कोई रचना केवल शिल्प के लिए नहीं लिखी गयी। कथ्य हर बार अपना एक शिल्प ले आता है...। इसका मतलब यह नहीं है कि शिल्प का कोई महत्त्व नहीं है। शिल्प का महत्त्व कुछ-कुछ इस तरह का है, जैसे कि किसी के चेहरे के नाक-नक़्श, किसी का शारीरिक सौष्ठव...किसी के सम्पूर्ण व्यक्तित्व की झलक... लेकिन इतने मात्र से सम्पूर्ण जीवन के कर्म, विचार...सम्पूर्ण जीवन के व्यवहार समझ में नहीं आ सकते...। एक रचना के लिए कथ्य भी ज़रूरी है और शिल्प भी...।

शिल्प के बिना अच्छा कथ्य भी अपना आकर्षण खो बैठता है। शिल्प की कोई निर्धारित पहचान और सीमा नहीं है...। कथ्य की तरह शिल्प भी पैदा करना पड़ता है। किसी भी रचना में भाषा, संकेत और ध्वन्यार्थ का पुनर्निर्माण करना पड़ता है।

प्रश्न : अधिकांश रचनाधर्मी मानते हैं कि विश्व में कोई सम्पूर्ण वैज्ञानिक और सही जीवन दर्शन है तो वह मार्क्सवाद है। ऐसा क्यों मानते हैं?

उत्तर : मार्क्सवाद अच्छा जीवन दर्शन है। लेकिन वही एक सही जीवन दर्शन है...इस पर बहस की काफ़ी गुंजाइश है...। लेकिन हर तरह की बहस के बाद भी यह तो कहना ही पड़ेगा कि मार्क्सवाद भी अधिकांश सुन्दर जीवन दर्शन है।

मार्क्सवाद ने मेरी समझ से पहला काम यह किया है कि मनुष्य को भौतिकवादी सोच से परिचालित होने की वैज्ञानिक नसीहत दी...। उसने बताया कि मनुष्य का अध्यात्मवादी होने से अच्छा पदार्थवादी होना है। यदि मनुष्य पदार्थवादी होगा तो वह भौतिकवादी हुए बिना नहीं रह सकता। पदार्थ की भी एक चेतना होती है...। ठीक मनुष्य की तरह। लेकिन दोनों में बड़ा फ़र्क़ है।

पदार्थों की चेतना से टकराने के लिए मनुष्य बना है। मनुष्यों की चेतना पदार्थों की चेतना से टकराती है या नहीं, पर मनुष्य के स्वरूप को बदल ज़रूर देते हैं।

सारे ईश्वरवादी और अध्यात्मवादी चिन्तन की जड़ पदार्थवाद में है। अगर पदार्थ नहीं है तो...पद (शब्द) का भी कोई अर्थ नहीं है।

यह एक आश्चर्यजनक साम्य है कि शब्द के लिए इस्तेमाल किये जाने वाला 'पद' शब्द भी पदार्थ के प्रारम्भ में लगा दिया गया है। यानी कि शब्द के बिना पदार्थ अधूरा है और पदार्थ के बिना शब्द अधूरे हैं। वे एक-दूसरे के पूरक पर्याय हैं।

मार्क्सवाद ने वस्तुओं के उत्पादन में मूल्य कैसे पैदा होता है, यह समझने की सबसे पहली कोशिश की...। इससे पहले दर्शनशास्त्र में इस विषय पर किसी दार्शनिक के विचार नहीं पाये जाते हैं। मार्क्स ने बताया कि वस्तु का मूल्य मनुष्य के परिश्रम से पैदा होता है। वस्तु, धन, परिश्रम बराबर मूल्य। तब हम यह जान पाये कि किसी चीज़ की क़ीमत के पीछे छिपी हुई मनुष्य की मेहनत है। मनुष्य की मेहनत से ही चीज़ें मूल्यवान बन जाती हैं। वह मनुष्य कौन हैं? उसे बेचने वाला या उसे ख़रीदने वाला? या उसे पैदा करने वाला? मार्क्स कहता है कि वह मनुष्य वह मज़दूर है जो उस पदार्थ के स्वरूप को अपने परिश्रम से किसी मानवीय उपयोगिता में बदल देता है। हम बाज़ार को जानते हैं, पैसा कमाने वाले सेठ को भी जानते हैं लेकिन उत्पादनशील मज़दूर को नहीं जानते। मार्क्स ने पहली बार उसी उत्पादनशील मनुष्य को प्रतिष्ठित किया। उस नगण्य मनुष्य को मार्क्सवाद के कारण उत्पादन की मौलिक इकाई के रूप में शुमार किया जाने लगा। जिसकी पहचान मार्क्स ने शोषित वर्ग के रूप में करायी है...। कितनी बड़ी विडम्बना है कि इस वर्ग को उत्पादक वर्ग में शामिल ही नहीं माना जाता था, लेकिन औद्योगिक क्रान्ति के समय में मार्क्स ने मेहनतकश लोगों के द्वारा उत्पादित वस्तुओं में मूल्यवत्ता पैदा करने की महान् घटना को चिह्नित किया और मार्क्स ने कहा कि जो मुनाफ़ा है उसमें इस मेहनतकश का भी हिस्सा होना चाहिए। इससे पहले कि मनुष्यों ने आत्मा पर...परमात्मा पर...भी विश्वास किया है पर मेहनत करने के बावजूद...दरिद्र रह जाने वाली आत्माओं पर विचार नहीं किया। मार्क्स का दर्शन मेरी दृष्टि में दरिद्र और उत्पीड़ित मेहनतकश आत्माओं के उद्धार का दर्शन है।

प्रश्न : कवि के अन्दर व्यक्ति और समाज के हितों के बीच का द्वन्द्व क्या किसी सार्थक लेखन की भूमिका बनाता है?

उत्तर : व्यक्ति के बिना समाज का निर्माण हो ही नहीं सकता। व्यक्ति समाज की एक इकाई है...और समाज कहकर हम कई बार व्यक्ति का अमूर्तिकरण कर देते हैं। क्योंकि अब तक के उदाहरणों से यह ज्ञात होता है कि समाज की अपेक्षा व्यक्तियों ने समाज को बदला है।

कवि भी एक व्यक्ति है। कवि भी एक नागरिक है...कवि भी एक नियति में पड़ा हुआ अथवा सुखी-दुखी होता हुआ मनुष्य है। मनुष्य माने एक व्यक्ति। सारा समाज मिलकर एक इमारत बना सकता है...भूगोल का नक़्शा बदल सकता है...पर एक अच्छी कविता लिखने का समाज द्वारा कोई उदाहरण प्रस्तुत नहीं हैं, एक अच्छी रचना अभी तक एक अकेले व्यक्ति की देन के रूप में पहचानी जाती रही है। लेखन के संसार में इसी एक अकेले लिखने वाले व्यक्ति का महत्त्व है। ठीक है कि वह सारे समाज की भाषा का, संघर्ष का, निष्पत्तियों का इस्तेमाल करता है लेकिन ऐसा वह हर बार अपनी हर रचना में एक अकेले व्यक्ति की तरह कर रहा होता है।

यह जो व्यक्ति और समाज के बीच का द्वन्द्व है...यह हर बार किसी-न-किसी रचना की भूमिका रचता रहता है। वह कितनी सार्थक और कितनी निरर्थक है यह तो सम्भवतः किसी दूसरे व्यक्ति को सोचना है...।

प्रश्न : अब आपकी उम्र आत्मकथा लिखने की हो चली है। क्या इस ओर सक्रिय हैं?

उत्तर : अभी तो मैं आत्मकथा को जी रहा हूँ...और अपने ढंग से रच भी रहा हूँ..। थोड़ा और जी लूँ...थोड़ा और रच लूँ...तो शायद लिख भी लूँगा?

प्रश्न : आप डायरी भी लिखते हैं?

उत्तर : कभी-कभी, नियमित नहीं।

प्रश्न : किन-किन लेखकों की डायरियाँ आपको अच्छी लगीं?

उत्तर : काफ़्का की डायरी।

प्रश्न : किन-किन की आत्मकथा व संस्मरण?

उत्तर : महात्मा गाँधी।

प्रश्न : उनकी किन बातों पर आप फ़िदा हैं?

उत्तर : फ़िदा नहीं बल्कि डरा हूँ...क्योंकि सच बोलने वाला ही आत्मकथा लिख सकता है।

प्रश्न : अनुभव का ऐसा कौन-सा क्षेत्र है, जहाँ तक अभी कविता नहीं पहुँच सकी?

उत्तर : बहुत-से ऐसे क्षेत्र हैं जहाँ कविता को अभी पहुँचना है। विज्ञान की लैब में...टेक्नोलॉजी के हर नये आविष्कार के संसार में। क्योंकि मनुष्य अब केवल ईश्वर प्रदत्त नहीं रह गया है। उसका संसार मनुष्य प्रदत्त ज़्यादा हो गया है। कविता को मनुष्य प्रदत्त सांसारिक गुणों में अभी और प्रवेश करना है। कविता को प्रकृति के सामने हमेशा नतमस्तक ही नहीं रहना है बल्कि मनुष्य द्वारा रची जाती हुई नयी प्रकृति को भी अंकित करना है।

प्रश्न : आप किस कवि से अधिक प्रभावित हैं? या रहे हैं? उनकी कुछ उल्लेखनीय रचनाएँ जिनसे आपके लेखन को गति या दिशा मिली?

उत्तर : मैं जयशंकर प्रसाद जी से ज़्यादा प्रभावित रहा हूँ...? उनके उपन्यास ...उनके नाटक...उनकी कहानियाँ...उनके निबन्ध आज भी चुनौती देते हुए दिखते हैं। उनके बाद अज्ञेय जी ऐसे रचनाकार हुए हैं जिन्होंने कविता, कहानी, नाटक, निबन्ध, उपन्यास आदि को समृद्ध किया है। प्रेमचन्द की तरह वे केवल कहानी से बँधकर नहीं रह गये।

प्रश्न : गद्य विधा में भी आप कुछ लिख रहे हैं?

उत्तर : लिख रहा हूँ...। अब पुस्तकाकार भी आपको देखने को मिलेगा।

प्रश्न : जब आप लिखते या पढ़ते नहीं हैं तब आप क्या करना पसन्द करते हैं?

उत्तर : अन्य सभी घर के दूसरे सामान्य कार्य करना पसन्द करता हूँ...हाँ लेकिन उस समय भी लिखने और पढ़ने के बारे में ही सोचता रहता हूँ।

प्रश्न : एक दौर था जब कविताएँ याद हो जाती थीं...कविता नारा भी होती थी...लेकिन आज ऐसा दिखाई नहीं देता...

उत्तर : पता नहीं वो कौन-सा दौर था जब बिना याद किये कविताएँ याद हो जाती थीं लेकिन मैं इतना ज़रूर जानता हूँ जिस कविता अथवा कठिन उक्ति को उल्लेखनीय मानते हुए कोई व्यक्ति अगर बार-बार आवृत्ति करेगा तो वह उसे याद हो जायेगी। बहुत-से लोगों को गालियाँ बहुत याद हो जाती हैं तो बिना प्रयास किये जो याद हो जाये वो ज़्यादा महान है, यह मानना मेरे लिए थोड़ा मुश्किल है।

पहले कुछ कविताओं के साथ स्मृति का गठबन्धन इसलिए हो जाता था, क्योंकि कुछ कविताओं में लयात्मकता थी और कुछ कविताओं में तुकात्मकता थी...। धीरे-धीरे लयात्मकता की कमी के बावजूद लोग तुकात्मकता का ही सहारा लेने लगे और उसे ही छन्द मानने लगे। जबकि छन्द एक लय और प्रवाह का नाम है, तुक का नाम नहीं। अगर तुक ही छन्द होता तो संस्कृत साहित्य तुकों से भरा होता।...संस्कृत काव्य के श्लोकों में एक या दो प्रतिशत तुक के अलावा कहीं तुक मिलाने का आग्रह नहीं होता है, बल्कि बोलने की लय और अर्थ का प्रवाह छन्द का निर्माण करता है। यह परम्परा उर्दू शायरी में भी मौजूद है।

आधुनिक समय में भी कविता नारे की तरह लिखी जाती रही है...लेकिन वह एक सर्वमान्य व व्यापक विधा का रूप ग्रहण नहीं कर सकी है। केवल नारा लगाना या बन जाना कविता का पहला और उल्लेखनीय गुण नहीं है।

प्रश्न : आँकड़े बताते हैं कि किताबें ज़्यादा छप रही हैं, दूसरी तरफ़ कहा जाता है कि पढ़ने वाले नहीं हैं? यह विरोधाभास कैसा है?

उत्तर : यह प्रश्न सभी भाषाओं पर एक जैसा लागू नहीं होता। मलयाली और बंगला भाषा में पुस्तकें खरीद कर पढ़ी जाती हैं...हिन्दी में पुस्तकों के लिए भी मुफ़्तख़ोरी है...और जो चीज़ मुफ़्त में मिलती है, उसका कोई महत्त्व नहीं होता...

हिन्दी में यह उम्मीद की जाती है कि लेखक अपनी किताब मुफ़्त में बाँटेगा...तब पाठक उन पुस्तकों को पढ़ने की कृपा करेंगे...यह बहुत अनुचित प्रथा है...।

सभी पुस्तकें बहुत पठनीय नहीं होतीं और न संग्रहणीय होती हैं। इसके लिए समाचार-पत्र एवं मीडिया को पुस्तक समीक्षा का एक कालम स्थायी रूप से चलाना चाहिए...जिससे पाठकों को अपनी पसन्द की पुस्तकों का चयन करने की सुविधा हो, अन्यथा सामान्य तौर पर लोगों को यह पता ही नहीं होता कि कौन-सी किस विषय पर पुस्तक प्रकाशित हुई है, समीक्षा और चर्चाओं के द्वारा पुस्तकों का डंका बजना चाहिए...।

किताबें छप रही हैं...यह महत्त्वपूर्ण नहीं है...महत्त्वपूर्ण यह है कि अच्छी, उपयोगी और संग्रहणीय पुस्तकें कितनी छप रही हैं? कौन-सी ऐसी पुस्तक आयी है जो जीवन के किसी दुर्लभ नये सन्दर्भ की जानकारी देती हो...इसके लिए समीक्षा ही एकमात्र सूचना प्राप्त करने का विश्वसनीय आधार हो सकता है...। यह कहना सरलीकरण होगा कि पुस्तकें छप रही हैं और पाठक नहीं हैं, क्योंकि मुझे भी अक्सर यह सुनने को मिलता है कि कविता की पुस्तकें नहीं बिकती हैं और न उनके पाठक हैं...इसलिए प्रकाशक उन्हें छापने को तैयार नहीं होते...। लेकिन मेरा अनुभव इससे इतर है...। मेरी कोई कविता पुस्तक ऐसी नहीं है जिसका केवल एक ही संस्करण छपा हो। सिवाय इसके 'जितने लोग उतने प्रेम' जो पिछले साल छपी। पूर्व प्रकाशित लगभग सभी संग्रहों का तीसरा और पाँचवाँ संस्करण प्रकाशित हो गये हैं...इससे मुझे अहसास होता है कि ज़रूर कहीं-न-कहीं छोटा-बड़ा पाठक वर्ग कविता को पढ़ रहा है...। ये जो साल-दो साल में हज़ार-दो हज़ार कविता की किताब बिक जाती हैं...(वह भी कविता की) यह हो सकता है कि किसी कवि के सम्बन्ध में सही हो सब के सम्बन्ध में नहीं...पर इतना ज़रूर है कि कविता के वाक्य विन्यास ने कविता में अनुभव प्रकट करने के तेवरों ने, कविता की शैलियों ने, कविता में वाक्य विन्यास के शिल्प ने, ऐसा कुछ विशेष किया है जिसकी वजह से समाचार-पत्रों के शीर्षकों की शैलियाँ बदल गयी हैं और इलेक्ट्रोनिक मीडिया के समाचार वाचन की शैलियाँ बदल गयी हैं।

मीडिया में समाचार वाचन थियेटरीकल (नाटकीय) सामने आया है उसमें कहीं-न-कहीं कविता का बहुत बड़ा हाथ है। कविता वही अच्छी नहीं होती बल्कि

वह भी अच्छी हो सकती है...जो हमारी हताशा को थोड़ा ही सही पुचकार कर होश में ला दे। कविता का यह भी एक काम है कि वह अनुभव को विचार में ढालकर इस तरह तराश दे कि वह हमारी स्मृति का हिस्सा हो जाये और वह कविता जीवन में विचार विनिमय के काम आने लगे।

साक्षरता इधर बढ़ी है...टेक्नोलॉजी बढ़ी है...सूचनाओं के साधन बढ़े हैं वैज्ञानिक चिन्तन बढ़ा है...तब यह चिन्ता का विषय तो होना ही चाहिए कि इधर नौसिखिया टेक्नोलॉजी वाले युवा वर्ग के बीच में कविता का सुखद प्रवेश देखने को मिलता है, लेकिन ज्ञान के अन्य अनुशासनों में काम करने वाले लोगों के बीच कविता का आना-जाना कुछ कम है...शायद धीरे-धीरे विज्ञान को भाषा की शक्ति पर भरोसा बढ़ेगा और वह यन्त्र विज्ञान के अलावा शब्द विज्ञान के सामाजिक सम्पर्क में भी आयेगा, क्योंकि पश्चिम की अनेक भाषाओं में इधर से कविता-संग्रह आये हैं...उनमें वैज्ञानिक पेशे से जुड़े कवियों की संख्या अधिक है...। इसका मतलब यह भी निकलता है कि विज्ञान भी एक काव्योचित न्यास एवं काव्योचित नैतिकता चाहता है। इस दृष्टि से भारतीय भाषाओं में बहुत कम विचार देखने को मिलते हैं...यह पाठकों की कमी नहीं है बल्कि समर्थ पाठकों की कमी ज़्यादा झलकाता है।

प्रश्न : आजकल हिन्दी साहित्य में पुरस्कारों की बाढ़ आ रखी है...आप इस पर क्या कहते हैं?

उत्तर : पुररकारों की बाढ़ उन्हें दिखाई देती है जिन्हें पुरस्कार नहीं मिलते, लेकिन जो सचमुच पुरस्कार योग्य हैं उन्हें तो पुरस्कारों का अकाल दिखाई देता है...। छोटी-छोटी पूँजियों के भी पुरस्कार नहीं हैं। बड़ी पूँजियों के पुरस्कार दो या तीन हैं।

पुरस्कारों में सम्मान तो है लेकिन लेखक को जीवन यापन करने का सामान प्राप्त नहीं होता। लेखक का पोषण स्रोत केवल लेखन से हासिल होनेवाला पारिश्रमिक अथवा रायल्टी वग़ैरह बहुत नगण्य और कमज़ोर है।

लेखक को सम्मान व सामान दोनों की ज़रूरत है। सामान से मेरा अभिप्राय जीवनयापन सम्बन्धी साधनों से है। बड़े और सम्मानित माने-जाने वाले भारत सरकार द्वारा स्थापित साहित्य अकादेमी का प्रतिवर्ष भारत की प्रत्येक भाषा में एक उत्कृष्ट कृति को लेकर किसी लेखक को सम्मानित करने की परम्परा है जो प्रशंसनीय है...। लेकिन उसमें भी मात्र एक लाख रुपये की राशि सन्निहित है। जो साठ वर्ष के पहले मुश्किल ही मिल पाती है...। हिन्दी का संसार बड़ा है और उसके मुक़ाबले पुरस्कारों का संसार बहुत ही छोटा और नगण्य है। राज्य सरकारों की कोई पुरस्कार नीति नहीं है। राज्य सरकारों में साहित्य और कला

संरक्षण की कोई चिन्ता दिखाई नहीं देती। हमारे जो जन प्रतिनिधि चुनकर आते हैं उनका अभी तक एक प्रतिशत भी साहित्य से सम्बन्ध नहीं देखा गया है। उनका आर्थिक व्यवसायों से जितना सम्बन्ध होता है। सांस्कृतिक उन्नयन करने वाली विधाओं से उनके सम्बन्ध लगभग दरिद्र हैं, इसलिए वे रचनात्मक साहित्य की सामाजिक भूमिका भी नहीं जानते हैं...न वे उससे होने वाले अच्छे सम्बन्ध के समाज पर विश्वास करते हैं...।

बिरला फाउंडेशन से व्यास सम्मान, सरस्वती सम्मान और ज्ञानपीठ द्वारा दिया जाने वाला मूर्ति देवी सम्मान व ज्ञानपीठ सम्मान, इफ़्को सम्मान आदि आर्थिक रूप से थोड़ा बड़े सम्मान ज़रूर हैं लेकिन वे सत्तर और अस्सी वर्ष की उम्र से पहले नहीं मिलते हैं। इसलिए कम उम्र वाले प्रतिभाशाली लेखक उन सम्मानों से वंचित रह जाते हैं...कम उम्र जीने वाले अच्छे लेखक उन सम्मानों से वंचित रह जाते हैं।

अगर कोई लेखक और रचनाकार है तो उसे पचास से पैंसठ और अधिकतम सत्तर वर्ष तक सम्मान प्राप्त हो जाने चाहिए, ताकि वह अपने जीवन में जीने लायक परिस्थितियों का निर्माण कर सके और अपने बेहतर लेखन से अपने पुरस्कारोत्तर जीवन को स्मरणीय बना सके। हिन्दी में अधिकतर पुरस्कार लेखकों को अशक्त उम्र में मिले हैं और उस धन राशि का उपयोग उनके परिवार के ऐसे सदस्यों ने किया है जो साहित्य से किसी तरह का रागात्मक सम्बन्ध नहीं रखते, बल्कि साहित्य व साहित्यकारों को निरर्थक व बोझ मानते हैं। कई परिवार तो कवि-लेखक होने से ही घृणा करते हैं।

पुरस्कारों का मतलब है...आत्मविश्वास को प्रोत्साहन देते हुए जीवित रहने के संशाधनों में वृद्धि। ताकि लेखक जब तक जिये तब तक बेहतर लिखे।

प्रश्न : कहा गया है कि गद्य कवियों की कसौटी होती है। कविता की कसौटी क्या है? वे कौन-से तत्त्व हैं जिनके होने से रचना कविता कहलाती है, न होने से गद्य?

उत्तर : कविता की मूल उत्पत्ति कवि से होती है। अगर कवि नहीं है तो कविता नहीं है। कविता एक सामूहिक उत्पादन नहीं है। कविता को किसी कम्पनी के विज्ञापन की तरह भी नहीं लिखवाया जा सकता है। कविता उस व्यक्ति पर निर्भर करती है जो एक अकेला व्यक्ति है, उसे ही अपने उपादानों, संकटों और अभिव्यक्ति सामर्थ्यों के बारे में सोचना है...। उसे ही यह तय करना है कि क्या करना है और उसके परिणाम वह क्या चाहता है? कविता की सफलता का श्रेय कवि को ही जाता है। समाज को नहीं।

इसलिए यह बहुत ज़रूरी है कि कवि के कविता बनाये जाने वाले संशोधनों के बारे में भी थोड़ा गहराई से विचार कर लिया जाये।

पहली चीज़ तो यह है कि 'कवि' शब्द का अर्थ क्या है? और दूसरी बात यह है कि 'कविता' शब्द का क्या अर्थ है? गद्य तो हम सभी लोग जानते हैं। गद्य शब्द गद् धातु से बना है जिसका अर्थ होता है बोलना। इसी धातु से एक और शब्द बनता है—निगदति जिसका मतलब होता है—सोच-समझकर बोलना, तो बोलना गद्य है ...इसीलिए बोलने में ही कविता है। इसी बोलने को गद्य कहकर प्रशंसित किया गया है कि कवियों का बोलना अच्छा होता है...। बोलना मानी उक्ति।

आधुनिक समय में गद्य का मतलब केवल प्रोज (prose) तक सिमट कर रह गया है...इसलिए शमशेर बहादुर सिंह ने एक कविता में कहा है कि, 'बात बोलेगी—हम नहीं। भेद खोलेगी बात ही'। यह बात का बोलना ही कवि की बात का बोलना है...और बोलना भी ऐसा जो भेद खोल रहा हो...किसी रहस्य को अनावृत कर रहा हो...उक्ति वैशिष्ट्य ही काव्य है।

कहने का अभिप्राय यह है कि गद्य सिर्फ़ 'प्रोज' नहीं है गद्य 'बोलना' भी है...और बोलने से ही सारे साहित्य की शक्तियाँ जुड़ी हुई हैं...विधाएँ जुड़ी हुई हैं, बोलने से कथा और नाटक दोनों जुड़े हुए हैं...। बोलने से कविता तो पहले ही जुड़ चुकी थी। कविता बोलने की आदिम विधा है। आदिकाल से और आज तक कविता के स्वरूप में और उद्देश्य में परिवर्तन आते रहे हैं...और वह अपने को अभिव्यक्ति के समकालीन संसार में एकदम अपने ढंग से शामिल करती रही है...। लेकिन उसका बोलना नहीं रुका।

कवि का एक अर्थ यह भी है कि जिसकी अभिव्यक्ति—'कथन-विशेष' पर टिकी रहती हो...। कथन-विशेष की तार्किकता कविता का निर्माण करती है। बहुत से लोग अब कविता को एकदम कहानी की तरह लिखने लगे हैं...बहुत से लोग कहानी को भी कविता की तरह लिखने लगे हैं...। विधाओं का वर्चस्व टूट रहा है...। अभिव्यक्ति में भी तरह-तरह के लोकतन्त्र पैदा हो रहे हैं।

कौन किस विधा को किस-किस तौर तरीक़े से साध सकता है...आगे बढ़ा सकता है...और एक वैचारिक गुरुत्वाकर्षण उसके भीतर पैदा कर सकता है... वही शायद उस विधा का सर्वोत्कृष्ट रचनाकार हो सकता है। आज की कविता के लिए समाचार और सूचनाएँ जिस शिल्प में और जिस भाषा में आ रही हैं वे सन्दर्भ को समृद्ध करने में तो सहायक होती हैं, लेकिन यदि वे कथ्य का अन्तिम निष्कर्ष भी बनना चाहती हैं तो इससे रचनाएँ कमज़ोर हो जायेंगी। रचनाओं का निष्कर्ष दूसरी विधाओं से निकलने वाले मन्तव्य से अलग होना चाहिए।

प्रश्न : विधाओं का जो परस्पर झगड़ा दिखाई देता है उसके बारे में आपका क्या विचार है?

उत्तर : अच्छा गद्य भी अच्छी कविता की तरह एक समझदारी भरा आकर्षण चाहता है। इसी तरह एक अच्छी कविता केवल कविता ही नहीं होती, बल्कि वह अभिव्यंजना की जितनी भंगिमाएँ होती हैं उन सबको अपने में समेटने की ताक़त लिए हुए होती है।

कविता में शब्दों की मितव्ययिता के साथ-साथ जिनोम और डी.एन.ए. जैसे भाषा के कोड्स भी उसमें होते हैं...। कोई कहानी एक और दो पृष्ठ में एक उपन्यास के बराबर प्रभाव डाल देती है लेकिन कोई उपन्यास एक कहानी के बराबर भी प्रभावशाली नहीं हो पाता। ऐसा क्यों होता है? ऐसा शायद इसलिए होता है कि न तो विस्तार का कोई अन्त है और न संक्षिप्तीकरण का कोई एक सुनिश्चित मानदण्ड है। दोनों में भाषिक प्रयोगों की तरह-तरह से गुंजाइश बनी रहती है..। कौन लेखक और कौन कवि उसका किस तरह इस्तेमाल करता है... इसी से उसके रचना संसार की झलक मिलती है।

कुछ लोगों ने यह प्रथा चला दी है कि मैं जिस विधा में काम करता हूँ वही श्रेष्ठ है...बल्कि होना तो यह चाहिए था कि हर वह विधा श्रेष्ठ है जिसमें कोई सार्थक अभिव्यंजना हुई हो। विधाओं का महत्त्व नहीं...महत्त्व विचार का है...भाव-भंगिमाओं का है...अभिव्यक्ति के संघर्ष का है अकथित का भी महत्त्व है और अकथनीय का भी।

उपन्यास और कहानी में केवल कहानी याद नहीं रहती बल्कि भाषा का सौष्ठव, उसकी संवेदना और अभिव्यक्ति का लावण्य भी याद रहता है। क्या कहानीकार इस संघर्ष से गुज़र रहा है कि वह कथ्य के ही नहीं भाषा के साथ-साथ भी कुछ काम कर रहा है...जबकि अच्छे कवि अपनी कविता में तरह-तरह के सूचनात्मक प्रयोग करते रहते हैं...इसलिए भी कविता का थोड़ा महत्त्व बढ़ जाता है। कविता में केवल प्रकृति भी तभी अच्छी लगती है जब वह द्वन्द्व और संघर्ष में हो। वरना प्रकृति को केवल सौन्दर्य प्रसाधन बनाने से बात नहीं बनेगी।

कुछ लोग कविता पर यह आरोप लगाते हैं कि वह जटिल होती है, और उसे समझना पड़ता है...उनसे मेरा निवेदन है कि समझने की कुशलता को वे अपने जीवन से विदा क्यों करना चाहते हैं। विधाओं का झगड़ा इस प्रकार मुझे नक़ली लगता है। असली है यह निष्पत्ति जो बताती है कि लेखक कहना क्या चाहता है? एक विधा को भी नया स्वरूप देते हुए वह आख़िर जीवन का कौन-सा पहलू अनुभव करना चाहता है जो अब तक अगम्य और अबाध रहा हो।

प्रश्न : क्या आधुनिक साहित्य लोक जीवन से कटता जा रहा है?

उत्तर : हर भाषा का अपना एक लोक होता है...। भाषा चाहे पुरानी हो, चाहे कम संख्या वाले लोग उसे बोलते हों, या कि अधिक संख्या वाले लोग उसे बोलते हैं...सारी भाषाएँ लोक-भाषाएँ हैं...जनभाषाएँ हैं।

लोकभाषाओं में से ही कोई भाषा, बहुसंख्यक लोगों की भाषा बन जाती है...और जो भाषाएँ अल्पसंख्यक लोगों की रह जाती हैं...उन भाषाओं में लिखने वाले लेखक यह कहते रहते हैं कि वे लोक भाषा लेखक हैं। जबकि प्रत्येक भाषा लोकभाषा है। लोकभाषा को अल्पसंख्यकों की भाषा न मानकर बहुसंख्यकों की भाषा की ही तरह मनुष्य की आत्मा की भाषा मानना चाहिए।

आजकल यह प्रचलन भी है कि फलाँ लेखक तो जनकवि है, फलाँ लेखक तो जनलेखक है और बाक़ी तो कवि और लेखक साधारण हैं...यह भी नासमझी भरी अवधारणा है। हर कवि जन कवि है। किसी कवि ने आज तक जन विरोधी कविता नहीं लिखी है। हाँ...यह ज़रूर हुआ है कि जन कविता के नाम पर एक तरह की विषय वस्तु और आन्दोलन से चिपके रहे हैं। उनकी असहमति उन स्थानीय मुद्दों से भी जुड़ी हुई रही है...जो कहीं-न-कहीं राष्ट्र के विकास की मुख्यधारा के कारक हैं या अवरोधक हैं। लेकिन लोक के आग्रह के कारण उसे एक विशिष्ट गुण मनवाने की चेष्टा की जाती रही है।

आधुनिक साहित्य का भी आधुनिक लोक जीवन है, उसी आधुनिक लोक जीवन से वह नये प्रश्न पैदा करता है। किसी राजभाषा या कि राष्ट्रभाषा का भी लोक जीवन होता है।

प्रश्न : पुस्तकों के लोकार्पण बहुत हो रहे हैं...आप भी लोकार्पण के इन समारोह में बहुत जाते हैं...क्या लोकार्पण से किसी कृति का सही मूल्यांकन हो पाता है?

उत्तर : यह बहुत अच्छा प्रश्न है! अच्छा हुआ आपने लोकार्पण की जगह विमोचन शब्द का प्रयोग नहीं किया। विमोचन में त्यागने...छोड़ने और अलग होने की अर्थ ध्वनि ज़्यादा है। किसी पुस्तक को लोकार्पित और जनार्पित करना ज़्यादा अच्छा लगता है बजाय उसे विमोचित करने के।

लोकार्पण के अवसर पर वाकई किसी पुस्तक का सही मूल्यांकन नहीं हो पाता है। जो आलोचक या लेखक या रचनाकार वहाँ अपने विचार प्रकट करते हैं...पुस्तक के महिमामण्डन की दृष्टि से करते हैं...वहाँ तार्किक विवेचन कम और लेखकों द्वारा लेखक को खुश करने का इरादा ज़्यादा होता है ताकि उसे आयोजन पर होने वाले ख़र्च का दुख न हो...।

मेरी राय में साल-दो साल के बाद किसी अच्छी कृति पर व्याख्या विमर्श कार्यक्रम होना चाहिए। जिसमें उन तमाम प्रश्नों को शामिल किया जाना चाहिए जो पुस्तक के द्वारा इस बीच पैदा हुए हैं, अन्यथा प्रश्नहीन पुस्तकों के लोकार्पण करने का क्या लाभ है। उन्हें तो दरअसल विमोचित किया जाना चाहिए।

बहुत से लेखकों ने लोकार्पण के अवसर पर दिये गये भाषणों को अपनी कृति की वास्तविक समीक्षा मान लिया है...उन्हें इस मोह से बाहर आने की ज़रूरत है। प्राचीन काल में विमर्श हुआ है...भाष्य हुआ है...लोकार्पण नहीं। अगर कोई कृति वैचारिक रूप से हमारे जीवन में प्रवेश नहीं करती है तो फिर उसका लोकार्पण हो अथवा न हो क्या फ़र्क़ पड़ता है।

प्रश्न : फिर आलोचना के विकास की कौन-सी परिस्थिति और पद्धति आप बताना चाहेंगे?

उत्तर : देखिए, आलोचना तभी विकसित होगी जब कृति-केन्द्रित हो। किसी कृति के जन्म लेने की वजह क्या है? क्या वह उन्हीं जाने हुए विषयों के विमर्श को कोई नया मोड़ दे रही है अथवा वह कोई अब तक अज्ञात किसी दुनिया को सामने ला रही है...। केवल वर्णन मात्र से कोई कृति बड़ी नहीं हो जाती। पर यदि वर्णन अब तक ऐसे वर्णन इस्तेमाल न किये गये हों तो फिर वर्णनों का भी महत्त्व बढ़ जायेगा। घटनाएँ क्या हैं? अप्रत्याशित ही अमर होता है। प्रत्याशित तो हमेशा ही इधर-उधर या तो दिख जाता है या हमेशा ही प्रतीक्षित रहता है। अप्रत्याशित को अनिश्चित और सुनिश्चित क्या रूप देने जा रहे हैं। बहुत सारी चीज़ें अनिश्चय और सन्देह से पैदा होती हैं। वे ऐसी जगह पहुँचा देती हैं कि लेखक को डिक्टेट करने लगती हैं।

लेखक का रचा हुआ यह संकट है या परिस्थितियों ने उसे रचा और लेखक सिर्फ़ उसका संग्रहकर्ता मात्र है। लेखक जीवन उन परिस्थितियों का कितना शिकार हुआ जिनसे निकलकर वह रचना पाठक के समक्ष आती है। पाठक वहीं पर महान और निर्णायक हो सकता है। जहाँ उसने बहुत-सी परिस्थितियों से गुज़रने वाले जीवन को देखा और विचारा हो। वही पाठक आलोचक बन सकता है वरना पचास फीसदी तो लेखक ही अपनी कृति में स्वयं भी आलोचक का धर्म निभा रहा होता है। कवि और लेखक अगर अपने अन्तर्मन में आलोचक नहीं है तो वे श्रेष्ठ कवि और लेखक नहीं हो सकते।

'तुम कहते हो हम हाँ भर लेंगे गाँवों के लिए। पर शहर अधिक सुविधा देता है नंगे पाँवों के लिए।'

इन पंक्तियों की जो व्याख्या छायावादी काव्यभाषा के बरअक्स कथाकार काशीनाथ सिंह ने की थी वह बात लिखते समय मेरे मन में नहीं थी। उस व्याख्या ने बताया कि हिन्दी साहित्य में कितने प्रकार के नंगे पाँव हैं। यह भी बताया कि *शरद की चाँदनी से/उजले-धुले/तुम्हारे पाँव मेरी गोद में* का अर्थ जीवन से कितना कट गया है।

प्रश्न : सर, आपने इस बातचीत के लिए अपना इतना बहुमूल्य समय दिया ...हार्दिक आभारी हूँ।

उत्तर : आपका भी।

(2015)

कविता : दुख से जन्मे सुख की कोशिश

–प्रीति सिंह परिहार

पहाड़ की दुरूह ज़िन्दगी से लेकर फ़ौज की नौकरी तक, विभिन्न अनुभवों से गुज़रनेवाले वरिष्ठ कवि लीलाधर जगूड़ी कविता का उद्भव दुखों से मानते हैं, लेकिन उनकी कविताओं में जिजीविषा के शिखर भी हैं, एक विचार लिए हुए। हमारे समय के महत्त्वपूर्ण कवि जगूड़ी जी का सृजन-संसार उन्हीं के शब्दों में:

कवि होना शायद उसके ही नसीब में होता है, जो दुख को ज़्यादा क़रीब से जानता है। एक अच्छी कविता आनन्दित कर सकती है, लेकिन वह जहाँ से जन्म लेती है, ज़रूरी नहीं वहाँ भी आनन्द रहा हो। मूलतः कविता की जड़ें मनुष्य के भोगे गये दुख में छिपी होती हैं। कई तरह के अनुभव कवि को गढ़ते हैं। अनुभवों को कमाने की प्रक्रिया कई स्तरों पर घटित होती है। सुखद, दुखद, दिशा दिखाने वाले अनगिनत अनुभव एक नयी अनुभूति का भाषिक संसार रचते हैं। ये अनुभव जब घटित होते हैं, तो कविता घटित होती है।

शुरू में मैंने कुछ कहानियाँ लिखीं, लेकिन मुझे लगा कि मैं कविता ज़्यादा संश्लिष्टता और अपनत्व से लिखता हूँ। वैसे अगर मैं कहानियाँ ही लिखता, तो कम सही पर वे अच्छी कहानियाँ होतीं। अगर मैंने कहानियाँ नहीं लिखीं, तो ऐसा नहीं लगता कि मैंने कुछ खोया है। शायद मैं कहानी के लिए नहीं बना था।

मैं मानता हूँ कि पहली कविता, बहुत बाद में बनती है। असल में पहली कविता को कवि अक्सर भूल जाता है। वह उसे कहीं नोट भी नहीं करता। बहुत सारी चीज़ों को भुला देने के बाद याद रखने लायक कुछ चीज़ें घटित होती हैं। इसी तरह पहली कविता के रूप में जिसे सँजोया गया, वह पहली नहीं, पहली के बाद की कविता थी। भुला दी गयी शुरुआती कविताओं में कहीं-न-कहीं

पुराने लोगों के चिह्न होते हैं। नया लेखक, पुराने लेखक से जन्म लेता है। पुराने लेखक से अलग होकर उसे दोबारा एक और जन्म लेना होता है। ऐसे लोगों को संस्कृत में 'द्विज' कहा गया है, जो दो बार जन्म लेते हैं। एक बार माँ की कोख से, दूसरी बार ज्ञान, परम्परा और अनुभव से। कवि का भी जन्म इसी तरह से होता है। पहली कविता से अलग होने के लिए, वह दूसरी कविता लिखता है। दूसरी कविता लिखते हुए पहली को भुला देना चाहता है। अन्यथा वह दूसरी कविता रच नहीं सकता। नया करने की कोशिश, निरन्तर अपने पुराने किये हुए से भिन्न करती है।

ग़ालिब ने कहा है, 'क्या बुरा था मरना, ग़र एक बार होता'। लेखक को रोज़ मरना पड़ता है। तमाम तरह की चिन्ताएँ उसके पास होती हैं। एक चिन्ता से कई तरह की चिन्ताएँ जुड़ी होती हैं। ठीक उसी तरह, जिस तरह पेड़ एक होता है पर उसकी शाखाएँ अनगिनत। मेरे लेखन की मूल चिन्ता बेहतर मनुष्य होने और एक सार्थक विचार देने की रही है। लेखन में हम अपने परिवार और समाज के प्रभाव से बच नहीं सकते। न ही अपनी मर्ज़ी से इन्हें पा सकते। हम जहाँ होते हैं, हमें वहीं होना होता है। मैं जहाँ जन्मा, उसका मेरे लेखन से बहुत गहरा सम्बन्ध रहा है। अगर उसके सन्दर्भ न होते, तो शायद मैं कविता की ओर उन्मुख ही नहीं होता। मेरे परिवार में कोई कवि नहीं था। रिश्तेदारों ने जब मुझे पुरोहित बनाने की सलाह दी तो, मेरे पिता ने कहा कि न मैंने पुरोहिती की, न इरो करने दूँगा। यह एक बड़ी बात है कि उन्होंने मुझे गहन विषयों की ओर मोड़ा और घर में ऐसा वातावरण बना कर रखा, जिसमें मैंने अनेक प्रकार की पौराणिक गाथाओं को सुना, उनके मर्म को जाना।

परिवार में मैं सबसे बड़ा था, मेरा छोटा भाई तीन वर्ष की उम्र में नेत्रहीन हो गया था। मैं पाँच साल का था तब माँ गुज़र चुकी थी। ये सारी परिस्थितियाँ एक साथ जीवन में आयीं। पहाड़ के सौन्दर्य तथा कठिनाइयों ने भी मुझे बहुत भिन्न तरीक़े से प्रभावित किया। आदमी अपने परिवेश का कभी गुलाम होता है, तो कभी उसका इस्तेमाल खाद की तरह करके उसमें से कुछ नया पैदा करता है। मैं उसका गुलाम हूँ या उसमें कुछ नया पैदा कर पाया हूँ, यह तो पाठक-आलोचक ही बेहतर ढंग से बता सकते हैं।

लेखन की शुरुआत मैंने अपनी मातृभाषा गढ़वाली से की। बाद में हिन्दी ने मुझे देश और दुनिया से जोड़ने का काम किया। इसलिए हिन्दी को मैं अपनी आत्मा की भाषा के रूप में जानता हूँ। मैं बहुत सारे स्कूलों से आया हूँ। गीत और ग़ज़लें भी लिखी हैं। बाद में गीत लिखना छोड़ दिया, लेकिन गीतितत्त्व नहीं छोड़ा।

निराला जब कहते हैं, 'नव पर, नव स्वर दो' तो शब्दों में संगीत होता है, शब्द के संगीत से पलायन नहीं किया जा सकता। गीतित्त्व कविता के भीतर अन्तर्निहित है। निराला ही नहीं, अज्ञेय, मुक्तिबोध, राजकमल और धूमिल की कविताओं में भी गीतितत्त्व है। गद्य को भी गाया जा सकता है। बहुत सारे लोगों ने तुकविधान से कविता को मुक्त कराया है।

कोई भी लेखक रचना प्रक्रिया को मूर्तरूप में नहीं दिखा सकता है। मायकोवस्की की एक बड़ी प्रसिद्ध कविता है 'वो पतलून पहने बादल'। इस कविता के बारे में वे लिखते हैं, एक बार उन्हें पहाड़ पर एक गौशाला में रुकना पड़ा। रात को उन्हें इस कविता की पहली लाइन सूझी, लेकिन लिखने के लिए उनके पास कुछ भी नहीं था और उन्हें भूल जाने की आदत थी। तब उन्होंने सिगरेट के पैकेट के बारीक़ से पेपर पर किसी तरह से यह लाइन नोट की। कविता के आने का निश्चित क्षण नहीं हो सकता। किसी घटना, समय, सोच या क्रिया-प्रतिक्रिया से वह हमारे भीतर आती है। हमने उसी वक़्त उसे पकड़ लिया, तो ठीक अन्यथा वह छूट जाती है। आती भी है, तो पहले जैसी नहीं।

मैं सोचता हूँ कि यदि दो कवि—मैथिलीशरण गुप्त और जयशंकर प्रसाद न होते, तो मैं भी कवि न बनता। बाद में अज्ञेय, मुक्तिबोध और राजकमल ने मुझे कविता की एक आधुनिक दृष्टि से परिचित कराया। इन सबने कविता में फँसाया है मुझे। धूमिल और मैं अक्सर यह चर्चा किया करते थे कि कैसे एक अच्छा कवि नये कवि को फँसाता है, अपने अनुकरण में डालता है, फिर वही उसके अन्दर यह चेतना पैदा करता है कि उसके अनुकरण से बाहर आ जाओ। साहित्य में गुरुवाद नहीं चलता। यहाँ स्वयं को अपना गुरु बना कर अपने को विकसित करना पड़ता है।

लेखन से इतर मेरी इतिहास, दर्शन और वास्तुशास्त्र में भी गहरी रुचि है। इसके अलावा मुझे पहाड़ से समुद्र तक की यात्रा करना बहुत भाता है। हिमालय मेरा समुद्र तक पीछा करता है। अगर आप तरह-तरह के समुद्र को ठीक से जानते हों, तो समुद्र को हिमालय तक अपना पीछा करते पायेंगे। प्रकृति अकेले नहीं रहने देती मनुष्य को।

इन दिनों मैं उन किताबों को पढ़ रहा हूँ, जो बहुत पहले ख़रीदी थीं, लेकिन पढ़ नहीं सका था। पढ़कर पछता भी रहा हूँ कि काश इन्हें पहले पढ़ लिया होता, तो ख़राब लिखने से बच जाता। पढ़ने से ही यह समझ में आता है कि दुनिया में कितना अच्छा-अच्छा लिखा गया है। बहुत-से लोग केवल अपने लिखे को ही सबसे सुन्दर समझते हैं। मुझे यह सोच एक बड़ी ग़लती की तरह लगती है।

दूसरों के सुन्दर लिखे हुए से सीखना चाहिए। हाँ, उसका अनुकरण नहीं करना चाहिए। यह सीखना चाहिए कि सुन्दर लिखना किसे कहते हैं। अच्छा लेखन जब पढ़ने को मिलता है, तो अभिभूत करता है। वह अपने कमज़ोर लिखे हुए को पहचानने की शक्ति देता है। इधर मैं वेद भी पढ़ रहा हूँ। अगर आप प्राचीन को नहीं जानते, तो शायद अर्वाचीन (आधुनिक) भी नहीं हो सकेंगे। संस्कृत साहित्य भी इधर मैंने काफ़ी पढ़ा है। सीखने के लिए हम हमेशा पश्चिम की तरफ़ ही देखते हैं, जबकि हमारे पास, वहाँ से ज़्यादा सम्पदा हैं, जिनसे हम नये औज़ार गढ़ सकते हैं। मैं कोशिश कर रहा हूँ कि जो पढ़ रहा हूँ, उसमें से ऐसी कुछ चीज़ें निकाल सकूँ, जो सबके काम की हो सकें।

(2013)

आत्मा का सांस्कृतिक राशन-पानी है–कविता

–जयप्रकाश त्रिपाठी

कवि लीलाधर जगूड़ी का कहना है कि 'कविता और सम्पूर्ण साहित्य एक सांस्कृतिक राशन-पानी है। उसे हर व्यक्ति तक पहुँचना भी चाहिए और पहुँचाया भी जाना चाहिए। बहुत-से व्यक्ति अपनी मानसिक बनावट को इतना सुधार या बिगाड़ लेते हैं कि उन पर किसी भी चीज़ का जल्दी असर हो जाता है या नहीं होता है। बहुतों पर देरी से असर होता है। कविता और साहित्य का असर भी इस तरह जाँचा-परखा जा सकता है। हर कवि अपनी कविता के प्रति अधिकतम ग्राह्यता का भाव न होने से दुखी रहा है। भर्तृहरि को भी कहना पड़ा कि कुछ लोग बिना सींग-पूँछ के पशुओं जैसा जीवन जी रहे हैं, उनसे मेरी कविता संवाद करना चाहती है पर मैं उन्हें अभिव्यक्ति की तमीज़ का निर्णायक नहीं मानता। वह कहता है कि एक हज़ार बुद्धिमानों को एक साथ एक ही वक़्त में समझाया जा सकता है लेकिन हो सकता है एक मूर्ख (जो अपने मन को बहुत सारी चीज़ों और जानकारियों से परिस्थितिवश अथवा स्वयं के आलस्यवश दूर बनाये हुए है) को कई कोशिशों के बाद भी समझाना मुश्किल है। साहित्य में ख़ासकर कविता की समझ स्वोपार्जित होती है। ज्ञान की सभी शाखाओं में व्यक्ति की अपनी उपार्जित पात्रता ही काम आती है। गणित की हो, चाहे कविता की, समझदारी कमानी पड़ती है। चित्रकला हो, चाहे कहानी और उपन्यास, इन्हें समझने की भी समझदारी तरह-तरह से अर्जित करनी पड़ती है। केवल क़िस्सा समझ लेना ही उपन्यास या कहानी समझ लेना नहीं है। इसी के लिए ग़ालिब को कहना पड़ा कि–कोई बतलाये कि हम बतलायें क्या? मीर को कहना पड़ा कि–बेहतर किया है मैंने इस ऐब को, हुनर से। तुलसी को तो यहाँ तक कहना पड़ा कि–मैं कवि नहीं हूँ। कवि न होउँ, नहिं चतुर कहाऊँ। चतुर का अर्थ यहाँ चारों दिशाओं की समझदारी से है, केवल चालाक होने से नहीं। वे कविता के भी अनेक दोष-गुण मानते हैं।

जो उन्होंने प्रभु भक्ति के लिए कहा है, वही कविता पर भी लागू होता है। बड़े भाग डर आवइ जासू। उसके बाद भी विचारकों की संगत ज़रूरी है। धूल भी हवा की संगति से आसमान चढ़ जाती है। वह बड़ी बेबाक़ी से कहते हैं कि—अच्छी हो, चाहे ख़राब, अपनी कविता किसे अच्छी नहीं लगती। मैं कोरे काग़ज़ पर इस बात की लिखत दे सकता हूँ कि कविता सम्बन्धी मुझमें एक भी विवेक नहीं है। फिर भी उन्होंने कवि और कोविद (विद्वान) को अलग-अलग श्रेणी में रखा है। इसमें सन्देह नहीं कि बड़े-बड़े विद्वान हुए हैं पर उनमें से कवि कुछ ही हुए हैं।

'कविता का भी अपना-अपना संस्कार होता है। उस संस्कार से जो कविता बाहर निकलती है, उसका संस्कारी लोग बहुत विरोध करते हैं। कविता हर युग में या किसी नयी परिस्थिति में अपना नया संस्करण लेकर आती है। भाषा अलग, बिम्ब, प्रतिबिम्ब और कथ्य अलग। भारतीय माइथोलॉजी में कविता का जन्म कविता कहने के लिए नहीं, कथा कहने के लिए हुआ है। कथाओं में भी सबसे पहले व्यथा की कथा कहने के लिए हुआ है। कविता भाषिक अभिव्यक्ति का चरम रूप है। कविता हमेशा कलावाद और रूपवादी रही है। फिर भी उसकी चेष्टा, संस्कार भंजन, रूढ़िभंजन और मूर्तिभंजन की रही है। आज कविता अपने गद्य को अलग पहचान देने के संघर्ष से भी गुज़र रही है मगर उसमें कोई क्रान्त द्रष्टा प्रयोग लक्षित नहीं हो रहा है।

'जिनके पास ज़ुबान नहीं है, उनसे भाषा के मर्म की बात करने का साहस भी कविता ही कर रही है। यह कहना कि कविता हर आम आदमी का विषय रही है, कुछ ज़्यादती है। लेकिन यह भी सच है कि कविता ने इस अर्थ में अभिव्यक्ति का लोकतन्त्र सबसे पहले स्थापित किया कि—हर कोई कविता के क्षेत्र में आपबीती कह सकता है। कविता में कभी यह श्रेणीबद्ध करने की कोशिश की गयी कि कविता कैसी-कैसी होनी चाहिए और नतीजा यह हुआ कि हर बार कविता उन श्रेणियों से निकलकर जीवन के नये दुखों की ओर पलायन कर गयी। कवि अपनी कविता के माध्यम से हर उस व्यक्ति तक जाना चाहता है, जो उस तक आना चाहता है। कविता की यह भी विशेषता होती है कि वह अपने पाठक के अनुरूप कुछ स्वाधीन अर्थ भी प्रवाहित करती है। कविता कोई ऐसी जन-सुविधा नहीं है, जो हरेक व्यक्ति तक रोज़ी-रोटी की तरह पहुँचायी जानी ज़रूरी हो। बल्कि जिसको कविता समझने या आत्मसात करने या यों कहूँ कि कविता की जिसमें भी भूख होगी, वह अपनी कविता ढूँढ़ेगा ही नहीं, रचेगा भी। यही कारण है कि न केवल कविता बल्कि कवि भी क़िसम-क़िसम के हैं। जिस पीढ़ी में, जितनी ज़्यादा कविता लोगों तक पहुँचती है, उसमे उतने ज़्यादा

कवि होते हैं और कविता का स्तर उतना ही लापता हो सकता है, जितना भीड़ में कोई प्रिय व्यक्ति। कविता अगर दुर्लभ वस्तु मिलने का बोध नहीं कराती तो उसका होना न होना बराबर है। अगर कविता केवल वही बात कह रही है, जो अभिव्यक्ति के अन्य माध्यम कह रहे हैं तो फिर इस माध्यम की अलग से ज़रूरत क्या है? कवियों को एक अच्छी और विस्मरणीय कविता के लिए बहुत परिश्रम और प्रतिभा की ज़रूरत होती है। संसार का स्वाध्याय जिसका जितना प्रबल होगा और कविता के हर स्कूल में से निकलकर आया होगा, वह व्यक्ति ऐसी अच्छी कविता कर सकेगा, जो लगे कि यह तो अज्ञात और अकथित है। कविता को भी साँप की तरह कायान्तरण के लिए केंचुल त्यागनी पड़ती है।'

मैं अकविता के कवियों को आईना दिखाना चाहता था, आलोचकों ने उसे पन्तजी पर हमला करार दिया

जब कवि लीलाधर जगूड़ी से ऐसे प्रश्न पूछे जाते हैं कि कविता की दुनिया में 'अकविता' जैसे शब्द का क्या औचित्य है, आपने क्या समझकर महाकवि सुमित्रानन्दन पन्त की कविता का हिन्दी अनुवाद किया था, हिन्दी के हिन्दी में अनुवाद से क्या अभिप्राय था, तो वह कहते हैं–'औचित्य हो या न हो पर अकविता हिन्दी में सातवें-आठवें दशक (उन्नीसवीं सदी) का एक महत्त्वपूर्ण आन्दोलन रहा है। नयी कविता की भाषा जब रूढ़ हो गयी, तब दो काव्यान्दोलन एक साथ फूटे (1) साठ के बाद की कविता और (2) अकविता। एक ने अपने को कविता रहने दिया, दूसरे ने अपने आगे अ और जोड़ दिया। इस 'अ' का मतलब एक तो शैली, शिल्प और कथ्य से असहमति थी, दूसरा अर्थ यह था कि कविता जैसी कविता नहीं बल्कि अगर उसे अकविता भी कहा जाये तो नवीनता के लिए यह अच्छा होगा। साठ के बाद कविता में कुछ नया, कुछ और नया की होड़ लग गयी थी। इस नयेपन के आग्रह के कारण ही नयी कविता का नया विशेषण भी कवियों को पुराना लगने लगा था। वे नहीं चाहते थे कि नवगीत की तरह वे पुराने ही गीतों के रूपाकार और तर्जेबयाँ को नवगीत आन्दोलन कहें।

'अकविता ने प्रतिष्ठित शब्दों, बिम्बों और कथ्यों तक की हवा निकाल दी। कविता बुरी तरह पंक्चर हो गयी। लेकिन अकविता सिर्फ़ स्त्री केन्द्रित खिलवाड़ के नाम पर सीमित हो गयी। रीतिकालीन कविता की तरह अकविता के अधिकांश कवि सारे विषयों को स्त्री की सेज पर निपटाने लगे। यह एक नयी रूढ़ि पैदा हो गयी। तब फिर सबका ध्यान साठ के बाद की सिर्फ़ कविता के नाम से छपने वाली कविता पर ही केन्द्रित रहने लगा। यही कारण है कि कविता आज 21वीं

सदी के दूसरे दशक तक अपने अनेक रूप-रंगों में फैलकर आगे बढ़ रही है। अकविता ने उस समय एक मोड़ का काम अवश्य किया लेकिन बहुत जल्दी उस मोड़ को बन्द रास्ते में भी बदल दिया। अकविता की अच्छी कविताओं को साठ के बाद की कविता में शुमार कर लिया गया। यही हश्र नयी कहानी, अकहानी और समानान्तर कहानी का भी हुआ। दोनों ही आगे चलकर कहानी हो गयीं।

आज़ादी' से पैदा हुई असुरक्षा, ऊब, भूख और ग़रीबी ने उस समय की युवा पीढ़ी को एक तरह से आज़ाद होने के विरुद्ध खड़ा कर दिया। धीरे-धीरे हड़तालों ने उत्पादन साधनों के अभाव और उनके महत्त्व की जानकारी को बढ़ाया। लाभ-हानि और केन्द्रित पूँजी द्वारा शोषण समझ में आने लगा। आज़ादी की भर्त्सना के स्वर आत्मनिरीक्षण में बदलने लगे। कविता की भाषा, कथ्य और प्रभाव क्षेत्रों में तेज़ी से बदलाव आते चले गये। बदलाव की आकांक्षा केवल शब्दों तक ही सीमित नहीं रही। बल्कि पारिवारिक बनावट की और रिश्तों की दुनिया में भी दिखाई देने लगी। नयेपन का अर्थ ही बदलाव हो गया। कविता और कहानी उस समय के नवलेखन और समानान्तर लेखन आदि की भी यही दशा-दिशा रही। आज़ादी के बाद का खाद्यान्न अकाल बता रहा था कि रोटी सबसे बड़ी आज़ादी है। कविता में दरिद्रता, भूख, बेरोज़गारी, असुरक्षा और आत्महीनता का भाव ज़्यादा आने लगा। इसी को समकालीन भाव और यथार्थवादी स्वर माना जाने लगा। कविता नारे, उपदेश और वक्तव्य के क़रीब इस तरह पहुँच गयी कि उनका यथार्थ लगने लगी।

'अकविता के कवियों से मेरा इतना भर कहना था कि शब्दावली पर ध्यान दिया जाये या आशय पर, शब्दावली का प्रयोग अन्ततोगत्वा किसी अर्थ को सम्प्रेषित करने के लिए किया जाता है। अर्थ को ही आशय यानी कि मतलब कहते हैं। सुमित्रानन्दन पन्त की कविता में जहाँ संस्कृत शब्दों का बहुलता से इस्तेमाल हुआ है, वहाँ उन्होंने ज़िन्दगी का कोई चालू सच भाषा के आवरण में छिपाकर पेश किया है। अगर उस भाषायी आवरण को हटा दिया जाये और उस आशय को आज की भाषा (शब्दावली) में प्रस्तुत किया जाये तो उसका अर्थ अकविता से अधिक बोल्ड हो जाता है। अगर स्त्री-पुरुष सम्बन्धों की नग्नता को ही प्रतिपाद्य विषय मान लिया जाये तो उसमें पन्त जी उन्नीस नहीं बीस बैठेंगे। पन्तजी में ज़्यादा खुलापन है लेकिन उन्होंने उसे भाषा से ढँक रखा है। पन्त जी की ऐसी कुछेक क्रविताओं का मुझे समकालीन हिन्दी में और समसामयिक कविता के मुहावरे में अनुवाद इसलिए करना पड़ा क्योंकि मैं यह बताना और जताना चाहता था कि अकविता कोई नया काम नहीं कर रही है।

छायावादी और अन्य प्राचीन संस्कृति कवि तथा रीतिकालीन कवि वैसा काम अपने समय के भाषिक मुहावरे में कर चुके हैं। मैं अकविता के कवियों को आईना दिखाना चाह रहा था लेकिन कुछ लोगों ने उसे पन्त जी पर हमला करार दे दिया। यह हाल है, हिन्दी में आलोचना के नाम पर होने वाली निन्दा का। मैं हिन्दी की आधुनिकतम आलोचना और समीक्षा से अपने लिए कोई नयी दृष्टि नहीं पा सका हूँ। यही समझ कर दिल को बहलाते रहे कि रचना भी आलोचना है। रचना का अन्तर्मन दिखाने वाली कोई समीक्षा मैंने अपनी कविताओं की आज तक नहीं देखी। हो सकता है, मेरी रचनाओं में अन्तर्मन हो ही नहीं।

'हिन्दी हर युग में अपने स्वरूप को बदल रही है क्योंकि वह जहाँ नहीं बोली जाती थी, भारत के उन हिस्सों में भी बोली जाने लगी है। इसलिए उसका शब्द भण्डार, उच्चारण का स्वाद और ध्वन्यात्मक सौन्दर्य कई प्रकार का हो गया है। चेन्नई से मणिपुर, बंगाल से कश्मीर, केरल से हिमाचल और उत्तराखण्ड तक, कर्नाटक और राजस्थान, मध्य प्रदेश और आन्ध्र प्रदेश, महाराष्ट्र से असम और उड़ीसा तक हिन्दी का अपना-अपना बाज़ार और स्वाद है। नागालैंड, अरुणाचल और सिक्किम आदि क्षेत्रों की हिन्दी का स्वाद ही अलग आकर्षण रखता है। हिन्दी का नगा और सिक्किमी कवि प्रतीक्षित है। हिन्दी का हिन्दी में अनुवाद सामयिक होने के लिए हर युग में ज़रूरी लगने लगे, शायद तब बनेगी एक और नयी हिन्दी।'

आधुनिक कविता ने मूल आशय और गद्य को अन्वय विहीन कर दिया है—जगूड़ी

कविता की विविधता में ह्रास के प्रश्न पर लीलाधर जगूड़ी कहते हैं—'यह महत्त्वपूर्ण सवाल है। इसकी अनदेखी नहीं की जा सकती। जब अनुष्टुप छन्द का अवतार या आविष्कार हुआ था, उसके बाद से अपने कथ्य, विवेक और नयेपन के लिए कवियों ने पिछले समय से अलग होने के लिए किसी-न-किसी नयी लय और छन्द की सृष्टि की। कभी छन्द अन्दाज़े बयाँ के रूप में आया, कभी लय के रूप में, कभी वह वार्ता के रूप में आने लगा। कभी उसकी पंक्तियाँ तौली जाने लगीं, कभी मात्राएँ। कभी शब्दों में वर्णों की आवृत्ति से नये अर्थ के साथ लय के बावजूद श्लेष व कूट की संरचना की जाने लगी, अभिप्राय के बीज की रक्षा के लिए कविता के होने को सार्थक किया जाने लगा, कम कहकर ज़्यादा समझने की प्रतिज्ञा से बुद्धि, स्मृति और विवेक की परीक्षा ली जाने लगी, कभी भाषा पर कवि के स्वाधिकार की परीक्षा के लिए आशु कविता का प्रचलन हुआ,

कविता में जीवनानुभवों की समस्यापूर्ति का सवाल आ खड़ा हुआ तो कभी कविता आराध्य के गुणगान तक सीमित होकर अपना असीमित वर्चस्व फैलाती रही। सूरदास, कबीर और मीरा ने कवियों को महाकाव्य से अपने समय में ही मुक्ति दिला दी थी। फिर भी नरोत्तमदास ने खण्ड काव्य और तुलसीदास तथा जायसी ने महाकाव्य को परवान चढ़ाया। संस्कृत के कवियों ने नाटकों पर ध्यान दिया तो आधुनिक कवियों ने कहानियों और निबन्धों पर भी ज़ोर दिया। आधुनिक कवियों में कुछ कवियों ने सन्दर्भों के अनुकूल भाषा का अन्वेषण उतना नहीं किया, जितना साहित्य और संगीत की जुगलबन्दी के नाम पर गाने-बजाने का काम किया। उन्होंने शब्द के निजी अर्थ से प्रवाहित होने वाले संगीत के स्थान पर कण्ठ-स्वर को रख दिया। कविता में शब्द का संगीत और नाट्य उसके अच्छे पाठ से ही निनादित और सम्प्रेषित हो जाते हैं। शब्द, उच्चारण से ही नाद और नाट्याभिनय को प्रकट कर देते हैं उसे बलशाली बनाने के लिए अलग से झाँझ-मजीरा और तबला-पेटी की ज़रूरत नहीं है। यह संगीत के शब्द के लिए ज़रूरी हो सकता है, कविता के शब्द के लिए नहीं। वैसे देखा जाये तो कौन-सा शब्द और वाक्य ऐसा है, जिसे गाया न जा सकता हो। गायन में आवृत्ति और टेक का महत्त्व है, कविता में शब्दार्थ की संगति और असंगति से एक वैचारिक संगीत पैदा किया जाता है। इसके लिए भाषा के अलावा किसी अन्य उपकरण की सीधे ज़रूरत नहीं पड़ती। भाषा में ही सारा आंगिक और मानसिक अभिनय छिपा हुआ रहता है।

'छन्दों और लयों की सामर्थ्य और सीमा जब कविता में एकरसता पैदा करने लगी तो कवियों ने कविता के लिए तरह-तरह की शब्द भंगिमाएँ और कथन व लेखन भंगिमाओं पर बहुत ज़ोर दिया है। आधुनिक कविता ने मूल आशय और गद्य को अन्वय विहीन कर दिया है। संस्कृत साहित्य में किसी भी छन्द में निस्सरित श्लोक को समझने के लिए पहले उसका अन्वय (गद्य-वाक्य करण) करना पड़ता है। इससे भी भावकों को इसे ग्रहण करने में कम बाधाओं और बौद्धिक व्यायामों का सामना नहीं करना पड़ा। काव्य कूटता ने उसकी जटिलताओं को और बढ़ा दिया। शिल्प का रहस्य ही प्रस्तुति का सौन्दर्य बन गया। आधुनिक कवियों ने भाषा के मूल तत्त्व, गद्य की लय को, अपना साध्य बनाया है। यह कवि की सामर्थ्य, अध्ययन, अनुभव और प्रायोगिक चेतना पर निर्भर करता है कि वह कविता के गद्य को अन्य गद्यों से किस तरह अलग बनाये रखता है। रखता भी है या नहीं। आज गद्य के जितने रूप हमारे सामने हैं, पहले नहीं थे। गद्य का अन्वयाश्रित कविता रूप ही पहले हमें संश्लिष्टता का उत्कृष्ट नमूना लगता था।

अब संक्षिप्तीकरण के कई अन्य मितभाषी तरीक़े कविता ने पैदा कर लिए हैं। समीक्षकों का ध्यान शब्द-संगठन, वाक्य-संरचना, कथन-भंगिमा और अर्थ के तेवर की ओर नहीं जा रहा है। आलोचना अपनी रूढ़ि का शिकार हो रही है। कविता के शानदार और जानदार प्रयोग ही आलोचना को एक नया 'समझ शास्त्र' बनाने की प्रेरणा देंगे। अच्छी कविता में अभिव्यक्ति केवल प्रकटीकरण के लिए ही नहीं होती बल्कि कुछ गूढ़ आशयों को छिपाने के लिए भी होती है ताकि जिन खोजा-तिन पाइयाँ, हो सके। सभी एक और आलोचक उसी अकथित को अर्थ के धरातल पर प्रत्यक्ष अनुभव की तरह प्रस्तुत करते हैं। उसे ही 'निगूढ़' तत्त्व कहा जाता है। कुछ छिपाने के लिए कुछ कहना और दिखाना पड़ता है। निगूढ़ तत्त्व की खोज ही अभिव्यक्ति के सौन्दर्य को निरावृत करने की शक्ति देता है। कितनी कविताओं में वह निगूढ़ तत्त्व विद्यमान है? अगर है, तो वे कविताएँ बहुत जीयेंगी।

'आज टेढ़ी-मेढ़ी पंक्ति में लिखने को कविता का शिल्प मानकर कुछ लोग लिख रहे हैं—इससे कविता को नुक़सान उठाना पड़ रहा है। कोई कविता चाहे सीधे-सीधे लिखी गयी हो लेकिन उसमें कविता तो होनी चाहिए। इसीलिए मात्र शिल्प और छन्द को ही कविता नहीं माना जा सकता। बात बोलेगी...भेद खोलेगी बात ही।'

जो कुछ भी जीवन में है, साहित्य में वह न त्याज्य है, न वर्जित

लीलाधर जगूड़ी का कहना है कि साहित्य में वह कुछ भी त्याज्य या वर्जित नहीं है, जो जीवन में है। वर्जना पैदा होती है धार्मिक आग्रह से, कानूनी पक्ष से, श्लील-अश्लील और नैतिक-अनैतिक आग्रहों से। इसके अलावा पसन्द-नापसन्द से भी वर्जनाएँ पैदा होती हैं। वैचारिक आग्रहों की भी वर्जनाएँ रही हैं।

साहित्य जीवन की प्रतिक्रियात्मक अनुकृति है। कभी वह छाया-प्रति का काम करता है, कभी प्रतिबिम्ब का, कभी वह जीवन और घटनाओं का भाषिक अनुवाद या प्रस्तुतीकरण बन जाता है। साहित्य चूँकि उत्तर ढूँढ़ने के लिए कुछ नये सवाल भी पैदा करता है, इसलिए कुछ लोग ग्राह्यता और त्याज्यता का प्रश्न भी वर्जनात्मक ढंग से उठाते हैं। हर स्वीकार्य और अस्वीकार्य की अपनी-अपनी वर्जनाएँ हैं। साहित्य भले ही क़लम का विषय माना गया है लेकिन भाषा कैमरे की तरह काम करती है। न कैमरा अश्लील है, न घटित दृश्य। वह अनैतिक हो सकता है लेकिन झूठ नहीं। और जो झूठ नहीं है, वह वर्जित कैसा?

कविता अपने अनुभव के लिए शब्दों का नया प्रसव करती है। तभी किसी कवि की काव्य भाषा अन्यों से अलग बन जाती है। कभी कवि अनुमान से शब्द

गढ़ता है, कभी तर्क से। तभी वह न्याय से सौन्दर्य तक पहुँच जाता है। कविता में कभी-कभी कोई शब्द पूरे वाक्य का काम करता है, कभी कोई मोड़ ही स्थिति को ध्वनित करने का कारण बन जाता है।

कोई लेखक कवि भी हो सकता है लेकिन हर कवि लेखक होता है। कोई लेखक सिर्फ़ लेखक होता है, कवि नहीं। कवि होने के लिए बहुत से वर्जित क्षेत्रों में जाना पड़ता है। न देखने लायक को देखते हुए न रहने लायक में रहते हुए, अगम्य में से गुज़रते हुए, स्वयं अपने आचरण से असहमत होते हुए अपनी संस्कृति से मनुष्य सिद्ध होने की जहमत से रू-ब-रू होना पड़ता है। व्यास की तरह या कालिदास की तरह बुद्धि के जारजपन से टकराते हुए स्वयं की नियति और पूरे मानव समुदाय की नियति के बीच अभिव्यक्ति का चीत्कार पैदा करना पड़ता है। व्यास की तरह अपने समय के भोग-सम्भोग, युद्ध और प्रेम की चारित्रिक विकलताओं और विफलताओं के बीच सम्पूर्ण क्षतिग्रस्त मानवता का, उसकी नीचता और उदात्तता के साथ अनुसन्धान करना पड़ता है। स्वयं अपने सच और झूठ का शिकार होना पड़ता है। व्यास की तरह दूसरों के घोंसलों में अण्डे देने की सज़ा भोगनी पड़ती है। कवि को सबके अपराधों की ज़िम्मेदारी लेनी पड़ती है। मानवता का किया-धरा सब कवि को लगता है कि मेरा किया-धरा है। कवि का स्रष्टापन इतना व्यापक है।

व्यास ने न अपने पिता होने का कर्म छिपाया, न अपनी माता सत्यवती का और न अपना शुकदेवत्व छिपाया। दुर्योधन से महाभारत में जो कहलवाया, वह परिस्थितिजन्य सत्य सब पर लागू होता है। धर्म क्या है, यह भली-भाँति जानता हूँ लेकिन उधर मेरी प्रवृत्ति नहीं है। इसी तरह अधर्म को भली-भाँति जानता हूँ लेकिन उससे मेरा छुटकारा नहीं 'जानामि धर्मं न च मे प्रवृत्तिः जनाम्यधर्म न च मे निवृत्तिः।'

कुछ वर्जनाओं और सर्जनाओं में परिस्थितिजन्यता का शिकार होने के लिए कवि-लेखक सबसे पहले अपने ही अकल्पित अभीष्ट के लिए अभिशप्त है। व्यास ने तमाम स्त्रियों का वर्णन किया, धृतराष्ट्र, पाण्डु और विदुर जैसी यत्र-तत्र प्रक्षिप्त सन्तानों के मानवीय-अमानवीय युद्ध, प्रेम, न्याय और शान्ति के अनेक दुश्चक्र बताये। लेकिन अपनी पत्नी अर्थात अपने स्मृतिवान पुत्र शुकदेव की ममता का ठौर-ठिकाना और जीवन नहीं बताया। यहाँ तक कि कभी उसका नाम भी नहीं लिया। महाकवि की ऐसी भूलें नैतिक या अनैतिक किस खाने में रखी जायेंगी। शुकदेव भी कहीं किसी अगम्य गमन से तो पैदा नहीं हुए थे?

मानवीय मूल्य और नैतिकता के घाव आदिकाल से ही, सबसे ज़्यादा कविता ने ही झेले और भरे हैं। इसलिए साहित्य सर्जना में वर्जनाओं का अनुपालन और उद्घाटन भी रचनाकार का एक संकट रहा है। फिर भी इसमें श्रेष्ठ कृतिकारों ने अनेक निकृष्टताओं के बावजूद पार पाया है। उन्होंने यश-अपयश की परवाह नहीं की। अनैतिकता देखकर या महसूस करके ही नैतिकता समझ में आती है, अन्यथा नैतिकता उपदेश लगने लगती है। नैतिकता के विरोध या अनुरोध से कहीं ज़्यादा उसका अहसास, साहित्य, कैमरा बनकर ही करा सकता है। श्रेष्ठ नैतिक दृष्टि वह है, जो खुद के अनैतिक होने को विवेचित कर सके।

आज मनुष्य समाज प्राकृतिक स्थितियों से संवैधानिक स्थितियों तक आ गया है। सुशासन हो या न हो पर स्व-शासन की स्थितियाँ कुछ बेहतर हुई हैं। स्वतन्त्रता में मनुष्य अब 'सुतंत्र' भी ढूँढ़ने लगा है। मनुष्य को अच्छे मनुष्य होने के सारे सूत्र चाहिए। रामसूत्र, कामसूत्र, पाणिनिसूत्र, और भी जितने मंगल सूत्र हो सकते हों, सब मनुष्य के अभीष्ट हैं। साहित्य, मनुष्य के ऊर्णनाभ (मकड़ा) चरित्र को उसके सारे रचनात्मक सूत्रों सहित अंकित करता रहा है।

प्रसाद, निराला की तरह नया मोड़ देने वाले कवियों को ही मैं अपना आदर्श मानता हूँ

जीवन और साहित्य के विविध पक्षों पर सविस्तार बातचीत के दौरान लीलाधर जगूड़ी से यह भी जानने की कोशिश की गयी कि वह किन कवियों से प्रभावित हैं, रहे हैं, और—किसी को अगर अपना आदर्श माना है, तो क्यों? वह कहते हैं—'जैसे कल के दिन से कल का दिन पैदा होता है, जो कि भविष्य और वर्तमान दोनों का प्रतिनिधित्व करते हुए अतीत में शामिल हो जाता है, शायद इसी तरह नया कवि भी पिछले कवियों के कारण ही जन्म ले जाता है। फिर उसे अखण्ड समय में से ऋतुओं, मौसमों और पखवाड़ों की तरह निजी रूप में हर बार अलग होना पड़ता है। समय से समय को अलग करके—किसी काम में लगाना, समय को अपने ढंग से रचने की शुरुआत कराता है। काल-कवलित हो रहे लोगों के बीच में कालबोध कहीं-न-कहीं जीवन बोध का ही हिस्सा है। जीवन बोध और उसका कविता बोध दो अलग स्थितियाँ हैं। जीवन बोध, आत्मबोध तक सीमित रह सकता है लेकिन 'कविता बोध' मनुष्य के सम्पूर्ण सामाजिक भाषा-बोध से भी जुड़ा हुआ है। तब कविता केवल एक विधा के रूप में ही नहीं जाँची जानी चाहिए बल्कि वह सम्पूर्ण मानवीय यात्रा और मनोविज्ञान की अद्यतन स्थिति तक भी परखी जानी चाहिए। मनुष्य, इतिहास, भूगोल और अखिल ब्रह्माण्ड

तक कविता का कथ्य कुछ भी हो सकता है। कविता के मर्म को केवल उसके शिल्पगत सौन्दर्य तक ही सीमित नहीं रहने देना चाहिए। अगर कविता अच्छी है तो उसकी और भी सार्थक-सम्भावनाओं को देखा जाना चाहिए। यह काम शायद आलोचक का हो लेकिन इधर यह देखा गया है कि अच्छी कविताओं की अच्छी और मार्गदर्शी व्याख्या सिर्फ़ कवियों और अन्य विधाओं के रचनाकारों ने की है। विधाओं का झगड़ा नहीं है, झगड़ा है अक्षम, अकुशल और अरस अभिव्यक्ति का। विधाएँ सब एक-दूसरे की पूरक हैं।

'मैं सूर, कबीर, तुलसी और जयशंकर प्रसाद से ज़्यादा प्रभावित हुआ हूँ। उनका प्रभाव क्षेत्र आज भी अपनी तरह का है। आगे चलकर मैथिलीशरण गुप्त, हरिऔध, दिनकर और अज्ञेय से बहुत प्रभावित हुआ। राजकमल चौधरी और धूमिल तो मेरे समकालीन अग्रज थे। उनसे मुलाक़ातें भी थीं और प्रतिस्पर्धा भी। सीखने के लिए मुक्तिबोध, रघुवीर सहाय और नागार्जुन तथा शमशेर बहादुर सिंह भी परिहार्य नहीं हैं। जो नाम छूट रहे हैं, उनकी भी किसी-न-किसी विशेषता को अगर मैं याद करूँ तो प्रभावित रहा हूँ। मैं राजस्थानी कवि मेघराज मुकुल से भी प्रभावित रहा हूँ। कवियों का प्रभाव दरअसल भाषा और शब्द के सटीक प्रयोग का प्रभाव है। अनुभव की वस्तुगत स्थिति को अमूर्त बनाने में कवि सिद्धहस्त होते हैं और बहुत से अमूर्त को भी अति यथार्थ तक पहुँचा देते हैं। दोनों ही चुनौतीपूर्ण हैं।

'बड़ी चीज़ है, अपने लिए अपनी काव्य भाषा बनाना। समकालीन और स्थापित काव्य भाषा का इतना दबाव रहता है कि उससे छुटकारा पाना बड़े कवियों के वश का ही अक्सर दिखता है। अच्छी कविताएँ अक्सर अपने प्रभाव में लेकर किसी भी कवि को लकीर का फ़क़ीर बना सकती हैं। कवि होना तभी सार्थक है, जब वह दूसरे कवियों जैसा न हो। वह दूसरे व्यक्तियों जैसा तो होगा ही लेकिन कवि के रूप में अद्वितीय कविता की सृजन क्षमता का उदाहरण पेश कर चुका हो या कर रहा हो। इधर, कवियों ने कथ्य गढ़ने छोड़ दिये हैं। इससे भी एकरसता बढ़ी है। एक ही तरह के सन्दर्भों और एक जैसी समस्याओं से जूझती कविता एकरसता की शिकार होने से कब तक अपने को बचा सकती है? मैं अक्सर कहता हूँ कि पद्य में जिस तरह रघुवीर सहाय ने आधुनिक युग में 'रामदास' कविता लिखकर दिखाई उस तरह किसी और छन्द का प्रबन्ध करके कोई कवि किसी अन्य तरह के नये विषय को क्यों नहीं रच सकता? पुराने पैटर्न को एक नयी विषय वस्तु दी है रघुवीर सहाय ने। सूरदास, कबीर और तुलसी और प्रसाद में जो विषय वस्तु और भाषागत भिन्नता है, वह केवल समय की

दूरी के कारण नहीं है बल्कि अपने समय और अपनी सोच के कारण भी है। जो मुहावरे सूर के हैं या उन्होंने रचे हैं, उन्हें कबीर ने बहुत कम छुआ है। तुलसी ने भी कबीर की काव्य भाषा को हाथ नहीं लगाया। चौपाई छन्द के प्रयोक्ता मलिक मोहम्मद जायसी और तुलसी की चौपाई और अवधी में उतना ही अन्तर है, जितना कि इन सबसे हटकर नरोत्तम दास में उल्लेखनीय अलगाव दिखाई देता है। कभी-कभी मन्तव्य एक हो सकता है लेकिन काव्य भाषा का पार्थक्य, अर्थान्तर ही नहीं व्यक्तित्वान्तर भी उपस्थित कर देता है। एक समय के होते हुए भी अज्ञेय और विजयदेव नारायण साही की कविताओं में तगड़ी भिन्नता है। एक ही समय के होते हुए भी केदारनाथ अग्रवाल और विपिन कुमार अग्रवाल की कविता नितान्त भिन्न है। त्रिलोचन शास्त्री और कुँवर नारायण की कविता दो ध्रुवों जैसी स्पष्टतः अलग दिखाई देती है। अलग होने के लिए सबके पार्थक्य से अवगत होना पड़ता है। वरना भूतपूर्व कवि आपको हल्दीघाटी से बाहर नहीं आने देंगे। प्रसाद जैसी प्रतिभा चाहिए महाकाव्य के ढाँचे को तोड़कर अपने काव्य को रचने की। भारतीय माइथालॉजी में मोक्ष प्राप्त करने के बाद पुनर्जन्म नहीं होता लेकिन कविता के क्षेत्र में पूर्व कवियों और समकालीनों से भी मोक्ष प्राप्त करने के बाद ही नये कवित्व का जन्म हो पाता है। नये कवित्व के कारण ही कोई नया कवि कहला सकता है, उम्र में नये होने मात्र से नहीं। मैं नया मोड़ देने वाले कवियों को ही आदर्श मानता हूँ। प्रसाद ने भी मुक्त छन्द में काम किया पर निराला ने उसे नयी शक्ति दे दी।'

(2018)

कविता : संवेदना की आदिम पाठशाला

–ओम नागर

"निकलता ही जा रहा हूँ एक रास्ते की तरह आगे और दूर/पर पीछे से उतना ही मौजूद हूँ मैं हर क़दम हर मोड़ के साथ/उस कहावत को समझना जिसमें रास्ते रह जाते हैं और मुसाफ़िर चला जाता है।"

(वह सीढ़ी ख़ुद बनानी होती है–लीलाधर जगूड़ी)

यह मुसाफ़िर है लीलाधर जगूड़ी। जिन्होंने हिन्दी कविता की नयी ज़मीन तैयार की। जिन्हें साहित्य चेतना के लिए साहित्य अकादेमी और पद्मश्री से नवाज़ा जा चुका है। जिनके जीवन के ग्यारह वर्ष राजस्थान में गुज़रे हैं। ग्यारह वर्ष की किशोर वय में वे परिस्थितिवश घर से भागकर राजस्थान आये। वे इक्कीस वर्ष की युवावस्था तक यहाँ रहे। पिछले दिनों वे कोटा आये तो उनसे बीते दिनों पर चर्चा चल निकली :

प्रश्न : बचपन के बारे में क्या कहना चाहेंगे आप?

उत्तर : बचपन में जो बचपन है वही याद रखने वाली चीज़ है। उसे कैसे कह सकते हैं कि वह बचपन से इतर चीज़ है। बचपन में जो मूल्यवान चीज़ें हैं–वे हैं मनुष्य के अनिश्चय, अधैर्य, अपूर्णताएँ और अनन्त जिज्ञासाएँ। यही बचपन को समृद्ध करने के कारक होते हैं। अनिश्चय को मैं सुनिश्चय प्राप्त करने का बहुत बड़ा क़दम मानता हूँ। आप अनिश्चय के बिना निश्चय पर नहीं पहुँच सकते। निश्चय एक विकल्प है निश्चय के अधैर्य के बिना आप किसी धीरज तक नहीं पहुँच सकते और मूर्खता के बिना किसी जिज्ञासा तक नहीं। जब आपके अन्दर अनेक प्रकार की मूर्खताएँ होती हैं तो आप अनेक प्रकार की जिज्ञासाओं से भरे होते हैं और फिर आप अनेक प्रकार के समाधनों की ओर आ जाते हैं वो समाधान कालान्तर में हों, सही हों, या ना हों यह अलग बात है।

हम कोशिश करते हैं कि जिज्ञासाएँ किसी समाधान तक पहुँचें।...तो बचपन बहुत बड़ा कारक है। अनिश्चय को आगे बढ़ाने का, सुनिश्चय की ओर जाने की प्रेरणा और शक्ति देने वाला। जिज्ञासाओं को किसी समाधान तक पहुँचाने वाला। बचपन की आधारभूत चीज़ जो है—वो है बचपन में ग़लतियाँ करना। ग़लतियों से मनुष्य सीखता है, समृद्ध होता है, सुधार करता है। उस समय जब आप एक समूह में रहते हैं, वो समूह जिन चीज़ों को स्वीकार करता है, क्या वे सब अच्छाइयाँ हैं? कभी-कभी क्या है, कि समूह भी ग़लत होते हैं। समूह की ग़लतियों को हम कभी गिनते नहीं हैं। जैसे समूह की एक मात्र ग़लती मुझे धर्म दिखाई देता है। धर्म एक सामूहिक ग़लती है। सामूहिक ग़लती को व्यक्ति नहीं ठीक कर सकता। समूह ठीक कर सकता है। तो समूह को जब यह चेतना आयेगी, तो धार्मिक ग़लतियों को ठीक करेगा। वरना तो धर्म उस पर हावी हो जायेगा। व्यक्ति में भी एक सामूहिक चेतना होती है, तो सामूहिक चेतना से ही हम धर्म से सम्बन्धित ग़लतियों को ठीक कर सकते हैं।

प्रश्न : इस अनिश्चितता और अधैर्य ने कितना मज़बूत किया है आपको?

उत्तर : मज़बूत नहीं हो पाया मैं। लेकिन मैंने सीखा बहुत कुछ उसमें। मज़बूती—मैं सीखने में समझता हूँ। मैं अपनी मज़बूती आपके भटकने में समझता हूँ और अपने अनिश्चय में मैं अपनी मज़बूती समझता हूँ। क्योंकि अनिश्चय ही मुझे निश्चय की ओर ले गया। अपूर्णता ही मुझे पूर्णता की खोज की ओर ले गयी। पूर्णता जो भी आप मानें। मैं उसे आध्यात्मिक तौर पर नहीं कह रहा हूँ, परन्तु अनिश्चय का बहुत बड़ा रोल है मेरे जीवन में; नये-नये संकल्पों को पैदा करने के लिए, अन्यथा मेरे जीवन में एक ही संकल्प सुनिश्चय की ओर ले जाने के लिए प्रेरित करता है। वो सुनिश्चय है कि नहीं है, परन्तु अनिश्चय तो पक्का है—क्योंकि अनिश्चय ही बहुत बड़ी भूमिका अदा कर रहा है। अनिश्चय का नाम ही शायद प्रेरणा है। प्रेरणा ही वह अनिश्चय है जो कुछ करवा डालता है।

प्रश्न : क्या इसी अनिश्चय और अधैर्य की बदौलत आपका सेना से मोहभंग हुआ?

उत्तर : मोहभंग तो नहीं कह सकते उसको। यह कह सकते हैं कि मैं मिसफिट था आर्मी में। और मैं चला गया। बड़ी मुश्किल से पहुँचा था। मैंने कोशिश की आर्मी में जाने की, अपने अनिश्चय को सुनिश्चय में बदलने की। देखिए कितनी बड़ी विडम्बना है कि एक आदमी कोशिश कर रहा है कि आर्मी में सलेक्ट हो जाऊँ। मैं दो बार विफल हुआ। तीसरी बार मैं सफल हुआ। और सिर्फ़ इसलिए कि मेरी छाती आधा इंच कम थी और मेरा वज़न शायद आधा किलो या पौन

किलो कम था। मैं फेल हो गया दो बार। एक आदमी ने मुझसे पूछा कि आप कितने केले खा सकते हो। मैंने कहा—मैं दर्जन भर खा सकता हूँ। उस समय केले उतने बड़े नहीं थे जितने आजकल के केले होते हैं। उस समय छोटे होते थे। फिर उसने कहा कि दूध कितना पी सकते हो। फिर मैंने कहा—पाव भर या आधा किलो, बस—इससे ज़्यादा नहीं पी सकता। खा-पी के गया और मैं सलेक्ट हो गया। मेरी छाती भी फूल गयी और मेरा वज़न भी ठीक हो गया। मेरा स्टैमिना जाँचा उन्होंने। मेरे पैर देखे उन्होंने, पैर तो नाचने में देखे जाते हैं—पर सेना में भर्ती होने के लिए भी पैर देखे जाते हैं। पैर में एक खम है। एक पूरा कर्व होता है आपके पैर में वह कर्व नहीं और आपका पैर फ़्लैट है तो आप फेल हो जायेंगे। पैर फ़्लैट नहीं होनी चाहिए। यही मेरी कविता में है मेरी कविता फ़्लैट भी है। मेरी कविता में कर्व भी है। तो वहाँ मैं जब सलेक्ट हुआ तो मैं बहुत ख़ुश हुआ। शायद इसलिए कि परिवार को एक कमाने वाले आदमी की ज़रूरत थी और मैं कमाने वहाँ गया था। परन्तु मुझे उस कमाने में जीवन की सार्थकता महसूस नहीं हुई। मुझे यह लगा कि नहीं मैं ग़लत जगह आ गया हूँ। और यह आभास मुझे दूसरे या तीसरे महीने में हो गया। मैंने उसी समय लिख दिया रक्षा मन्त्री को। एक बैरंग चिट्ठी। सोचो ज़रा इस बात को कि बैरंग चिट्ठी आप लिखें किसी को। पहले तो वह छुड़ायेगा नहीं। चूँकि वो भारत सरकार को लिखी गयी थी इसलिए उसे भला पैसे देकर कोई क्यों छुड़ायेगा। रक्षा मन्त्री वी.के. कृष्णन मैनन साहब को लिखी गयी चिट्ठी बैरंग चली गयी और पहुँच गयी। बैरंग चिट्ठी पर एक्शन हो गया, बैरंग चिट्ठी पर आदेश हो गये कि इसको छोड़ दो। मैं भाग भी सकता था वहाँ से लेकिन मैं भगोड़ा नहीं बना। मुझे मेरी अनिश्चितता मेरा अधैर्य और जिज्ञासाएँ असल में कहीं और पहुँचाना चाहती थीं—और वह जगह शायद आर्मी थी भी और नहीं भी थी। मैं आर्मी में गया मैंने अपने को अनुपयुक्त पाया। आर्मी में रहते हुए लगा कि राइफल और मैं, बस दो में कोई अन्तःसम्बन्ध है। मैं राइफल के साथ सोता था। मैं अपनी बेल्ट, अपने हैट के साथ सोता था। रोज़ अलसुबह मैं अपना चेहरा बाद में धोता, बूट पहले चमकता था। आर्मी में आपका चेहरा चमक रहा है कि नहीं चमक रहा, ये कोई नहीं देखता। क्योंकि वे एक ऐसे आदमी को तैयार करते हैं जो कहना माने, आदेश का पालन करे। मैं एक काम या आदेश पालन करने वाला रोबोट नहीं बनना चाहता था। मैं अपने आपको वहाँ लगातार मिसफिट महसूस करता रहा। मैंने तत्कालीन रक्षा मन्त्री को चिट्ठी लिखकर यह निवेदन किया कि आधारभूत रूप से मैं एक कवि हूँ। मैं जानता नहीं था कि मैं कवि हूँ। मैं कुछ लोकगीतों और सुनी हुई कविताओं की

तर्ज़ पर कविताएँ लिखता था। नक़ल और प्रभाव से ग्रस्त था। मैं मानता था कि साहित्य में मेरा भविष्य है यहाँ मेरा भविष्य नहीं है। वहाँ से मुक्ति पाना, मुझे लगा कि शायद नया जन्म हो जाये और नया काम करूँ।

प्रश्न : जीवन की अनिश्चितताओं के दौर में कविता कर्म की क्या स्थिति थी?

उत्तर : कविताओं की बहुत अच्छी स्थिति नहीं थी। मैं पढ़ रहा था और जो कुछ पढ़ रहा था उसी की नक़ल में कुछ लिख रहा था। आदमी जब नक़ल करता है तो बहुत ख़राब माना जाता है। अगर आप परीक्षा में नक़ल कर रहे हों तो आप रेस्टीकेट हो जायेंगे, लेकिन नक़ल कलाओं में बुनियादी गुण है। नक़ल से मनुष्य की प्रतिभा का परिष्कार होता है। जन्म होता है। टेलेंट जो है वह नक़ल से पनप सकती है। पर जिस दिन उसको यह पता लग जाये कि यह नक़ल चलने वाली नहीं हैं तो असल का जन्म होता है। मैंने प्रारम्भिक जितनी कविताएँ लिखीं वो नक़ल से लिखीं, प्रभावित होकर लिखीं, जैसा उसने कहा था उसी को अपनी तरफ़ से उलट-पुलटकर कहने की कोशिश की। मैं समझता हूँ कि वो मेरा प्रशिक्षण काल था और जब आपसे बात हो रही है तो यह मेरा आत्मनिरीक्षण काल है।

प्रश्न : इस कविता के प्रशिक्षण काल में किन कवियों ने प्रभावित किया और असल को कितना पकड़ पाये?

उत्तर : आर्मी की ट्रेनिंग छोड़ी, साहित्य की ट्रेनिंग में पड़ गये। साहित्य के रंगरूट को भी जो पुराने साहित्यकार होते हैं न! वो फँसाते हैं साहित्य में। वो कहते हैं—आओ-इधर आओ। यह मठ उजाड़ है। नया जोगी फँसाओ। पर सवाल यह है कि वहाँ जाकर हम क्या करते हैं। उसी पुराने दीये को हम जला रहे हैं। एक नया दीया जलाने की शक्ति पैदा करना...ये शक्ति फिर वो साहित्य ही देता है। वो पुराने कवि ही उसे सिखाते हैं कि नया बनो। कोई आप नहीं करते वो उपक्रम, शायद वो जो सम्पूर्ण आपकी जानकारियाँ कर देती हैं और वो एक दिन परेशान कर देती हैं कि बस अब तो बहुत इन्तहा हो गयी अब कुछ नया होना चाहिए।

मेरे इस प्रशिक्षण काल के दौरान बहुत-बहुत बड़े कवि थे—प्रसाद जी, दिनकर जी, मैथिलीशरण गुप्त, बालकृष्ण शर्मा नवीन, गोपालसिंह नेपाली थे और उसके बाद आये तो पन्त, निराला, महादेवी वर्मा, अज्ञेय, मुक्तिबोध उसके बाद रघुवीर सहाय, सर्वेश्वर दयाल सक्सेना, श्रीकान्त वर्मा और मेरे समकालीन धूमिल और राजकमल चौधरी आदि ऐसे अनेक अपने आप में आन्दोलन थे, उस समय की कविता में। उस समय एक अच्छी कविता दिमाग़ में कुछ तोड़ती थी और खलल पैदा करती थी।

प्रश्न : क्या आप मानते हैं कि आज के समय में कवि हो जाना पहले की अपेक्षा ज़्यादा आसान हो गया है?

उत्तर : आज कविता लिखना इतना सरल हो गया क्योंकि जटिल कविता मत लिखो, सरल कविता लिखो। सरल कविता का दुष्परिणाम यह हो गया कि सब कवि हो गये। सैकड़ों, हज़ारों की तादाद में कवि हैं, हर भाषा में वो भाषा को ठीक से समझते भी नहीं हैं। भाषा के संघर्ष को नहीं समझते। जीवन के संघर्ष को नहीं समझते। और वो यह भी नहीं समझते कि ये चीज़ें तो कही जा चुकी हैं, जो हम कह रहे हैं। फिर उन्हीं बातों और चीज़ों को दुबारा कहने का क्या मतलब है! तर्क यह होता है कि मैं नया हूँ जी, इसलिए कह रहा हूँ। अरे भई आप नये नहीं हैं। नया वो होता है जिसमें एक टिकाऊपन हो और जो पुराने को भी बदल दे। या फिर नया ऐसा कि क्षणभंगुर हो जाये या तो। अभी पैदा हुआ अभी ख़त्म। भई नया था ख़त्म हो गया। पुराना होना भी ज़रूरी है। पुराने का निषेध और नये का स्वागत तभी हो सकता है जब वो पुराने का विकल्प न होकर, विस्तार हो। अगर वो विस्तार नहीं है तो फिर बेकार है। नया, नया है और पुराना, पुराना इसी भेद को परम्परा की आधुनिक दृष्टि ख़त्म कर देती है। हर काम की चीज़ नयी है।

प्रश्न : पिछले एक दशक से कविता के भविष्य को लेकर आशंकाएँ बहुत जतायी जा रही हैं, इन आशंकाओं को किन कारणों ने बल दिया?

उत्तर : कविता के भविष्य की अनिश्चिताओं के पीछे पहली वजह यही है कि अधिकांश कविता बहुत ख़राब लिखी जा रही है। बहुत ख़राब इसलिए लिखी जा रही है कि कविता लिखना लोगों के लिए सरल हो गया है। सरल इसलिए हो गया है कि सीधा-सीधा लिखो तो गद्य है और टेढ़ा-मेढ़ा लिखो तो कविता है, यह जो शैल्पिक पहचान बना दी गयी है कविता की। यह कविता के लिए ख़तरे का ऐलान है। अगर आप इस शिल्प से मुक्ति नहीं पाते हैं तो बहुत बड़े ख़तरे में फँस गये हैं। यह सोचना कवियों का काम है कि किस प्रकार वो नया शिल्प पैदा कर कविता को आगे ले जा सकते हैं, क्योंकि कविता की मौत नहीं होनी चाहिए। शिल्प की मौत हो सकती है। शिल्प की मौत से कविता नहीं मरेगी। कविता एक ऐसा सत्त्व (असेंस) है जो हर समय हर विचार को कविता बनाने के लिए और शब्द की जीवन शक्ति के लिए ज़रूरी है। गद्य को भी अगर जीवित रहना है तो कविता की ज़रूरत है उसको। अच्छा गद्य कविता जैसा होता है। तो कविता जैसा होने में क्या बुराई हैं। एक अच्छी इमारत कविता जैसी होती है, एक अच्छा वृक्ष बड़ा काव्यात्मक लगता है। तो जीवन में जो भी बेहतर है, वो कविता है।

कविता को भाषा में ही मत देखो। वो जीवन के अनेक पहलुओं में छुपी हुई है। कविता भाषा में भी आ जाती हो तो क्या बुराई है। लोग अच्छे चित्र को भी कहते हैं कि बड़ा काव्यमय है। कविता केवल भाषिक तत्त्व नहीं है। वह शायद क्रिएटिविटी का सबसे सुन्दर क्षण, सबसे सुन्दर तत्त्व, सबसे सुन्दर स्थल है।

प्रश्न : ऐसे में कविता का भविष्य क्या है?

उत्तर : मैं समझता हूँ कि कविता पर तो बहुत संकट आये हैं, आज संकट पहली बार नहीं आया है। लेकिन आगे भी कविता रहेगी क्योंकि मनुष्य रहेगा। मनुष्य शायद यह पसन्द नहीं करेगा कि वह कविता के गुणों को खोकर जीवित रहे। यह मनुष्य की अनिवार्यता है कि वह कविता के गुण के साथ जीवित रहे। संगीत के गुण के साथ जीवित रहे। चित्रकला के गुण के साथ जीवित रहे। या वह कोई और माध्यम ढूँढ़ेगा तो वह भी बहुत काव्यमय होगा। काव्यमय होने का मतलब होता है निपुणता किसी चीज़ में 'परफेक्शन' कविता केवल वह नहीं है जो तुक और छन्द से चलती हो। तुक और छन्द से कोई रिश्ता नहीं कविता का। एक क्षणिक रिश्ता है, एक छोटी-सी पहचान है। कविता तो वह है जो मनुष्य को 'परफेक्शन' देती हो, सम्पूर्णता देती हो। एक ऐसा विचार देती हो जो और तरह से आ ही नहीं सकता था।

प्रश्न : कविता का वाचिक परम्परा का पूरा इतिहास रहा है। कवि सम्मेलन वाचिक परम्परा को कितना आगे बढ़ा पाये हैं?

उत्तर : देखिये! कवि सम्मेलन इसलिए अच्छे थे कि उनमें वाचिक परम्परा जीवित रही लेकिन कवि सम्मेलन इसलिए ख़राब हो गये कि उनमें कविता ही जीवित नहीं रही। वाचिक परम्परा तो जीवित रही, पर कविता ग़ायब हो गयी। इसलिए जो नुक़सान किया कवि सम्मेलनों ने वह कविता का नुक़सान किया। पर आज कवियों को और कविताओं को वाचिक परम्परा की ज़रूरत है इसको जीवित रखा जाना चाहिए। और उसकी आवश्यकता है। अगर आप उसे आगे नहीं ले जायेंगे तो फिर विचार केवल किताबों के और लिखे हुए शब्दों के विषय हो जायेंगे। कविता केवल एक लिखा हुआ शब्द नहीं है, कविता एक बोला हुआ शब्द भी है। कविता सुना हुआ शब्द है और कविता एक काम करता हुआ शब्द है। काम करते हुए शब्द को आप देखना चाहते हैं अगर तो यह कविता में मौजूद होना चाहिए। और वह कविता केवल कविता में नहीं होती, कविता कहानी में भी हो सकती है, उपन्यास में भी हो सकती है। और कविता सबसे ज़्यादा नाटक में होती है। नाटक क्या करता है? नाटक पहले तो कहानी को नष्ट करता है उसके औपन्यासिक फोर्म को नष्ट कर देता है और तब काव्यत्व प्रतिफलित होता है।

इसलिए प्राचीनकाल में यह कहा गया कि 'काव्येषु नाटकं रम्यम्' कविताओं में नाटक सबसे सुन्दर है। और नाटक का तत्त्व अगर स्वयं कविता में होगा तो वह कविता काम करेगी। मैं तो 'नाटक जारी है' का कवि हूँ।

प्रश्न : कवि सम्मेलनों में दिनों-दिन बढ़ी फूहड़ता पर क्या कहना चाहेंगे?

उत्तर : भई देखो! कवि सम्मेलन की कविताओं में कुछ कविताएँ तो अच्छी हैं, पर कुछ तो कविताएँ ही नहीं हैं, शुद्ध मनोरंजन हैं। वे लोग खुद कहते हैं कि हम तो जनता की डिमाण्ड पर लिखते हैं। यह तो एक राजनैतिक भाषा है कि वोटर के अनुसार अपना ट्रेंड सेट कर रहे हैं। वोटर के अनुसार ट्रेंड नहीं सेट करना है बल्कि वोटर को अपने ट्रेंड के अनुसार आप तैयार करें। वोटर को कहें कि इस बार हमारा ग़रीबी हटाओ और जाति मिटाओ का आन्दोलन है, कोई पार्टी नहीं कहती कि जाति मिटाओ इस बार। हमेशा कहते हैं कि ग़रीबी मिटाओ। अरे ग़रीबी तो तब मिटेगी जब जाति मिटाओगे। पर जाति मिटाने कोई नहीं आता है। हिन्दू धर्म का ठेका ले रखा है, धर्मों का ठेका ले रखा है। जाति को नहीं मिटा रहे। जब हिन्दी साहित्य के मंच से कविता मनोरंजन का काम करेगी तो वह अपना नाम भूल जायेगी। उसको हमेशा याद रहेगा कि मुझको मनोरंजन करना है, तो मनोरंजन तो लाफ़्टर चैलेंज वाले लोग भी कर रहे हैं। मनुष्य को बुरी स्मृतियों की याद दिलाओ ताकि वह अच्छी स्मृति को कभी भूलना न चाहे।

प्रश्न : आज कविताएँ लिखी ख़ूब जा रही हैं, परन्तु उस अनुपात में पाठक नहीं जुड़ पा रहे हैं। इस मोहभंग को किस नज़रिये से देखते है, आप?

उत्तर : हाँ! यह बात तो चिन्ताजनक है। और साहित्य के भी बहुत ज़्यादा पाठक कभी नहीं रहे। सलेक्टेड लोग रहे हैं। सीमित और चुने हुए लोग रहे हैं। उन लोगों के द्वारा ही साहित्य और कलाएँ आगे बढ़ी हैं और दस हज़ार या दस लाख या दस करोड़ लोग कविता समझने लगे हैं। तो, हो सकता है कि कविता भी एक दिन सिनेमा का गाना हो जायेगी। कविता समझने के लिए, मैं तो कहता हूँ कि—अगर सौ और दो हज़ार लोग भी हैं और वो कविता समझते हैं या कविता करते हैं तो मैं इस कम संख्या को भी बहुत समझता हूँ। मैं इससे चिन्तित नहीं होता कि कम हो गये हैं। मैं समझता हूँ कि एक भी अगर होगा तो वह सवा लाख के बराबर होगा। और अच्छा कवि हो एक हो तो वह सवा लाख के बराबर ही है। सब विधाएँ, सब नदियों जैसी हैं। अन्त में एक विधा (नदी) में जाकर मिल जायें तो जलस्तर भी बढ़ेगा और भाव की अगाधता भी।

प्रश्न : आपने जिस तरह की लम्बी कविताएँ लिखी हैं। पूरे हिन्दी साहित्य के इतिहास में ये उल्लेखनीय हैं। लम्बी कविताएँ आजकल कम आ पा रही हैं। क्या कारण है?

उत्तर : नहीं आ रही हैं ऐसा नहीं है। कई आ रही हैं। आयी हैं जो कथ्य है वह तय करता है कि इसको लम्बा होना है या छोटा। छोटी कविता भी उतनी ही महत्त्वपूर्ण है जितनी लम्बी कविता है। पर इतना ज़रूर है, जो मैं समझता हूँ कि लम्बी कविता हमारे महाकाव्यों का विकल्प है शायद (मेरी एक किताब ही का नाम है—'महाकाव्य के बिना') और उसमें सभी लम्बी कविताएँ हैं। अब महाकाव्य का ज़माना तो गया क्योंकि न अब इतनी फ़ुर्सत है, न इतनी बड़ी थीम को लेकर के कोई कवि अपने को जोखिम में डाल रहा है। युग धर्म कैप्सूल और बुलेट का है। रातभर की फुलझड़ी शायद ज़्यादा धुआँ फैलायेगी।

प्रश्न : आजकल जो कविताएँ लिखी जा रही हैं और विशेषकर नये कवि जो लिख रहे हैं उनमें क्या सम्भावनाएँ देखते हैं?

उत्तर : इन कविताओं में बीसवीं सदी का एक्सटेंशन है। 21वीं सदी के कवि अभी नहीं आये। नये कवि आप उनको कह रहे हैं जो पिछली सदी में देरी से आये अर्थात जिनका जन्म बाद में हुआ। समाज की जो परिस्थितियाँ हैं वे 1980 के बाद और 20वीं सदी के प्रथम दशक में एक जैसी चल रही हैं। 20वीं सदी का विस्तार है 21वीं सदी के कवि आयेंगे 2021 में। 2021 के बाद तय करेंगे कि यह जो नयी पीढ़ी आयी है, ये जो नये लड़के-लड़की आये हैं 21 से 23 साल के, ये कैसी कविता लिख रहे हैं। क्या वो पूर्ववर्ती छाया से अलग हो गये हैं। या उस छाया के मुरीद हैं, कायल हैं या कि गुलाम? उनको छुड़ाने को जो लोग मौजूद रहे आप और हम मौजूद रहें, तो सबका कर्तव्य होगा कि हम उनको कहेंगे कि इस अनुकरण की गुलामी से मुक्त होओ। तुम्हारा अपना अनुभव कहाँ है? तुम अपना अनुभव लाओ। अपनी 21वीं सदी का अनुभव लाओ। तो 21वीं सदी का जो अनुभव होगा वह शायद टेक्नोलॉजी के एप्रेशियेशन का, टेक्नोलॉजी की प्रशंसा का होगा। टेक्नोलॉजी की प्रशंसा करना भारतीयों ने अभी सीखा नहीं है। टेक्नोलॉजी का इस्तेमाल करना, उससे फ़ायदा उठाना तो सीखा भारतीयों ने—लेकिन टेक्नोलॉजी की प्रशंसा उसके सौन्दर्य, उसकी हिफाजत, उसके प्रति जो गौरव का भाव होना चाहिए वह नहीं है, क्योंकि टेक्नोलॉजी की समृद्धि में भारत का योगदान बहुत कम है और टेक्नोलॉजी पूरी तरह से बाहर से आयी है। जब टेक्नोलॉजी के बारे में यह सोचेंगे कि मेरे खेत की मूली है टेक्नोलॉजी, तो टेक्नोलॉजी के प्रति बिल्कुल वैसा अधिकार, वैसा दायित्व बोध महसूस करेगा

21वीं सदी का आदमी जैसा मैं अपने बच्चे के बारे में महसूस करता हूँ। मेरा बेटा है, मेरी बेटी है, मेरी प्रतिभा है जो मेरे मनुष्य होने की टेक्नोलॉजी को आगे बढ़ा रही है। तो हम 'टेक्नोलॉजी' के विजन और विज्ञान के बिना अपना जीवन सफल नहीं कर सकते। धर्म और मनुष्य के कर्म को भी—टेक्नोलॉजी ही बचायेगी। उसे अच्छा करेगी, उज्ज्वल करेगी। भारत में टेक्नोलॉजी को भी एक नया जन्म मिलेगा।

प्रश्न : बाज़ारवाद ने कविता को कितना प्रभावित किया है?

उत्तर : हिन्दी साहित्य तो सब बाज़ार के ख़िलाफ़ है। अकेले मैं बोलता हूँ कि बाज़ार इतना गन्दा नहीं है। बाज़ार की आकांक्षा सबको है। हिन्दी के साहित्यकार भी चाहते हैं कि मैं ख़ूब बिकूँ, कि मैं भी बाज़ार का हिस्सा बनूँ। उपन्यास ख़ूब बिकता है इसलिए वह बाज़ार का हिस्सा है, कहानीकार बाज़ार का हिस्सा है, भले ही कहानी बाज़ार के ख़िलाफ़ हो। अरे भाई! आप बिकने के लिए थोड़े ही पैदा हुए हैं। आप कुछ काम करने के लिए पैदा हुए हैं। अगर आप काम कर रहे हैं तभी तो बिक रहे हैं? अगर वह काम नहीं कर रहे हैं तो बिक कैसे रहे हैं? आप बताइये कि मेरी कविता पुस्तकों के पाँच-पाँच एडीशन प्रकाशित हो चुके हैं—तो ख़रीदेगा कौन इसको? क्या केवल लाइब्रेरियन? क्या केवल भ्रष्टाचार के हिस्से से बिक रही हैं किताबें? बहुत ही दुर्भाग्यपूर्ण है यदि ऐसा है तो। पर कहीं-न-कहीं कविताएँ शायद पढ़ी भी जा रही हैं, कहीं-न-कहीं अच्छी कहानी पढ़ी भी जा रही है, अच्छा उपन्यास पढ़ा जा रहा है। अच्छे निबन्ध पढ़े जा रहे हैं, अच्छे नाटक लिखे तो जा रहे हैं, खोजे भी जा रहे हैं। हमको चाहिए कि इतनी जल्दी यह निष्कर्ष नहीं निकालें कि आज कविता नहीं पढ़ी जा रही है। अगर सौ लोग भी पढ़ रहे हैं, तो सौ लोगों की क़ीमत नहीं है क्या? मैं समझता हूँ कि एक व्यक्ति की भी क़ीमत है।और साहित्य तो हमेशा अणु और परमाणु के स्तर पर सोचने वाला है। तो, मैं तो एक व्यक्ति को भी समझता हूँ कि वह सवा लाख के बराबर है। अणुरणीयान, महतो महीयान।

प्रश्न : आपने कविता को अभिव्यक्ति का माध्यम चुना है गद्य की रचना-प्रक्रिया से नहीं जुड़ पाये जबकि बाज़ार गद्य की माँग ज़्यादा कर रहा है?

उत्तर : देखिए मैंने बाज़ार के लिए और लोगों की माँग पर तो लिखा नहीं। मैंने हमेशा ही यह सोचा कि मैं किस क़ाबिल हूँ और मैं इस भाषा को किस क़ाबिल बना सकता हूँ? सवाल यह है कि मेरा जो उपकरण है—मेरा उपकरण भाषा है, मेरा उपकरण बोली है, मेरा उपकरण जीवन है उसका उपार्जन है, उसके परिणाम हैं, मैं उस सत्यापन को अपनी भाषा में लाना चाहता हूँ।

उस सत्यापन के लिए मैं कविता को उपयुक्त माध्यम पाता हूँ, तो मैं दूसरे माध्यम के पास नहीं जा सकता। क्योंकि कविता एक ऐसा माध्यम है जो अपने में केवल माध्यम ही नहीं मंज़िल भी है, वह अपने आप में साधन ही नहीं साध्य भी है। कविता चीज़ ऐसी है जो साधन भी है और साध्य भी, तो मैं दूसरी चीज़ की तरफ़ जाऊँ या न जाऊँ इससे क्या फ़र्क़ पड़ता है? सवाल यह है कि मैं जो कहना चाहता हूँ, वह कह रहा हूँ। मैं उसे एक वाक्य में कह रहा हूँ, तो शायद मैं वह काम कर रहा हूँ कि मैं भविष्य के लिए एक बीज बना रहा हूँ। एक 'सीड' बना रहा हूँ। मैं सीड बनाने में विश्वास करता हूँ, फ़सल उगाने में नहीं। फसल उगायें सो उगायें, मैं बीज बना रहा हूँ। मुझे उम्मीद है मेरी कविता के बीज की आगे चलकर फ़सल अच्छी होगी।

प्रश्न : अब क्या अभिलाषा है आपकी? कहाँ असन्तोष है...?

उत्तर : मैं तो जन्म से ही असन्तुष्ट हूँ। मैं आज भी असन्तुष्ट हूँ। मैं अपने असन्तोष को एक रचनात्मक तोष तक आगे ले जाना चाहता हूँ। लेकिन मैं क्या ले जा पा रहा हूँ? फिर मैं वहीं आऊँगा जो आपका पहला सवाल था कि मैं अपने अनिश्चय से बहुत गाइड होता हूँ। मैं अपने अधैर्य से बहुत गाइड होता हूँ और मैं सोचता हूँ कि अनिश्चय ही शायद मुझे किसी निश्चय की ओर ले जायेगा। और आगे चलकर इसको कोई दिशा मिलनी चाहिए। अगर मेरे माध्यम से मिलनी होगी तो मिलेगी। नहीं तो किसी और के माध्यम से मिलेगी।

प्रश्न : राजस्थान से आपके जुड़ाव के बारे में जानना चाहूँगा। हिमालय के आँगन से चलकर आप राजस्थान के बालूचरों में किस तरह आ भटके?

उत्तर : मेरा जीवन घटनाओं की पाठशाला है। मैं जब ग्यारह वर्ष का था तभी शादी हो गयी। ज़ाहिर है वह बाल-विवाह था। ऐसे में गाँव के साथियों ने चिढ़ाया। बचपन ही तो था, घर छोड़ दिया और चल पड़े। बेटिकट दिल्ली आ गया। जेब में एक पैसा नहीं। भूख सामने खड़ी थी। एक आदमी ने कहा होटल में नौकरी करोगे। मैं तैयार हो गया। पर उस आदमी के प्रति मन में शंका के भाव हुए। इसलिए मैं चकमा देकर पुरानी दिल्ली रेलवे स्टेशन भाग आया। वहाँ जो गाड़ी सबसे पहले चलने वाली थी उसी में बैठ गया। संयोग से वह गाड़ी जयपुर जा रही थी। पास बैठे आदमी ने मेरे बारे में जानना चाहा। तो मैंने कहा कि संस्कृत का विद्यार्थी हूँ। उन्होंने बताया कि कांसली में वैद्यनाथ आयुर्वेद वालों के स्कूल चलते हैं। मैं उसके कहे अनुसार डाबला स्टेशन उतर गया। अब तक की यात्रा बेटिकट थी। अब मामला बस का था। जैसे-तैसे ड्राइवर-कंडक्टर को मनाया। मेरी छोटी उम्र को देखकर वे पसीज गये। बस स्कूल के सामने रुकती थी।

मैं वहीं उतर गया। वहीं कुएँ पर पानी पिया। राजस्थान की धरती का पहला पानी। वह मेरे लिए पानी नहीं दूध था। वहीं कुछ विद्यार्थी खेल रहे थे। मैंने एक विद्यार्थी से पूछा उसने आचार्य जी के पास पहुँचा दिया। मैंने कहा, उत्तराखण्ड से आया हूँ यह सुनकर वें बहुत प्रसन्न हुए। उनसे मैंने कहा कि मैं पढ़ना चाहता हूँ। उन्होंने पूछा खाने-पीने का कैसा करोगे? उस दिन तो उन्होंने स्कूल हॉस्टल से इन्तज़ाम करवा दिया। साथ ही यह भी सुझाव दे दिया कि मुझे बोहरा जी से मिल लेना चाहिए। बोहरा जी के पास गया। वे पहले ही एक ग़रीब छात्र की मदद कर चुके थे। उन्होंने असमर्थता जतायी। वापस आचार्य जी के पास लौटा। कांसली में ही एक मन्दिर था। उसके पुजारी थे महन्त प्रेमदास। उन्हीं से आचार्य जी ने कहा कि इस ग़रीब बालक की व्यवस्था करो। मैं सुबह-शाम आरती करता। इस तरह मेरे पढ़ने का सिलसिला चल निकला। मैं इतना छोटा था कि ठाकुर जी के सिंहासन तक नहीं पहुँच पाता था। अतः पूजा सांकेतिक होती थी। इस मन्दिर में भगवान की सेवा-पूजा करते हुए कांसली, पुष्कर, पिलानी, बग्गड़ में पढ़ते हुए लीलाधर शर्मा के नाम से पूर्व मध्यमा; हाई स्कूल पास किया। उम्र के इक्कीस साल के बाद अपने गाँव आया। संक्षेप में यही राजस्थान की माटी से मेरे जुड़ाव की अन्तःकथा है।

प्रश्न : इन दिनों में किन-किन का सहयोग मिला जो आज भी याद आता है?

उत्तर : स्कूल के संचालक वैद्यनाथ आयुर्वेद भवन वाले रामनारायण जोशी जी बहुत याद आते हैं। विद्यालय के प्रधानाचार्य बोहरा जी, महन्त प्रेमदास जिन्होंने मेरे भटके हुए जीवन को नयी दिशा दी। जो कुछ मैं दिख रहा हूँ यह इन लोगों की कृपा का फल है।

प्रश्न : राजस्थान में बीते बचपन ने आपकी कविता को किस प्रकार प्रभावित किया?

उत्तर : मैंने अपनी पहली कविता सातवें दर्जे में लिखी। वह गढ़वाली में थी। जहाँ तक कविताओं में राजस्थान की बात है, तो जब राजस्थान में रहा तो पहाड़ को याद करते हुए बहुत सारी कविताएँ लिखीं और जब राजस्थान छोड़ा तो मेरी कविताओं में यहाँ का परिवेश बोलने लगा। मैं राजस्थान को कैसे भूल सकता हूँ। जिसने मेरी किशोरावस्था को दुलराया और युवा करके विदा किया। कोटपूतली के पास वह कांसली गाँव न होता तो आज लीलाधर जगूड़ी भी नहीं होता। राजस्थान के सन्दर्भों में आज भी मुझे 'अज्ञेय' की कविता 'बाजरे की कलगी' बहुत याद आती है। बाजरे पर किसी ने ऐसी कविता नहीं लिखी।

प्रश्न : घर से दूर रहते हुए, कभी लौटने का मन नहीं किया?

उत्तर : लौटना तो बहुत बार चाहा। बहुत दिनों तक घर से समाचार नहीं मिलने से मन अकुलाता था। घर वाले समझ चुके थे कि शायद मैं संसार में नहीं हूँ या फिर साधु हो गया हूँ। भाई नेत्रहीन था। उन दिनों अजमेर में एक केन्द्रीय अन्धविद्यालय आदर्श नगर में खुला था। मन नहीं माना। पत्र लिख दिया कि उचित समझें तो पढ़ाई के वास्ते भाई को यहाँ भेज दें। पिताजी लेकर आये। पिताजी तुलसी और कबीर ख़ूब पढ़ते थे। मिले तो बोले—मृत्यु और जीवन में कोई अन्तर नहीं होता। तुम मिले यही बहुत है। इसके बाद पहाड़ आने-जाने का सिलसिला चल पड़ा। घर लौटा तो ताज्जुब हुआ कि सात साल की वह बालिका वधू अब तरुण युवती हो गयी थी। मेरे मन से भी बाल-विवाह के अपराध बोध मिट चुके थे। कारण कि राजस्थान में मैंने बहुत बाल-विवाह होते देखे।

प्रश्न : राजस्थान की बात चली है तो यहाँ की लोकसंस्कृति, रहन-सहन, भाषा का कितना योगदान रहा आपके जीवन में?

उत्तर : किसी भी प्रदेश की जीवन पद्धति को वहाँ का भूगोल तय करता है। राजस्थान के साथ भी कुछ ऐसा ही है। यहाँ का मरु क्षेत्र, पहाड़ियाँ, लोक-संस्कृति, रहन-सहन, भाषा सब कुछ अनूठा है। यहाँ का पहनावा इतना रंगीन है कि उसके आकर्षण से मनुष्य बच नहीं सकता। इसमें वो जीवनी शक्ति है, जो रेत को भी रंगीन बना देती है। यहाँ के लोकगीत काफ़ी मुग्धकारी हैं। ये गीत मनुष्य की मानवीयता को उदार और उदात्त बनाते हैं। साथ ही संवेदनाओं का परिष्कार करते हैं। राजस्थानी के शब्द गढ़वाली में भी मिलते हैं। 'छै' क्रियापद गढ़वाली में भी है और राजस्थानी में भी है। राजस्थानी काफ़ी समृद्ध भाषा है। हिन्दी की समृद्धि की आधारशिला इन बोलियों, भाषाओं में छिपी हुई है और आज हिन्दी उनके अधिकार दिलाने में सन्नद्ध है। राजस्थान के कवियों में चन्दबरदाई, सूर्यमल्ल मिसण, कन्हैयालाल सेठिया, परमेश्वर नारायण 'द्विरेफ', मेघराज मुकुल आदि। जिनकी कविताएँ मिट्टी की चेतना व सामर्थ्य को उजागर करती हैं। राजस्थान हिन्दी की जन्मभूमि है।

प्रश्न : आपकी राजस्थान की वनस्पतियों से गहरी रुचि है—ऐसा क्यों?

उत्तर : मैं जब-जब भी आकड़े को देखता था तो ऐसा लगता था जैसे सूरज से इसे पानी मिल रहा हो। तोड़ने पर दूध निकलता था। मेरी कविताओं में कैक्टस के प्रयोग से पूर्व आक आ गया था। आक और कैक्टस राजस्थान की जिजीविषा के प्रतीक हैं।

प्रश्न : पहले लीलाधर शर्मा फिर लीलाधर जगूड़ी ऐसा क्यों?

उत्तर : मेरी पहली किताब 1964 में 'शंखमुखी शिखरों पर' लीलाधर शर्मा के नाम से ही प्रकाशित हुई। जाति सूचक शब्द न होने के कारण जगूड़ी लिखना आरम्भ किया। स्थानीयता के द्योतक 'जगूड़ी' शब्द को 'जोगत' गाँव के लोग लगाते हैं। हमारे पूर्वज वहीं से आये थे। इस तरह से मैं लीलाधर जगूड़ी हो गया। फिर भी लोगों ने ढूँढ़ ही लिया कि जगूड़ी ब्राह्मण होते हैं। पता नहीं जाति से भारतीयों को कब छुटकारा मिलेगा।

प्रश्न : आख़िर लोग कवि क्यों हो जाते हैं?

उत्तर : अगर आप मेरा उदाहरण ले रहे हैं तो मैं कवि होना चाहता हूँ, कवि हुआ नहीं हूँ। कवि हुए बिना जीवन अधूरा और निरर्थक है। कविता के प्रति ऐसा जुड़ाव ही अपनी अनुभव की पूँजी है। इसी से शायद मेरी मानवता समृद्ध हो। कवि होना हर आदमी के बस में नहीं है। हर आदमी कवि नहीं हो सकता भले ही वह आजीवन कविताएँ करता रहे। घटनाएँ, विपत्तियाँ, परिस्थितियाँ आपका चयन करती हैं। और कवि होने की यह विपत्ति मेरे हिस्से आयी है। इसे मैं स्वीकार करता हूँ और कविताओं में धारण करता हूँ। कवि होना एक तरह से संवेदना की पाठशाला होना है। कितना आप दूसरे के दुःख को अपना समझ सकते हैं। यही संवेदना सिंड्रोम है।

प्रश्न : इस बाज़ारवादी दौर में कविता का भविष्य क्या है?

उत्तर : कविता का भविष्य भी मानव समाज जैसा ही होगा। आने वाले समय में लोग आज से बेहतर जियेंगे और समय के अनुरूप बेहतर कविताओं का सृजन भी करेंगे। इसलिए आने वाले समय में कविता का रंग-रूप, कथ्य वैसा ही होगा जैसा भविष्य का समाज होगा। साहित्य हमेशा से मनुष्य की ज़रूरत रही है और कल भी रहेगी। जिसका मूल्यांकन समय पर छोड़ देना चाहिए। भविष्य, विज्ञानी ही बता सकते हैं। फिर भी चूँकि कविता संवेदना की आदिम पाठशाला है इसलिए इसका रचना हर हाल में ज़रूरी है।

(2007)

कभी हाथ लग जाती है कोई कविता

–मनोहर नायक

क़रीब पाँच दशकों से कविता लिख रहे लीलाधर जगूड़ी आज भी उसी तरह रचनारत हैं। उन्होंने कई प्रयोग किये और कविता की भाषा ही नहीं बदली बल्कि उसे अलंकारहीन और गद्यमय भी किया। उनकी कविता में विषयों की विविधता है। पहाड़ और शहरी समाज है तो बाज़ार की गहरी पड़ताल भी। वे मानते हैं कि हिन्दी में बाज़ार का बड़ा नक़ली विरोध चल रहा है। उनसे बातचीत के प्रमुख अंश :

प्रश्न : आपने और धूमिल ने साथ-साथ लिखना शुरू किया। उस समय में कविता के वे दो स्वर थे। उस दौर के बारे में क्या सोचते हैं? धूमिल को कैसे आँकते हैं?

उत्तर : पहली बात तो यह कि जिस ज़माने में धूमिल, राजकमल चौधरी, मुक्तिबोध जैसे लोग लिख रहे थे उसी समय अज्ञेय, रघुवीर सहाय, नरेश मेहता, शमशेर, त्रिलोचन, नागार्जुन और भवानी बाबू भी रचनारत थे। 1960 के बाद अचानक धूमिल की कविता एक मोड़ की तरह दिखती है। इसका कारण यह था कि आज़ादी के बाद की पीढ़ी की मनःस्थिति में अप्रत्याशित बदलाव पैदा हो गया था। 1965-66 में भारतवर्ष में अकाल की-सी स्थिति थी। पीएल 480 के गेहूँ और राशन का ज़माना था। दूसरी तीसरी रोटी खाने को मिले न मिले। पहली रोटी भी कम ही को नसीब थी। अकाल, बेराज़गारी से ग्रस्त और राजनैतिक लाभ से वंचित नयी पीढ़ी का गुस्सा फूट पड़ रहा था। आज देखें तो कहीं-कहीं तो राजद्रोही सा लगता है। हड़तालों और आये दिन के बन्दों के कारण भारतवर्ष का एक नाम 'भारत बन्द' हो गया था। ऐसे समय में धूमिल और उसके बाद के लोगों की कविता उग्रता के साथ-साथ परिवर्तन का स्वर लेकर भी आयी। जहाँ तक उस समय में मेरी उपस्थिति का सवाल है तो मेरी अर्ज़ यह है कि तब मैं

22-23 साल का था और सारी राष्ट्रीय ख़राबियों के लिए अपने को ही ज़िम्मेदार मानता था। मुझे लगता था कि मैं न होता तो ये सब न होता। पूरे समाज को अपनी वजह से अपने में देखने की प्रवृत्ति एक ओर थी तो दूसरी ओर यह प्रवृत्ति कि पूरे समाज का मैं शिकार हूँ। मेरी कोशिश इस द्वन्द्व को समझने और इससे निकलने की रही है। मैंने 1960 के बाद दो तरह की कविताएँ लिखीं—एक तो 'आज नाटक जारी है'—के रूप में, और दूसरी को 'इस यात्रा में' के स्वभाव वाली कविता के रूप में। इनमें मेरी कविता को विकसित और परिवर्तित होते देखा जा सकता है।

प्रश्न : आपकी कविता में दो प्रमुख स्वर रहे हैं—पहाड़ और शहरी समाज। इनका द्वन्द्व आपकी कविता में उपस्थित है। संवेदनात्मक रूप से आप अपने को किस समाज के निकट पाते हैं?

उत्तर : पृथ्वी पर दो भौगोलिक स्थितियाँ मनुष्य को अपना मुरीद बनाये रखती हैं—पहाड़ी और समुद्री। पहाड़ और समुद्र से छुटकारा पाना मुश्किल है। आप दोनों में से चाहे कहीं न रहते हों तो भी आपकी राष्ट्रीय-अन्तरराष्ट्रीय चेतना, सांस्कृतिक सोच, आपका राजनीतिक जीवन आपको समुद्र और पहाड़ में स्वप्नवत जोड़े रखता है। संस्कृत में एक शब्द है भूधर। पहाड़ दरअसल इतने अन्तर्यामी हैं कि पृथ्वी के पेट में भी समाये हैं और उसे धारण भी किये हुए हैं—इसीलिए उन्हें भूधर कहा गया है। समुद्र में जाइये तो उसके पेट में भी पहाड़ हैं। समुद्रतल के नीचे भी। उसकी आन्तरिक बनावट में पहाड़ शामिल हैं। इसलिए मैं मैदानी और समुद्री भूगोल को अलग नहीं देख पाता हूँ।

पहाड़ के संकट, मनुष्य के संकट, समुद्रों के आसपास रहने वालों के संकट भले एक से न हों, लेकिन बेहतर जीवन और खुशहाली के उनके सपने एक जैसे हैं। इसलिए मेरी कविता में पहाड़, समुद्र, शहर भी है और उतनी बड़ी मात्रा में रेगिस्तान भी मौजूद है।

प्रश्न : हमारे यथार्थ को जो चीज़ें बदल रही हैं उनमें बाज़ार भी है। यह हाल फ़िलहाल की सबसे बड़ी घटना है। आपकी कविताओं में उसका विरोध तो नहीं पर गहरी पड़ताल का, उसका पीछा करने का आग्रह है। आप इन बदलावों के बारे में क्या सोचते हैं?

उत्तर : हिन्दी में बाज़ार का बड़ा नक़ली विरोध है। भारतीय जीवन में बाज़ार हमेशा मेलों के रूप में मौजूद रहा। सारे छोटे और बड़े मेले प्रतिवर्ष अपने स्थानीय उत्पादन के साथ बाज़ार को ही बढ़ाने का काम करते थे। मेले व्यक्तियों को व्यक्तियों से नहीं बल्कि व्यक्तियों को नये उत्पादन से भी मिलाते थे।

हर ऋतु का कोई-न-कोई मेला हमारी संस्कृति में मौजूद है। यहाँ तक कि कुम्भ जैसा विराट मेला धार्मिक के साथ-साथ औद्योगिक समागम भी दिखाई देता है। मेले प्राचीनकाल से बाज़ार और आर्थिकी का आधार रहे हैं। इसलिए कबीर तक ने आने को यहाँ बाज़ार में खड़ा पाया। आज जिस बाज़ार का विरोध हो रहा है वह अनैतिकता और शोषण पर आधारित बाज़ार का विरोध है। इस विरोध में ग़ैरज़रूरी उत्पादन का विरोध भी शामिल है। भारत को ऐसी चीज़ों का कबाड़खाना बनाने का विरोध है।

प्रश्न : क्या समकालीन कविता पूरी तरह इन बदलावों को दर्ज कर पा रही है?

उत्तर : समकालीन कविता का हाल यह है कि वह लिखी बहुत जा रही है, और पढ़ने के बाद कभी-कभी उसमें कोई कविता हाथ लग जाती है तो बड़ी ख़ुशी होती है। समकालीन कविता इससे आक्रान्त दिखती है कि अगर टेढ़ा-मेढ़ा लिख देंगे तो कविता हो जायेगी। समकाल में पूर्ववर्ती समयों की तरह एक साथ तीन-चार पीढ़ियों के लोग रचनारत दिखते हैं, लेकिन वे एक-दूसरे के लिए चुनौती बनते नहीं दिखते। बहुत सारी ऐसी कविता प्रतिष्ठित कवि भी लिख रहे हैं जैसे वे इस देश, काल और समाज की किसी से शिकायत कर रहे हों। यह शिकायत किससे की जा रही है पता नहीं चलता। क्या कविता का काम केवल अव्यवस्था की शिकायत करना, या रपट दर्ज कराना ही रह गया है। बहुत सारी कविता तो अपने समय पर विलाप की तरह आ रही है। उनमें मनुष्यों और चीज़ों के संलाप का घोर अभाव दिखता है। कुछ प्रतिष्ठित कवि आत्मगौरव से अभिभूत होकर दुत्कार, फटकार और नकार की कविताएँ कुछ इस तरह लिखते हैं जैसे इस दुनिया पर बड़ी और व्यक्तिगत कृपा कर रहे हों। जहाँ तक बदलाव दर्ज करने की बात है, कुछ कवियों ने रीति-रिवाज़ों की व्याख्या और परम्परा समझते हुए उनमें बदलाव की इच्छा से भी कई मार्मिक कविताएँ भी लिखी हैं, लेकिन उनके समय बोध और सौन्दर्य बोध को आलोचकों ने वैज्ञानिक तरीक़े से चिह्नित नहीं किया है।

प्रश्न : कविता की भाषा को बदलने, उसे गद्यमय अलंकारहीन बनाने में आपका काफ़ी योगदान है। कविता में बड़े पैमाने पर गद्य के प्रवेश को लेकर आप क्या सोचते है? कुछ लोगों का मानना है कि इससे काव्यात्मकता कम हुई है।

उत्तर : गद्य तो पहले की कविताओं में भी मौजूद था और कभी-कभी तो वह पद्यात्मक कविताओं में भी दिखता है। पर मेरा गद्य कविता नहीं है। गद्य उपकरण है कविता के लिए। गद्य में कविता बनी कि नहीं यह बात कविता में तो तलाशी जानी चाहिए, कहानी में भी तलाशी जानी चाहिए।

कविता गद्य को किसी मोर्चे पर शक्तिशाली बनाती है। किसी भी एक वाक्य को कविता का स्पर्श प्राप्त हो जाये तो चाहे वह ख़बर के बीच में ही क्यों न हो, वह पाठकों के स्नायुओं को छनछना देता है। आज की पत्रकारिता को तो नयी कविता ने बहुत कुछ दिया है—शीर्षक लगाने की कला और ख़बरों में मुहावरों का बेहतरीन प्रयोग करना कविता की देन है। कविता को इस रूप में नहीं देखा जाना चाहिए कि वह सिर्फ़ कविता में ही होती है। कविता को किसी स्थापत्य में, प्राकृतिक दृश्य में, कपड़े की किसी डिजाइन में भी देखा जा सकता है। पेड़ से लेकर फर्नीचर तक वह उपस्थित है। कन्दराओं से लेकर कम्प्यूटर तक कौन-सा क्षेत्र है जो कविता के रचनात्मक स्पर्श से वंचित है?

प्रश्न : क्या कवि के लिए प्रतिबद्ध होना ज़रूरी है?

उत्तर : वामपन्थी प्रतिबद्धता भी मानवीय प्रतिबद्धता का एक चरम रूप है। इसलिए कवि को प्रतिबद्धता के साथ-साथ अपने लिए मुक्त क्षेत्र भी सुरक्षित रखना चाहिए, जो अन्ततः हमारी प्रतिबद्धता को ही प्रमाणित करता है।

प्रश्न : कविता की परम्परा बड़ी होती जा रही है। युवा कवियों के बारे में आपकी क्या राय है?

उत्तर : युवा कविता इस समय हर समय की युवा कविता की तरह संघर्ष कर रही है। उसे अपने को कविता की तरह स्थापित करने की जल्दबाज़ी के बावजूद नयी विषय वस्तु की धैर्यपूर्वक तलाश करते हुए देखा जा सकता है। भले ही अभी ऐसे विरल और अद्‌भुत नये विषय सामने नहीं आये हैं, लेकिन कवियों की भाषा में उसे सोचने की झटपटाहट तो स्पष्ट दिखाई देती है। बहुत से कवि कम मात्रा में ही सही कविताओं जैसी कविता नहीं लिख रहे हैं, इससे ख़ुशी होती है।

प्रश्न : पुरस्कारों, सम्मानों और चर्चा में बने रहने के लिए मची होड़ को लेकर आप क्या सोचते हैं?

उत्तर : जहाँ तक सम्मानों के लिए होड़ का प्रश्न है तो यह सीधे-सीधे तो दिखाई नहीं देती। लेकिन यदि कोई साहित्यकार केवल सम्मान न मिलने के कारण कुण्ठित है तो मैं समझता हूँ कि उसकी कुण्ठा उसकी रचनात्मकता को धार देगी, बिगाड़ेगी नहीं। बिना किसी सम्मान के भी साहित्य में जीवन के सन्तुलन और उसके असन्तुलन को दर्ज करना साहित्यकार की ज़िम्मेदारी है। पुरस्कार को साहित्यिक गुणवत्ता और लेखक के परिश्रम से बड़ा नहीं समझा जाना चाहिए।

प्रश्न : आप पर किन समकालीन कवियों का असर रहा है?

उत्तर : समकाल तो कवियों की लम्बी परम्परा से आच्छादित है। आजकल फ़ैशन यह है कि जिस कवि ने आपका नाम लिया तो उसका उल्लेख ज़रूर करना चाहिए,

इसलिए मैं कुछ नाम गिनाता हूँ तो यह माना जायेगा कि उन्होंने मेरा नाम लिया और मैंने उनके नाम लिए। मैं जानता हूँ कि कितने लोग हैं जो कभी मेरी कविता का उल्लेख करते हैं। मैं इस समय नामोल्लेख से बचना चाहता हूँ, क्योंकि फ़ेहरिस्त लम्बी हो जायेगी।

प्रश्न : आजकल आप क्या लिख रहे हैं?

उत्तर : मेरा एक कविता-संग्रह तो तैयार है। जल्द आयेगा। इसके बाद एक गद्य की पुस्तक भी। पहाड़ी जीवन को केन्द्र में रखकर एक उपन्यास लिखना भी शुरू किया है। अपने रंग की कुछ कविताएँ भी लिखी हैं। छपवायी नहीं, सोच रहा हूँ अब छपवाना शुरू करूँ।

(2005)

हर नया कवि पुराने कवि से जन्म लेता है

—ओम निश्चल

प्रश्न : साहित्य के सभी क्षेत्रों में अब यह माना जा रहा है कि आपकी हर कविता का सन्दर्भ और भाषिक संसार एकदम अलग क़िस्म का है। कवि होने के लिए कोई कम-से-कम योग्यता आप निर्धारित करना चाहेंगे? आजकल कवियों की बाढ़ के बावजूद कहा जा रहा है कि कविता ख़त्म हो गयी है या हो रही है।

उत्तर : सृष्टि के कारक तत्त्व की तरह कवि को भी 'स्वयंभू' कहा गया है अर्थात अपने आप अपनी प्रतिभा, अपने विवेक, अपने अनुभव से निजी दृष्टि के अभिव्यक्ति कौशल में स्वयं जन्म लेना। 'कविर्मनीषी' तक तो समझ में आता है, 'परिभू' भी चलेगा लेकिन 'स्वयंभू'—यह बहुत कठिन है। क्योंकि भाषा समाज देता है और कवि उसका बेहतर इस्तेमाल करता है। सार्वजनिक भाषा में से स्वोपार्जित भाषा प्राप्त करना फिर उस भाषा में एक नये कथ्य का सृजन करना दूसरे स्वरचित शरीर की तरह है। अपने शरीर का स्वयं सृजन अत्यन्त कठिन प्रक्रिया है। कवि को कविता के अवयव बनाते समय यह याद रखना चाहिए कि वह ऐसा कुछ बनाने जा रहा है जो सिर्फ़ वही बना सकता है, इसलिए वही उसे बना रहा है। दूसरा कोई उस अनुभूति की सहभागिता तो कर सकता है, लेकिन उस कविता का प्रथम रचयिता उस कवि के अलावा कोई दूसरा नहीं है। क्या आज के कवि को संवेदना का इतना अकेला, अद्भुत और स्वनिर्मित दृष्टिपूर्ण, आत्मचेतन संयन्त्र समझा जा सकता है? आज की अधिकांश कविताओं में भाषा का पुनःप्रयोग हो रहा है पुनरुत्पादन नहीं। नवसृजन तो दूर की बात है।

आज कवि का जन्म भूतपूर्व कवियों और भूतपूर्व कविता से होता है। कोई भी लोकशैली और सन्दर्भ कवि और कविता के जन्म का कारण बन सकते हैं। कविता असल में प्राथमिक या प्रथम कवि के लिए भी अभिव्यक्ति के उपाय के रूप में हठात् उपलब्ध नहीं हुई होगी। लयात्मक श्वास-क्रम या एक साँस को

छोड़ते समय लम्बे और छोटे, झटकेदार भाषिक प्रयोगों के परिणामों से वह पहला कवि (व्यक्ति) न केवल परिचित रहा होगा बल्कि उसके छांदिक प्रभाव से प्रभावित भी रहा होगा। हो सकता है इस कौशल से पहले कोई स्मरणीय भाषिक अथवा शाब्दिक अभिव्यक्ति ऐसी न बन पायी हो जो नितान्त कलात्मक और अविस्मरणीय हो जाये। जो स्मृति के लिए एक फैंटेसी हो जाये। प्रथम कवि के प्रथम भाषिक उच्छ्‌वास का वह क्षण अन्तःकरण को सदियों लम्बी पीड़ा से भर गया। इसलिए सारे अध्ययनों और अनुभवों के बाद भी कवि की बुनियादी योग्यता है दूसरों के दुःख की अनुभूति में विरल संवेदनशील अन्तःकरण की वैचारिक उद्रेक और तुरन्त न्याय के सौन्दर्य की ऐच्छिक स्थापना। वह शाप भी दे रहा है तो असह्य क्रोध और अपार करुणा के साथ, देहिकता को नश्वर न बताते हुए दे रहा है। यही कारण है कि नश्वर देहिकता नहीं बल्कि वह हत्याकाण्ड (क्रौंचवध) मानव जाति की स्मृति में आज भी गूँज रहा है। यह कवि दृष्टि से बनी हुई विचार शक्ति की अनुगूँज है जिसे हम अपने करुणापूर्ण क्षणों को न्यायपूर्ण बनाने के लिए बार-बार पाना चाहते हैं। अमानवीयताओं से भरी व्यवस्थाओं का विरोध भी किसी को शापित करने जैसी ही प्रक्रिया है। बुराइयों को कवियों ने बहुत शाप दिये हैं, यहीं से मानवीय मूल्यों की प्रतिष्ठा और ह्रास का पता चलता है।

कवि की योग्यता में पहली योग्यता संवेदनशील अन्तःकरण, दूसरी योग्यता स्वाध्याय से बाहर जाने की कल्पना शक्ति, तीसरी योग्यता अपनी भाषा के कर्म कौशल का अथाह ज्ञान और अपनी भाषा की काव्ययुक्ति और नयी काव्ययुक्ति के प्रति सजगता। आदि-आदि।

श्वास-प्रश्वास की जो मैंने अभी बात की, उसके बारे में यह स्पष्ट करना चाहता हूँ कि श्वास जब भीतर से लौटकर आती है तो उसी का उपयोग शब्दों के उच्चारण में हो पाता है। अन्यथा भीतर जाती साँस के साथ आप एक भी शब्द नहीं बोल सकते। यानी कि भाषा भी कार्बन से पैदा हुई है। कविता भी आत्मा का कार्बन है।

अन्दर साँस लेते हुए एक भी शब्द नहीं बोला जा सकता। भाषा तो छोड़ी जाती हुई साँस का कमाल है। इसलिए कविता में अधिक बोलने का त्याग सम्भवतः शामिल है। गद्य का अर्थ ही बोलना है इसलिए गद्य में मितभाषी होने का उतना प्रतिबन्ध नहीं है। कविता में मितभाषी होना भी कवि की एक योग्यता आप ठहरा सकते हैं। एक और भी योग्यता मैं कवि के लिए निर्धारित करना चाहूँगा कि वह जानता हो कि उसकी कविता में कहाँ और कितनी बनी। बनी भी या नहीं? सामान्य गद्य से तभी कविता का गद्य अलग हो पायेगा।

अन्यथा कविता भी निरागद्य बनकर रह जायेगी। उपमाएँ और बिम्ब आज की कविता के प्राण हैं बशर्ते कि वे इतने नये, अप्रयुक्त और अश्रुत हों कि आश्चर्य का भी एक और बिम्ब बना डालें। अतियथार्थ ही हमें यथार्थ की निकटता अथवा भयावहता का अनुभव करा सकता है। अपने समय के यथार्थ की तरह अपने समय की उपमाएँ और बिम्ब भी सृजित करना कवियों का ही काम है। हर युग की कविता अपने समय की भाषा से अपनी आत्मा का निर्माण करती है।

कविता यदि सचमुच ख़त्म हो रही है तो यह चिन्ता की बात है, ख़ुशी की नहीं। लेकिन मेरा सोचना है कि कविता इतनी जल्दी अभी ख़त्म नहीं होगी। बल्कि अत्यधिक गद्यात्मकता और भाषिक विस्तार के प्रति अभी अस्वीकृति का माहौल पैदा होगा। भाषा का बीजीकरण ही ज़्यादा ग्राह्य होगा। बिना भाषिक बीज के कविता के नाम पर जो टेढ़ी-मेढ़ी पंक्तियों वाला अनुभवहीन, अगम्भीर गद्य लिखा जा रहा है वह ज़्यादा दिन प्रशंसा नहीं बटोर पायेगा। कविता जब-जब लोकप्रिय कम हुई है तब-तब उस पर प्रश्नचिह्न लगाये गये हैं।

थी ख़बर गर्म कि ग़ालिब के उड़ेंगे पुर्ज़े/देखने हम भी गये थे पै तमाशा न हुआ

कुल मिलाकर सुबोध और जिज्ञासु होने के अलावा कवि होने के लिए उन बहुत-सी योग्यताओं की ज़रूरत होती है जो किसी संस्थाबद्ध शिक्षण संस्था के अलावा अर्जित करनी होती हैं। जैसे बहुश्रुत और बहुज्ञ होना। कवि होने की योग्यता को किसी पाठ्यक्रम की तरह स्पष्टतः लक्षित नहीं किया जा सकता। समस्त अवधारणाओं को तर्कपूर्वक अपने ज़ेहन का हिस्सा बनाने की आकुलता से उसे लबरेज होना चाहिए। उसकी जानकारियों को उसकी बातचीत में अलग से झलकना चाहिए। केवल मौन रहने से काम नहीं चलेगा। मौन से एक-दो कवि ही काम चला सकते थे और उन्होंने बीसवीं सदी तक चला लिया। अब तो कवि को बोल-बोलकर दुनिया में फँसना पड़ेगा। एक ख़ास तरह की खानाबदोशी भी कवि में होनी चाहिए। जैसे किसी दूसरी दुनिया का होते हुए भी किसी तीसरी दुनिया में ख़ुशी-ख़ुशी रह रहे हों। ज्ञात-अज्ञात के प्रति प्रश्नशीलता कवि में हो जो संगियों तक को हमेशा परेशान करती हो। वह व्यंग्य के साथ आत्मव्यंग्य में भी सहज हो। ज्ञान की कोई शाखा ऐसी न हो जिसके आधारभूत तत्त्वों की सही जानकारी उसको न हो। उसे लय और श्रुति की अच्छी समझ आवश्यक है। वह चित्रकार या मूर्ति शिल्पी चाहे न हो लेकिन उसे मूर्त, अमूर्त और रंग-अरंग की भाषा आती हो। उसकी स्मरण शक्ति एक परीक्षा देने जाने वाले अच्छे विद्यार्थी जैसी तेज़ होनी चाहिए। आर्थिक रूप से भले ही ग़रीब हो लेकिन सोच का अमीर हो। कल्पना और सोच का ग़रीब व्यक्ति कवि नहीं हो सकता।

वह दुनिया का सबसे बेचैन और संवेदनशील इन्सान हो उसे अपना काम वैज्ञानिक की तरह करना आना चाहिए। वैज्ञानिक दृष्टि आवश्यक है। अपनी भाषा की, अपने देश की भाषाओं की, दुनिया के साहित्य की, कमोबेश उसे जानकारी होनी चाहिए। उसे परम्पराओं और सामाजिक क्रान्तियों की सकारण जानकारी हो, उसे धार्मिक पाखण्ड फैलाने वालों से नफरत हो। वह सामाजिक-राजनीतिक रूप में भी अत्यन्त सजग व्यक्ति हो फिर भी वह एक बच्चे जैसा मासूम और दार्शनिक जैसा दूरदर्शी हो। व्यक्ति कवि से न सही, कम-से-कम उसकी कविता से ये अहसास मिलने ज़रूरी हैं। इन सारी अवधारणाओं से बाहर भी कोई व्यक्ति अगर अच्छा कवि हो सकता हो तो मनाही नहीं है।

प्रश्न : 'इस यात्रा में' की भूमिका 'पुराने प्रसंग के प्राण' में आपने लिखा शायद माँ का अभाव मेरी कविता का उद्‌भव है। उसी को ढूँढ़ने और पाने के लिए मैंने अपनी कविताओं में स्त्रियों को तरह-तरह से रचा है। एक कविता में आपने कहा है कि स्त्रियाँ न होतीं तो आधी भाषा न होती और पूरा जीवन न होता। इससे आपका क्या आशय है?

उत्तर : मेरा बचपन मेरी वृद्ध दादी जो अपने युवा काल में ही विधवा हो गयी थीं, की गोद में बीता। पाँच वर्ष का होते ही माँ से वंचित हो गया था। इस तरह मैं एक 'गड़वालू' (छोटे बच्चों को गोद खिलाने वाला) बच्चा बन गया। जब गाँव में शाम को बच्चे खेतों से लौटी हुई अपनी माँ से लिपट जाते थे, तो हम तीनों भाई अपनी रतौंधी ग्रस्त दादी से लिपट जाते थे।

मुझे बचपन में सिर्फ़ इतना पता था कि मरने के बाद सब भूत बन जाते हैं। इसलिए अँधेरे में श्मशान में और भीड़ में मुझे कभी डर नहीं लगा क्योंकि मैं किशोर उम्र तक यह मानकर चलता रहा कि भूतों को मेरी माँ कह देगी कि वह मेरा बच्चा है। जो भी वजह रही हो, मुझे भूत कभी दिखाई नहीं दिये। मैं दस वर्ष का हुआ ही था कि 1951 की बसन्त पंचमी को मेरा विवाह एक ऐसी लड़की से कर दिया गया जो तब सात वर्ष की हो चुकी थी, वह हमारे घर में किसी डरे सकुचे मेहमान बच्चे की तरह लेकिन दिन भर घर के छोटे-छोटे कामों में जुटी रहती थी। उसी वर्ष मैं घर छोड़कर भाग गया। ऋषिकेश से राजस्थान तक संस्कृत विद्यालयों में मुफ़्त का भोजन और मुफ़्त की शिक्षा प्राप्त कर लगभग ग्यारह-बारह वर्ष बाद जब मैं घर लौटकर आया तो उस लड़की को अपने घर में मौजूद पाया। मैं अपनी माँ के अभाव को दूसरी तरह से देखता था और वह लड़की बाल्यकाल से ही, माँ-बाप के जीवित होते हुए भी, उनके अभाव को एकदम दूसरे रूप में देखती थी। उसने एक बार मुझ से विमाता के अन्यायों से

तंग आकर कहा कि यह अच्छा है कि आपकी अपनी माँ नहीं है। मेरी तो अपनी माँ है लेकिन उसने मुझे सात वर्ष की अवस्था में ही घर से विदा कर दिया था। ऐसे वक़्त महाभारतकार का वह वाक्य याद आता है जो उसने नल और दमयन्ती उपाख्यान में लिखा है :

—स्त्री के समान दूसरी कौन-सी दुःख की महौषधि है? भार्या के समान दुखी मनुष्य का और कोई मित्र नहीं। वह आर्त्त की परम औषध है। पुरुष से बढ़कर स्त्री का कोई रहस्य ज्ञाता नहीं। यदि कोई पुरुष स्त्री को आकाश में भरी हुई रात्रि की तरह देखे तो भी वह उसे एक दीप्त नक्षत्र की तरह देखती है।

जिस लड़की से मेरा विवाह हुआ उसकी वजह से कालान्तर में मैं अपनी माँ को कुछ भुला पाया। लेकिन तभी गाँव में एक भयावह घटना हो गयी। किसी स्त्री पर भूत लग गया और उस भूत ने अपना नाम वह बताया जो कि मेरी माँ का नाम था। इतने वर्षों बाद मेरी माँ अभी भी भूत है, यह बात मुझे बहुत पीड़ादायक लगी। जिसे मैंने इतने वर्षों के अँधेरे में बहुत तलाशा और वह तब भी मुझे नहीं मिली तो यह सिर्फ़ पाखण्ड है और कुछ नहीं। पता नहीं मुझे उस समय क्या हुआ कि वहाँ पर पड़ा एक जूता उठाकर मैंने उस स्त्री को जूते से ख़ूब पीटा, वह स्त्री बाल फैलाये हुए थी। और अपने को भूत द्वारा ग्रसित बता रही थी, भूत भाग गया और वह स्त्री सामान्य हो गयी। लेकिन उसके पति ने कहा कि तुमने मेरी पत्नी को जूते से क्यों पीटा? मेरे जवाब ने उन्हें निरुत्तर कर दिया। मैंने कहा, आपकी पत्नी को नहीं मैंने अपनी माँ को पीटा है, ताकि वह आइन्दा भूत बनकर किसी को न सताये। मेरी दादी ने बताया कि उस परिवार से पिछले दो साल से हमारे झगड़े चल रहे हैं इसलिए यह भूतकाण्ड भी बदले की एक कार्रवाई थी।

ओम जी, इन बातों को अगर छोड़ दिया जाये तो भी जीवन स्त्री या कि स्त्रियों के बिना अधूरा है। जन्म से लेकर पुनर्जन्म तक स्त्रियों ने अपने कर्म सौन्दर्य से ऐसे-ऐसे शब्दों और संज्ञाओं का निर्माण किया है कि पुल्लिंग की यात्रा स्त्रीलिंग के बिना जीवन में और व्याकरण में, दोनों जगह अधूरी है। मनुष्य चाहे वह स्त्री हो या पुरुष, सभी के कर्मों ने और प्रकृति के परिवर्तनशील स्वभाव ने हर युग में भाषा की स्थिति (पैटर्न) को बदला है। नयी जीवन शैली और नये उत्पादन भी अपनी अभिव्यक्ति के लिए नयी-नयी प्रतीतियों के साथ नये शब्द ले आते हैं और यह भी स्त्री-पुरुष का एक संयुक्त उद्यम है। अद्वितीय सहकार है। बिना स्त्री के पौराणिक देवताओं की उत्पत्ति बहुत बड़ी फैंटेसी लगती है। विष्णु से ब्रह्मा सीधे पैदा दिखाये गये हैं। शिव भी स्वयंभू हैं।

बीच में कोई स्त्री (जननी) नहीं है। लेकिन इन आयोनिज देवताओं का भी जीवन में स्त्री के बिना काम नहीं चला। मैंने मनुष्य समाज के सन्दर्भ में स्त्रियों की बात कही है। स्त्री, पुरुष का आधा सौभाग्य है।

प्रश्न : आपने अपनी कविता के तीन उद्‌गम माने हैं। लोक जीवन, सामाजिक जीवन और कर्म से विस्तृत वैश्विक ब्रह्माण्डीय दृष्टि। आपने माना कि अब तक के सभी बारह संग्रह इन्हीं प्रवृत्तियों का विस्तार हैं? इनके अलावा आपकी कविता को समकालीन कविता की प्रचालित प्रवृत्तियों की विशिष्टताओं से किस तरह अलग से देखा जाना चाहिए?

उत्तर : खुद को प्रवृत्तियों की दृष्टि से देखना बहुत बड़े जासूसी अवलोकन की अपेक्षा रखता है। मेरी कविता में नाटकीय सूक्तियाँ अधिक हैं। निरन्तर एक संवादात्मकता है जो किसी बातचीत का अन्त नहीं होने देती। मैंने छोटी-छोटी टेढ़ी-मेढ़ी पंक्तियों की अपेक्षा लम्बी पंक्तियाँ या कहें कि लम्बे वाक्य ज़्यादा लिखे हैं। लम्बे वाक्यों का संकट एक यह भी है कि उनमें आख्यानपरकता और व्याख्यात्मकता ज़्यादा होती है। मैं हर पात्र और वस्तु से उसके अस्तित्व का एकल अभिनय करवाना चाहता हूँ।

इधर मेरी कविताएँ आकार में छोटी हुई हैं। भवसागर में छोटी-छोटी डोगियों की तरह प्रवाहित और प्रकाशित छोटे-छोटे दीयों की तरह।

मैं प्रकृति को भी राजनीतिक दृष्टिकोण से देखता हूँ। जैसे परिवार की एक राजनीति होती है वैसे प्रकृति की भी होती है। प्रकृति में जहाँ-जहाँ मैंने मनुष्य की उपस्थिति देखी है वहाँ-वहाँ उस मानवीय उपस्थिति ने प्रकृति को बदल डाला है।

विचारधाराओं की तरह कहीं-कहीं बची है/चोटियों पर बर्फ़
विचारधारा के बिना भी ठण्ड की तानाशाही कायम है।

आज कविता को इस नज़रिये से भी देखा जाना चाहिए कि उसने कितने नये शब्द, मुहावरे और बिम्ब गढ़ने के अलावा वाक्यों के कथन और गठन में क्या-क्या अन्तर पैदा किये हैं, उससे कैसे कविता के जैविक संगठन में सहायता मिली। न कहने को आख़िर किस तरह कहकर भी नहीं कहा या क्या से क्या कहकर कहा? और किसने कविता को एक समाजशास्त्रीय लेख बनाकर बिम्बहीन बना दिया?

प्रश्न : 'इस यात्रा में' की कविता 'आत्मविलाप' में आपने कविताओं को कविता नहीं एक इच्छा माना है। एक ऐसी इच्छा जिसमें पानी हर तरफ़ से किनारे पर तो ला देता है पर छोड़ता नहीं। इतनी सुदीर्घ काव्य यात्रा में जहाँ

भाषा अनुभव और कथ्य में हर बार आपके भीतर कुछ नया खोजने रचने का उद्वेग सक्रिय रहा है। इच्छा-जल में सन्तरण ही आपको अभीष्ट है? या इस जल को भी आप कहीं पहुँचाना चाहते हैं?

उत्तर : 'इस यात्रा में' नामक संग्रह में 1970-73 की कविताएँ संकलित हैं। इसके तीसरे संस्करण के बाद प्रकाशक ने मुझसे कहा कि मैं इसकी अब एक भूमिका लिख दूँ। अपने ही संग्रह की लगभग 40 वर्ष बाद भूमिका लिखना चुनौती भी थी और यह इस बात का भी प्रमाण है कि यह संग्रह अब भी पढ़ा जा रहा है। इच्छा जल एक तरह से अपने अतःकरण को सदानीरा अथवा अजस्र बनाये रखने की आकांक्षा भी है। उद्‌गम सूखना नहीं चाहिए। आत्म विलाप एक पश्चात्ताप लिए हुए है कि यहाँ हम कुछ बचा न सके। जो भी हमने प्राप्त किया वह नष्ट होने के लिए एक उपलब्धि थी। विकास के लिए रोज़-रोज़ हमने जो कुछ किया उसने तो हमें बदला हो लेकिन अभीष्ट बदलाव में जो कुछ हमने प्राप्त किया उसने भी हमें नहीं छोड़ा। उसमें का परिवर्तन कहीं-न-कहीं हम में का परिवर्तन घटित होने लगा।

मैंने जो धुआँ देखा ज़िन्दगी के हवन से, उसमें सूर्य की किरण झाड़ू की सींक से बेहतर नहीं थी।

यहाँ न हम अपना विनाश बचा पाते हैं न अपना निर्माण। यहाँ तक कि अपने बाल और नाख़ून ही नहीं बचा पाये। सम्भवतः अपने अस्तित्व के लिए ही दुनिया का अस्तित्व है। वरना दुनिया की भी क्या ज़रूरत? इच्छा जल की मृत्यु मनुष्य की मृत्यु है। इसी इच्छा पाश से बँधा हुआ मनुष्य यहाँ तक पहुँचा है कि आज सब कुछ 'इच्छा बटन' (स्विच) के नीचे आ गया है। यह दुनिया इसलिए सुन्दर है क्योंकि यहाँ संलाप करने वाला ही नहीं बार-बार आत्म विलाप करने वाला भी एक मनुष्य मौजूद रहता है जो इस इच्छा जल को अपने अनुसार या अपने को इस इच्छा जल के अनुसार चलाता रहता है। 'भव सागर' जो मुहावरा है वह इसी 'इच्छा जल' से भरा है।

प्रश्न : आपकी कविताएँ भाषा का अनुभव बनते जीवनानुभव की कविताएँ कही जा रही हैं। कविता की अभियान्त्रिकी में आपने जो परिवर्तन किये हैं वे आपको अपने आप में एक अकेले कवि की परम्परा में खड़ा करते हैं। मैं यह जानना चाहता हूँ कि कविता को लेकर जो कोमल, शान्त, स्वप्निल और संवेदी कल्पनाशील छाया, प्रायः मन में बनती है—क्या कविता के मान्य और ज्ञात स्वभाव में तोड़-फोड़ कविता को यान्त्रिक नहीं बनाती?

उत्तर : असल में आपने अभियान्त्रिकी और यान्त्रिक तोड़-फोड़ को कविता के स्वभाव में किसी उग्रवादी तत्त्व की तरह शामिल किया है। जबकि कविता को आत्मा की इंजीनियरिंग कहा गया है और कविता से पैदा होने वाले आनन्द या जो प्राप्य वहाँ घटित हो रहा हो, को पाकर यान्त्रिकता, ऊब और अवसाद में खलल पड़नी चाहिए जोकि पड़ती भी है। कोमल, शान्त स्वप्निल और संवेदी कल्पनाशील छाया के जो लक्षण आपने उभारे हैं वे प्राचीन रीतिबद्ध कविता ने हमें दिये और सिखाये। कविता में तोड़-फोड़ काव्य संस्कार में भी तोड़-फोड़ का संकेत करती है। स्थापित को अगर एक बार विस्थापन से गुज़रना पड़े तो संवेदना को भी अपने में नयी आँखें, नयी हिम्मत, और नये पंख उगाने होंगे। स्थापित की विस्थापित छवि ज़ाहिर है कि पूरे माहौल को ही बदल देगी। यह सम्राट को वनवास दे देगी। यह ग्वाले को महाद्वीपीय युद्ध का नायक बना देगी। यह किसी वेश्या को सहृदयता वसन्तसेना बना देगी। दरिद्र चारुदत्त को धीर ललित नायक बना देना उसी तोड़-फोड़ का नतीजा है। जिसे महज़ यान्त्रिक नहीं कहा जा सकता। बलदेव खटिक, मन्दिर लेन और पलटवार कविताओं में अपराध, पुलिस, हत्या और पारिवारिक हालातों को दृष्टिगत रखते हुए एक ही तरह से व्याख्यायित नहीं किया जा सकता। कई बार सारे सामाजिक और असामाजिक तत्त्व एक ही परिवार से निकलते दिखाई देते हैं। कई बार पूरे विश्व का एक जैसा चेहरा दिखता है लेकिन हम उसको तोड़-फोड़ कर किसी धर्म, जाति और सम्प्रदाय तक ले जाते हैं। उसके नतीजों से हम बेहतर परिचित हैं।

साहित्य में तोड़-फोड़ या ध्वंस और परिवर्तन का वही मतलब नहीं है जो राजनीति में तोड़-फोड़ का है। साहित्य में अराजकता भी राजनीतिक अराजकता से भिन्न है। राष्ट्रीय चरित्र में बदलाव और साहित्य में बदलाव की संगति कभी-कभी ही बैठ सकती है। कभी-कभी ऊँचे आदर्श भी कला को अराजकता से और परम्परा विच्छिन्न होने से बचा नहीं सकते। हमने लोकतन्त्र का परिवर्तनकारी और उपजाऊ रूप अभी ठीक से पहचाना ही नहीं है। हमारा लोकतन्त्र अभी संगीत, कला, थियेटर, नाटक, कविता और दर्शन के नये रूपाकार को सृजित करने में सफल नहीं हो पाया है। समूची मानवता अभी विश्वास योग्य नहीं बनी है। पर हम एक व्यक्ति के रूप में किसी दूसरे व्यक्ति का भी भरोसा खोते जा रहे हैं। दूसरे को परखने से पहले अपनी विश्वसनीयता परखने का संस्कार हम पैदा नहीं कर पा रहे हैं।

प्रश्न : आज हमारी कविता में अपार वैविध्य है अज्ञेय, मुक्तिबोध, केदारनाथ अग्रवाल, नागार्जुन, त्रिलोचन, शमशेर, कुँवरनारायण, केदारनाथ सिंह, धूमिल,

रघुवीर सहाय, श्रीकान्त वर्मा जैसे कवियों का परम्परा पोषित समृद्ध काव्य संसार है। इस वैविध्य का अवलोकन करते हुए आपको कविता का समकालीन परिदृश्य कैसा लगता है?

उत्तर : आपने परम्परा का नाम तो लिया लेकिन भारतेन्दु, प्रसाद, पन्त, महादेवी, मैथिलीशरण गुप्त, बच्चन, दिनकर, भवानीप्रसाद मिश्र, विजयदेव नारायण साही जैसे नामों को केवल परम्परा कहकर ही किनारे नहीं किया जा सकता। क्योंकि इन्होंने बहुत से परम्परा भंजक कार्य अपनी रचनात्मकता में किये हैं। समकाल भी दीर्घकाल का ही हिस्सा होता है और आगे चलकर उसे दीर्घकालीनता से होड़ भी लेनी होती है। इसलिए काल को प्रवृत्ति के अनुसार ही सुविधापूर्वक विभाजित किया जा सकता है। कवियों की काव्य प्रवृत्ति पर न समीक्षकों ने अलग से ध्यान दिया न आलोचकों ने। वे केवल युग की प्रवृत्तियों के आसपास रहकर कवियों का और साहित्य का परीक्षण करने के आदी हैं। कुछ कभी ऐसा भी घटित होता है जो पारम्परिक और लिखित होते हुए भी अत्याधुनिक हो जाता है। जैसे कि धूमिल का 'मोचीराम' और रघुवीर सहाय का 'रामदास'। दोनों कविताओं के रचनाकाल में बड़ा फ़र्क़ है लेकिन दोनों की होड़ उसी दीर्घकालीनता से है जिसे शमशेर की भाषा में कहें तो 'काल तुझसे होड़ है मेरी।' समसामयिक परिदृश्य में उल्लेखनीय कवि पचास तो होंगे ही और रचनारत एक सौ भी कहूँ तो अधिक नहीं हैं। किसी-किसी की तो एक कविता स्मरणीय नहीं है फिर भी वह विख्यात बना दिया गया है।

कविता के क्षेत्र में पूर्वकृत कविकर्म की बहुलता या विपुल कवि समुदाय की उपस्थिति अर्थपूर्ण नहीं होती। कविता के क्षेत्र में अपूर्व कृतित्व जिसका जितना है वही जीवित रहेगा। बाक़ी समकालीन कूड़े की तरह विस्मृति के गर्त में चला जायेगा। साहित्य का सारा कूड़ा, महाकाल का भोजन है। अच्छी रचनाओं को महाकाल भी कुतर नहीं पाता। साहित्य में और ख़ासकर कविता के क्षेत्र में यह मान्यता रही है कि सहसा जिन कवियों के नाम आ जायें और उनकी गिनती से हाथ की सबसे छोटी उँगली अनामिका के चार घेरे पहले सार्थक हो जायें। हिन्दी की पिछली अर्धशती में श्रेष्ठ कहे जा सकने वाले कवियों में से चुने हुए कवियों का चुना हुआ कविता-संसार यदि सामने लाया जाये तो एक अद्‌भुत, अपूर्व लय विन्यास और जीवन कथा के साथ भाषिक वैभव की अलग-अलग दुनिया सामने आ सकती है। कवियों को चाहिए कि वे दूसरे कवियों की अपनी पसन्दीदा कविताओं का एक-एक चयन ज़रूर प्रस्तुत करें। वह खुद अपने चयन से कहीं बेहतर होगा। इससे निरर्थक गुटबाज़ी ख़त्म हो जायेगी और सहिष्णुता का वातावरण बनेगा।

इस समय वैविध्य की बात क्या की जाये क्योंकि वैविध्य के उन्मूलन के नाम पर भेद-भाव की सिंचाई चल रही है। जंगल और बाग़ में तो लोग वैविध्य चाहते हैं, ज्ञान के क्षेत्र में उसे पता नहीं क्यों कमाऊ विधाओं तक ही सीमित कर देना चाहते हैं। अकमाऊ को कमाऊ कैसे बनाया जाये इस ओर ध्यान होना चाहिए न कि अकमाऊ की कमाई पर। समकालीनता को कुछ लोग कैलेंडर में ढूँढ़ने लगते हैं। जबकि समय, कैलेंडर और घड़ी दोनों से बाहर चल रहा है। जीव वैविध्य की तरह प्रतिभा वैविध्य भी समाप्ति की ओर जाता दिख रहा है। क्योंकि एकरसता के वितान में जाना सरल और सुगम है। जबकि हर नयी चीज़ अपने दीर्घकालीन समकालीनों के पुण्य से प्रज्वलित है।

प्रश्न : लगभग 1960 से आप लिख रहे हैं। बीस साल की उम्र में 1964 में लीलाधर शर्मा के नाम से आपका पहला संग्रह आया--'शंखमुखी शिखरों पर'। पहाड़ों का यह बिम्ब पहली बार सामने आया। लगता है जैसे कोई शिखरों में फूँक भर कर उन्हें बजा डालेगा, शिखरों से समुद्र तक यह पृथ्वी ध्वनित हो उठेगी। उसके बाद आपने अपना नाम भी बदल दिया और तेवर भी। यह बनारस का प्रभाव था या धूमिल की मैत्री का? 'नाटक जारी है' के बाद 'इस यात्रा में' लगता ही नहीं कि यह उसी कवि का संग्रह है। संग्रहों में इतनी भिन्नता? इस चेतना की फलश्रुति कैसे हुई?

उत्तर : अब महसूस होता है कि किसी भी कवि को अपनी काव्य परम्पराओं के स्कूलों से होकर ज़रूर आना चाहिए। तब यह बोध नहीं था। 'शर्मा' को इसलिए हटाया था कि लोग मुझे ब्राह्मण समझकर ग़लत न समझ लें। 'जगूड़ी' एक ग्रामवाची शब्द है जैसे अम्बेडकर। लेकिन 'जोगथ' गाँव में केवल ब्राह्मण रहते हैं यह भी कालान्तर में ढूँढ़ लिया गया। यह अच्छी बात थी कि प्राचीन नामों से जाति का बोध नहीं होता था। आज मैं जाति लाभार्थी नहीं हूँ। लाभ वंचित जातियाँ भी विपन्नता और विचारणीयता को प्राप्त होती जा रही हैं। खैर, धूमिल ने अपना नाम जाति छिपाने के लिए ही धूमिल रखा था लेकिन लोग सुदामा पाण्डे को ढूँढ़ लाये। बनारस खुद फक्कड़ और फ़क़ीर प्रवृत्ति को पोषण देने वाला ऐतिहासिक शहर है। 1947 में भारत का आज़ाद होना सन् 60 के बाद मेरा बनारस पहुँच जाना जैसे दो आज़ादियों का संगम हुआ। मेरे जैसे घर से भागे हुए सर्वहारा को बनारस ने क्षेत्रभोजी बनाकर जीवित रखा। संस्कृत विद्यालयों की क़तार ही क़तार देखी। शिक्षा और अक्षर प्राप्ति बनारस की कृपा से ग़रीबी बाधक नहीं बनी। इससे पहले लगभग ग्यारह वर्ष मैं राजस्थान के कांसली, पिलानी, बग्गड़, पुष्कर आदि स्थानों पर रहा।

'शंखमुखी शिखरों पर' की काव्य भाषा से 'नाटक जारी है' की काव्य भाषा में छलाँग दो वजहों से घटित हुई। आज़ादी के बाद के युवा जीवन का माहौल जिस तरह की शब्दावली से भरता जा रहा था वह भविष्य की अनिश्चितता को ज़्यादा बढ़ावा दे रहा था। ऊपर से अज्ञेय की कविता पुस्तक 'हरी घास पर क्षण भर', 1963-64 में और कल्पना में मुक्तिबोध की कविता 'अँधेरे में' का प्रकाशन और धूमिल की मैत्री, राजकमल और गिन्सबर्ग का बनारस। अकविता की भाषा का बढ़ता अतिरेक। आज़ादी के बाद के मनुष्यों के भविष्य की तरह हिन्दी कविता का चेहरा भी चकनाचूर हो गया था। इसमें कोई सन्देह नहीं कि उस समय मैं प्रभाव ग्रहण क्षेत्र में था। जिस तरह छोटी नदी बड़ी नदी की ओर जाती है और बड़ी नदी समुद्र की ओर, उसी तरह मैं निरन्तर बड़े कवियों की कविताओं की ओर जा रहा था और उसके प्रभाव में अपने को विलुप्त होने से बचाने की जद्दोजेहद में लगा हुआ था। बड़े के प्रभाव में उसका सोच और प्रवाह आपको हाँकता है। इससे बचने के लिए अपनी नाव और अपने चप्पू होने ज़रूरी हैं। यह भी ज़रूरी है कि साइकिल की तरह आपको नाव चलानी भी आती हो। बनारस में उस समय चवन्नी में एक घण्टे के लिए साइकिल और एक घण्टे के लिए नाव चलाने को मिल जाती थी। माझी सीनियर कवि की तरह आपके साथ बैठा हो और आप लहरों से टकराते हुए अपना रास्ता बना रहे हों यह बनारस में ही सम्भव है। जहाँ विष्णुचन्द्र शर्मा, त्रिलोचन शास्त्री और धूमिल तीन ध्रुवों की तरह एक साथ मौजूद हों। गीतकारों में समय की शिला पर चित्र उकेरने वाले डॉ. शम्भुनाथ सिंह मौजूद थे। नजीर बनारसी, बेढब बनारसी और बेधड़क बनारसी जैसे शृंगार और व्यंग्य से ओत-प्रोत कवियों का गली-गली में जमावड़ा था। भारतेन्दु बाबू, आचार्य रामचन्द्र शुक्ल, प्रसाद और प्रेमचन्द की कहानी कही जाती थी। नामवर जी ने तब ताज़ा-ताज़ा बनारस छोड़ा था। बनारस के लिए वे तब आज जैसे परदेसी नहीं थे। डॉ. शिव प्रसाद सिंह, डॉ. बच्चन सिंह और डॉ. विद्यानिवास मिश्र तब स्थापित थे और डॉ. काशीनाथ सिंह ने विलम्ब से लिखना शुरू किया था (जैसे कोई देरी से शादी करे) इसलिए नवोदित थे। नौकरी पाने के संघर्ष से गुज़र रहे थे और बाल बच्चेदार थे। बनारस खुद एक इतिहास की तरह वर्तमान में जीता हुआ दिखता है। प्रसाद जी के शब्दों में कहें तो वह झंझा झकोर और गर्जन का शहर है। जुलाहों और जोगियों की नगरी बनारस के कई रंग हैं। गंगा तट के विस्तार से ज़्यादा बनारस तंग गलियों में धड़कता है। 'निराला निवेश' में जो गोष्ठियाँ होती थीं उनमें डॉ. बच्चन सिंह कुछ हिदायतनामे नये रचनाकारों के लिए जारी करते थे। एक दिन, जिसे मैं भूलता

नहीं हूँ उन्होंने कहा धूमिल तुम जगूड़ी के प्रभाव से बचो। उस दिन नागानन्द मुक्तिकण्ठ के मद्रास कैफे में उधार मसाला डोसा और कॉफी की दावत ली थी। मैं, धूमिल और नागानन्द।तीनों जोगी उस दिन बहुत रम्यमाण हुए। अर्थात हम लोगों ने ओल्ड मौंक भी पी थी।

प्रश्न : व्यवस्था, राजनीति और आम आदमी को लेकर जैसा मोहभंग और गुस्सा धूमिल में था वैसा अत्यन्त सलीकेदार विस्फोट 'नाटक जारी है' के बाद आपमें दिखाई देता है। कदाचित धूमिल को और जीवन मिल सका होता तो उनके और भी रंग उभर कर सामने आते। फिर भी इन कविताओं को लेकर धूमिल का क्या मानना था। उनसे कैसी चर्चाएँ होती थीं?

उत्तर : धूमिल अपने थोड़े समय में ही अपनी विलक्षणताओं के लिए पहचान लिए गये थे। धूमिल मुझे अपना प्रतिद्वन्द्वी मानते थे। इससे उन्हें नहीं मुझे बहुत नुक़सान हुआ। मैंने धूमिल की शैली में धूमिल से बेहतर होने की कोशिश की जो कि ग़लत था। इसलिए मैंने 'इस यात्रा में' संग्रह से अपने अलग होने की घोषणा की। धूमिल को इस संग्रह में कोमलता अधिक दिखाई दी और कोमल होना उनकी नज़र में कमज़ोर होना था। उन्होंने मुझे एक पत्र भी लिखा था जिसका एक अंश मैंने 'इस यात्रा में' के तीसरे नये संस्करण की लम्बी भूमिका में दिया है। इसमें सन्देह नहीं कि अपनी काव्य भाषा मैं 'इस यात्रा में' पा सका और उसके बाद 'बची हुई पृथ्वी' में। उसके बाद 'भय भी शक्ति देता है' में और तदनन्तर 'ईश्वर की अध्यक्षता में' पा सका। डॉ. काशीनाथ सिंह पहाड़ियों से तो परिचित थे जैसे कि विद्यासागर नौटियाल और बटरोही से, लेकिन पहाड़ों से परिचित न थे। एक कविता में देवदार के पेड़ का ज़िक्र आया तो उन्हें वह नक़ली पेड़ लगा। डॉ. काशीनाथ सिंह के हवाले से कल्पना में इस आशय का मुझे सम्बोधित एक पत्र भी छापा। लेकिन जब 'बलदेव खटिक' कविता 'परिवेश' पत्रिका में पहले पहल छपी तब धूमिल शिरोवेदना से ग्रस्त हो चुके थे। 'बलदेव खटिक' के प्रति अपनी ख़ुशी का इजहार करते हुए धूमिल ने मुझे अपनी कुछ पंक्तियाँ अस्पताल में सुनाईं। 'लोहे का स्वाद लोहार से मत पूछो उस घोड़े से पूछो, जिसके मुँह में लगाम है', ये पंक्तियाँ मेरे अलावा किसी ने नहीं सुनी थीं। मैंने तत्काल एक पोस्ट कार्ड से ये पंक्तियाँ डॉ. नामवर सिंह को, दिल्ली भेजीं। ये ही धूमिल की आख़िरी पंक्तियाँ थीं। धूमिल होते तो उनमें अपने को बदलने की पर्याप्त क्षमता थी, न बदलते तो भी धूमिल का महत्त्व कम न होता। धूमिल कविता में परिवर्तन के प्रति उत्सुक और चिन्तित दोनों थे। धूमिल बड़ी प्रतिभा थे।

प्रश्न : 1980 से सेवानिवृत्ति काल सन् 2000 तक आप अनवरत लखनऊ में रहे। सूचना विभाग उत्तर प्रदेश को आपकी सेवा से एक नया दृष्टिकोण मिला। 'भय भी शक्ति देता है', 'अनुभव के आकाश में चाँद', और 'ईश्वर की अध्यक्षता में' तीनों महत्त्वपूर्ण संग्रह इन्हीं बीस वर्षों में पूरे हुए। अकादमी पुरस्कार भी लखनऊ में रहते ही मिला। क्या यह मेघदूत के यक्ष का निर्वासन था या नौकरी बोध के तहत स्वैच्छिक वरण या कि फिर लखनऊ की रिहाइश किसी तदर्थवाद का परिणाम थी?

उत्तर : देखिए, उत्तराखण्ड बने तो अभी दस वर्ष होने को हैं सन् 1949 से पहले भले ही हम टिहरी रियासत के रहने वाले थे लेकिन टिहरी रियासत को क्रान्तिकारी श्रीदेव सुमन और उनके द्वारा स्थापित प्रजामण्डल के संघर्षों और बलिदानों से 49 में आज़ादी मिली। रियासत का विलय संयुक्त प्रान्त उत्तर प्रदेश में कर दिया गया। अंग्रेज़ी में यू.पी. यथावत बना रहा। इस तरह लखनऊ मेरा परदेस नहीं था बल्कि अपने राज्य की राजधानी के रूप में घरदेश ही था। लखनऊ आने के बाद लम्बी कविताएँ लिखी जानी कम हो गयीं। एक कारण यह भी हो सकता है कि पहाड़ पर पैदल चलना पड़ता था इसलिए कविताएँ अक्सर लम्बी हो जाती थीं, लखनऊ में पैदल चलने के अवसर कम हो गये थे। लखनऊ में लेखकों की संगत अच्छी मिल गयी। 'भय भी शक्ति देता है' तो 'घबराये हुए शब्द' के ठीक दस वर्ष बाद 1991 में आया संग्रह वह बहुत पसन्द किया गया। एक बार मैंने रघुवीर सहाय जी से कहा कि आपको अकादमी पुरस्कार 'हँसो हँसो जल्दी हँसो' पर जब नहीं दिया गया तो मुझे अकादमी के तौर तरीक़ों पर बहत गुस्सा आया। तब उन्होंने कहा कि आपको तो अकादमी पुरस्कार 'बची हुई पृथ्वी पर' मिल जाना चाहिए था। पुरस्कार प्राप्ति का बुरा तो किसी को नहीं लगता लेकिन वह किसी अच्छे रचनाकार का चरम उद्देश्य कभी नहीं होता। रचनात्मकता में श्रेष्ठतर या नव्यतर होते जाना यह आकांक्षा या यह स्पर्धा बहुधा काम करती रहती है। श्रेष्ठतर का अभिप्राय यह है कि जो अच्छा है उसे और अच्छा करने के लिए निरन्तर निपुणता और सुधार से गुज़रना। उदाहरण के लिए तुलसीदास अगर आज होते, मैं उनसे पूछता कि—'बूँद अघात सिंहहिं गिरि कैसे। खेल के बचन सन्त सहं जैसे।' बूँद की कोई बहुत बड़ी मार नहीं होती। अगर यहाँ वारि अघात या वृष्टि आघात होता तो अधिक सटीक होता।...

प्रश्न : आपको याद होगा कि भाषा के असहज तेवर के प्रयोग और चौंकाने वाले शब्दों को छोड़ने की सलाह कभी सर्वेश्वर ने दी थी पर यह आपकी कविता का स्थायी भाव ही बनता गया है। उत्तरोतर आपने इस शक्ति को नयी भाषा

ईजाद करने की प्रयोगशाला भी माना है। इसके पीछे आपकी क्या रणनीति रही है नये शब्दों की ईजाद के लिए आप अपनी कविता को किस रूप में देखते हैं।

उत्तर : सर्वेश्वर जी ने असहज और चौंकाने वाले शब्द प्रयोग को 'नाटक जारी है' के सन्दर्भ में कहा था। मैं यह मानता हूँ कि 'नाटक जारी है' की भाषा उग्र, उखड़ी हुई और स्थापित कविता की काव्य भाषा से एकदम अलग ही नहीं बल्कि अपरिचित-सी लगती है। उसमें बिम्ब और यहाँ तक कि तुक भी उन सामाजिक स्थितियों से लिए गये हैं, जिनका प्रवेश सरस्वती के मन्दिर में सहजता से नहीं था। कुजात अस्पृश्य शब्दों से ग्रहण करने योग्य कोई बात कहना एक हठयोग तो था। भाषा का वही अटपटापन 'इस यात्रा में' भी है लेकिन उसकी उन्होंने तारीफ़ की। क्योंकि कविताओं का सन्दर्भ यहाँ एकदम बदला हुआ है। 'नाटक जारी है' में समाजपरक भाषा है और 'इस यात्रा में' प्रकृति परक। प्रकृति प्रेम, परिवार और समाज शायद चल जायेगा। लेकिन व्यवस्था विरोध और क्रान्ति, एक स्पष्ट सांस्कृतिक एकता से रहित देश में बघारना, शायद समय पूर्व की कार्यवाही बनकर रह गया। यह कविता की ही नहीं पूरे समाज की विफलता है। कविता ठीक हो लेकिन व्यवस्था और समाज जीवन जीने की सारी परिस्थितियाँ, तथाकथित आज़ादी के बावजूद इतनी ख़राब हों कि गालियों का भी कोई मतलब न रह जाये, ऐसे में ठीकठाक कविता का क्या मतलब बैठता है? 'नाटक जारी है' में उस समय के युवा होते एक व्यक्ति (जो कि कवि भी है) के परिस्थितियों से दंशित दुर्वचन हैं। 'नाटक जारी है' में भले ही साधु वचन न हों लेकिन उसमें 'टेलीफोन पर' जैसी कविता भी है जो 60-70 के भारत के बीच विपत्ति में एक पुल बनाती है, जिससे संवादों को एक नया रूप मिला है, जो हिन्दी कविता का स्वभाव नहीं था। कविता में भी आदत पैदा करनी पड़ती है। जिस कविता के हम आदी हैं उसके ख़िलाफ़ एक और नयी काव्य आदत 1960 के बाद की कविता ने पूरे समाज में पैदा की और ये सब मंच पर बिना गाये बजाये हुआ। यह लघु पत्रिकाओं की देन थी। लघु पत्रिकाओं ने आधुनिक कविता के स्वर और सन्दर्भ को नयी शक्ति प्रदान की। कविता में शब्द और भाषा प्रयोग कवि का एकदम निजी मामला होते हुए भी एक सामाजिक अभिव्यक्ति का हिस्सा बन जाता है। इसलिए प्रयोग के उपरान्त ही उस पर विचार किया जा सकता है प्रयोग से पूर्व नहीं। प्रयोग से पूर्व निषेध एक भ्रूण हत्या जैसा है। तब युवा कवि का अर्थ 30 वर्ष तक था अब 45 और 55 वर्ष के युवा कवियों का ज़माना है। इस समय की हिन्दी कविता प्रौढ़ों की कविता है। इसमें युवा हस्तक्षेप कहीं दिख ही नहीं रहा। मुझे 2021 में कुछ उम्मीद है। इक्कीसवीं सदी के 20 वर्षीय लड़के-लड़कियों से।

नयी भाषा युवा पीढ़ी पैदा करती है उस भाषा पर युवा लोगों की पकड़ भी अच्छी होती है भले ही इस्तेमाल में कुछ ढीलापन और अनुभव हीनता की झलक मिले। लेकिन नये साहस और सच्चे प्रयासों के दर्शन होते हैं। भारत में इन्तज़ार भी ऊब नहीं तपस्या है।

शब्द गढ़ना और शब्दों का नया प्रयोग यह कवियों की विशेषता रही है। मेरी कविता में और कुछ अच्छी कहानियों में जितने नये शब्द आज़ादी के बाद आये हैं उनसे एक नया कोश तैयार किया जा सकता है। शब्द ही नहीं मुहावरे भी काफ़ी गढ़े गये हैं। इतालवी विदुषी मारियोला आफरीदी ने एक बार मुझसे पूछा था कि आपकी एक कविता में झाँसा शब्द आया है, क्या यह झाँसी का पुल्लिंग है? आज़ादी के बाद आये नये शब्दों की अलग से एक डिक्शनरी प्रकाशित होनी चाहिए। शब्द कोश तो रणनीति के तहत बनाया जा सकता है, कविता नहीं बनायी जा सकती। नये शब्दों के लिए लगातार प्रतिष्ठित शब्दों का देहातीकरण करना अभिव्यंजना को एक बक्से से दूसरे सन्दूक में डाल देना है। न भूलें कि 'यह ख़ून को देखकर निशाने की तारीफ़ का युग है। मृत्युलोक में यह मर जाने का नहीं मारे जाने का युग है।

प्रश्न : जिन दिनों कविता में आप उभर रहे थे काव्य मूल्यों में सपाट बयानी का बोलबाला था किस तरह इस प्रवृत्ति ने आपको लुभाया और पीछा किया, क्या कभी इससे पिण्ड छुड़ाने की इच्छा नहीं हुई? अगर हुई तो किस रूप में?

उत्तर : लगता है आप मुझे रूपवादी बनाकर ही मानेंगे। भौतिकवादी होने के लिए रूपवादी होना ज़रूरी है। निर्गुण से सगुण की ओर आना भौतिकता है। कविता जिन-जिन रूपों में उस समय स्थापित थी, उसमें जो तत्त्व सब में था वह थी कविता की सगुणता और लयात्मकता। कविता की गेयता या गीतात्मकता नहीं। हर अच्छी कविता की एक अपनी रिदम थी और आज भी हर अच्छी कविता अपनी एक ख़ास लय (चाल) के साथ आती है। छायावादियों ने भी लयों का आविष्कार किया था और प्रसाद जी की 'प्रलय की छाया' कविता उसका पहला बेहतर उदाहरण है। यह कविता न होती तो 'निराला' न होते। हर नया कवि पुराने कवि से जन्म लेकर नये गुल खिलाता है। सपाटबयानी से निराला बहुत खेल चुके थे और कुछ लोगों ने उसको एक सरल खेल समझकर कविता को बहुत बिगाड़ा और आज भी बिगाड़ रहे हैं। मुक्तिबोध, राजकमल चौधरी और धूमिल ने इस सपाटबयानी वाली लय को काफ़ी गम्भीर आशयों से भर दिया। सपाटबयानी भी कबीर जैसी रहस्यमय गहराई की माँग करने लगी। उसी से आज की कविता का ढाँचा खड़ा हुआ है। आज की सपाटबयानी मूर्त और अमूर्त का संगम है।

मैंने कविता के हर मुकाम और मोड़ के साथ शामिल होकर अपने को बदलने के बहुत से गुर सीखने की कोशिश की। सपाटबयानी किसी को थोथा कवि भी बना सकती है और किसी को कुछ ज़्यादा ही अर्थवान। इसके आदर्श उदाहरण अज्ञेय, रघुवीर सहाय, सर्वेश्वर दयाल सक्सेना और श्रीकान्त वर्मा हैं। एक सपाटबयानी वह भी जिससे भवानी प्रसाद मिश्र अपनी कविता तैयार करते हैं। अलग तरह का खिंचाव लिए हुए एक सपाटबयानी विजयदेव नारायण साही की है। चन्द्रकान्त देवताले, विष्णु खरे, भागवत रावत की सपाटबयानी एकदम अलग तरह की है, जो विष्णुचन्द्र शर्मा के विद्रोही स्वर के निकट जाती है। हिन्दी में सरलता का आग्रह और दुराग्रह हाँकता रहता है। कवि भाव की सरलता नहीं भाषा की सरलता की ओर चले जाते हैं पर कुछ कवि सपाटबयानी की ख़राब हद तक चले जाते हैं। लेकिन उक्त कवियों ने सपाटबयानी को उस तरह शक्ति में बदला है जिस तरह आजकल कूड़े से खाद और बिजली पैदा की जा रही है। ये ग़ैर-पारम्परिक ऊर्जा वाले अक्षय स्रोतों के कवि हैं।

प्रश्न : जगूड़ी जी, परम्परा, मौलिकता और आधुनिकता की अक्सर चर्चा होती है। आपका कहना है कि परम्परा को हर बार नये विचारों वाली देह चाहिए होती है। नये होने की यह परम्परा है। परम्परा और आधुनिकता दोनों कविता में मौलिकता का पोषण कैसे करते हैं? करते भी हैं या नहीं?

उत्तर : परम्पराओं का जन्म संस्कारित रूढ़ियों से होता है पहली परम्परा अगर कोई है तो वह रस्मो-रिवाज़ है। परम्परा में अनुकरण और परिवर्तन दोनों शामिल हैं। 'संस्करोतीति संस्कारः' भी मँजाव का नाम है केवल कर्मकाण्ड का नहीं। जो संस्कारित करे वह संस्कार है। या जिसे हमने अपने में सुधार अथवा मँजाव लाने के लिए अंगीकृत किया हो वह अभ्यास, वह आभास और वह आदत संस्कार की कोटि में रखा जा सकता है। सारी प्रगति मनुष्य के पिछड़ेपन का अगला क़दम है। आधुनिकता में भी प्राचीनता छिपी रहती है। आधुनिकता किसी-न-किसी प्राचीनता का नया संस्करण है। पत्थर से आग पैदा करने का आधुनिक स्वरूप है माचिस और लाइटर से आग पैदा करना। प्रक्रिया और परिणाम पहले से मौजूद हैं, बस उपकरण बदल गये हैं। भूख पुरानी है, पीजा आधुनिक है। भूख को भी आधुनिकता की भूख है या कि आधुनिकता की भूख, पीजा से भी नहीं मिटेगी। जिन रूढ़ियों को हम हानिकारक समझते हैं उनको हम परम्परा का हिस्सा नहीं बनने देते। परम्पराओं की अपेक्षा समाज में रूढ़ियाँ ज़्यादा उपजाऊ और टिकाऊ बनी रहती हैं। संस्कारित रूढ़ियों के पारम्परिक स्वरूप को एक मानवीय सामाजिक मूल्य के तहत एक से दूसरी और दूसरी से तीसरी पीढ़ी तक पहुँचाना पड़ता है।

यही सांस्कृतिक यात्रा का द्वन्द्व है। अलग-अलग संस्कृतियों से उपयोगी परम्पराओं को छाँटकर सर्वोपयोगी बनाने का आचरण ही सभ्यताओं का समन्वय और संघर्ष दोनों बन जाता है। आधुनिकता भी लीक से हटकर नहीं बल्कि उसी लीक को एक नयी लीक के रूप में प्रस्तुत करती है। आधुनिकता में समय का 'आजपन' बहुत जुड़ा रहता है। हर समय के अपने आज और अपनी आधुनिकता होती है। किसी पुराने का नया जन्म भी आधुनिकता है। आधुनिकता में सोच और प्रयोग के तत्त्व ज़्यादा होते हैं। आधुनिकता की भी अपनी परम्परा है कि वह चेतना के विकास को तो परिलक्षित करती है लेकिन अपनी आवृत्ति को छिपाती है। साहित्य में परम्परा का वही सम्बन्ध है जो नदी का उद्‌गम से है। साहित्य, संस्कृति और परम्परा का विस्तार करता है।

मौलिकता, थोड़ा हटकर एक दूसरी तरह के पुनरुत्पादन और जिजीविषा के साथ-साथ नयी और अपरिचित उपलब्धियों के उच्च्च जमावड़े का नाम है। जो अस्तित्व में नहीं था कुछ लोग उसके अस्तित्व में आने को मौलिकता कहते हैं। जबकि मौलिकता की जड़ें परम्परा में हैं। मौलिकता का अस्तित्व उन्हीं जड़ों से अपना पुनरुद्‌भव प्राप्त करने में है। उदाहरण के लिए कोई एकदम नया विचार भी किसी क्रिया अथवा प्रतिक्रिया में अपनी जड़ें रोपता हुआ पैदा होता है। वह क्षीण और कमज़ोर हो सकता है, उसे धीरे-धीरे किसी बच्चे या पौधे की तरह पुष्ट करना पड़ता है। एक दिन वही पौधा पेड़ बन जाता है। हर बार पुराने पत्तों को गँवाकर, पुराने अंगों पर नये अंग उगाते हुए वह नये पत्तों से भर जाता है। कुछ पेड़ कटाई छँटाई से नये होते हैं। कुछ पेड़ धूप, आँधी, बरसात और बज्रपात जैसी परिस्थितियों से गुज़रने के बाद भी अपनी जड़ों से अपनी वापसी करने लगते हैं। ठीक इसी तरह (दाँतों और बालों को छोड़कर) मनुष्य अपने अंगों को गँवाता नहीं है बल्कि उन्हीं को विकसित और सुदृढ़ करता हुआ रोज़-रोज़ कुछ नया करने की कूवत से गुज़रता है। मनुष्य के कुछ अंग उनके कामों और विचारों के मार्फत भी दिखाई देते हैं। इसलिए विचारों का वसन्त किसी भी ऋतु में आ सकता है। कटे-पिटे पेड़ जब फिर अपनी मौलि (अपने शीर्ष) उगा लेते हैं तब वे मौलिक कहलाते हैं। नये पर नये पत्ते स्वाभाविक हैं; पुराने पर नये पत्ते मौलिक हैं। मौलिक में एक अस्वाभाविकता और असम्भवता शामिल रहती है। ठूँठ कैसे मौलिक होते हैं यह मनुष्य को पेड़ से सीखना होगा इस प्रकार मौलिकता किसी की भी अपनी सृजन परम्परा का हिस्सा है। वही किसी दृश्य विचार और स्थापत्य को आधुनिक बनाने वाला तत्त्व भी है। नये की अपेक्षा जितने आप पुराने हैं उतने ही अधिक अवसर हैं आपके सामने मौलिक होने के।

मौलिकता का एक अर्थ उच्चाशय उदात्त दृष्टि भी है। इसी से शिखर और सिर की मौलि का भी कुछ इस प्रकार का सम्बन्ध है कि जो दूर तक देखे और दूर से ही दिख जाये। सृजन के क्षेत्र में मौलिक, कटे हुए या विच्छिन्न भाग का फिर से उग आना है। इसलिए मौलिक का एक अर्थ पहले जैसा नया और वास्तविक भी है। कविता में वाक्य को कहाँ से कहाँ पुनः रोपित किया जाता है और हम देखते हैं कि ग्रामर की दृष्टि से नहीं बल्कि अभिप्राय की दृष्टि से वहाँ कुछ अश्रुत, युक्तियुक्त और गतिशील बिम्ब उसी सरलतम भाषा से उत्प्रेक्षित होने लगते हैं। शब्दों की असंगति भी अर्थ की नयी संगति पैदा कर देती है।

प्रश्न : अपने और कविता के अक्षय यौवन के लिए आप किन बातों पर ध्यान देते हैं। गृहस्थी के किन-किन कामों में मन रमता है।

उत्तर : काश कि मैंने इतने जौ खाये होते कि यौवन अक्षय रह पाता। संस्कृत के यव (जौ) शब्द से ही यौवन शब्द बना है। मैंने पेड़ों पर सबसे ज़्यादा (सम्भवतः नेरूदा के बाद) कविताएँ लिखी हैं। मेरी कविता में तारुण्य अगर है तो शायद इसी तरु की वजह से होगा। मुझे आश्चर्य होता है कि आरण्यक संस्कृति के बावजूद तरुण होने और तरुणाई का सम्बन्ध कभी तरु से नहीं जोड़ा गया। जबकि तरुण और तरुणाई इन दोनों शब्दों की जड़ें तरु के साथ गहराई में छिपकर ऊँचाई में लहराने के साथ यात्रा करती हैं। आवेग भरी जड़ें और वेग भरी शाखाएँ। मैं न नियमित व्यायाम कर पाता हूँ, न अनावश्यक ब्रह्मचर्य का पालन। बहुत बार आकरण नहीं सकारण झूठ बोलने से भी नहीं बच पाता। यदा-कदा कि शराब से भी परहेज नहीं। एक किडनी ऑपरेशन के कारण ख़राब हो गयी थी 1981 में। गॉल ब्लेडर भी निकाला जा चुका है। दोनों ऑपरेशन 1982 तक हो गये थे।

मैं पढ़ता बहुत हूँ और यात्राएँ भी करता हूँ और अब तो अध्यक्षता इत्यादि भी करने लगा हूँ। झाड़ू लगाने, घर के लॉन में फूल और सब्ज़ियाँ उगाने के काम से अधिक ऊर्जावान हो उठता हूँ। मेरे दोस्तों में लिखने-पढ़ने वालों से ज़्यादा वे लोग हैं जिनका साहित्य क्षेत्र में बहुत कम या ज़रा भी दख़ल नहीं। नयी जगह और नये लोगों, जो जीवन के विभिन्न क्षेत्रों में काम करने वाले होते हैं, से मिलना बहुत अच्छा लगता है। वे भाषा से लेकर थीम का कभी-कभार कुछ मसाला दे जाते हैं। अख़बार, पत्र-पत्रिकाएँ और किताबें पढ़ने में ही समय बीत जाता है। नौकरी में दिन बीतते थे, रिटायरमेंट के बाद हफ़्ते बीतते हैं झटका-सा लगता है जब सुनता हूँ कि आज संडे है। जिसके लिए हम कितना तरस जाते थे। अगर ज़रा-सा सँभल कर न रहो और ख़ुद को कुछ कर पाने के लिए कोसते न रहो

तो हर दिन संडे बनने को तैयार है। कविता में बस कविता बन जाये इस बात पर ध्यान देता हूँ, लेकिन वह कितनी बन पाती है, बनती भी या नहीं यह तो आप जैसे सुधी लोग ज़्यादा बता पायेंगे।

प्रश्न : आज कविता शिल्प और कथ्यगत गत्यवरोधों को किन-किन रूपों में तोड़ती हुई आगे बढ़ रही है?

उत्तर : ऐसा लगता है कि आज कविता तोड़ कम जोड़ ज़्यादा रही है। यह कई प्रकार के प्रलयों के बाद का ऐसा समय है जब हाशिए पर युद्ध भी चल रहे हैं और जीवन भी। आज जीवन का लक्ष्य व्यक्ति तय नहीं करता बल्कि आविष्कृत अनेकानेक विधाएँ उससे अपना चयन करवाती हैं। हर चीज़ का अपना एक इतिहास और एक विज्ञान बनता जा रहा है। कविता उनमें एक शौक़िया चीज़ बनके रह गयी है। जीवन अपनी अभिव्यक्ति के लिए कविता के शिकंजे से बाहर चला गया है। जीवन का शिकंजा भौतिक रूप से ज़मीन से ब्रह्माण्ड तक फैल गया है। दिमाग़ का आज तक का हवाई सफ़र, आज का प्रत्यक्ष और महँगा सफ़र होता जा रहा है। मुझे लगता है, कवियों के पेशे में बदलाव आना ज़रूरी है। उन्हें फ़ुल टाइमर या केवल कवि ही नहीं होना चाहिए। उन्हें नेविगेटर, पायलट, अन्तरिक्ष यात्री, पर्वतारोही, तीर्थयात्री, भिखारी, कारख़ाने का मज़दूर और मालिक और सटोरिया और सजायाफ़्ता क़ैदी और दुनिया का महान रागी से दुनिया का महान वैरागी तक होना चाहिए। उन्हें सिर्फ़ एक पार्टी या दो पार्टी तक ही प्रतिबद्ध नहीं होना चाहिए। अगर उनमें हिम्मत हो तो वे नीति और अनीति दोनों से रू-ब-रू होकर आयें। यथार्थ को ही आदर्श मानने की ज़रूरत नहीं है, न आदर्श को ही यथार्थ मानने की। वे सुरक्षित सुखी और बेहतर जीवन के ही उद्‌गाता न हों बल्कि सुख के दुख को भी जानते हों। कवि अभी तक अध्यापकों, पत्रकारों और इक्का-दुक्का नौकरशाहों के बीच से ही आ रहे हैं। इसलिए अभिव्यक्ति और अनुभव की सीमा सी बन गयी है। अब पुलिस, इनकम टैक्स, सेल्स टैक्स और पी.सी.एस. संवर्ग से भी आने लगे हैं। लेकिन 'अँधेरे में' और 'रागदरबारी' जैसी या उनसे उत्कृष्ट कृतियाँ नहीं आ रही हैं। इन विभागों के एक्स-रे सामने नहीं आये हैं। इनकम टैक्स रेड पर कोई कविता या उपन्यास या कहानी क्यों नहीं आती। पुलिस विभाग से आये लेखक एनकाउंटर से लेकर अपराधियों से साँठ-गाँठ की कहानी क्यों नहीं लिखते? जब 'मकान' उपन्यास में एक ब्यूरोक्रेट नगर महापालिका की पोल खोल सकता है, तो इन्हें क्या हो जाता है।

अगर आज मैं यह कहूँ कि कविता ने छन्द तोड़ दिया है या छोड़ दिया है तो यह भी आज की नहीं बहुत पुरानी घटना है। अगर यह कहूँ कि कविता

गद्य हो गयी है तो यह भी पुरानी घटना है। कविता के सन्दर्भ ज़रूर बदले हैं कविता का कलेवर नहीं बदला। कविता ने स्वयं शिल्प के नाम पर टेढ़ा-मेढ़ा लिखे जाने का गत्यवरोध अपने लिए ज़रूर पैदा किया है। कविता यह भूल गयी है कि कोई भी कैसा भी गद्य कविता नहीं है। जिस गद्य में अनोखापन न हो, जिसमें कोई विशिष्ट उक्ति न हो, उस गद्य को भला कविता कैसे कहा जा सकता है? समीक्षकों और आलोचकों को चाहिए कि वे अच्छी और श्रेष्ठ कविताएँ यदि कहीं आ रही हों तो उन्हीं पर बातें करें अथवा कमज़ोर कविताओं की पूरी कमज़ोरी और ख़राबियों का दिग्दर्शन करायें। बहुत से नये कवि कहने का और भाषा को बरतने का नया सलीका ला रहे हैं। लेकिन कोई समीक्षक उन्हें अलग से चिह्नित नहीं करता। इस बीच कविता में एक अच्छी बात यह हुई है कि नये सन्दर्भ अछूती विषय वस्तु और असरकारक अन्योक्तियाँ बहुत आयी हैं, लेकिन उनका कहीं कोई ज़िक्र नहीं। कविता न कठिन होकर जी सकती है न सरल होकर। उसे सहज और मारक प्रभाव वाली होना आवश्यक है। कविता प्रत्येक पंक्ति और प्रत्येक स्टैंजा में होनी चाहिए। केवल अन्त में कोई कहानी या निबन्ध कविता-सा बन जाये इतना ही काफ़ी नहीं है। कविता को अभी अपना विधागत अन्तर भी खोजना है और उसे कायम भी रखना है। मिली-जुली होने पर भी कतिपय ऐसी शब्दगत, भाषागत, मुहावरेदारी, अपरिचित भाव मुद्राओं से युक्त होनी चाहिए कि चाहकर भी उसे कोई सामान्य गद्य की कोटि में न रख सके।

अभी ज्ञान और कर्म की आधुनिक शाखाओं का कविताओं में प्रवेश नगण्य-सा है। उसके बढ़ते ही कुछ परिवर्तन घटित होंगे। कुछ भाव मुद्राएँ बदलेंगी। अच्छे कवि चाहे जिस उत्कृष्ट य्रा निकृष्ट क्षेत्र और कर्म से भी आ रहे हो; उनका विवेचनापूर्वक स्वागत होना चाहिए। समय-समय पर अच्छी कविताओं का चयन प्रकाशित होना चाहिए। उससे कुछ बात बनेगी। कविता को हमेशा भाषा की और अभिव्यक्ति की उत्कृष्टतम स्थिति को बरकरार रखने को संघर्ष करना है। साहित्य को समाज का पुराना धुँधला आईना नहीं बनना है। बल्कि अभी-अभी जीवन की फैक्ट्री से पिघलकर आये बेदाग शीशे की तरह सारे दाग़-धब्बे, सारे अनादर्श, सारे पाखण्ड, सारी विषमताएँ, सारे उत्कर्ष, सारे सुख-दुख देने हैं कविता को, कविता बनकर।

प्रश्न : कई कवि इसलिए अपने समय में बड़े मान लिए जाते हैं कि उनके अनुकरण में या उन जैसा लिखने वाले उनके अनुयायी बहुतायत हो जाते हैं। इसे आप किस रूप में लेते हैं?

उत्तर : देखिए, इस सन्दर्भ में कुछ पहले भी कह चुका हूँ। फिर भी यह पूछना चाहता हूँ कि 'आँसू' की तर्ज़ पर बहुत से मुक्तक काव्य लिखे गये, क्या आज किसी का नाम जानते हैं हम? 'मधुशाला' की तर्ज़ पर बहुत-से काव्य लिखे गये, क्या कोई जीवित है? 'कनुप्रिया' की नक़ल पर बहुत-सी कनुप्रियाएँ आयीं, क्या कोई याद है हमें? जीवित रहेंगे तो अन्ततः 'आँसू', 'मधुशाला' और 'कनुप्रिया', ही रहेंगे। अनुकरण मूल कवि को भी नुक़सान पहुँचाता है। उस तक पहुँचने वाले पाठक रास्ते में ठग लिए जाते हैं। जिन कवियों की नक़ल में ज़्यादा कविताएँ लिखी जाती हैं वे नक़ल किये जाने वाले कवि की भद तो पिटवाते ही हैं, कविता के नवोन्मेषी स्वभाव को भी चोट पहुँचाते हैं। ज़्यादा अनुयाइयों से मूलकवि ही एक दिन ख़तरे में पड़ जाता है। हमें मूल कवि को अलग से पहचानना चाहिए, अनुकरण वादियों में उसकी पहचान को उल्लेखनीय न बनाकर नक़ल की उस प्रवृत्ति को ही हतोत्साहित करना चाहिए। ख़राब कविताएँ बताती हैं कि यह किस कवि के अनुकरण का नतीजा है। नतीजा तो भुगतना ही पड़ेगा, यह भाव ठीक नहीं है।

अनुकरण से वह कविता शैली ही निरर्थक हो जाती है। कोई कवि अपनी कविता को इतना शैलीबद्ध कर देता है कि उसे नक़लियाया ही नहीं जा सकता और वह शैली वहीं निर्वंश हो जाती है। निर्वंश कविता में प्रयोग की भी गुंजाइश ख़त्म हो जाती है। सार्थक कविता का यह भी एक निरर्थक पक्ष है कि वह अपना बीज नहीं बनाती। वैसे देखा जाये तो वही कविता गतिशील रहती है जो किसी को नयी रचना के लिए प्रेरित करे। उसे उतना प्रभावित कर दे कि अनुकर्ता कवि न सही, लेकिन उसे कवि बना दे। यह भी हो सकता है कि उसी में से कोई कवि कुछ प्रयोग करते हुए अचानक अपना अलग रास्ता बनाता दिख जाये। इसलिए अनुकरण, नक़ल और प्रभाव को साहित्य में प्रारम्भिक प्रवेश के लिए अयोग्यता नहीं माना गया है। हो सकता है प्रगतिशील रहने से ही कोई किसी दिन प्रयोगशील हो जाये या कि प्रयोगशील होता हुआ कोई प्रगतिशील हो जाये। अच्छी कविता की एक बुराई यह है कि वह अपने अनुकर्ता कवियों की एक खेप तैयार कर देती है। लेकिन अच्छी कविता की यह शक्ति भी है कि वह अपनी नक़ल से अनुकर्ता कवि में अपने प्रति और नक़ल कर्म के प्रति एक ऊब पैदा कर देती है। अपनी निरर्थकता में से उसी कविता के अन्दर एक अलग तरह की सार्थक कविता फूट सकती है। निरर्थकता से एक और जन्म जो उसे सार्थकता की ओर ले जाये और पूर्ववर्ती कविता का वहाँ नामोनिशान न हो। कुछ ऐसे भी कवि हैं जिनकी कविता के अनुकर्ता सरलता से यशस्वी

होने की फिराक में कोई जोखिम नहीं लेना चाहते—वे अपने अनुकरण से ही अपनी कविता को और मूल कवि को उसकी कविता सहित निरर्थक बना देते हैं। बहुत-सी अच्छी कविताओं में यह विशेषता होती है कि वे अपने अनुकरण को निरर्थक और निर्वंश बना देती हैं। अनुयायी कभी भी मूल कवि नहीं बन सकता। दूसरों की तर्ज़ पर अपने शब्द बिठाने वाले कवि कभी गहरी अनुभूतियों के कम्पोजर नहीं हो सकते। कभी यह भी देखा गया है कि विषय वस्तु अपनी होनी चाहिए, शैली कोई भी चलेगी। अपने विषय के लिए अपनी शैली पैदा करने वाले कवि विरले ही होते हैं।

प्रश्न : यथार्थ और आदर्श के बीच सत्य और मिथ्या की भी एक लड़ाई है। मिथ्या इस संसार को बताया गया है (भारतीय दर्शन में) जो कि यथार्थतः मौजूद है और सत्य को पाने की बात की गयी है जो शाश्वत बताया गया है और लगता है कि वह सत्य पार्थिव नहीं है। कुछ कहना चाहेंगे?

उत्तर : जितनी बुद्धि और आत्मशक्ति झूठ को सत्य बनाने में लगानी पड़ती है, उतनी ही प्रतिभा और हिम्मत सच को सच बनाने में भी लगानी पड़ती है। मैं तो इतना जानता हूँ कि सच और झूठ दोनों के लिए परिश्रम करना पड़ता है और परिश्रम ही सौन्दर्य है। असल में मृत्यु को शाश्वत सत्य मान लेने से सारी गड़बड़ियाँ शुरू हुई हैं। इतने सुन्दर संसार को मिथ्या मानना, मरणासन्न या मरे हुए या डरे हुए का बयान लगता है। भारतीय दर्शन में एक व्यक्ति की मृत्यु में सारी चीज़ें मर जाती हैं। लेकिन उसकी चेतना का संयन्त्र 'आत्मा' नहीं मरता (आत्मन् शब्द संस्कृत में पुल्लिंग है)। उनका मानना है कि उस चेतना का किसी दूसरी योनि में पुनर्जन्म नहीं होता चेतना को प्रतीक रूप में इस तरह अनश्वर माना जा सकता है कि जो पैदा होगा वह अपने में अपनी चेतना लिए होगा और भूतपूर्व चेतनाओं द्वारा निर्मित ज्ञान को वह विरासत के रूप में ग्रहण करेगा। लेकिन इससे नयी पैदा होने वाली चेतना का तिरस्कार तो होता ही है, उसके प्रति अविश्वास भी प्रकट होता है। ज़्यादा न कहकर मैं इतना ही कहना चाहूँगा कि सच-झूठ होते नहीं हैं बनाये जाते हैं। और सिद्ध और असिद्ध करने पड़ते हैं। इसीलिए हर युग और हर भूगोल का सत्य भी एक नहीं होता। जन्म और मृत्यु की तरह 'सत्य' सरल नहीं है क्योंकि इसे सिद्ध करो या न करो उसे होना ही है। असल में हमें भौतिक तरीक़े से सोचना नहीं आता जबकि प्राकृतिक अपनी भौतिक समझ की वजह से ही हमें भी और अपने को भी जीवित रखे हुए है। इसलिए सत्य को अकेले समझ पाना कठिन और विवादित दोनों ही है क्योंकि वह झूठ से भी ख़ुराक प्राप्त करता है और डाँवाडोल विश्वास से भी इस तरह सत्य

झूठ से भी ज़्यादा विवादित हो जाता है। मेरा सत्य, मेरे साथ घटित हुआ मेरा जीवन, मेरा समय और मेरा समाज है, दूसरे व्यक्ति का सत्य कुछ दूसरे निष्कर्ष लिए हुए है। वह भी उतना ही सत्य है। सत्य एक जैसा जड़ और स्थापित नहीं है और वह हर बार हर मनुष्य हर पदार्थ के जीवन में कई बार कई रूपों में जन्म लेता है। यह जन्म लेने वाले पर और घटित घटना से प्रभावित परिस्थितियों वाले पर निर्भर करता है कि वह सत्य और झूठ को कैसे-कैसे ग्रहण करता है। न सत्य शाश्वत है न झूठ। दोनों परिवर्तनशील हैं। कभी-कभी हम अपनी सोच, संकल्प और इरादे को भी सत्य का दर्जा दे देते हैं किसी का सत्य अपने नज़रिये में न्याय बन जाता है। जबकि दूसरे किसी की नज़र में अन्याय भी हो सकता है। सत्य ढुल-मुल है। झूठ की शक्ल सत्य से बहुत मिलती-जुलती है। इसी तरह न्याय की शक्ल भी अन्याय से मिले बिना नहीं रहती है।

कभी-कभी तो दोनों की अनुहार एक हो जाती है। न्याय पलटकर खुद अपने ही अन्याय गिनाने लगता है। मानवीय संवेदनाओं में न्याय और अन्याय को समझने, समेटने और सँवारने का द्वन्द्व और उलझाव सदियों से चला आ रहा है। विवेक ही अविवेक और अन्याय, शत्रु और मित्र की भूमिका निभाने लगता है। वह परिस्थितियों को देशकाल में बाँट कर सच और झूठ, न्याय और अन्याय के स्थापित निष्कर्षों को बदल देता है। इसीलिए शाश्वत सत्य और युग सत्य में भी महाभारत चलता रहता है। यहाँ कुछ भी निर्णीत नहीं है। न सत्य न न्याय। यह झूठ और अन्याय पर निर्भर करता है कि वह किसको सत्य और किसको न्याय सिद्ध कर दें।

किसी भी ज़माने का झूठ पकड़ो तो वह बता देगा कि उस ज़माने का सच क्या है। सच पहचानने से पहले झूठ पहचानना सीखना चाहिए। सिद्ध कर पायें तो सच, वरना वह भी झूठ है। झूठ सच के इतने क़रीब है कि प्रक्रियागत अन्तिम निष्पत्ति में ही सच का पता लग पाता है। सचमुच, हर युग में, सत्य का मुँह स्वर्णपात्र से ढका है, हे पूषन (पुरुष) तुम उसे हटाओ।

प्रश्न : आपने 'ख़बर का मुँह विज्ञापन से ढका है,' से कविता कला का जैसे शिखर छू लिया है। संग्रह की नामधारी कविता और फूलों की खेती और उदासी, प्राचीन भारतीय संस्कृति को अन्तिम बुके, सौ गलियों वाला बाज़ार, क़र्ज़ के बाद नींद आदि कविताएँ अलग-अलग प्रविधियों की स्थापना करती दिखती हैं। बारह कविता-संग्रह आपके आ चुके हैं। आपके हर संग्रह में प्रतीतियों का नयापन है। आपने अपने एक साक्षात्कार में कहा भी है कि कुछ लोग सब कुछ को काटकर छवियों का बुरादा बना देने वाली भाषा की एक जैसी किट प्लाई बना देना चाहते हैं।

आपकी कविता उसके विरोध में है। इतना महत्त्वपूर्ण लेखन करने के बाद भी हिन्दी आलोचना आपको नेपथ्य में क्यों रखती आयी है।

उत्तर : शायद मैं कविता का अगला दृश्य होऊँ? मैं पढ़ा जाता हूँ पढ़ाया जाता हूँ, बाज़ार की दृष्टि से देखें तो बिकता भी ख़ूब हूँ। मेरे कविता-संग्रहों का पाँचवाँ और छठा संस्करण बाज़ार में है। रचनाकारों के बीच मेरी कविताओं की चर्चा होती है। जैसे आलोचक मुक्तिबोध को मिले वैसे आलोचक मिलना मेरा सौभाग्य कहाँ? आलोचक मिलना भी किसी लेखक विशेष का सौभाग्य है। और मैं उन सौभाग्यशालियों में नहीं हूँ। मैं भी भवभूति की तरह यही कहूँगा कि मेरा कोई समान धर्मा अवश्य उत्पन्न होगा जो मेरे संसार को समझेगा। क्योंकि काल निरवधि है और पृथ्वी विशाल है। मेरी कविताओं की भाषा उनके सन्दर्भ और उनकी अदायगी सम्भवतः आलोचना की चालूभाषा के अनुकूल नहीं है।

मैंने कविता में ऐसे मुहावरे रचे हैं जो आलोचक को भी कल्पनाशील बनने पर मजबूर करेंगे। चालू कविताओं के संघर्ष से बनी आलोचक की चालू समझ के आधार पर मेरी कविताओं को दूर की कौड़ी कहकर अनदेखा ही किया जा सकता है। मैंने यह अनदेखी बहुत झेली है और चुपचाप अपनी कविताओं पर काम करता रहा हूँ। कुछ नया और मौलिक कहने की होड़ से कविता बनती है।

इन कविताओं के लिए आलोचक को आज़ादी के बाद एक अलग समाजशास्त्र और व्यक्ति चरित्र तथा प्रकृति, परिवार और राजनीति का ताना-बाना बनाना पड़ेगा। इतनी मेहनत कोई नया आलोचक ही कर सकता है और नये आलोचक की हर किसी को प्रतीक्षा है।

प्रश्न : हाल ही में डॉ. नामवर सिंह ने अपनी आलोचना के आत्म संघर्ष को लक्षित करते हुए उसे अज्ञेय की सुपरिचित कविता 'नाच' के साथ आइडेंटीफाई किया। क्या वह कविता कवि के आत्म संघर्ष को भी उतने ही प्रामाणिक ढंग से विवेचित नहीं करती?

उत्तर : नामवर जी ने भले ही सिलसिलेवार किसी काव्यशास्त्र और काव्येतिहास का उत्पादन नहीं किया है, लेकिन उनकी बातचीत में प्रायः ऐसे सूत्र आ जाते हैं जिन सूत्रों के सहारे एक पद्धति की रचना की जा सकती है। लेकिन यह कौन करे? क्योंकि नामवर जी के विवेचन में सूत्रबद्धता नहीं बल्कि कुछ लोगों से वचन-बद्धता झलकती है। उन्हें विमर्शक के साथ-साथ अन्वेषक की भी भूमिका निभानी चाहिए थी। यह भी विचारणीय है कि नामवर जी ने ख़ुद को मुक्तिबोध के ब्रह्मराक्षस से क्यों नहीं पहचाना? क्या आलोचक भी अभिशप्त नहीं है? नामवर जी स्वयं को ब्रह्मराक्षस के सतत अभिशप्त और संघर्षशील व्यक्तित्व के क़रीब

नहीं मानते तो यह उनका ईमानदार आत्म स्वीकार हो सकता है कि वे 'नाच' कविता के उस नट की तरह हैं जो एक से दूसरे खम्भे के बीच, ख़तरनाक रस्सी पर सन्तुलन साधे हुए करतब दिखा रहा है। वह नट राहों का अन्वेषी नहीं है वह जन्म और मृत्यु के दो खम्भों के बीच तनी हुई जीवन की रस्सी पर चलने वाला आध्यात्मिक नट ज़्यादा लगता है। अज्ञेय ने उस नट की बाज़ीगरी, लाचारी, सन्तुलन साधे रखने की कुशलता और भीड़ जुटाये रखने की जादूगरी पर बड़े सूक्ष्म और प्रत्यक्ष तथा अप्रत्यक्ष व्यंग्य किये हैं। रचनाकार को भी उस नाच में शामिल समझा जा सकता है। क्योंकि अपने बहाने वह आलोचक को भी एक रास्ता तभी दिखा पा रहा है। नामवर जी को होना तो कवि ही था लेकिन उन्हें ब्रह्मराक्षस वाला शाप लग गया। मैं उन्हें शाप स्मरण कराते हुए शाप मुक्ति का एक ख़तरनाक नट मार्ग बता देता हूँ कि अगर उन्होंने इस बीच या तब से लेकर अब तक कहीं कुछ काव्य पंक्तियाँ रची हों तो उन्हें अब सकारण प्रकाशित करा दें। पापमोचन के लिए यह आवश्यक है। इधर नामवर जी ने कहानी पर 'लमही' में एक लेख लिखा है (विलम्ब से) जिसे पता नहीं कहानीकारों ने समझा है या नहीं। यदि समझा हो तो कहानी एक नयी साँस लेगी। नयी साँस लेने की पूरी प्रेरणा है उस लेख में।

'नाच' कविता में कवि की भी वैसी झलक है जैसी नृत्यरत शिव का डमरू जब नृत्य के अन्त में 'सम' पर आता है तो उसमें पाणिनि, व्याकरण के चौदह सूत्रों का निनाद सुनते हैं। इसी तरह नाच कविता से अज्ञेय की भी कविता का एक और प्रारम्भ होता है। वे अपनी कविता का व्याकरण बदलते हैं।

प्रश्न : प्रेम कविताएँ आपने भी लिखी हैं पर उनका सन्दर्भ किसी अवधारणा की स्पष्टता चाहता है। वहाँ प्रेम की नयी अवधारणाएँ बनती दिखती हैं।

उत्तर : प्रेम भी हमारे यहाँ बेहद वांछित उपजाऊ और काफ़ी भ्रामक तत्त्व बना हुआ है कुछ लोग इसे प्राथमिक स्तर पर स्त्री-पुरुष सम्बन्धों के लिए इस्तेमाल करते हैं। कुछ लोग इसे इस अर्थ में भी इस्तेमाल करते हैं कि पुरुष कई स्त्रियों के साथ एक समय में एक ही जगह या अलग-अलग जगहों पर प्रेम करते रह सकते हैं। क्योंकि कुछ स्त्रियाँ भी ऐसा ही करना चाहती हैं। प्रेम विराट है लेकिन कुछ के लिए प्रेम क्षणे-क्षणे मैथुन है। कुछ लोग अपने द्वारा किये जाने वाले उत्पीड़न और अपने साथ किये जाने वाले प्रतिक्रिया स्वरूप अभद्र व्यवहार को भी प्रेम की मार की परिधि में रखते हैं। कुछ लोग प्रेम को शुद्धरूप से एक व्यक्तिगत ज़िम्मेदारी समझते हैं और वे उसे कभी कहीं बाँटते हुए, कभी कहीं बटोरते हुए दिखते हैं। जितने प्रकार के लोग होते हैं असल में उतने प्रकार के और कभी-कभी

उनसे भी ज़्यादा प्रकार के प्रेम होते हैं। कुछ के लिए प्रेम आज़ादी है तो कुछ के लिए प्रेम जन्म-जन्मान्तरों का बन्धन है। पारिवारिक प्रेम और देश प्रेम ये सब, कुछ के लिए तुच्छ श्रेणी के प्रेम हैं? ईश्वर जैसा अमूर्त प्रेम कुछ के लिए श्रेष्ठ और स्मरणीय है। कुछ लोग प्रेम-प्रेम कहते हुए बहुत-सी कटुता फैलाते रहते हैं। और उन्हीं के बरअक्स कुछ लोग प्रेम के नाम पर निष्क्रियता और नकारापन फैलाते रहते हैं। प्रेम एक सार्वभौमिक तत्त्व तभी है जब उसकी पॉलिटिक्स स्पष्ट हो। यदि व्यक्ति का प्रेम स्पष्ट है न मन्तव्य तो फिर प्रेम केवल स्त्री-पुरुष के बीच का मामला अथवा कभी-कभी केवल सेक्स सम्बन्ध बनकर रह जाता है।

फिर भी प्रेम का एक रूप और है वह है व्यक्ति की निजी चाह। यह निजी चाह वाला प्रेम कुछ 'हॉबी' नुमा दिखाई देता है। कामनाओं वाला प्रेम जीवन में उत्कृष्ट और निकृष्ट क़िस्म की कामायनी खड़ी कर देता है। कभी ऐसा भी होता है कि आज़ाद प्रेम व्यक्ति को गुलाम बना देता है। कभी ऐसा भी होता है प्रेम का गुलाम सारी गुलामियों का अन्त करते हुए अपने लिए एक निश्चित मालिक को चुन लेता है। इसलिए संस्कृत में प्रेम से भी बड़ा एक शब्द प्रतिष्ठित किया गया था 'सौहार्द'। यह सहृदयता से बना था। एक जैसा वैचारिक अनुबन्ध। इसलिए जीवन और साहित्य में पाठकों से ज़्यादा 'सौहृदों' अथवा 'सुहृदों' की ज़रूरत थी। वे 'सुहृद' आज कहाँ हैं?

प्रश्न : आपके कविता संसार का एक हिस्सा प्रेम कविताओं का भी है, पर उनमें वैसी मासूमियत नहीं है जैसी प्रेम कविताओं के प्रचलित विन्यास और संवेदना में पायी जाती है। मुझे अनायास—वह शतरूपा, अमृत, प्रेमान्तरण, आषाढ़, न ययौ तस्थौ जैसी कविताएँ याद आ रही हैं। आपने शुरुआत में गीत भी लिखे हैं लेकिन अलग तरह के। आपके गीतों की अलग चर्चा होनी चाहिए। प्रणय की वांछित अनिंद्य मुद्राएँ भी आपने उकेरी हैं। एक कविता में आपने कहा कि 'प्यार में प्रत्येक प्रश्न अनिवार्य है' कुछ उत्तर मिले हैं आपको?

उत्तर : प्रश्न मेरे नहीं हैं उस व्यक्ति के हैं जो प्यार की उस परिस्थिति में है कि स्वयं उसका प्यार ही इस पंक्ति को कहता है। आपके जो भी कम्पल्सन हों, प्यार के प्रश्नों के उत्तर देना कम्पलसरी है। प्यार भी प्रश्नज्ञान है। यहाँ यह निष्ठा और समर्पण की चीज़ नहीं है बल्कि मामला व्यावहारिक स्पष्टता का है। प्रेम अधिक ज़िम्मेदारी का काम है, प्रेम एक मनोनयन के साथ सार्वजनिक अर्हता की भी माँग करता है। प्रेम सिर्फ़ एकान्त का विषय नहीं बल्कि वह सार्वभौम उपस्थिति की भी माँग करता है। प्रेम अकेले होने से इनकार करता है। प्रेम इस संसार का सुखद विस्तार है। इसलिए उसके प्रश्नों में 'ताप और शाप' दोनों होते हैं।

इन प्रेम कविताओं में रूमानियत का घोर अभाव है, लेकिन भावनाओं के आवेग में यथार्थ से ज़बर्दस्त मुठभेड़ है। असल में प्रेम भी अब काफ़ी विवेकी हो गया है। प्रेम भी नहीं चाहता कि वह मजबूरी के डण्डे से हाँका जाये।

प्रश्न : श्रीलाल शुक्ल और कुँवर नारायण जैसे साहित्यकारों के क़रीबियों में आप माने जाते हैं। इनकी किन ख़ूबियों को आप आज भी याद करते हैं।

उत्तर : पता नहीं वे मुझे अपने क़रीबियों में कितना मानते हैं... फिर भी उनसे कई चीज़ें सीखने को मिली हैं। जैसे किसी को यह अहसास मत होने दो कि वह बहुत क़रीबी है। श्रीलाल जी से सीखा कि अपने दुःखों और ग़रीबी की नुमाइश न लगाओ। कुँवर जी से सीखा कि घर के हो तो बिना बोले बैठे रहने में जो आनन्द है उसे बोलकर भंग क्यों किया जाये। जो लिखा जाये उसे तुरन्त न छपाया जाये। लिखे हुए को कुछ दिन अपने साथ रहने का मौक़ा दिया जाये जैसे एक-दूसरे को सुधार रहे हों।

प्रश्न : अगला जीवन मिला तो क्या कवि जीवन ही चुनेंगे?

उत्तर : चुनने का मौक़ा तो न इस जीवन में मिला था न अगले में मिलेगा। लेकिन अगर किसी हाइपोथीसिस के तहत यह मान लिया जाये कि अगले जन्म में चुनाव का मौक़ा मिलेगा तो मैं ज़रूर उस समय का एक अच्छा कवि होना चाहूँगा। साथ ही अगले जन्म में अपनी इस जन्म में लिखी कविताओं की आलोचना से परिचित होना चाहूँगा। हो सकता है अपनी बेवकूफियों के बारे में कुछ और भी लिखूँ...

(2001)

सम्पादक और लेखक

—अखिलेश सिंह मयंक

लीलाधर जगूड़ी का नाम आज समकालीन हिन्दी कविता में अलग दीप्ति रखता है। 1997 में हिन्दी का प्रतिष्ठित साहित्य अकादेमी पुरस्कार प्राप्त करने के बाद से हालाँकि उनका कोई कविता-संग्रह नहीं आया है, लेकिन इस बीच वे लगातार विभिन्न पत्र-पत्रिकाओं में फुटकर लेखन करते रहे हैं। आज कोई भी ऐसा साहित्यिक अनुष्ठान, जो हिन्दी कविता से सम्बन्धित हो, उनकी भागीदारी के बिना पूरा नहीं होता। उ.प्र. के टिहरी ज़िले के धंगण गाँव में जन्मे श्री जगूड़ी ने आज की सम्मानजनक स्थिति प्राप्त करने के लिए कठोर परिश्रम और अध्यवसाय को अपना साधन बनाया। अगर उनके बारे में यह कहा जाये कि वे ऐसे व्यक्ति हैं जो शून्य से शिखर तक पहुँचे हैं तो अत्युक्ति नहीं होगी।

प्रश्न : आपने एक बार कहा था कि 'साहित्य समाज का दर्पण है,' यह परिभाषा अब साहित्य के लिए अपर्याप्त है। आपसे यदि साहित्य को पूर्णरूपेण परिभाषित करने का कहा जाये तो आप क्या परिभाषा देंगे? और समकालीन कविता की भी क्या अलग से कोई परिभाषा देना चाहेंगे?

उत्तर : परिभाषाएँ कभी-कभी अवधारणाओं को सीमित भी करती हैं। परिभाषाओं के कारण सारी समस्याओं का एक सरलीकरण उपस्थित किया जाता है, जिससे परिभाषित वस्तु और समस्या के अर्थ संकुचन का डर भी उत्पन्न हो जाता है, ठीक यही डर मुझे तब महसूस होता है, जब मैं 'साहित्य समाज का दर्पण है' इस परिभाषा पर विचार करता हूँ। न केवल साहित्य बल्कि उसकी परिभाषाएँ भी अपने समय की देन होती हैं। समय के साथ-साथ साहित्य और परिभाषाएँ दोनों बदल जाती हैं। साहित्य की दो दर्जन से अधिक विख्यात परिभाषाओं की सूची बनायी जा सकती है,

लेकिन फिर भी कालान्तर में हर समय विशेष में ये परिभाषाएँ अपूर्ण और अपर्याप्त जान पड़ती हैं। ऐसी ही एक परिभाषा ये भी लगती है कि 'साहित्य समाज का दर्पण है', 'साहित्य समाज की ख़बर है', 'साहित्य समाज की आत्मा है', 'साहित्य समाज की आलोचना है' और 'साहिय समाज की अच्छाइयों और बुराइयों का इतिहास है' इस तरह की परिभाषाओं के बग़ल में यह जो दर्पण वाली परिभाषा है, वह तब गढ़ी गयी होगी जब आईने का पहले-पहले आविष्कार हुआ होगा। इस परिभाषा से साहित्य की कम और दर्पण की ख़बर ज़्यादा मिलती है। दर्पण का काम है कि वह सामने खड़े दृश्य, व्यक्ति अथवा वस्तु को ज्यों का त्यों दिखा देता है। इसमें आगे की चीज़ें पीछे और पीछे की चीज़ें आगे भी दिखाई देती हैं। इस परिभाषा की सीमा यह दिखती है कि जितना व्यक्ति अपनी नंगी आँखों से देख सकता है, उतना ही आईना भी दिखा सकता है। बस एक चीज़ आईना ज़्यादा दिखाता है और वह है देखने वाले की अपनी शक्ल। हर देखने वाले की अपनी शक्ल आईना जो दिखा सकता है साहित्य नहीं। सम्पूर्ण समाज का प्रतिबिम्ब देखने के लिए आज व्यक्तिपरक आईना अपने आप में अपर्याप्त होगा। समाज जितना बड़ा आईना तभी बनाया जा सकता है जब वह आकाश जितना बड़ा हो। इसलिए 'साहित्य समाज का दर्पण है' आज की दृष्टि से मुझे अपर्याप्त परिभाषा लगती है। इसलिए साहित्य और कविता की जो भी परिभाषा की जायेगी वह अपने समय के बाद निस्सार नहीं तो सीमित अर्थ देने वाली ज़रूर हो जायेगी।

प्रश्न : आप काफ़ी समय तक साहित्यिक पत्रिका 'उत्तर प्रदेश'—जिसकी गणना देश की प्रमुख साहित्यिक पत्रिकाओं में होती है—के सम्पादक रहे हैं। सम्पादन और लेखन के अन्तःसम्बन्ध को आप किस प्रकार व्याख्यायित करेंगे? कहीं सम्पादन लेखन में बाधक तो नहीं बनता? या फिर दोनों को एक-दूसरे का पूरक कहा जाये।

उत्तर : प्रत्येक लेखक अपने लिखे हुए का सम्पादन पहले स्वयं करता है। उसके बाद अपने मित्रों और पाठकों की राय पर उसे पुनः सम्पादित करता है। तत्पश्चात अपनी रचना प्रकाशन के लिए सम्पादक नामक प्राणी को भेजता है। आजकल जो ठीक से लेखक या कवि नहीं हो पाते वे सम्पादक हो जाते हैं और जो ठीक से कुछ नहीं लिख पाते, वे प्रायः आलोचक हो जाते हैं। कोई भी आजकल समीक्षा नहीं करना चाहता है, आलोचना करना चाहता है। समीक्षा करने के लिए पढ़ना-लिखना पड़ेगा, जबकि आलोचना लोग बिना पढ़े-लिखे ही सम्पादित कर देते हैं। समीक्षा और आलोचना दोनों शब्द (देखने) से बने हैं।

सम्यक प्रकार से ईक्षण (देखना) और आलोचना का मतलब हुआ—पूरी आँख से देखना अर्थात जहाँ तक दृष्टि जाये वहाँ तक देखना। दोनों का ये भी अर्थ होता है कि देखने की चरम शक्ति तक देखना। ऐसे देखने की आँख से आँख न टकरा जाये, बल्कि यह विचार या वह अर्थ जो उस रचना में निहित है उसकी समझ और उसके अन्यान्य अर्थों का विस्तार करना ही समीक्षा और आलोचना का काम है। सम्पादक को स्वयं रचनाकार और आलोचक के बीच एक ऐसा दृष्टिसम्पन्न व्यक्तित्व होना चाहिए जो यथार्थ तक ही सीमित न रहता तो बल्कि यथार्थ में छुपे बोध को उजागर करने की क्षमता रखता हो तभी वह लेखक को कुछ नया लिखने के लिए उकसा सकता है और लेखक कवि के नये लिखे हुए को जाँच, परख और समझ भी सकता है। प्रायः असफल लेखक जब सम्पादक या आलोचक हो जाते हैं तो ऐसे लोग लेखन को कोई नयी दिशा नहीं दे पाते यानी सम्पादन उनकी नौकरी हो जाता है, उनका रचनात्मक गुण नहीं। मेरे स्वयं के लेखन में मेरे सम्पादक होने के कारण बस एक ही बाधा उत्पन्न हुई कि मुझे अपने लिखने-पढ़ने का समय और भी कम मिलने लगा। सम्पादक के रूप में मैंने यह महसूस किया कि अनेक निरर्थक और कूड़ा रचनाओं को भी पढ़ने के लिए सम्पादक अभिशप्त होता है, क्योंकि बिना पढ़े किसी को न स्वीकार किया जा सकता है और न ही अस्वीकार। प्रत्येक कवि और लेखक अपने में ही एक आलोचक और सम्पादक भी होता है जो अपनी रचना को अन्तिम रूप देने से पहले उसकी निर्मम काट-छाँट करने की शक्ति देता है।

प्रश्न : सम्पादन से ही जुड़ा दूसरा सवाल—सम्पादक और लेखक के आपसी सम्बन्ध किस प्रकार के होने चाहिए?

उत्तर : सम्पादक और लेखक के सम्बन्ध आपस में एक-दूसरे के पूरक की तरह होने चाहिए। कभी-कभी सम्पादक लेखक को किसी विषयवस्तु पर लिखने-सोचने का एक नया आयाम देता है और कभी-कभी लेखक भी स्वयं सम्पादक को अपने भिन्न और नये दृष्टिकोण से परिचित कराता है।

प्रश्न : उत्तर प्रदेश के सम्पादन के समय का कोई दिलचस्प अनुभव जिसे आप पाठकों के साथ बाँटना चाहें!

उत्तर : बहुत से नये कवि यह समझते हैं कि कवि ने जो कविता भेजी है वह ज्यों की त्यों छप जानी चाहिए और ऐसी कविता का सम्पादन नहीं किया जा सकता। इतिहास में ऐसे अनेक उदाहरण मिलेंगे जब सम्पादक ने लेखकों, कवियों से कई शब्दों और कई बातों को बदलवाने के लिए सहमत किया है और उस परिवर्तन से रचनाएँ खिल उठी हैं। मैं नाम नहीं लूँगा लेकिन एक नितान्त

नये कवि की एक कविता जिसकी प्रारम्भिक पंक्तियाँ बहुत अच्छी थीं और आगे जाकर वे मेरी नज़र में बहुत ख़राब हो गयी थीं।

मैंने जब एकदम नये इस कवि की कुछ पंक्तियाँ हटा दीं और वह सम्पूर्ण कविता अपने आप में चमक उठी। कविता छपने के बाद वह कवि अपनी नाराज़गी व्यक्त करने मेरे पास आये। उसने सबसे पहले अपना परिचय एक राजनैतिक दल के कार्यकर्ता के रूप में दिया और कहा कि मैं तो समझता था कि कवि जो लिख देता है वह अकाट्य होता है। क्या सम्पादक को कविताओं में भी काट-छाँट करने का अधिकार है? इस घटना से मुझे पता लगा कि अगर कोई अपनी बात कहने के लिए कविता के 'फार्म' का इस्तेमाल करता हो तो ज़रूरी नहीं कि उसकी सारी मूर्खताएँ समाप्त हो गयी हैं।

प्रश्न : आपके रचनाकर्म पर किन-किन देशी-विदेशी लेखकों-कवियों का प्रभाव है और कितना?

उत्तर : यह बात तो दूसरा व्यक्ति ही बता सकता है। मैंने देशी-विदेशी लेखक अनुकरण के लिए नहीं पढ़े हैं बल्कि इसलिए पढ़ रहे हैं कि मैं उनके प्रभावक्षेत्र से अपने को बचा सकूँ। प्रारम्भ में मुझे कवि होने के लिए महाकवि जयशंकर प्रसाद के रचना संसार ने बहुत प्रेरित किया और उनके प्रभाव से बाहर निकलने के लिए मुझे लगभग पाँच वर्ष संघर्ष करना पड़ा। मैंने हर अच्छे लेखक से कुछ-न-कुछ सीखा है और इस बात के लिए मैं उनका ऋणी हूँ।

प्रश्न : क्या कोई साहित्यकार अपने कृतित्व मात्र से समाज में परिवर्तन ला सकता है? या इसके लिए उसका सड़क पर उतरना ज़रूरी है।

उत्तर : सामाजिक परिवर्तन लाने में, सामाजिक-राजनैतिक शक्तियों के साथ-साथ साहित्य भी अपनी भूमिका अदा करता है, लेकिन सामाजिक परिवर्तन के लिए कवियों और लेखकों को ही ज़िम्मेदार ठहराना बहुत बड़ी ग़लती होगी। अक्सर राजनीतिज्ञ भी यह कहते हुए सुने जाते हैं कि साहित्यकार को समाज में आयी गिरावट को ठीक करना चाहिए। यानी गिरावट वे लायें और उपचार का काम साहित्यकार करे, यह बात कुछ जमती नहीं है। राजनीतिज्ञों को अपना सामाजिक और नैतिक दायित्व भी समझना चाहिए, केवल सत्ता पर काबिज होने का ही लक्ष्य नहीं होना चाहिए।

प्रश्न : पिछले वर्ष (1998) जो कविता-संग्रह आये उनसे क्या आप आश्वस्त हैं?

उत्तर : पिछले वर्ष कई महत्त्वपूर्ण संग्रह आये हैं, लेकिन उनमें विशेष ध्यानाकर्षक कृतियाँ जो मुझे लगती हैं वे हैं—'दुनिया रोज़ बनती है' (आलोक धन्वा), 'पिछला बाक़ी' (विष्णु खरे), 'एक सम्पूर्णता के लिए' (पंकज चतुर्वेदी),

'रात में हारमोनियम' (उदय प्रकाश), 'अनन्तिम' (कुमार अम्बुज), और 'समय को चीरकर' (कृष्ण मोहन झा)। ये कृतियाँ कविता की शक्ति और सामर्थ्य दोनों का उदाहरण भी हैं और इस बात के लिए आश्वस्त करती हैं कि कविता कभी ख़त्म नहीं होगी।

प्रश्न : कवि अरुण कमल को दिये गये साहित्य अकादेमी पुरस्कार पर उठे विवाद पर आपकी क्या टिप्पणी है?

उत्तर : कवि अरुण कमल हों या कोई अन्य पुरस्कृत कवि या लेखक—वह पुरस्कार प्राप्ति के लिए जवाबदेह नहीं ठहराया जा सकता क्योंकि पुरस्कार उसे कुछ निर्णायक देते हैं। इसलिए अरुण कमल का भला इसमें क्या दोष?

प्रश्न : दिनोंदिन बढ़ते जा रहे पठनीयता के संकट के लिए आप किसे दोषी मानते हैं?

उत्तर : हिन्दी में दूसरी भाषाओं की अपेक्षा पठनीयता का संकट ज़्यादा है। मैं नहीं मानता कि हिन्दी क्षेत्र के हिन्दी माध्यम से पढ़े-लिखे और समझदार आदमियों की आमदनी इतनी कम नहीं है कि वे हिन्दी की कोई उत्कृष्ट पुस्तक ख़रीदकर न पढ़ सकते हों। लेकिन हिन्दी के नवधनाढ्य और आत्मनिर्भर मध्यमवर्ग के लोगों में अच्छा साहित्य पढ़ने की रुचि ही समाप्त हो गयी लगती है। अन्यथा क्या कारण है कि किसी भी अच्छी पुस्तक का एक हज़ार का संस्करण एक साल में नहीं बिक पाता है। हमें विवाह और जन्मोत्सव आदि शुभ अवसरों पर अपने प्रियजनों को अच्छी पुस्तकें भेंट करने की परम्परा को आगे बढ़ाना चाहिए। हिन्दी के प्रत्येक समाचार पत्र-पत्रिका को हिन्दी में निकलने वाली अच्छी पुस्तकों की समीक्षा अथवा समाचार ज़रूर देना चाहिए तभी तो पाठकों को पता चलेगा कि कोई नयी पुस्तक आ गयी है। हिन्दी समाज अच्छे साहित्य के प्रति उदासीन क्यों है? इस पर एक व्यापक समाजशास्त्रीय अध्ययन किया जाना चाहिए। साथ ही समाज में यह भी फिर से प्रचारित करने की आवश्यकता है कि साहित्य, संगीत और कलाविहीन मनुष्य साक्षात् पशु है और वह हर तरह से अधूरा मनुष्य है। कलाएँ ही मनुष्य को पूर्णता देती हैं। कुछ लोग टेलीविज़न को पठनीयता में गिरावट का कारण मानते हैं लेकिन मैं ऐसा नहीं समझता, क्योंकि पश्चिमी देशों में टेलीविज़न का व्यापक प्रचार-प्रसार होने के बावजूद वहाँ अच्छी पुस्तकों के पाठक मौजूद हैं और प्रकाशित होते ही एक अच्छी पुस्तक की लाखों प्रतियाँ बिक जाती हैं।

(1989)

कविता के लिए एक नया गद्य

—महावीर अग्रवाल

प्रश्न : कविता लिखना आपने कब से शुरू किया? यदि स्मरण हो तो यह भी बताइए कि, आपकी प्रथम कविता का विषय क्या था? साथ ही यह भी बताइए कि, आपकी प्रथम कविता किस पत्रिका में और कब छपी थी?

उत्तर : कवि का बायोडाटा अलग और कविता का बायोडाटा अलग होता है। कविता दरअसल कवि की एक जैनेटिक सेंसिबिलिटी (चेतना) भी होती है। यह चेतना पुराने कवियों की रचनाओं के माध्यम से और अपने समय की समस्याओं से भी पैदा होती देखी गयी है। कविता का बायोडाटा आलोचकों, विचारकों, पाठकों इत्यादि को देखना चाहिए। यह सिलसिला कितना पुराना होकर भी कितना नया है। मैंने लगभग 11-12 वर्ष की उम्र में गढ़वाली बोली में गीत और कविताएँ लिखीं। और उन्हें गाकर भी सुनाता था। उन दिनों को याद करूँ तो, एक बहुत ऊँचे पहाड़ पर (हमारे गाँव के पास) कृष्ण का मन्दिर है। वहाँ हर तीसरे वर्ष मार्गशीर्ष (अगहन) के महीने में एक बहुत बड़ा मेला लगता है। हिमालय को शिव की भूमि बताया गया है। लेकिन यहाँ बद्रीनाथ में विष्णु और मुखेम गाँव के पास पहाड़ पर कृष्ण विराजमान हैं। इसे शैवों की सहिष्णुता ही कही जानी चाहिए कि शिव ने अपने पूर्ववर्ती अथवा भारतीय माइथोलॉजी के अनुसार सृष्टि के प्रथम प्रणेता 'विष्णु' को, जिसका घर समुद्र में है, उस विष्णु को हिमालय की उपत्यकाओं में रहने की जगह दी है। पूर्ववर्तियों के क़र्ज़ चुकाने का यह तरीक़ा अच्छा है।

मैंने पहली कविता कृष्ण और इसी पहाड़ पर बने कृष्ण मन्दिर के बाबत लिखी। जिसका भावार्थ है कि मनुष्यों की संगत छोड़कर भगवान तुम किस दुख के कारण जंगल में रहते हो। तुमने शेर, बाघ और भालू जैसे ख़तरनाक जानवरों को अपने आस-पास बसा रखा है। ऐसा लगता है कि ये तुम्हारी चौकीदारी कर रहे हैं।

पर यह भी सुना है कि इस पहाड़ की चोटी पर जो 'शतरंग' मैदान है, उसमें तुम सफ़ेद घोड़ी पर रोज़ दौड़ लगाते हो। तुमने काला घोड़ा/घोड़ी क्यों नहीं चुनी? ऐसा लगता है कि तुम भी सामने खड़े हिमालय की सफ़ेदी से प्रभावित हो। यह गीत लोक-समाज में बहुत प्रसिद्ध है और 1951-1952 से गाया जाता है। कुछ ही लोग जानते हैं कि यह गीत मैंने लिखा है। कुछ लोगों ने यही गीत स्वयं की दो-चार पंक्तियाँ जोड़कर छपवा भी लिया है। मैंने यह गीत कहीं नहीं छपवाया। मैं इस बात से खुश हूँ कि मेरा गीत मुझसे ज़्यादा लोक स्मृति में है और गाया जाता है।

जब मैंने हिन्दी में लिखना शुरू किया, तब मेरी पहली रचना 1962-1963 में बनारस के 'आज' अख़बार के साप्ताहिक में छपी। मेरी कविताएँ 1960 के बाद की, उस समय के महत्त्वपूर्ण गीतकार व कवि डॉ. शम्भूनाथ सिंह की भूमिका के साथ 'शंखमुखी शिखरों पर' संग्रह में छपीं। इसका प्रकाशन 1964 में हुआ। इसे मैं अपने भाग्य के समय की शिला समझता हूँ। डॉक्टर सिंह की पंक्ति याद आ रही है, 'समय की शिला पर मधुर चित्र कितने, किसी ने बनाये किसी ने मिटाये'। इसके बाद मैं लगातार कविता के अनेक रंग-रूपों से जूझता रहा हूँ। और अनवरत रचता आ रहा हूँ। अब तक मेरे 14 कविता-संग्रह प्रकाशित हो चुके हैं। इस तरह 1960 से लेकर 10 जुलाई, 2017 को मेरी कविता लिखने की उम्र 57 साल हो गयी है। और मैं 74वें साल में आपसे बात कर रहा हूँ।

प्रश्न : आप कविता क्यों लिखते हैं?

उत्तर : मैं समझता हूँ कि यह प्रश्न आपके द्वारा इस तरह पूछा गया होता कि आप कविता ही क्यों लिखते हैं? अन्य (कथा नाटक) विधाओं में काम क्यों नहीं करते? तो मुझे उत्तर देने में शायद सुविधा होती। लेकिन आप कविता क्यों लिखते हैं? यह आरोपात्मक प्रश्न करके ख़तरे में डाल दिया है। यह कुछ वैसा ही है कि कोई पूछे कि आप पैदा क्यों हुए? जी क्यों रहे हैं? साँस क्यों ले रहे हैं? ये सारी क्रियाएँ जन्म लेने के कारण एक साथ ऐन्द्रिक विशेषताओं के रूप में शरीर और आत्मा के बीच में घटित होना शुरू हो जाती हैं। इसे नैसर्गिक क्रिया कहा जाता है। अगर मैं बैल, गधा, ऊँट कुछ होता तो मुझसे ये सवाल न पूछे जाते? इस तरह के सवाल केवल मनुष्यों से पूछे जाते हैं क्योंकि उनके पास अपनी-अपनी भाषाएँ होती हैं। और जहाँ भाषा होती है वहाँ विचार होते हैं। विचार मनुष्य की चिन्ताओं के प्रारम्भिक औज़ार हैं। मनुष्य की प्रश्नाकुलता, जिज्ञासा, वैचारिकता कुल मिलाकर उसे निजी रचनात्मकता की ओर ले जाती है। कविता लिखी नहीं जाती, कविता रची जाती है। इन्हीं सारे अन्तर्द्वन्द्वों और

बाह्य संसार से होने वाली मुठभेड़ों के कारण मुझे लगता है कि कविता जैसे अद्भुत रचनात्मक संसार का उदय होता है। कविता, संसार में एक प्रति संसार की रचना करती है। जिसका दायित्व केवल कवि पर होता है। अगर कवि न हों तो पूरी संसद भी मिलकर एक कायदे की कविता नहीं रच सकती। कवि माने क्या? कविता माने क्या? मैं समझता हूँ कि कथन विशेष करने वालों के कारण 'कवि' शब्द बना है। और कथन विशेष की तार्किकता के कारण 'कविता' शब्द बना है। अपने अर्थों का संवहन करने वाले ये दोनों शब्द (कवि-कविता) जीवन के अनुभव और उनकी अनुभूतियों को भी समेटते हैं। कविता में अभिव्यक्ति का सबसे प्राचीन लोकतन्त्र मौजूद है। कोई भी कवि हो सकता है। और वह कैसी भी कविता लिखे, उससे कुछ लोग अनुप्राणित हो सकते हैं, यही कविता की बहुत बड़ी उपलब्धि मानी जायेगी। कविता ने बादशाहों से लेकर लुटेरों तक को कविता लिखने की प्रेरणा दी है। कविता दरअसल मनुष्य आत्मा की सबसे बड़ी भाषा है जो अनूदित होने के बाद भी दूसरी भाषाओं में अपने तात्पर्य को बचाये रख सकी है। दरअसल कविता, भाषा की सर्वोत्कृष्ट विशेषता है।

प्रश्न : आप अपनी रचना-प्रक्रिया के विषय में कुछ बताइये।

उत्तर : रचना-प्रक्रिया पर मेरी एक किताब छपी है। 'रचना-प्रक्रिया से जूझते हुए'। इस पुस्तक में मैंने अपने संकट के बारे में लिखा है। किस तरह रचना के पास जाना हो पाता है और किस तरह आना हो पाता है। चाहे स्त्री रचनाकार हो या पुरुष रचनाकार हो या थर्ड जेंडर रचनाकार हो, उसको अपनी कई दिक़्क़तों के साथ सामान्य जीवन में शामिल होना पड़ता है। रचना, प्रकृति में बहुत पहले से उपस्थित है। उसी के बहाने हमने उसके रचयिता को भी ढूँढ़ा है जिसे ईश्वर कहते हैं। हमने यह तय कर लिया है कि भूमिगत वानस्पतिक प्रकृति हो अथवा मनुष्य प्रकृति हो, दोनों प्रकृतियों का निर्माता कोई एक है। रचनाकारों की केटेगरी को अलग-अलग ढंग से पहचानने के लिए हमें कुछ पुराने रचनाकारों के पास भी जाना चाहिए। जैसे कि तुलसीदास को लें, वे मनुष्यों को तीन श्रेणियों में रखकर अपनी बात कहते हैं। वे कहते हैं कि कुछ लोग 'पाटल' (गुलाब) जैसे, कुछ लोग 'रसाल' (आम) जैसे और कुछ लोग कटहल के समान होते हैं। 'गुलाब' फूल देता है। 'आम' फूल को फल में बदल देता है। और 'कटहल' सीधे फल देता है लेकिन इन तीनों के अलावा एक श्रेणी का उन्होंने और भी संकेत किया है, 'रावण' को ध्यान में रखकर। कुछ मनुष्य ऐसे भी होते हैं जो बकवास करके अपने सुयश का नाश करते हैं। गुलाब, आम, कटहल की उपमा दे रहे हैं। वे कहना यह भी चाहते हैं कि कुछ लोग कह कर रह जाते हैं, करते नहीं हैं।

दूसरे वे हैं जो कहते भी हैं और करते भी हैं। और तीसरे वे हैं जो सीधे कर्म का बखान, वाणी से करते हैं और उसे फलदायी बना देते हैं 'कटहल' की तरह। कर्म और वाणी को बग़ीचों में व्यक्ति की पहचान कराने वाली तुलसीदास की रचना-प्रक्रिया क्या रही होगी? इसलिए रचना-प्रक्रिया के बारे में बताकर उसे सीमित नहीं करना चाहता। मेरी रचना-प्रक्रिया मेरी रचनाएँ ही निर्धारित करती हैं। जब तक वे खुलकर और खिलकर किसी विचार और शब्दावली में नहीं आ जाती हैं, तब तक मैं उनका पीछा नहीं छोड़ता। मैं उनको उलटता-पलटता और परखता रहता हूँ। और इस प्रकार अपनी ही रचना-प्रक्रिया तक बहुत से धोखे खाता रहता हूँ।

प्रश्न : वस्तु और शिल्प में आप किसे प्रमुखता देते हैं और क्यों?

उत्तर : सही बात तो यह है कि दोनों के बिना काम नहीं चलता। 'विषय-वस्तु' एक रचनाकार के लिए पदार्थ की तरह है। उस ठोस पदार्थ को अपनी मनचाही विधा में ढालने के लिए 'शिल्प' की ज़रूरत पड़ती है। इसलिए कविता, कथा, नाटक सब में गल्प और शिल्प के बिना काम नहीं चलता। इसके लिए कोई नियम या क़ानून नहीं बनाया जा सकता। जब-जब साहित्य में लक्षण प्रक्रिया के आधार पर साहित्य को आगे बढ़ाया गया तब-तब यह उबाऊ होता गया है। स्वयं रचनाकारों ने ही कोशिश की है कि उन लक्षणों को बदल दें। इस तरह कला और साहित्य में लक्षण अत्यन्त समकालीन होते चले गये। सबसे बड़ा प्रतिमान ग्राम्य जीवन को माना गया है। प्रेम, शान्ति और सौहार्द का प्रतीक गाँव को माना जाता रहा है। लेकिन मैंने अपनी कविताओं में अक्सर 'गाँव' को साधनहीनता और विपन्नता का प्रतीक माना है। भाषा विज्ञान की दृष्टि से प्राचीन साहित्य में गाँव को 'ग्राम' कहा गया है। और उसी से 'संग्राम' शब्द बना है। यह इकट्ठा होने की ध्वनि भी देता है और कलह की भी। अपनी एक पंक्ति मुझे याद आ रही है :

तुम कहते हो तो हम हाँ भर लेंगे,
गाँवों के लिए
पर शहर अधिक सुविधा देता है
नंगे पाँवों के लिए।

प्रश्न : कविता में बिम्ब, प्रतीक और मिथकों का उपयोग किस तरह हो?

उत्तर : इसका उत्तर देना कठिन काम है। कवि के अनुभव, भाषा और शिल्प की संश्लिष्ट अभिव्यक्ति है कविता। कविता में बिम्ब से बचकर मनुष्य की एक नयी परछाईं पैदा करना आसान काम नहीं है। क्योंकि साहित्य में बिम्ब को हू-ब-हू कहा जाता है। रचनात्मकता प्रतीक या मिथक के साँचे या मानदण्ड से नहीं बन सकती।

काव्य में इन सबके प्रयोग के लिए कोई फॉर्मूला नहीं बनाया जा सकता। बेहतर मनुष्य के निर्माण में लिखी कविता में अपने स्वाध्याय व अनुभव के साथ कभी-कभी मिथक स्वयं कविता में अपनी जगह बना लेते हैं। कविता लिखना मेरे लिए, संवेदना से भरे नये अनुभव, नये तर्क और भावावेग से टकराना है।

प्रश्न : कविता की भाषा को लेकर अक्सर प्रश्न खड़ा किया जाता है। आप बताइए कि, कविता की भाषा कैसी होनी चाहिए?

उत्तर : कविता न कोई दुरूहता के लिए लिखता है, न सरलता के लिए। कोई भी रचनाकार जब 'कविता' के माध्यम से अपने को प्रगट करना चाहता है, तो वह अपनी अभिव्यक्ति के लिए सुन्दरतम मार्ग चुनने की कोशिश करता है। फिर वह इस सुन्दरतम मार्ग के संकटों में पड़कर कितना खोता-पाता है, इसी की जाँच करते हुए पाठक उस कविता की आँच और विचार से प्रभावित होता है। कौन, किस तरह के ताप को अंगीकृत कर पाता है, यह पाठक के अनुभव, संवेदना और अध्ययन शक्ति पर भी निर्भर करता है। अध्ययन से मेरा अभिप्राय केवल किताबें पढ़ने मात्र से नहीं है बल्कि, अपने आत्मसात करने की प्रक्रिया का अध्ययन भी इसमें शामिल है। 'अधि'+'अयन' से बना है अध्ययन। अधि उपसर्ग का बड़ा व्यापक अर्थ है। यह जिस शब्द के साथ लगता है उसकी अर्थ-व्यापकता बढ़ा देता है। यूँ सरल रूप में अधि शब्द में चारों तरफ़ का आभास, ज्ञान और चारों तरफ़ की प्रतीति जुड़ी हुई है। 'अयन' माने घर होता है। इस प्रकार अध्ययन का सीमित अर्थ, चारों ओर का अहसास बनता है। यह अहसास किसी भी प्रक्रिया से जुटाया जा सकता है। अध्ययन कुल मिलाकर अनुभव के घर की प्रतीति देता है। पाठक के पास संवेदनाओं से भरा हुआ घर (हृदय) कितना है और उस घर का ताला वह किस दिमाग़ से खोलता है? इस पर भी रचना का अर्थ निर्भर करता है। रचना उतनी ही नहीं होती जितनी वह अपने शाब्दिक कलेवर में होती है। रचना, शब्दों से निकलकर पाठक के अनुभव और अनुभूति के विस्तार में जाना चाहती है।

प्रश्न : पाठक वर्ग की आम शिकायत है कि, कविताएँ दिन-ब-दिन दुरूह होती जा रही हैं, इसलिए लोग कविताओं से जुड़ नहीं पा रहे हैं, इस पर आपके क्या विचार हैं?

उत्तर : एक नया मनुष्य और एक नया समाज बनाने में साहित्य और परम्परा एक-दूसरे की मदद करते हैं। कविता इसी दिशा में, मनुष्य के अन्दर और बाहर की दुनिया के बीच एक सार्थक सम्बन्ध कायम करने में मदद करती है। सवाल यह भी है कि यह किस पाठक वर्ग की आम शिकायत है? ये शिकायतकर्ता आम

पाठक किससे जुड़े हुए हैं? मैं यह मानता हूँ कि कविता का काम शायद मनुष्य की चेतना को तराशना है। जीवन के सही मूल्यों को पहचानने की समझ पैदा करती है कविता। तुरन्त और हर किसी को कविता समझ में आ जाये, कविता लिखने का ऐसा फॉर्मूला किसी के पास नहीं है। स्वाध्याय से निर्मित होने वाले परिमार्जन का महत्त्व पाठक वर्ग को जानना व समझना होगा। कविता समझने के लिए पाठक को अपने संस्कार, संवेदना, सोच और समझ को साहित्य धारा के साथ विकसित करना बहुत ज़रूरी प्रतीत होता है।

प्रश्न : लेखन एक सामाजिक दायित्व है। अतः आप बताइए कि, लेखक का क्या कुछ भी निजी नहीं रह जाता?

उत्तर : लेखन एक सामाजिक दायित्व के अलावा, लेखक का एक व्यक्तिगत दायित्व भी रचता है। जिससे पता चलता है कि वह अपने रचे हुए के लिए कितनी ज़िम्मेदारी महसूस करता है। यह कहने से काम नहीं चलेगा, जो लिख दिया सो लिख दिया, सवाल इस बात का है कि क्यों लिख दिया? इसके बाद कैसे लिख दिया? किसके लिए लिख दिया? इत्यादि प्रश्नों का नम्बर आता है। फिर भी लेखक की वैयक्तिकता उस सारे रचनात्मक प्रसंग में पात्र की वैचारिकता बन जाती है। यही कारण है किं कुछ रचनाकार अपने पात्रों के बदले की गालियाँ खाते रहते हैं।

ढोल, गँवार, शूद्र, पशु, नारी,
ये सब ताड़न के अधिकारी।

ये तुलसी के विचार नहीं हैं, बल्कि 'समुद्र' के विचार हैं। राम की इस घोषणा से घबराया हुआ है समुद्र, कि लक्ष्मण मेरा धनुष-बाण लाओ, मैं इस समुद्र को सुखा देता हूँ। क्योंकि तीन दिन से मैं प्रार्थना कर रहा हूँ, लेकिन यह रास्ता नहीं दे रहा है।

विनय न मानत जलधि जड़ गये तीन दिन बीति
बोले राम सकोप तब भय बिन होय न प्रीति

राम द्वारा बोली गयी इन पंक्तियों के उत्तर में, समुद्र एक पात्र के रूप में काँपता हुआ आता है और कहता है 'ढोल, गँवार, शूद्र, पशु, नारी, ये सब ताड़न के अधिकारी'। यह 'पात्र' का अपना विचार है। कवि का दायित्व 'पात्र' के विचारों को बाहर लाना है। वह अपनी परिस्थिति के अनुसार बात कह रहा है और राम ने 'जल' को 'जड़' शब्द से सम्बोधित किया, उसकी पुष्टि समुद्र कर रहा है। और लोगों ने समझा कि 'नारी' भी उतनी ही जड़ है। 'नारी' और 'शूद्र' भी जड़ हैं। यह विचार समुद्र का है, तुलसीदास का नहीं। तुलसी ने तो वहाँ कवि के

रूप में एक चातुर्यपूर्ण शब्द रख दिया है—ये सब 'ताड़न' के अधिकारी हैं। यह हमारी जानकारियों पर निर्भर करता है कि हम 'ताड़न' शब्द के कितने अर्थ और शेड्स जानते हैं। 'ताड़न' का अर्थ केवल प्रताड़ना नहीं होता। अवधी में देखने को भी ताड़ना कहते हैं। ताड़े रहिएगा का अर्थ है इसे देखते रहिए। 'ताड़ना' एक विशेष पोषक दृष्टि का अभिप्राय देता है। देखभाल करने वाली निगाह। ढोल केवल पीटने से ही नहीं बजता है, उसकी विशेष देखभाल करनी पड़ती है। उसकी डोरियों को कसना पड़ता है और उसकी 'पूड़' की मालिश करनी पड़ती है, उसे धूप दिखानी पड़ती है। तब उसकी आवाज़ अधिक मधुर निकलती है। यही अधिक देखभाल समुद्र अपने लिए भी चाहता है। समुद्र अपनी नासमझी और जड़ता को प्रकट कर रहा है कि मैं आपकी बात को समझ नहीं पाया। इस चौपाई के लिए तुलसीदास को बहुत गालियाँ खानी पड़ीं। सामाजिक दायित्व के नाम पर क्या 'पात्रों' के विचार को भी लेखक का विचार माना जा सकता है? या पात्र की सामाजिक समझ और वैयक्तिकता का भी कोई महत्त्व है?

प्रश्न : कवि के अन्दर, व्यक्ति और समाज के हितों के बीच का द्वन्द्व क्या किसी सार्थक लेखन की भूमिका बनाता है?

उत्तर : कवि होना या रचनाकार होना यह किसी व्यक्ति का स्वयं का निर्णय है। इसके बाद भी कविता की सार्थकता घटित होने की व्याख्या, स्वयं रचनाकार के लिए भी कठिन है। कई बार मुझे लगता है कविता रचने के बाद अनुभव और अभिव्यक्ति में जो अदेखा रह गया है, हो सकता है वह दीख पड़ने वाले से बड़ा हो। कवि को एक सामाजिक यायावर, इतिहासकार, पापज्ञ और मनोवैज्ञानिक की तरह सृजन करना होता है। इतिहास बताता है, रूढ़ि-भंजन और परम्परा को नये-नये रूपों में आगे बढ़ाने का काम कविता ने किया है। मेरा मानना है कि क़लम हाथ में विचार के साथ आगे बढ़ती है तो निश्चित रूप से, इस तरह के द्वन्द्व से सार्थक लेखन की भूमिका बनती जाती है।

प्रश्न : लेखन के कारण आपको व्यक्तिगत जीवन में कभी किसी संघर्ष का सामना करना पड़ा? कोई अविस्मरणीय घटना?

उत्तर : यह भय तो हमेशा बना ही रहता कि कभी भी कोई मुझे इस बहाने शिकार बना सकता है। एक बार जब मुझे 'उत्तर प्रदेश' मासिक पत्रिका का सम्पादकीय दायित्व दिया गया उसमें मैंने एक सम्पादकीय लिखा था कि, "कबीर और तुलसी लोकप्रिय कवि इसलिए हैं क्योंकि पन्द्रहवीं-सोलहवीं शताब्दी का समाज अभी भी मौजूद है। अगर समाज बदल जाये तो मैं चाहूँगा कि इन कवियों का म्यूज़ियम (संग्रहालय) ज़रूर बनाया जाये, जहाँ हम इन कवियों से मिल सकें।

और जीवन में समय-समय पर अपने समकालीन कवियों को जगह दे सकें। कबीर और तुलसी को हमारे समाज की विसंगतियाँ प्रासंगिक बनाये हुए हैं। हमारी सामाजिक यथावत असंगतियों के कारण ये कवि आज भी हमारे बीच मौजूद है। क्या कभी ऐसा समय भी आयेगा, जब हम इनकी और अपनी बेहतर आकांक्षाओं वाले समाज में जी रहे होंगे? और इनसे मिलने अक्सर 'म्यूज़ियम' जाया करेंगे। इस बात की शिकायत तत्कालीन मुख्यमन्त्री जी से किन्हीं पार्टी भक्त ने अपना साहित्यिक चातुर्य दिखाते हुए कर दी। परिणामस्वरूप मुझसे 'उत्तर प्रदेश' पत्रिका का सम्पादन कार्य वापस ले लिया गया। यह भी पता चला कि मेरे कविता-संग्रहों को मँगाया गया। परन्तु कविता-संग्रह में अधिकांश कविताएँ 'इमरजेंसी' के विरोध में थीं। इसलिए शायद कोई कार्यवाही नहीं की गयी। और इलेक्शन की कृपा से सरकार भी बदल गयी। हर अच्छे रचनाकार का यह भी दायित्व है कि वह अपने समय की अनीति का अपने लेखन द्वारा प्रतिरोध करे, क्योंकि वह प्रतिरोध ही सम्भवतः किसी इतिहास की आहट बन जाये।

प्रश्न : क्या, रचनाकार के लिए वैचारिक प्रतिबद्धता का होना ज़रूरी मानते हैं? यदि हाँ, तो क्यों? यदि नहीं, तो क्यों?

उत्तर : रचनाकार जन्म से ही अपनी किसी वैचारिकता से जुड़ा हुआ होता है। विचारहीनता किसी रचना का न सृजन कर सकती है न शृंगार। अगर आप प्रतिबद्धता को राजनैतिक पार्टियों की विचारधाराओं से जोड़कर देख रहे हों, तो उनमें यह ज़रूर देखना चाहिए कि वे विचारधाराएँ कितनी परिवर्तनशील और प्रगतिशील हैं। प्रगतिशीलता को केवल उसी विचारधारा से नहीं जोड़ा जाना चाहिए, जिसका नारा तो प्रगतिशीलता का हो और परिणाम दुर्गतिशील हो। कहने की अच्छाइयों को भलाइयों में बदलने का संघर्ष देखा जाना चाहिए, केवल सत्ता आकांक्षा को नहीं। सामान्यतः यह देखने को मिला है कि राजनीतिक दलों ने जिन लोगों को विचारहीन और पार्टीहीन कहा है, उन्हीं लोगों ने अक्सर सरकारें बदल दी हैं। लेकिन सत्ता आकांक्षी लोगों ने बहुमत की जगह मिला-जुला बहुमत पैदा करके ख़ुद को फ़ायदा पहुँचाने वाली नयी विचारधारा को जन्म दे दिया। ऐसे में किस विचारधारा को स्थायी महत्त्व दिया जा सकता है? इसलिए रचनाकारों को यह कहना पड़ा—'सन्तन को कहाँ सीकरी सो काम।'

प्रश्न : वर्तमान में क्या लेखन के द्वारा सामाजिक-आर्थिक बदलाव सम्भव है?

उत्तर : पहली चीज़ तो यह है कि लेखन शब्द बताता है कि यह किसी पढ़ने वाले के लिए लिखा जा रहा है। क्या पढ़ने वाले इतने तैयार हो गये हैं कि वे लिखे हुए को ढूँढ़-ढूँढ़कर पढ़ना चाहते हैं? साक्षर लोग भी आजकल टी.वी. की

वजह से मात्र दर्शक और श्रोता बनकर रह गये हैं। अधिकांश पढ़े-लिखे लोगों की ज़िन्दगी से भी पढ़ना-लिखना विदा हो गया है। लिखने के लिए वे केवल बटन दबाते हैं। और अक्षर और शब्द उनके सामने आ जाते हैं। वे चुन लेते हैं और उनसे अपना काम चला लेते हैं। पढ़ने के बजाय वे टी.वी. और रेडियो की श्रुति परम्परा को अधिक पसन्द करते हैं। वे ख़ुद 'विचार' चुन लेते हैं और आधुनिक हो जाते हैं। अपनी वैचारिकता के पालन-पोषण के प्रति वे चिन्तित नहीं दिखते। मैं मानता हूँ कि किसी भी बदलाव के लिए रचनाकार को समाज से तादात्म्य स्थापित करना चाहिए न कि राजनीतिक दलों से। क्योंकि राजनीतिक दलों द्वारा अभी तक जीतने और हराने की संस्कृति को ही स्थापित किया गया है। मानवीय गरिमा और नैतिकता और न्याय के अनुकरणीय मानदण्ड राजनीतिक दलों ने न कभी सत्ता में रहते हुए स्थापित किये, न सत्ता से बाहर होने के बाद। लेखन से ही अकेले क्रान्ति नहीं होने वाली, जब तक सामान्य मनुष्य के विचार परिवर्तन के आन्दोलन न चलाये जाये। मगर फिर प्रश्न वही उठता है कि वे विचार कहाँ से लाये?

प्रश्न : आप किस कवि से अधिक प्रभावित हैं, या रहे हैं? उनकी कुछ उल्लेखनीय रचनाएँ, जिनसे आपके लेखन को गति या दिशा मिली?

उत्तर : मूलतः मैं भाषा में आने वाले विचारों से प्रभावित होता रहा हूँ। ये विचार लोकगीतों की शक्ल में आये हों अथवा महाकाव्यों की। उन्होंने मुझे अपने सम्मोहन से कभी बाहर नहीं आने दिया। एक अनसुना मुहावरा भी सुनने को मिल जाये तो वह भी मुझे प्रभावित करता है। कवियों में तुलसी और कबीर के बाद जयशंकर प्रसाद ने मुझे बहुत प्रभावित किया है। क्योंकि प्रसाद जी ने उस नयी हिन्दी का निर्माण किया जो भारतेन्दु हरिश्चन्द्र की हिन्दी को तत्कालीन आधुनिक जनमानस में स्थापित करती है। जनजीवन की शब्दावली में कविता, कहानी और उपन्यास में लाकर खड़ी बोली के व्यंग्यात्मक नाम को सरसता और कोमलता में बदल देती हैं। लिपि की बात को अगर छोड़ दिया जाये तो, उर्दू के क़लमकारों ने जिस रेखता के माध्यम से हिन्दी का विकास किया, उन्हीं की तरह प्रसाद जी ने ग़ज़ल का फार्म को हिन्दी में लाकर 'आँसू' जैसी कृति की रचना की। 'आँसू' हिन्दी के पहला ग़ज़ल संग्रह है। ग़ज़ल के मीटर में लिखी गयी, इसकी पंक्तियों पर आलोचकों और पाठकों ने ध्यान नहीं दिया। अन्यथा प्रसाद जी की स्थापना इस रूप में भी हो चुकी होती कि वे हिन्दी के प्रथम ग़ज़ल गो हैं—

झंझा झकोर गर्जन था, बिजली थी नीरद माला।
पाकर इस शून्य हृदय को, सबने आ डेरा डाला॥

इन पंक्तियों में कहीं-न-कहीं साहित्यिक विधाओं की समन्वित एकता ने, न केवल प्रसाद जी के मन में, बल्कि मेरे मन में डेरा डाल दिया। प्रसाद जी ने उस ज़माने में बोलचाल के गद्य की अथाह गहराई में जाकर कविता योग्य गद्य का निर्माण किया। 'आँसू' हो चाहे 'कामायनी' दोनों में अकस्मात जीवन को बदल देने वाले प्रलयों की गाथा है। 'आँसू' भी कम प्रलयंकारी नहीं होते। हिमालय और समुद्र का तो स्वभाव ही वही है। वही 'मनु' आज के मनुष्य के रूप में विप्लवों का मुक़ाबला कर रहा है। नयी पीढ़ी के रचनाकारों को चाहिए वे प्रसाद जी के नाटकों, उपन्यासों, कहानियों और काव्यों को फिर से पढ़ें। हमारे समय में भी व्यवस्थाओं का एक नया पाठ रचा जा सकता है। प्रेमचन्द जी के कथा-साहित्य पर जितना काम हुआ, उसका एक अंश भी 'प्रसाद' जी पर नहीं हुआ। यह प्रसाद जी पर आलोचकों द्वारा घोर अन्याय है। मुझे उम्मीद है कि प्रसाद जी का समय अभी आयेगा। हर बड़े रचनाकार के कई जन्म होते हैं।

प्रश्न : कविता भी एक यात्रा है। आप अपने समकालीनों में किन कवियों को अपना सहयात्री पाते हैं? अपनी पसन्द की कुछ कविताओं और उनके कवियों के सम्बन्ध में कुछ बताइए।

उत्तर : किसी भी रचनाकार का समय, सौ-पचास अन्य रचनाकारों का भी समय होता है। हमारे समय में ही रामविलास शर्मा, नामवर सिंह, गजानन माधव मुक्तिबोध का समय भी हमारे साथ चला है। और हम भी उनके समय में चले। समय का बँटवारा करना थोड़ा मुश्किल-सा काम है, जब तक कि कोई जन आन्दोलन अथवा प्राकृतिक दुर्घटना और मनुष्यकृत युद्ध भूगोल और इतिहास की संस्कृतियों को बदलने की अप्रत्याशित-प्रत्याशित चेष्टा न करे। समय को चाहते हुए भी आप वस्त्र की तरह नहीं बदल सकते। मुश्किल यह है कि सारी वस्तुएँ उलटनी-पलटनी पड़ेंगी। मेरे सहयात्री तो आधुनिक समय के सारे वरिष्ठ कवि रहे हैं। बल्कि यों कहें कि मैं भी उन्हीं के रास्ते का मुसाफ़िर रहा हूँ। 'प्रसाद' जी के अलावा निराला और पन्त जी का भी मैं कायल रहा हूँ। मैथिलीशरण गुप्त, रामधारी सिंह दिनकर और सच्चिदानन्द हीरानन्द वात्स्यायन अज्ञेय को भी ख़ूब पढ़ा है। राजकमल चौधरी और धूमिल तो एकदम मेरे सन्निकट ही थे। ठीक उसी तरह जिस तरह कि मेरे ही समय में रघुवीर सहाय, विनोद कुमार शुक्ल, श्रीकान्त वर्मा, अशोक वाजपेयी, नरेश मेहता, केदारनाथ सिंह, केदारनाथ अग्रवाल, शमशेर, नागार्जुन का समय भी हमारा समकालीन समय रहा है। इसलिए समय का गड्ड-मड्ड कई पीढ़ियों में होता रहता है। फेहरिस्त बहुत लम्बी हो जायेगी। महावीर जी, इसी को परम्परा का पुनर्जन्म भी कहा जाता है।

प्रश्न : कविता के विकास और सार्थक फैलाव में रेडियो, दूरदर्शन और कवि सम्मेलनों पर आपके क्या विचार हैं?

उत्तर : कविता के प्रसार के लिए जो भी माध्यम मिल जाये, अच्छा है। यद्यपि कविता भी खुद एक माध्यम है। फिर भी कविता का साध्य हमेशा बदलता रहा है। कवि सम्मेलनों ने एक समय में गम्भीर कविताओं को भी मंच दिया। लेकिन बाद में अगम्भीर कविता ने उसे अपना ताण्डव क्षेत्र बना लिया। कविता मंच से सुनी जाये, पढ़ी जाये यह और भी अच्छा लगता है। लेकिन तुक को छन्द कहकर प्रचारित करना कविता को छन्दविहीन बना देता है। कविता की लय में शब्द की लय को भी समझना चाहिए। शब्द की लय को तभी समझा जा सकता है, जब अर्थ की लय को भी समझते हों।

प्रश्न : कविता पोस्टर्स को आप किस रूप में देखते हैं? क्या, कविता को लोकप्रिय बनाने और चेतना के विकास में इनकी कोई सार्थक भूमिका बन सकती है?

उत्तर : कविता का पोस्टर कविता को लोकप्रिय उतना नहीं बनाता, जितना उस आन्दोलन की सहभागिता को बनाता है, जिसने उस कविता को अपनी साख के लिए इस्तेमाल किया होता है। पोस्टर से ज़्यादा कविता का नाट्य मंचन अथवा पाठ मंचन कविता को लोकप्रिय बना सकता है। यह हमें तुलसी द्वारा स्थापित 'रामलीला' से भी सीखना चाहिए। क्योंकि रामचरितमानस की लोकप्रियता अखण्ड रामायणों के पाठ से जितनी चकनाचूर हुई है, उससे कहीं ज़्यादा रामलीलाओं के नाट्य मंचन से वह लोगों के हृदय तक पहुँची है।

प्रश्न : कविता के अलावा, आप और किस विधा में लिखते हैं? क्या, अन्य विधा में लेखन करने का भी कोई कारण है?

उत्तर : इस सवाल को कुछ लोग इस तरह भी पूछ सकते हैं, कि लिखते तो आप कविता हैं, पर करते क्या हैं? दूसरा ढंग पूछने का यह भी होता है कि कविता ही क्यों लिखते हैं? कुछ और कहानी, नाटक, उपन्यास, निबन्ध और डायरी क्यों नहीं लिखते? पहले सवाल की परिधि से तो मैं सेवानिवृत्त हो चुका हूँ। लेकिन लिखने-पढ़ने और कुछ रचने का कार्य जारी है। मैंने अपनी कविता सम्बन्धी समझ को प्रकट करने के लिए कुछ लेख भी लिखे हैं, जो 'रचना-प्रक्रिया से जूझते हुए' नामक पुस्तक में वाणी प्रकाशन से प्रकाशित हुई है। अपनी पसन्द की कुछ पुस्तकों की समीक्षाएँ भी लिखी हैं। तीन नाटक भी लिखे हैं, जिसमें से एक नाटक 'पाँच बेटे' को 1984 में आकाशवाणी द्वारा आयोजित 'अखिल भारतीय नाटक प्रतियोगिता' में प्रथम पुरस्कार भी मिला।

और उस पर फ़िल्म भी बनी है। कुछ स्वतन्त्र निबन्ध भी समाचार-पत्रों में प्रकाशित हुए हैं। सामाजिक समस्याओं पर भी यदाकदा लेख आदि प्रकाशित हुए हैं। इतना सब होने के बावजूद मैं निर्भ्रान्त रूप से यह कह सकता हूँ कि इतना पर्याप्त नहीं है। रचनात्मक कार्य विपुल मात्रा में भी हो और स्तरीय भी हो ऐसा संयोग काश कि मेरे साथ भी घटित हुआ होता। लेकिन यह मैं कह सकता हूँ कि कविता में भाषा और कथ्य दोनों ही स्तरों पर मेरे समय के कवि मित्रों के बरअक्स मेरा काम अलग तरह का है। मैं अलग तरह का होना और रहना भी चाहता हूँ, महज़ रचनाकार के रूप में। व्यक्ति के रूप में मैं, सब जैसा होना चाहता हूँ। इसीलिए न मैंने अपना कोई ढिंढोरा पीटा है, न अपने स्वभाव को कुछ लोगों की तरह हेकड़ी में बदला है। मैंने ख़राब से ख़राब रचनाओं को मन लगाकर पढ़ा है। ताकि मैं असहमत हो सकूँ।

प्रश्न : और अन्त में, कविता की आलोचना और उसके आलोचकों के विषय में आपकी क्या राय है?

उत्तर : मैं उन भाग्यशाली कवियों में नहीं हूँ, जिनके कुछ गिरोह, क़ाफ़िले और गुट होते हैं। ये परस्पर एक-दूसरे की प्रशंसा में लेख आदि लिखते रहते हैं।

प्रश्न : अर्थात आप साहित्य के किसी भी प्रगतिशील लेखक संघ, जनसंस्कृति मंच या जनवादी लेखक संगठन के सदस्य नहीं बने। आपने अभी बताया इन सबके अतिरिक्त, और भी अनेक साहित्यिक संगठन हैं। आप किसी भी साहित्यिक संगठन के गुट अथवा गिरोह के सदस्य या कार्यकर्ता नहीं रहे। साहित्य की दुनिया में इतने तटस्थ भाव से जीवन जीते हुए भी, केवल और केवल तिरपन वर्ष की उम्र पूरे करते हुए वर्ष 1997 में आपको 'साहित्य अकादेमी' जैसा विशिष्ट और प्रतिष्ठित सम्मान मिल गया। इस तरह सम्मान मिलना भी साहित्य समाज की एक विचित्र किन्तु सत्य घटना है। आपकी साफ़गोई, सहजता और कवित्त से भरी प्रतिभा को मेरा नमन। 'तू मेरी गा मैं तेरी गाऊँ' जैसी आपाधापी से भरे साहित्य संसार में यह बात मुझे लगातार चकित किये हुए है। बात कविता से जुड़ी आलोचना की हो रही है।

उत्तर : मैं अपनी कविताओं के लिए हमेशा से एक नया गद्य रचना चाहता रहा हूँ क्योंकि गद्य ही कवियों की कसौटी बताया जाता रहा है। नये तरह के गद्य से मेरा अभिप्राय यह है कि वह कम-से-कम मीडिया की भाषा से अलग तरह का गद्य हो। कविता का वाक्य विन्यास भी गद्य पर ही निर्भर करता है। कुछ लोग कविता की निर्भरता के लिए तुक को ही छन्द बताते रहते हैं। छन्द अपना निर्धारण रचनाकार के बोलचाल और वाक्यों के कथन से अलग-अलग लयों में ढाल लेता है।

छन्द बोलने की शैली से भी बनता है और चलने-फिरने की भी। कभी-कभी कुछ कविताओं में आपने देखा होगा, लम्बी साँसों की ज़रूरत पड़ती है। कुछ कविताओं में छोटी साँसों से ही काम चल जाता है। लेकिन प्रभावित ये साँसें नहीं करतीं बल्कि जो कहा जा रहा होता है, उसका रंग-ढंग हमें उद्वेलित कर देता है। मुझे ऐसा लगता है कि मेरी कतिपय कविताओं में मुक्तिबोध की कविताओं की तरह लम्बी साँसों की अपेक्षा करने वाले कथनों की अधिकता है। काव्य पाठ की नाटकीयता भी एक छन्द रचती है। भरतमुनि ने ठीक ही कहा है कि 'शब्दश्छन्द' (शब्द ही छन्द है)। उन्होंने अपने नाट्य शास्त्र में अभिनय सम्बन्धी सारे विचार, अभिनेता को सम्बोधित किये हैं—निर्देशक को नहीं। लेकिन शब्द के छन्द (बोलने की लय) को उन्होंने भी महत्त्व दिया है। कविता में अभिव्यक्ति की सारी विधाओं के गुण होते हैं। इसलिए शब्दों के सम्यक प्रयोग का साहित्य में आदि काल से ही महत्त्व रहा है। रचनात्मकता की दृष्टि से हिन्दी कविता लगातार विकसित हुई है। कविता की तुलना में हिन्दी आलोचना बुझी-बुझी सी लगती है। मैंने पहले भी आपसे कहा है, "हमारे हिन्दी आलोचकों के पास—'कविता', 'कहानी', 'उपन्यास' इन तीनों की ही व्याख्या करने के लिए कुल जमा 37-38 मुहावरे, 40-42 शब्द हैं। ख़राब रचनाओं पर गम्भीर चर्चाओं के आयोजन बहुत होते हैं। अच्छी रचनाओं पर बहुत कम बात होती है।" संख्या की दृष्टि से भी रचनाकारों की तुलना में आलोचकों की संख्या बहुत कम है। इसके बाद भी हिन्दी के आलोचकों में श्री नामवर सिंह, परमानन्द श्रीवास्तव, विष्णु खरे और विजय कुमार अपनी सुविज्ञता और आधुनिक दृष्टि के कारण मुझे पसन्द हैं।

(1917)

□□